A MISSÃO DAS FRONTEIRAS

Gilles Lapouge

A MISSÃO DAS FRONTEIRAS

tradução:
Ana Montoia e Ana Ban

Copyright © 2002, Editions Albin Michel
Copyright da tradução © 2005 by Editora Globo S.A.

Todos os direitos reservados. Nenhuma parte desta edição pode ser utilizada ou reproduzida – em qualquer meio ou forma, seja mecânico ou eletrônico, fotocópia, gravação etc. – nem apropriada ou estocada em sistema de bancos de dados, sem a expressa autorização da editora.

Título original:
La mission des frontières

Revisão: Denise Padilha Lotito, Maria Sylvia Corrêa
e Valquíria Della Pozza
Capa: Rita da Costa Aguiar, sobre José Joaquim Codina, *Prospecto da Fortaleza São Joaquim* (aquarela sobre papel, In: Alexandre Rodrigues Ferreira, *Viagem filosófica pelas capitanias do Grão-Pará, Rio Negro, Mato Grosso e Cuiabá*. Conselho Federal de Cultura, Rio de Janeiro, 1971, p.97. Original no Acervo Fundação Biblioteca Nacional, Rio de Janeiro, RJ)

Dados Internacionais de Catalogação na Publicação (CIP)
(Câmara Brasileira do Livro, SP, Brasil)

Lapouge, Gilles
    A missão das fronteiras / Gilles Lapouge ; tradução Ana Montoia e Ana Ban. – São Paulo : Globo, 2005.

    Título original: La mission des frontières.
    ISBN 85-250-3960-8 (Globo)
    ISBN 2-226-13210-4 (Ed. original)

    1. Ficção francesa I. Título

05-0512   CDD-843

Índice para catálogo sistemático:
1. Ficção : Literatura francesa 843

Direitos de edição em língua portuguesa para o Brasil
adquiridos por Editora Globo S. A.
Av. Jaguaré, 1485 – 05346-902 – São Paulo – SP
www.globolivros.com.br

A MISSÃO DAS FRONTEIRAS

1

CAMINHAVAM. Não sabiam há quanto tempo caminhavam. Uma manhã, foram dez a retirar a caixa do barco. Dez parrudos. Desses tipos do nordeste que são truculentos, atarracados e violentos, maus e bons. Passaram forrageando no lodo bem uma hora, com os cabrestantes, roldanas, palancas e as ferramentas, e todas as suas engenhocas de mulatos. A água enchia seus calções. Os fundilhos pareciam balões, mas agora a caixa, o finado como diziam, ou o pacote, ou o padrão, estava solidamente presa à carreta e os carregadores seguiam nas pirogas. O cortejo podia enfrentar o caminho de toras que a segunda companhia, a do capitão Gomes, do capitão Benvenisto Gomes, abrira na véspera para alçar toda a tralha até as encostas que correm paralelas à ribanceira. Uns trinta cavalos ou mulas fechavam o grupo. Acompanhavam cem cães pardacentos, muito feios por conta das orelhas caídas e dos olhos quase escarros. Eram chamados cães de tormenta. Especialistas em vigiar os índios. Gostavam disso. Mordiam. Alegravam-se quando podiam abocanhar um.

A tropa patinava. À frente, os índios e os negros abriam a trilha no facão. Não se via nada a mais de vinte passos, a luz era rara, como um nevoeiro. Tinha a cor de um veneno. O calor era de matar e isto seria sempre assim e até o fim dos tempos o calor seria de matar. O leito do rio desaparecera desde que o coronel Procópio Ribeirão dera ordem de desiçar e subir as montanhas para atravessar a queda do Piú a reverso, contorná-la carregando as pirogas, os sacos e até os canhões, os pequenos falcões, no lombo das mulas e nas carretas.

Não era fácil fazer avançar o finado, precisavam empurrar pela roda, mas o coronel Ribeirão, que era mestre de campo e chefe da Casa militar real, e que viera direto das margens do Tejo, também não era fácil. Apelidaram-no "o Sabre", e outros o chamavam de "o Abismo", o que não era um mau achado. Sua voz esquartejava. Era grande e pálido. Colérico, mais pálido ficava.

Os cavalos sacudiam a cabeça com força. Os condutores eram brutos. Maltratavam. Os animais caíam. Escutava-se o estalido de seus joelhos. As mulas tinham a boca rasgada e uma pasta de sangue e moscas nas narinas. Seus olhos imploravam. Os palafreneiros arrancavam-nas da lama. Os homens batiam-lhes nas ancas, e isto ainda ia durar quatro ou cinco dias antes de reverem o rio. Nem se escutava mais o rugido da água. Chegaria, ainda, este momento onde veriam pulsar, nas árvores, o curso resplendoroso do rio?

Nesse dia, podiam começar a subir de novo o rio Negro – sempre o mesmo medo de errar de rio, de pegar por exemplo a direção do Caurés ou do Ajuana que descem de Nova-Granada ou, ao contrário, o lado oposto, para o Marane, para o Padauari Curicuriari, que devolveria a tropa ao rio Branco, e ao Essequibo e isto quer dizer à Guiana ou mesmo à capitania geral de Caracas e, então, adeus nascentes do rio Negro pois jamais seriam encontradas, num tamanho emaranhado! E se voltassem a Belém do Pará como saíram, se levassem de volta o finado sem achar onde plantá-lo, isto ia dar um estardalhaço nas casernas e nas antecâmaras do governador do Grão-Pará! E em Lisboa, pois!

De tempos em tempos, o coronel Procópio Ribeirão esporeava seu cavalo, e o animal, não podendo dar-se ao galope, saltava no lugar mesmo. O oficial aprumava-se nos estribos. A caravana desfiava às suas costas. Olhava-a do alto. Fazia uma careta e soltava um urro. Era como uma estátua, enorme, belo, seco e catastrófico. Sacudia seus dois tenentes-capitães, Ricardo Azerda que se vestia de negro e de lama, malfeito e todo febril, ressequido como uma velha gravura, e Benvenisto Gomes que exasperava a tropa de tanto parecer jovem e elegante. O capelão, dom Benedito Lunes da Lua, suplicava ao coronel que poupasse os homens, e o coronel dizia friamente: "A questão não se coloca, caro diácono. Faça seu trabalho, meu padre. Ore...assim me poupará de fazê-lo, o senhor me fará ganhar tempo", e dava uma chicotada em seu animal.

Quando estava de bom humor, o coronel Procópio explicava ao capelão da Corte que, há duzentos anos, ou mesmo trezentos anos, desde que o infante Henrique o navegador criara a Escola de marinha de Sagres, os oficiais de Sua Majestade sempre cumpriram as missões que o Soberano lhes confiara em todas as fronteiras da terra, no país dos mouros ou em Goa, nas Índias Orientais, depois do grande Francisco Xavier, depois de Albuquerque, era o tempo dos gigantes, o tempo dos confins, e agora, agora vinha o tempo dos anões e das pústulas, mas o coronel tinha por tarefa civilizar o continente da América e não contassem com ele para macular o Império.

Se preciso, ele abandonaria as pirogas e continuaria com os cavalos, os cães e as carretas — e a pé, se necessário, de quatro pelo chão ou se arrastando, como uma lesma, como uma toupeira, como um exército de formigas vermelhas, e ele escavaria uma passagem debaixo da terra para carregar o finado, com unhas e dentes, mas iria até o fim, e ele o fincaria, o finado, na boca do rio Negro.

O padre Benedito Lunes da Lua podia acreditar. O coronel Procópio Ribeirão não era do tipo de curvar-se. E se, por infelicidade, os índios o matassem com uma flecha, muito bem, ele ordenaria aos soldados que amarrassem sua carcaça ao lombo do animal, e ele levaria até o fim a missão, como fizera o general Arnaldo dos Montes, que amarrara o próprio cadáver a seu animal, no país dos mouros, justamente, no país talvez conquistado por Henrique o

Navegante, em Ceuta, para dar coragem a seus soldados derrotados, outrora. E Procópio, depois de um instante, repetiu: "Outrora..."

O capelão olhou o coronel e alçou o sobrolho. O coronel sorriu:

— Ora, meu padre, é só uma imagem! Claro, foi antes de morrer que ele se amarrou ao cavalo, o major-general dos Montes, compreende? Senão... mas pouco importa: o principal é carregar nosso finado às nascentes do Negro. O rei assim o deseja. Nós desejamos!

O mau é que desde as primeiras semanas da missão do rio Negro, o doutor Joachim De Styjl, que era erudito e gordo, e que fora instituído por Lisboa como o cosmógrafo da missão, fizera uma asneira. Tendo consultado suas agulhas imantadas e seus planisférios, suas tábuas e até uma alidada, decidira que estavam no rio Negro, mas depois de alguns dias, o coronel Ribeirão danou-se contra o cosmógrafo. Disse que não estavam no rio Negro. Estavam em um meandro morto que devia ter se separado do Negro há um bocado de tempo, há muitos anos, pois suas águas eram viscosas, enviscadas de lentilhas d'água e cheias de sapos e de enguias que faziam enormes bolhas verdes na superfície e não era mais água aquilo, mas excremento e germe.

Durante quarenta e oito horas, o doutor De Styjl fanfarronara. Manipulava sua bússola, suas lunetas, o mapa de Samuel Fritz e montes de garatujas. Fez boa figura, mas no fim teve de confessar a patranha. Tinham perdido o rio Negro. Naturalmente, ele jogou a culpa num outro, um de seus predecessores, um cosmógrafo francês, que desenhara o mapa das Guianas quando o rei de França, o falecido Luís XIV, quisera surrupiar o Amapá de Portugal, uma idéia, assim assim, só uma idéia!

O doutor De Styjl ria desbragado. Divertia-se com o douto francês: era um cosmógrafo excelente, de nome Blaise de Pagan, um homem ilustre e mais hábil impossível. Seus planisférios eram autoridade, mas, desde que chegara das Guianas, o camarada fora picado por uma aranha, no rio Oiapoque, e ficara cego, "com-ple-ta-men-te cego", dizia triunfalmente o planturoso geógrafo português. De volta a Versalhes, esse Blaise de Pagan não deu um pio. Rabiscara seus mapas como se nada houvera, às cegas, era o caso mesmo de dizer, dizia De Styjl levantando seu calção sobre o traseiro redondo. O rei Luís XIV não notara nada e os soldados franceses estavam todos mortos na floresta. Nunca conseguiram encontrar a margem setentrional do rio Amazonas e foi assim, por causa de uma aranha, que o maior rei da Europa perdeu a província do Amapá.

De Styjl contava sempre essa história, sempre mesmo, porque todos os dias eram iguais e era por isso que os homens contavam coisas sempre iguais. E quando o coronel Ribeirão não estava, De Styjl bancava o finório, mesmo em presença do padre Benedito Lunes da Lua.

— O senhor entende, reverendo, dizia inchando o pescoço, o mapa de Blaise de Pagan foi um cego quem o fez. Isto quer dizer o quê? Isto quer dizer que só os cegos podem lê-lo, mas não vou furar meus olhos de propósito para tirar vocês do atoleiro, ah, não, veja só! Bem quero ser um homem de honra, mas ora, ora...

E lançava um olhar à coluna, atrás dele, para certificar-se que os soldados riam, mas os soldados tinham água acima das botas e mosquitos entrando pelas narinas e eles fediam, e estavam apodrecendo, como as plantas e os peixes e como essas cerejas negras que cresciam debaixo da água, e eles não precisariam de sepultura pois a floresta era uma necrópole.

Depois, a coluna foi obrigada a refazer o meandro ao inverso. Ou melhor, engoli-lo de novo, este meandro, como fazem as enormes aranhas negras e amarelas quando regurgitam o fio de seda que acabam de tirar do ventre.

Um outro dia, a tropa e o finado chegaram a um rio. Os cavalos chafurdavam na turfa. Alguns se asfixiavam e outros saltavam como cabritos, com todo o petrecho, para sair do lamaçal. As moscas, as abelhas e os tumores que tinham nas ranilhas enervavam-nos. Tropicavam nas raízes, escorregavam no musgo dourado, fosforescente, mais traidor não há.

A intervalos regulares, sem razão alguma, um soldado soltava um berro e açoitava seu animal. Os cavalos esporeavam nas cilhas. Puxavam a correia. Olhavam com ar incrédulo essa gente que estalava os chicotes e que os insultava. Enfiavam a cabeça na cerração pastosa, como se fossem abrir um buraco onde passar sem estrago sua carcaça. Os cães mordiam-lhes os freios e os tendões.

De quando em quando, luzia um fiapo de céu. Uma nesga da floresta resplandecia nas alturas, como uma lâmpada ou uma esmeralda, como um conto de fadas da China, ou das Índias. Um punhado de borboletas faiscava sobre uma touceira, uma profusão de cores. Adejavam desarvoradas, pareciam ensandecidas. Não faziam barulho. E então, todas as coisas trocavam-se por seu silêncio.

Os animais gingavam. Ficavam alegres e não eram fantasmas. O cavalo de fila eriçava as orelhas, mas os outros ainda estavam retidos pela cerração e o tenente-capitão Azerda dizia numa voz sibilante, uma voz de lábios finos e tesos, que tinham é se livrado deles, lá no depósito da cavalaria de Belém do Pará, aquilo nem mesmo eram cavalos, mas esqueletos de cavalos, nos quais jogaram uma pele velha recolhida nas coxias da Ópera de Salvador ou do Rio de Janeiro.

O capitão Azerda repetia duas ou três vezes sua troça, na esperança que melhorasse com o tempo e o uso, e um dia, depois de meses, ou melhor três ou quatro, uma segunda idéia lhe veio: "É por isso, disse, que se enxerga, através de sua pele imunda de carne ruim, uma ponta de fêmur, uma omoplata, os dentes, ou os ossos amarelos em volta do cérebro, dá vontade de tamborilar, isto dá música", foi o que disse o capitão imbecil e quebrou sua bengala sobre um dos crânios e os ossos cantaram como tambores de índios ou de negros.

Os homens curvavam-se, por disciplina ou bajulação, ou então de tédio. O historiador Nawaz que vinha de Lisboa, ele também, como o doutor Joachim de Styjl, embora fosse um negro, ou melhor um mouro, como indicavam seu sobrenome e sobretudo seu nome Abdullah, e não gostava nem um pouco desses amaneirados do exército, disse insolentemente ao capitão Azerda que quase não havia mais risos na munição. Preferia guardar suas risadas para mais tarde, para o dia maldito em que fincariam o finado na nascente do rio Negro, se porventura esse dia um dia chegasse.

O padre Benedito reclamava de dores nos pés e inquietava-se junto ao cosmógrafo:

— Doutor De Styjl, quantos dias acha que temos ainda de marcha, até a boca do Negro? Ou semanas...?

— Cinqüenta anos, dissera De Styjl recostando contra uma carreta, cinqüenta, cem anos? Hesito um pouco... mas não é tão grave assim, o tempo, meu padre...Veja a Bíblia. Matusalém parecia jovem para a idade que tinha: com novecentos anos, mal lhe davam trezentos e cinqüenta ou trezentos e trinta, entende o que quero dizer, meu padre....

E ele enfatuara-se. Parecia dividido em dois porque a cerração cobria a metade de seu corpo. O nariz gorducho plantado como uma batata lisa no rosto largo, rosado, achatado, nórdico em suma, fungava todo o tempo os odores desse bando de índios, de cães e de mulas, mas o capitão Azerda, que não apreciara há pouco as impertinências do geógrafo, viera em socorro do diácono.

— Sabe com quem está falando, doutor De Styjl? O senhor sabe que o padre Benedito Lunes da Lua é o capelão da casa real de Lisboa. O padre Benedito confessou Sua Majestade. O padre Benedito é o diretor de consciência da marquesa de Távora... O padre Benedito... Então, contenha-se, por favor, Styjl! O senhor pode ser um doutor, e muito ilustre doutor, De Styjl, eu sei, eu sei, mas aqui não é a Universidade, aqui é a guerra, e o senhor é soldado, De Styjl! O senhor é nosso geógrafo, e pronto, é tudo. Não veio para fazer o bufão. Veio para encontrar as nascentes do rio Negro. É um pouco mais complicado, não é? Quanto tempo? Cinco meses? Cinco anos?

Estava furioso. Mostrou com o queixo as carretas que os cavalos, as mulas e os homens empurravam por entre os galhos e ramos. A cerração marulhava nas sombras e por acaso não teriam caído no rio? Patinavam num brejo. Como se estivessem debaixo d'água e quem sabe havia carpas nadando nos ramos das castanheiras, nas palmeiras.

— Senhor De Styjl, retomou o tenente-capitão Azerda, temos uma missão. Este caixote é como se fosse o Portugal, senhor Styjl...

E De Styjl rira. Aproveitou a ocasião para desafiar uma vez mais o capitão:

— Exato, capitão. É Portugal, este caixote. É por isso que os soldados não dizem a caixa, mas o finado, não acha, tenente? Porque Portugal, tenente, desde a morte do infante de Sagres... a morte do infante trágico — quero dizer... o infante Henrique que descobriu terras que jamais veria por causa... por causa da morte, senhor Azerda, porque ele morreu, o Infante, muito antes de encontrar o Brasil, mais de um século antes de Colombo e de Cabral...

E De Styjl, que se teria danado no inferno para ter a última palavra, acrescentou que a geografia funcionava muito bem nos países da Europa ou da Ásia, pois ela fora inventada pelos gregos, por um grego de nome Ptolomeu, diz com pedanteria para enervar o capitão Azerda, mas ela não presta para nada de nada nesse troço no qual chafurdavam, esse melaço de cipós, de cadáveres putrefatos, de febres, de miolos, de excrementos, de cobras, de homens carniça, de cavalos carniça e de carniças de índios, é isso, ela ali perdia seu latim, a geografia, pois este Pará não era um país, era uma dejeção.

— Contudo, respondeu a voz lenta do capitão Azerda, ensinaram-me na Academia militar que um cosmógrafo nunca embarca sem sua vara de Jacó, deve ter um nome científico a coisa... como chamam isso, doutor?

— O senhor quer dizer o arbalestril, a vara de Jacó, exato, capitão, e sabe para que serve, senhor, a vara de Jacó? Ela mede a altura dos astros. Mas atenção! Já viu um astro por aqui? Viu um céu, por acaso? Uma estrela?

— O senhor tem ao menos uma bússola? — respondera Azerda.

O doutor De Styjl acariciou sua enorme bússola:

— Bússola! Bússola! A pobre, não deu certo, essa aqui! Imagine, senhor capitão! Quando se é uma brava bússola portuguesa, é preciso ter muito azar para vir se aventurar nesse melaço. Não há norte e não há sul, nessas lonjuras, e sabe por que, Azerda? Porque estamos bem entre o norte e o sul, bem no meio, as estrelas dos dois lados, as estrelas do setentrião, as estrelas do sul, elas se misturam umas nas outras, e o norte fica ao sul, e o sul está ao norte, concorda? E o senhor quer que haja um sul, um norte, e por que não um zênite, ou mesmo um nadir, capitão? Ela não sabe mais o que fazer, a bússola.

— A bússola de Buridan, diz o capelão à meia-voz, para si mesmo.

— Desculpe... O senhor disse...

— Oh, nada.

Nesses momentos, o subtenente Melquior Gralheta, que detestava as disputas, intervinha. Ele trazia calma. Calava o geógrafo. Perguntava-se, apoiando as rodas com seus homens para aliviar o peso dos cavalos, quantas quedas-d'água já tinham atravessado, desde Barcelos, que era a última posta do exército português, antes de alguns acampamentos em ruínas construídos pelos carmos um século antes. Sua figura era negra e magnífica. Tinha olhos transparentes, azuis, com reflexos acobreados, e fazia pensar nessas lentes de vidro que os pesadores de ouro de Belém ou das Minas Gerais escoravam na órbita para examinar as pepitas. Cuspiu para expulsar o calor que colava na língua, mas em vão cuspira, um filamento de saliva escorria de seu queixo.

Perguntou ao capelão, suspenso ao arção de sua sela, há quantas semanas caminhavam. O padre era o único a saber contar as semanas. Toda manhã e toda noite, ele lia o breviário e dizia a missa, o que o obrigava a manter a conta das festas cristãs, a Sexagésima ou Pentecostes, a Ascensão, Natal, os Astrólogos... O capelão disse que lera naquela manhã mesmo o Evangelho da mulher hemoroíssa, a mulher que sangrava o tempo todo e apenas tocara o manto de Jesus e não sangrara mais, está em São Marcos e também em

São Mateus, diz rapidamente o capelão. O doutor De Styjl caiu na gargalhada:

— Veja, reverendo, achei enfim um bom uso para nossa religião, serve para saber a quantas andamos com o tempo. O senhor e santo Agostinho, vocês sempre buscam a prova da existência de Deus. Mas ei-la, por Deus e por todos os santos, a prova de Deus! Deus existe para que se saiba a quantas andamos com o tempo...

O reverendo Benedito olhou-o pensativamente.

— Não é de todo estúpido o que o senhor está dizendo, De Styjl, não é de todo estúpido... O tempo? Sim, o senhor quer dizer que o tempo seria uma prova da existência de Deus... Por Deus...

O grande Melquior Gralheta aproximou-se do capelão. Disse-lhe que todas as tolices de Joachim De Styjl a respeito do tempo eram só uma maneira de matar o tempo e era preciso tratá-las como são, mas De Styjl ainda lançou:

— Já é triste o bastante estar no inferno, meu padre, se ainda por cima não tivéssemos o direito de nos divertir.

E acrescentou, com uma voz ansiosa:

— Como matar o tempo, meu padre, se o tempo já está morto?

O capelão disse: "Sim, como fazê-lo?", pois, no fundo, ele concordava com o geógrafo.

Na noite, comeu-se um pouco do tapir que um soldado pegara numa armadilha e tambucas e dourados, havia muitos no rio, e os dourados são tão bons, com feijão-preto, uma boa refeição, depois o subtenente Gralheta disse ao padre Benedito Lunes da Lua que queria confessar-se. Era sempre à mesma hora que lhe vinha o desejo, no começo da noite, por causa do roçar suave nas árvores, dos sons dos ventos, dos estalidos, e das lamúrias dos animais, e das lástimas da morte.

Contudo, Melquior Gralheta era um homem corajoso, mas vinha do sertão, não da floresta, vinha do Nordeste, da região sem árvores e sem nada. Nascera em São Cristóvão, na capitania de

Sergipe del Rei, entre o Pernambuco e a Bahia, mas, com a morte da tia, engajara-se no exército. Há alguns meses comandava uma esquadra, em Belém do Pará, no forte do Presépio, mas nunca se acostumara com as chuvas, com essas árvores, com esses parasitas, esses vermes, e os cipós e os ramos e os galhos que agarram como se fossem mãos, e este verde, este verde e este verde, com o berreiro dos macacos, os gritos sobretudo, com os latidos dos cães e com estas noites feito buraco, com estas noites de abismo, dizia, pensando no apelido do coronel Ribeirão.

Todas as vezes era a mesma cena: o padre Benedito da Lua cerrava as pálpebras. Não que não gostasse de confessar os soldados, ainda que os principais pecados da segunda companhia do Grão-Pará, em missão nos confins da região amazônica, como, aliás, os pecados de todas as companhias perdidas do mundo e também daquelas que não estão perdidas, concerniam todos às mulheres e o capelão não gostava muito de falar dessas coisas.

Felizmente, era indulgente. Tinha uma boa teoria. Era da opinião que, para um soldado, não é um grave inconveniente ficar sem mulher durante oito, quinze dias. Ao contrário, era até um alívio, mas quando se está na miséria por muito tempo e quando a conta não é mais em dias, mas em meses ou anos, quando é preciso dirigir-se ao padre para saber se estamos no domingo ou na quinta, se esta é a missa da Quadragésima ou a da Assunção, e quando se ignora onde estamos, e até se estamos em algum lugar e quando além do mais há todos esses morcegos e suas negritudes, e nos rios insetos aos montes que entram pelo cu e picam, então, é outra coisa, e não é mais um pecado pensar nas mulheres, nem nas suas bundas e em seus seios e em todas as coisas que elas fazem, e dom Benedito dizia essas palavras grosseiras para mostrar aos soldados que não era carola, mas sua voz tremia, porque ele bem que gostava de dizer essas palavras de vez em quando.

O subtenente Gralheta aprovava o padre Benedito. Certas noites, ele tinha a impressão que não sobrava mais uma só mulher que prestasse, nem mais uma só, e não apenas ao longo do rio

Negro ou do rio Demini ou do rio Branco, mas na terra inteira, em Belém, em São Luís, na província do Maranhão toda, nem na Espanha, nem na África, nem mesmo no forte de Barros, que ficava na junção do rio Negro e do rio Amazonas, porque as mulheres, isto não existe, reverendo, é conversa, nem um rumor é, nos engabelaram, foram os homens que as inventaram, mas as mulheres são dez vezes mais espertas, elas sabem muito bem que não existem, era essa a idéia de Melquior Gralheta, mas era uma brincadeira, ou então a floresta lhe tinha torrado os miolos.

O capelão Lunes da Lua, nos primeiros dias, mordia os lábios, mas, ao fim de algumas semanas de selva e se o provocassem um pouco, punha uma surdina em sua educação lusitana e sorvia com um sorriso incomodado as leviandades que soltava Gralheta, mesmo quando este, como para conjurar a falta de mulheres, dizia coisas licenciosas, dizia por exemplo que nesses desatinos, quando não se vê uma mulher há semanas, nem se escuta um grito ou um suspiro de mulher, dá medo, e então é em bando que as mulheres desembarcam em nossa cabeça e a privação é tanta, nessa hora, que treparíamos o traseiro de um jaguar para ter o direito de sentir um pêlo de mulher, e depois Gralheta, como era um pouco instruído em matéria de religião e em teologia, culpava esses dominicanos de Sevilha que queimavam mulheres aos montes porque elas atraem o diabo.

— Vou dizer uma coisa, reverendo, contra os demônios não é água-benta que se asperge, mas fêmeas, porque o diabo, assim que vê uma mulher nua, ele se esgueira loguinho, o rabo entre as pernas.

Conversavam na noite lisa, no fúnebre da noite, os dois, o capelão de Sua Majestade de Portugal e o grande mulato, de uma rede a outra, porque eles tinham o mesmo medo e a mesma incerteza, nessas matas carunchosas, e os soldados que tirintavam de frio em suas redes, ao lado, gostavam dessas conversas à meia-voz. A solidão e a crueldade da floresta diminuíam e isto sempre terminava da mesma maneira: o padre rendia as armas e reconhecia que depois de alguns meses de floresta, se alguém quiser divertir-se com uma mulher, isto não é pecado, não se podia chamar a isto luxúria ou concupiscência, pois que não há mulheres na mata. A verdade é que se quer apenas verificar que as mulheres existam, como dizia o subtenente Gralheta na outra noite, e uma voz vinha da rede vizinha, uma voz de soldado: "Isso é bem verdade. O ruim, meu padre, é justamente que na floresta elas não existem".

— Ah sim, dizia o padre sorrindo, é isso... Sempre esqueço...

O padre Benedito tinha um fraco pelas confissões de Melquior Gralheta. Ele gostava do mulato, sua tranqüilidade, sua inocência, suas traquinagens de menino crescido, seus despropósitos e suas bondades, e sua generosidade, sua modéstia e esta maneira que tinha de levantar um dedo no ar quando se achava interessante. E Gralheta tinha uma outra qualidade: conhecia umas citações de latim, pois trabalhara alguns meses como cozinheiro ou como faxineiro, dom Benedito nunca entendeu ao certo, no grande seminário de Sergipe del Rei, quando era jovem, mas tinha deixado o Sergipe quando sua tia morreu, sua tia Josefina, que era negra, muito negra, porque ele cansara de ver as crianças comendo terra para se alimentar ou então para morrer, como se fosse a mesma coisa. Foi então, antes ainda de São Luís, que entrou no exército, em Belém, que era a capital do Pará. Entrara voluntário para a missão dos confins, mas só o tempo da missão dos confins, porque depois vencia seu engajamento e ele procuraria um outro ofício e talvez uma outra cidade, e ele gostava de mudar de cidade depois que Josefina não estava mais entre eles.

O tenente-capitão Azerda tinha uma preocupação. Temia que por causa do atraso pegassem a estação das chuvas antes que a missão chegasse à fronteira, na boca do rio Negro, pois o equinócio de outono já passara havia várias semanas, e foi o que aconteceu. O tempo era cinza e quente. Cortejos de nuvens afluíam. Empilhavam-se umas nas outras, trevas sobre trevas, até ocupar todo o espaço compreendido entre o cimo das árvores e o céu.

O coronel Ribeirão enervava-se. Na madrugada, fazia soar os clarins, batia nos cavalos. Excitava os cães a correrem em cima dos índios — os índios de cepa, pois os molossos tinham sido exercitados a reconhecer as raças puras: só mordiam os índios de cepa, os "verdadeiros nativos", "o ouro vermelho", como dizia amargamente o subtenente Gralheta cuja avó Josefina era mameluca, uma mistura de índia e de negra, e era preciso reconhecer que um caboclo, mesmo se só tinha uma gota ínfima de sangue português, não tinha o mesmo cheiro de um índio.

Grossas gotas caíram. O coronel Ribeirão mostrou sangue-frio. Disse: "As chuvas! A-diaaan-te!". Mantinha-se ereto. Ostentou uma postura heróica e arqueada, menos por vaidade ou por estupidez que por fidelidade à Coroa, e era uma maneira de reanimar sua gente. Endireitou-se nos estribos, na ponta das botas, o sabre desembainhado. Soltou um grito terrível. O grito rolou mata abaixo e o coronel disse uma segunda vez: "A-diaaaan-te!". E era como se ele desse carga à chuva.

Um pouco mais tarde, o céu despencou por inteiro e Melquior Gralheta, quando contou depois a história, em São Luís do Maranhão, entre as mulheres do Entreposto, pois ele nunca mais voltou nem a São Cristóvão, nem a Belém do Pará, explicou que em alguns dias uma outra região veio juntar-se à primeira, uma outra floresta envolvera a floresta, e que não chovia água, mas lodo, ou lepra, ou vômito, ou veneno.

Rios fabricavam-se sob as vistas dos soldados, num piscar de olhos, era como um passe de mágica. Onde não havia nada, uma piscadela depois havia um rio, não se sabia donde viera, sobretudo porque corria sempre ao contrário, em direção à nascente, com todo seu carregamento, suas espumas, suas bolhas, suas árvores hirsutas, suas capivaras e seus galos-do-pará e seus tamanduás mortos, e tinha até um leopardo, inda jovem.

Entre as colinas e as cachoeiras, novos rios vertiam uns nos outros e formavam charcos e turbilhões. As carretas, com seus cavalos, com seus condutores e seus soldados presos às rodas, ficavam grudadas no visco tardes inteiras. Os soldados empurravam com todas as suas forças. Mas as rodas não se moviam e os homens e os cavalos eram como estátuas. Uma carreta caiu no rio e arrebentou-se contra uma pedra enorme. Era, dirá um dia Gralheta a Maria da Salutação, que era uma das mulheres do Entreposto, justamente, em São Luís do Maranhão, era bem como um barco estripado sobre um recife.

Dois cavalos foram arremessados na corrente. Partiram a um passo inacreditável com suas carretas no rabo. Um enorme tronco de árvore pegou-os por trás e os animais caíram, as pernas emborcadas. Seus cascos agitavam-se por cima das águas tão sombrias, como se tentassem, em desespero de causa e na falta de chão, galopar uma última vez apoiando-se no céu.

A tropa dispersava-se. Os soldados chamavam uns aos outros. Nas ribanceiras, as águas tinham formado charcos nos quais buliçavam peixes, sapos, cobras, enguias, tudo a ponto de morrer. A torrente carregava as árvores, as raízes para fora, e quando o aguaceiro fez uma pausa, elevou-se da floresta um milhão de calores e de murmúrios.

À noite, os soldados procuravam um buraco entre os entrelaçados de cipós, mas, no dia seguinte, estavam encharcados como cordas de tílias. Viu-se nadar na torrente uma outra carreta, cadáveres de cães também, e o de um soldado que ninguém nunca ouvira a voz, um homem miúdo, nodoso e taciturno, sem dúvida do sertão pois tinha os olhos tristonhos, mas agora era tarde demais para saber onde vivera quando era menino e mesmo para saber se não era mudo. Sempre se deve fazer as perguntas quando os homens ainda estão vivos. Depois é tarde demais, disse Gralheta, e o capitão Gomes riu muito, e Gralheta falara muito gravemente.

No mesmo dia, a carreta na qual estava arrimado o finado — mas agora, como a morte estava entre a coluna, não se falava mais tanto do finado, falavam da caixa ou da estela, o marco, e alguns diziam o nome certo, o padrão — chocou-se contra uma grande pedra e degringolou em direção às águas. O coronel Ribeirão e os dois capitães, Azerda e o outro, o Benvenisto Gomes, correram.

Conseguiram segurar o cavalo da frente pelo freio e fazer subir de volta à margem a carreta e a caixa. Lá, tomaram fôlego. Congratularam-se, adivinhava-se, mas não por muito tempo, porque foram pegos, os três juntos, por uma enorme raiz de castanheira que ia pelo rio, e eles caíram nas águas.

Correram com vontade. Era estúpido. Parecia que tinham pressa. Suas cabeças moveram-se acima da água e afundaram. O coronel Ribeirão reapareceu. Gritou alguma coisa, uma ordem, sua boca abria-se. Sua voz era bem miúda na algaravia da cheia e fazia pensar nesses saltimbancos que se vêem nas cidades do Grão-Pará ou mesmo em São Cristóvão do Sergipe, em dia de feira, que fazem menção de gritar, mas som algum sai de seus lábios.

2

A MISSÃO PERDERA SEUS TRÊS OFICIAIS. O primeiro movimento dos soldados foi debandar, mas falar era fácil! Teriam sobrevivido nessa floresta tão imensa? Estariam perdidos e nada é mais parecido com a geena do que um país sem limites nem caminhos. O reverendo Benedito Lunes da Lua tomou a frente. Logo que o coronel e os dois capitães se afogaram, no início da noite, ele reuniu os graduados. Convidou o subtenente Melquior Gralheta, vulgo "Bala", que tinha o grau mais elevado, a assumir o comando.

Gralheta resmungou. Como chefe não prestava não. Tímido e sempre meio estouvado, preferia esperar a chegada dos novos oficiais que Sua Excelência o governador do Grão-Pará não tardaria a enviar para substituir os três desaparecidos. O capelão acariciou o nariz com a ponta de um dedo.

— Ora, vamos, Melquior, ninguém no mundo sabe onde estamos! Como acha que as autoridades do Grão-Pará vão tomar conhecimento de todas essas histórias? E, admitindo que sim, como nos encontrariam? Entenda, meu caro Melquior, nem nós sabemos onde estamos.

O mulato falou embaraçado: "Mesmo assim, meu padre...". O capelão geral disse: "Até eu, nesse troço, se me procurasse, acho não me encontraria". E deu duas ou três fungadas, soltou dois ou três vapores, que faziam um barulho obsceno vindo da parte de um homem tão refinado. Mostrou o Sol poente, a lama, os raios dourados no rio, e disse: "Quer mesmo que a gente morra, Bala?".

Melquior mordeu a língua. Não sabia dizer não. Quando trabalhava na venda de sua tia Josefina, em São Cristóvão, estava à mercê de todos. De todas. Carregava os cestos, as bilhas e as sacolas de palha, as precatas, os maços de salsaparrilha para dor de barriga, ou de ipeca quando se precisa vomitar, e as garrafas de andiroba das clientes de Josefina, sem falar dos sacos de babaçu, das bananas e da mandioca. As ruas eram areentas. Ao fundo, via-se o mar, entre as casas completamente brancas, e o mar era azul.

Da manhã à noite, o pequeno Melquior ia de velhinha em velhinha. Seus amigos riam-se, diziam: "Se mandassem Melquior procurar água no deserto, ele cavaria um túnel. Sairia de lá depois de cem anos. Pediria desculpas por ter demorado um pouco e por ter sujado a camisa".

As brincadeiras lisonjeavam-no, mas não queria passar por parvo. Dizia a Josefina: "Pareço um pouco abestalhado, assim, educado demais, mas acredite, tia, sempre faço o que quero, minha tia Josefina. — E o que quer? — Quando crescer, vou ser padre". Josefina abraçara-o. Alegrava-a imensamente que Melquior entrasse nas ordens, pois ela mesma gostava muito das igrejas, sobretudo do cheiro do incenso, e um dia, uma tarde, enquanto comiam o cuscuz na venda, era uma tarde muito bela, ela dissera que se Melquior virasse padre, estaria bem posto para pedir a indulgência ao Senhor quando ela morresse. Isso os fizera rir. O corpo de Josefina tremia, um corpo tão pequenino, nos últimos anos, que o cura de São Cristóvão se perguntava onde ela armazenava tantos tremores, e Melquior tomava-a em seus longos braços de menino, fazia-a rodar como um pião e seu vestido vermelho enfunava.

Naquele dia, disse-lhe que ela nunca fizera o mal. Não precisava de advogado no tribunal do bom Deus. Quando depositasse sua trouxa, lá em cima, era certo e seguro, todos se levantariam, até mesmo o arcanjo Gabriel com suas asas, pior para a Virgem Maria, esperaria um pouco mais por sua Anunciação, a Virgem, não tinha importância. O arcanjo Uriel também se levantaria. É aquele da Bolívia e do Grão-Pará. Não tem muito o que fazer, esse Uriel. Gabriel, sim, esse se agita como um diabo na caldeirinha, mas Uriel, o que anda aprontando, nunca se sabe... Josefina diz que Melquior estava era arranjando desculpas, e Melquior consolou-a. Seria mesmo assim um cura. Era melhor precaver-se. Josefina dançou um pouco, mas não era uma dança de verdade, porque ela era miúda, agitou os pés no ar sem descer da cadeira. Ela teria gostado que ele se tornasse um bispo. Um bispo!

Agora, ele era soldado, subtenente, mas não foi por querer, e ele pensava em Josefina. No fundo, ele a traíra. Não era bispo, nem mesmo um monge, mas não era por culpa sua. Josefina morrera. Ele teve de pegar a estrada, cortar cana e agora era soldado, largou o grande seminário, mas ainda não renunciara. Veria, mas precisava ser rápido, pois se perdesse a fé antes de se tornar um cura, então, oh desgraça! Era isto: devia atiçar sua fé enquanto não era cura. Depois, ele descobriria...

Por enquanto, estava em maus lençóis. Os três oficiais estavam mortos. Bala era o chefe, pois o arcediago obrigara-o, mas tinha pressa de deixar o Exército, não sabia o que faria depois da missão ou sim, sabia, ele tinha uma idéia, mas era complicada, não muito comum, e Josefina não teria apreciado. Não falava disso a ninguém, fechado a sete chaves, mas não se pense que não sonhava com a coisa.

O arcediago anunciou à tropa que Melquior aceitava o comando. Os soldados fizeram uma ovação. Melquior Gralheta inspirava confiança. Era serviçal, corajoso, de caráter alegre e às vezes chistoso, e corria como uma mula. Tinha músculos de jacarandá, e nada é mais útil que músculos de jacarandá quando uma tropa está num dilúvio e não tem nem uma pomba e, de todo modo, ele dissera ao padre Benedito Lunes da Lua com uma piscadela, o que íamos fazer com uma pomba, não sobrava um só ramo de oliveira em todo o Grão-Pará porque todas as oliveiras já tinham sido utilizadas na Bíblia. Era assim, o tipo de gracejo que fazia.

Era plácido, tolerante. Quando deixava alguém, virava a cabeça de lado, depois de dar algumas passadas, e seu sorriso era lento, apático, quase morto, um sorriso morto, é isso, mas de uma morte tão suave, e não terminava, e nunca se esqueciam dele, pairava no ar, e era por isso que todos gostavam de Gralheta.

Os soldados diziam que ele podia dar um tiro de escopeta e correr tão rápido que pegava a bala na mão quinhentos passos adiante. Bem merecia o apelido de Bala. Era sua lenda. Orgulhava-se, mas não fazia caso. Dizia: "E vou parecer o quê, com um nome desses, daqui a quarenta anos, quando precisar de duas ou três bengalas para dar um passo?".

Sua primeira decisão como chefe foi encontrar o coronel e os dois capitães, seus despojos. Sabia que era tolice, mas era preciso, o regulamento é formal, e mesmo se não fosse pelo regulamento... Os três cadáveres iam caminhar de cachoeira em cachoeira. Enganariam de rio, como todo mundo, como o cosmógrafo Joachim De Styjl e como o outro, como o geógrafo cego do grande rei de França. Saltariam por cima das pedras, bifurcariam, voltearíam nos redemoinhos d'água. Primeiro avançariam juntos, depois cada qual de seu lado, e só se encontrariam mais tarde, nos pântanos de Barcelos ou então na altura do forte da Barra. Lá se saberia quem foi o mais rápido. Talvez fosse o capitão Azerda, porque o mestre de campo Procópio Ribeirão, este, era grande, e tão inflexível, já quando vivo, que bateria com a cabeça em cada pedra. As três pirogas estariam inundadas. Enredariam num mangue. Os caranguejos vermelhos estariam excitados. Esses caranguejos eram antipáticos: tinham uma carapaça magnífica, uma couraça de sangue fresco. Os olhos cheios de curiosidade e mais azuis que pedras preciosas. Mexiam-se na ponta de longos pedúnculos de carne.

O capelão-geral Lunes da Lua celebrou um culto à memória do passamento. Fê-lo no dia seguinte, depois da chuva, quer dizer, no fim da tarde. O céu espelhava como um mar. Era um céu muito fino, dava medo que rasgasse. Os soldados dispuseram-se em posição de sentido ao longo do rio. Tinham ajambrado seus uniformes, mas os rostos eram inexpressivos. Gralheta pendurou o longo sabre em seu talabarte. Desembainhou-o bruscamente, sem ordem de comando, um pouco como vira fazer o coronel Ribeirão no dia do drama. Manteve-o a muque enquanto o padre Benedito benzia o rio. Com um nome desses, Benedito, era fácil, não tinha mérito nenhum! Viram um peixe-boi, entre duas ilhas de folhagens, e uma dessas ilhas corria ao contrário, com íbis rosas e jaguacacacas em volta. Os clarins fizeram alarido. Os papagaios também. Voaram às dezenas, e os macacos faziam das suas.

No dia seguinte, Melquior Gralheta improvisou um conselho com o reverendo Benedito Lunes da Lua e o cosmógrafo De Styjl. Convocou igualmente Abdullah Nawaz, que chegou com o frasco de tinta de galha e o frasco de urucum, os papéis e as penas de que nunca se separava desde que Lisboa o nomeara historiador oficial da missão.

Abdullah era um mouro muito sábio. Pudera! Saíra de Coimbra. Dizia que conhecia o grego e a geometria. Não era de desprezar, mas um tanto pretensioso. Queria ser original e era vaidoso de sua pessoa. Mastigava o bigode. Quando se enervava, chupava a ponta esquerda, e certos dias sustentava que era possível fazer a guerra só de contá-la.

O subtenente Gralheta, os dois professores e o capelão sentaram-se sob um arvoredo de palmeiras, em uma plataforma forrada de uma relva muito verde, muito molhada, muito luzidia e que dominava o rio entre a frente espessa da floresta e os manguezais.

Por desgraça, a estiagem não durou. A chuva voltou. O doutor Nawaz guardou pena e papel no alforje, mas disse: "Isso vai passar!", e manteve seguro o frasco de tinta.

Os quatro homens estavam molhados e barbudos, sobretudo o cosmógrafo, pois ele era gordalhão e careca e seus pêlos não eram disciplinados. O capelão tinha uma barba cinza, não lá muito limpa, magra, pontuda, do tipo europeu, do tipo Richelieu. O resto de seu rosto era rosado. Sob os pêlos colados devido ao encardido, adivinhavam-se as feridas, as picadas de insetos, os arranhões. A chuva durava.

Dom Benedito Lunes da Lua propôs que se refugiassem sob uma tenda amarrada em quatro estacas. Os olhos do subtenente Melquior Gralheta eram daquele azul de perdição que se encontra entre as negras de Pernambuco e que chamam de o azul holandês por causa dos soldados das Províncias Unidas que ocuparam a vila, outrora, outrora, no tempo do príncipe João Maurício de Nassau.

Quando os quatro homens se aproximaram para discutir, podia jurar-se que eram umas bestas pacóvias. Estavam úmidos. Os corpos fumegavam. Até mesmo Nawaz, tão mimado pelas mulheres e tão vaidoso de seus ares, era desagradável de ver. Além do mais, faltavam-lhe os dentes, mas todas as bocas da região eram desmobiliadas, e Nawaz tinha o hábito de comer lagartas. Aprendeu com os índios. Arrancava-lhe os olhos com um golpe rápido e seco e enfiava o animal na boca. Escutava-se um estalido.

Balançava maquinalmente seu vidro de tinta, que ia na ponta do braço. O gordo Joachim De Styjl, ágil de espírito, fingiu tomar o amigo Abdullah Nawaz por um mendigo, com aquela mão estendida, e disse que ali se fodera, que estavam na floresta, não na cidade, e que era melhor passar sua gamela nas ruas de Vitória ou na porta das igrejas de Congonhas, e não debaixo dessa enxurrada, nesses confins do Grão-Pará onde ninguém, ninguém, salvo alguns anjos em debandada, o pobre Uriel à frente, e também alguns índios de antes de Cabral, jamais passara e, ademais, esses índios não tinham ouro, pois as primeiras minas foram abertas, nas Minas Gerais, bem depois, e Nawaz ia terminar ficando com dor no braço.

Dito isso, De Styjl meneou duas ou três vezes a cabeça, como fazem os anjos, justamente, nas igrejas de Ouro Preto ou na de Nossa Senhora do Bonfim, em Salvador, cada vez que se escorrega uma moeda em seu crânio. Nawaz, que se acostumara ao cosmógrafo, não respondeu. Gostava dele.

Melquior Gralheta abriu o conselho. Disse coisas pouco encorajadoras: a missão não tinha mais porquê. Deram num vespeiro e os três oficiais, adeus! Não sairiam mais dessa. Contudo, Gralheta recusava-se a bater em retirada, questão de honra. Dissera "Questão de honra!" com uma voz solene, grandiloqüente, o que não era uma maneira sua, mas pensou que fazia bem, afinal, era o chefe. Quis se corrigir com uma pirueta. "Além do mais, como se pode bater em retirada se não há um Exército inimigo à frente?" Falava com uma voz jovial, pois não queria fazer medo aos companheiros, mas juntou a ponta dos dedos e os dedos tremiam como os de Josefina. E ele disse: "Que chuva!".

Para apoiar sua decisão de continuar a marcha custasse o que custasse, pediu a dom Benedito Lunes da Lua para dizer novamente as palavras magníficas dirigidas por Sua Majestade, o rei de Portugal, nos cais do Tejo, ao grande almirante do mar oceano, Luís de Sepúlveda, quando a "estela dos confins" içara à proa da Cara Bela das Vitórias, no mês de dezembro do ano precedente, num grande frio.

O capelão levantou as mãos. Dos quatro homens amontoados naquele dia debaixo de uma tenda de sisal, nos desastres do céu, em busca das nascentes do rio Negro, só ele assistira ao embarque da estela em Lisboa. Ele benzera a caravela.

Mil vezes ele contara a emocionante cerimônia do Tejo. Contou-a uma vez mais. Acrescentou uma pitadinha de maledicência. O soberano, ladeado pela esposa, avançou com um passo resoluto em direção ao mar oceano, com todo o porte e balançando os ombros, como se fosse atirar-se assim todo paramentado em seu belo trajo de escaravelho dourado, mas parou bem a tempo, como um acrobata, na extremidade do molhe. Era um rei de pouca estatura. Parecia uma estaca, a cabeça jogada para trás, e largou um discurso inspirado de seu longínquo predecessor, o rei Manuel I, o senhor da Conquista, o inesquecível e o magnífico, o de Vasco da Gama e de Pedro Álvares Cabral, belo discurso, aliás, mas que lia com uma voz arrogante:

"O Império inteiro, dissera o rei vigiando as nuvens com um olho, o Império com seus burgos, com seus campos, acompanhará a missão dos confins. Mais uma vez, ó Portugal, eis-nos estabelecidos nestes antigos finistérios onde trovejam as intimações do destino. Metamo-nos à vela, ó Portugal, para uma segunda conquista!"

Enfim, foi mais ou menos isso o que disse, o capelão não tomara notas. Joachim De Styjl já se dispunha a mangar do soberano, mas o capelão cortou-o amavelmente. E o subtenente Gralheta disse que o importante era compreenderem que depois de tais solenidades, a missão dos confins estava condenada a vencer e a instalar a estela no lugar exato onde os cosmógrafos de Madri e de Lisboa estabeleceram a fronteira entre as duas monarquias ibéricas, em obediência à bula *Inter coetera*, de Sua Santidade Alexandre VI Borgia, depois do tratado de Tordesilhas, que reservara aos portugueses todas as terras situadas a trezentos e setenta léguas a oeste do Cabo Verde. Caso contrário, se a missão falhasse, se voltasse a Belém do Pará como saiu, e ainda por cima com o finado, muito bem, Portugal não teria fronteira, e a voz do capelão então disse, como para si mesma:

— O que é um país sem fronteiras, o que é? Não é nada, nada de nada. Nem se pode pensar em coisa igual.

E Gralheta acrescentou que o rei ficaria furioso e sua amante, a Távora, ainda mais, pois essa idéia de estela fora ela quem tivera, e a Távora era uma puta, todo mundo sabia, uma devoradora e um vampiro. Quando achava uma garganta, dela não tirava mais os caninos. Amava o sangue e o fel. Ordenaria ao general comandante da guarnição de Belém do Grão-Pará para trancafiar os chefes da missão dos confins na prisão, e depois corte marcial, e depois a caminho do patíbulo na muralha do forte do Presépio! Provavelmente uma manhã.

— E quic! disse o doutor Nawaz.
— Quic? Por que quic? disse Melquior Gralheta.
— Quic... Porque você está dizendo besteira, Bala...

O historiador explicou-se: podiam ficar tranqüilos. Nada aconteceria: como poderia a justiça militar apelar ao tribunal um cadáver de coronel? Inda mais um cadáver perdido. No pior dos casos, os magistrados condenariam à morte o coronel Ribeirão, o tenente-capitão Azerda e o capitão Benvenisto Gomes, mas eles tinham tomado a dianteira, todos os três, já estavam mortos, fizeram bem. A voz de Nawaz, nesses casos, adquiria a sonoridade de uma trombeta.

O padre Benedito repreendeu o doutor Nawaz. Detestava que se brincasse com Deus, com a monarquia e com a instituição militar, mas Nawaz deu de ombros. Deu um tapinha no alforje, como para certificar-se de que seu material de escrita — seus frascos, suas tinturas — continuava ali. Disse:

— Largamos em qualquer lugar o marco, a estela! Diremos que a fincamos na fronteira, e como ninguém jamais passou por aqui, e como ninguém jamais passará, o que pode acontecer conosco, dom Benedito?

Eis o que disse o doutor Nawaz, e cuspiu na direção do rio. O capelão estava perplexo, pois tinha frio, sobretudo nos pés. Os sarcasmos do historiador mortificavam-no, mas, contudo, estava do seu lado: a tropa devia dar de rédea agora mesmo se não quisesse ser levada pela cheia ou comida pelos jacarés. É verdade, o padre não tinha ilusões: em caso de derrota, eles seriam, assim que voltassem a Belém do Pará, conduzidos a Lisboa, julgados e condenados. Mas, com sorte, podiam escapar ao laço da forca. Não às cobras.

O subtenente Gralheta inclinou-se para o cosmógrafo De Styjl para ouvir sua opinião. De Styjl sonhava ou fingia. Enfiava um pedaço de madeira na terra enlameada, como se medisse o tempo que era preciso à água da chuva para encher o buraco. Depois, levantou os olhos para Gralheta. De hábito, confiava em si, presunçoso e superior às circunstâncias, mas a morte dos oficiais confundira-o, e essas chuvas sem fim — para troçar, ele dizia "essas chuvas sem confins" —, essas baforadas quentes e essas agitações de animais que nem visíveis eram! Pior: esses animais que nem existir existiam e, ainda assim, agitavam-se...

Com seu rosto de lua, de lua rosada, holandesa, e semi-oculto sob um grande chapéu de palha de carnaúba, ele parecia, o batavo, com esses animaizinhos gorduchos que dormem sob as pedras. Disse que aquela reunião era vã; qualquer que fosse a decisão, o resultado seria o mesmo!

— Primeira hipótese: abandonamos e voltamos a Belém. Mas vocês sabem onde está, sabem, este Belém do Pará? Segunda hipótese: fazemos o contrário. Não voltamos a Belém. Obstinamo-nos, subimos o rio Negro. Muito bem! Muito bem! Mas sabem onde está, sabem, o que não é o Belém do Pará? Quem nos garante que este rio é o rio Negro? Ou que não é o rio Negro? E então?

— Então, o que, De Styjl? O que quer dizer? — disse o padre Benedito, puxando o grande crucifixo pendurado em seu pescoço.

— Meu padre, quero dizer que não podemos fazer nada: se queremos chegar à boca do rio Negro, pode ser que nos percamos no caminho e demos no Belém do Pará. Mas, se decidimos o contrário, se dizemos que voltamos a Belém, pode ser também que nos percamos no caminho e cheguemos às nascentes do rio Negro! Percebeu? Eis o que quero dizer, dom Benedito... Por que nos preocupar, meu padre? Não sabemos nada. Não podemos nada. Não somos nós quem decidimos. O que decide, é... eu não sei, não sei...

O doutor Nawaz respirou fundo e segurou seu amigo, o doutor De Styjl, com a mão...

— Diga-me, Joachim, não vai longe demais, não? O cosmógrafo é você. Dom Benedito é um cura. Gralheta, um militar, e eu, um historiador. Mas o geógrafo é você. Estou enganado? Você foi nomeado pela Corte de Lisboa para nos conduzir. Certo?

De Styjl entediava-se. Estirava o lábio entre dois dedos. Fazia umas pequenas lombrigas, rosas e cinzas, e assoprava para fazer bolhas com a saliva. Escutava a chuva. Passado um tempo, disse:

— Justo, Nawaz. O cosmógrafo sou eu. E você quer saber onde estamos? Pergunte a mim, Nawaz, eu sou o cosmógrafo, não sou? Então, pergunte!
— Onde estamos, De Styjl?
— Não sei.
— Onde estamos? repetiu Nawaz violentamente.
Joachim De Styjl encarou provocadoramente Nawaz.
— Já disse: não sei, irmão velho.
— Não sabe onde estamos? Não sabe?
— Não sei. Anote em seus papéis, meu amigo. Ponha isso na sua crônica, historiador!
Aprumou-se com uma lentidão exasperante e escorou-se sobre sua pedra.
— Enfim, quando digo "sua crônica", Nawaz... é por delicadeza. Vê, é esta, a vantagem de teu país de mouros: entre os turcos, se morrer no deserto da África, não há de que se inquietar, porque, mil anos mais tarde, alguém vai encontrar os ossos na areia, tua faca, teus papéis. Mas aqui, Nawaz, o que sobrará em mil anos? Ou mesmo em cem anos? Ou no próximo mês? Vai sobrar o quê? Um pouco de merda. Vermes enormes. Larvas. Não?
O geógrafo gordo repetiu duas vezes: "Um pouco de merda", e levantou sentenciosamente um dedo.
— Meu velho Nawaz, vou ensinar a você a regra de ouro: os países secos têm uma história. Os países úmidos, não!
— Você é nojento, De Styjl. Você quem nos põe na miséria, você quem se perde de rio, e ainda se vangloria.
— Não estou vangloriando-me. Você diz que estamos perdidos, Abdullah, e eu digo: concordo. Não sou querelador, meu velho. E digo também, escute bem camarada, eu digo: foi uma boa coisa porque, agora, não precisamos nos perder, porque já estamos perdidos. Então, só nos resta encontrar-nos. E, na minha opinião, é mais interessante, afinal, encontrar-se que se perder!
Ninguém respondeu. Os quatro homens estavam acocorados sobre seus calcanhares ou bem escorados sobre suas pedras, à

beira do rio louco, calmos, amorfos, consumidos, sombrios, como oficiais ou funcionários que vão tomar a fresca, uma tarde de misericórdia, uma tarde azul e simples, em Belém do Pará, em São Luís do Maranhão, em Tombuctu, no oásis de Timé, debaixo das mangueiras ou debaixo das bananeiras, saindo de seus escritórios, e a chuva era um tabique transparente, brilhosa em volta deles. Gralheta era grande, sua cabeça encostava no pano e a água escorria sobre seu chapéu. Ele olhava a floresta e a chuva e as claridades da chuva.

Pareciam-se com rochas. Ouviam o fluir do aguaceiro na mata e o coaxar das rãs, dos sapos. Alguns sapos podiam matá-los só com uma cusparada. E havia os papagaios e os silvos, os cacarejos. E os escárnios e os gemidos, os roncos, animais degolados.

A um momento, todos esses gritos misturaram-se, não se entendia mais nada, e era como se, tentando separá-los uns dos outros, os gritos dos macacos e os dos sapos, das pequenas gralhas e dos pássaros que ninguém conhecia, e as roeduras dos tamanduás e de seu nariz comprido besuntado de um melado de formigas, era como se tivessem magoado a luz ideal do fim do dia, foi Melquior Gralheta quem disse isso amassando seu chapéu de vaqueiro molhado como uma esponja, ele gostava muito daquele chapéu, o ajudava a pensar em Josefina.

Os soldados buscavam notícia. Aproximavam-se dos chefes. Quando o último céu se apagou, cada um se foi no negrume. Alguns se insinuavam de barriga no chão, avançando sobre os cotovelos, nos entrelaçados de árvores, de raízes e de viscos que margeavam o rio, a vasa. Os caranguejos vermelhos vigiavam, seus olhos azuis. Homens deslizavam sob as carretas ou por entre as pernas das mulas e dos cavalos. A chuva diminuiu. Houve tumulto, praguejaram. Um dos cavalos fazia muito barulho. Quebrara uma pata no charco. No dia seguinte, seria preciso abatê-lo, um mau momento. No meio da noite, um cão ladrou, os outros também, não acabava nunca.

3

LEVANTARAM ACAMPAMENTO NA MADRUGADA. Era preferível caminhar pela manhã, antes da chuva. Os soldados formaram-se em coluna. Não tinham recuperado o vigor. Tossiam. Não se enxergava bem o rio, pois uma massa espessa de nevoeiro, muito branca, untuosa, quase sólida, cobria a floresta, como todas as manhãs nessa estação. A carreta do finado atolava a cada volta. Juntaram-se mais cavalos aos cavalos, e mais as mulas, e mais os cães para morderem os tendões das mulas. Os soldados escoravam-se às ferragens dos veículos, forçavam as rodas, vociferavam, e assim foi durante dias.

Uma tarde que era uma bela tarde acetinada, com o rosa e o verde-claro e o carmesim entre as árvores, uma ponta de céu desnudado, no alto do rio, o cosmógrafo disse que fazia já quinze dias que o coronel e os dois capitães tinham se afogado. Baixaram acampamento em uma praia de areia. O padre Benedito disse: "Isto tudo!" Um soldado disse: "Eu gostava do capitão Azerda".

O cosmógrafo, o doutor Joachim De Styjl, aproveitou para informar as novas, disse que se aproximavam, e seu amigo Nawaz perguntou de que se aproximavam: não sabiam onde estavam e não sabiam para onde iam. Então, se se aproximavam, aproximavam-se do absolutamente nada! O cosmógrafo olhou o historiador, deu de ombros e fez um barulho com a boca. Por que era preciso aproximar-se de algo? Aproximavam-se, era já o que bastava, disse a voz lenta, arrastada, desesperada do geógrafo.

Melquior Gralheta saltou sobre o doutor De Styjl. Pegou o homem pelo colarinho, sacudiu-o e disse-lhe:

— Não vai recomeçar com tua geografia, De Styjl, gostamos de você, está bem. Nawaz é teu amigo, está bem. Mas basta de tolices. Estamos em perigo, percebe! Então, diga onde estamos, e chega.

De Styjl disse: "Bem... Bem...". Abriu o mapa de Samuel Fritz. Disse que Fritz era um jesuíta alemão. Em seguida, passeou com a ponta dos dedos em cima do mapa, ao acaso, os olhos ostensivamente fechados. Disse: "É aqui, exatamente aqui que estamos, Melquior".

Ali, era o imenso lago Parimé, tão grande como o Mediterrâneo e que se estendia, segundo o mapa de Fritz, entre o Orenoco e o Amazonas. Encontravam-se bem no meio do lago. Quando saíssem do lago, chegariam ao Orenoco e o Orenoco é um grande rio e corre para o norte, para a Guiana.

— Tem certeza? O Orenoco?

— Tenho certeza, sim. Tenho jeito de quem conta peta? A menos que... Exato. Você tem razão. A menos que tenhamos caminhado mais para o lado do ocidente e, neste caso, este rio seria o rio Japura, e isto quer dizer que pegamos outro sentido, por exemplo em direção do vice-reino da Colômbia, ou do Peru, ou em direção ao Guayaquil, vá saber!

— Pronto, lá vai ele recomeçar!

— Sabe, Gralheta, o que me tranqüiliza é que agora as coisas estão claras: há duas hipóteses, e duas apenas: ou o oceano Pacífico, ou o mar Atlântico.

Aspirou as árvores jogando a cabeça para trás, como fazem os animais. Disse que esses detalhes, a Guiana, a Bolívia, o Peru, não eram muito importantes. O importante é que tinham chegado. Iam desembarcar o finado. Ergueriam-no. Meu velho! Muito bem! E pegariam seus bagulhos e dariam meia-volta. Logo! Belém do

Pará, ou São Luís, ou Pernambuco, e as raparigas! E o capelão voltaria a Lisboa, boa sorte, se arranjasse com a marquesa de Távora!

— Permite, diz o subtenente Gralheta. Você disse: erguemos o finado?

— Não vai deixá-lo deitado, vai? Estamos aqui para pô-lo em pé, não é? diz De Styjl. O rei ordenou. Ouvi bem o reverendo Benedito, o outro dia, o dia do Tejo, o rei proclamou-se: "O senhor da Conquista", não é verdade, padre Benedito? Então, plantamos o defunto, e a Távora, cuidado, a Távora! A sorte está lançada! Fincamos o finado... e vamos lá! Bons ventos! Boas chuvas!

— Certo, De Styjl, diz Gralheta pacientemente, mas você está esquecendo uma coisinha, uma pequena coisa de nada. Esquece isto: é na fronteira que se deve colocá-lo, o finado. Não é em qualquer lugar. É na fronteira do Reino.

O geógrafo deu um arroto de certa força. Levou o tempo que levou para sentar-se de novo em sua pedra, parecia preocupado em fazer caber o traseiro gordo nas calças. Sua barriga tremelicava. Acariciava-a como a um ventre de mulher, com um movimento circular, e dava-lhe uns tapinhas, como quem felicita um cavalo. Diz que teriam chuva dali a uma hora. Olhou Gralheta e riu um bom tempo.

— Gralheta, Melquior Gralheta, faz favor, basta desta tua estela! Faz cem anos que Portugal finca estelas em todo canto, em qualquer lugar. Estelas, sim, estelas, mas se prefere, pode-se também dizer marcos, padrões, padrões reais e padrões nada reais, postos de fronteira, guarnições, arames farpados, torre de patrulha, limites, confins, fronteiras, marcos, taludes, extremidades, essa coisa toda. Fervilha, desses troços todos. Então, escolha. É tudo igual. Vou te dizer uma coisa, Melquior: Portugal planta uma estela e diz: "São meus confins". É uma doença. É como Rômulo, como Caim... é pequeno, o Portugal, mas é o maior fabricante de confins do mundo, este Portugal, possui confins em todo canto, pior que os romanos, pior que os árabes, Portugal, pior que os chineses! Ora, subtenente Gralheta, uma fronteira a mais, uma fronteira a menos!

Melquior Gralheta interrompeu De Styjl com um olhar. Falou.

— Afora que quanto a nós, meu velho, quanto a nós, nossa missão não é fincar um poste a mais. Todos os outros postes de Portugal, os padrões, são de madeira, e a madeira, mesmo o moinho e até o jacarandá, e até a castanha-do-pará, com a chuva, com o calor, apodrece em três meses, três anos. É por isso que todas as fronteiras de Portugal...

— É por isso, diz vivamente o doutor Nawaz, é por isso que elas são todas vetustas, as fronteiras de Portugal. Não são fronteiras, mas esponja e caruncho, nem mesmo teias de aranha são...

— Exato, Abdullah, diz Gralheta, mas nós, nossa missão, não é a mesma coisa. O nosso, o padrão, nosso finado, não é de madeira, é de pedra. Você escutou o reverendo. Eles fizeram toda essa cerimônia em Lisboa, e não é uma pedra qualquer. Vem direto de Portugal, calcário da serra da Estrela, e isso não se desfaz nunca, este calcário. Então, nossa fronteira, ela estará lá para sempre, até o fim, percebe, doutor De Styjl, percebe, e isto faz toda a diferença. Não é de madeira. É rocha, o nosso poste. Não são as mesmas fronteiras! A nossa é uma fronteira para sempre.

— Você quer dizer que ali ficará até o julgamento final?

— É, até o julgamento final!

— Formidável, esganiçou o cosmógrafo.

Tirou seu chapéu, jogou-o na selva.

— A fronteira, diz ele com uma voz cansada, de perdedor. Melquior, você disse a fronteira? Que palavra estranha! É uma palavra de Lisboa, esta, a fronteira, eu sou geógrafo, conheço a palavra, é a palavra mais bela do dicionário, mas aqui, Gralheta, vê... Quer me fazer rir, não é? Por que você acha que tem uma fronteira, aqui? Nessa confusão? Na floresta? Eu olho a floresta e vejo o quê? Não vejo absolutamente nada! Ou então, ela ainda está na bobina, tua fronteira, como um cordel que se enrolou numa vara, é isto...

— Joachim De Styjl, só sei de nossa missão. Nada mais. E nossa missão é clara: temos a incumbência de demarcar a fronteira do Império...

— Vão, vão, bradou o doutor De Styjl batendo com as mãos, vão, rapazes, vão buscá-la, a fronteira. Ela está escondida, ali, entre as árvores. Vamos apostar. O primeiro que encontrar uma fronteira recebe ração dupla de tapir, se um dia matarmos um tapir, e depois desamarramos a fronteira, e fincamo-la... Ah, você é muito besta, Bala! Gosto de você, você corre rápido, mas você é muito besta. Sabe quantas árvores há aqui? E formigas, quantas? Sabe o tamanho disso aqui, vou te dizer, senhor subtenente Gralheta, sou cosmógrafo, afinal: é cem vezes o tamanho de Portugal, aqui, ou mil vezes. E as formigas, só debaixo dos teus pés, Gralheta, há um bilhão delas... Eu contei, a noite passada, eu contei as formigas. Quinhentos milhões dessas gordas loiras, essas que eles chamam sararás, os índios, e quinhentos milhões daquelas que têm a cabecinha preta. E elas comem as fronteiras, empanturram-se de fronteiras, as formigas. Então, vou dizer uma coisa, camarada: pode instalar ali, teu defunto, ou então a dez dias de marcha ou a mil anos de marcha, pode me dizer, pode me dizer o que isto muda? Tua fronteira, Gralheta, eu enfio no cu! Tua fronteira, eu mijo em cima e dou graças!

Gralheta deu alguns passos ao longo do rio. Estava desamparado. A floresta cheirava mal. Havia uma carcaça no fundo, ou um desses animais fedorentos, que são fedorentos de nascença, como se já fossem se acostumando a morrer, não?

Duas tartarugas bamboleavam na areia. Um índio arrastava-se até elas, ia virá-las de um golpe seco, a areia era fina, pálida. Teriam sopa esta noite e por pouco que não pegassem um pirarucu... O céu recolhia-se. Gralheta buscou ajuda do lado de dom Benedito e o capelão sacudiu a cabeça.

— Bala, disse com uma voz hesitante, há verdade nisso que diz o senhor De Styjl. Nós nem sabemos onde estamos. Onde estamos, Bala? Você sabe? E Portugal, onde está? Ali... Lá...? E tua cidade, São Cristóvão do Sergipe, onde é o Sergipe? É ali? Ali? E Belém? E o Grão-Pará?

Bala afastou um cão pardacento que saltava em torno dele.

— Deixe-me em paz! Fora, fora!

Aproximou-se do padre.

— Meu pai, vou dizer onde está, o Portugal. Está aqui. Portugal é aqui, disse batendo violentamente no chão com o pé. Portugal é você e eu, é seu crucifixo, meu padre, é esta mula, este cão que tem a orelha pela metade, é o som de nossos clarins na manhã, e é este bando de negros e de índios, reverendo. Eis onde está, o Portugal. Ele se move conosco, o Portugal. É tudo. Move-se. E ele está onde se fala o português, Portugal, eis...

Fez um gesto em direção às árvores.

— É isto, Portugal, é isto tudo, este céu com todas as porcarias de nuvens, em todo lugar que vamos... Somos nós...

O padre escutara com um sorriso gentil. Gralheta estava exausto. Ou melhor, Gralheta detestava comandar e tinha vontade de abandonar tudo e pouco se lhe dava Portugal, seu avô era um africano, e estava no exílio, o grande Gralheta, mas pensou que fazia bem dizendo isto tudo.

O padre mostrou o rio com uma mão indolente, depois a outra margem do rio e, além, o derramar das árvores, o sertão.

— E lá o que é, Gralheta?

Gralheta levantou-se na ponta dos pés como se faz para ver ao longe, sentiu-se ridículo.

— Ali, reverendo, é a fronteira entre o Portugal e...

Parou. Não ousava concluir a frase.

— Entre Portugal e o que, Gralheta?

Depois de um silêncio, Gralheta disse que era uma frase que não se podia concluir. Há frases assim, o reverendo não tinha notado? Frases que só se pode começar. Podem não ter fim, tais frases... Mesmo assim, tentou. Ele disse: "A fronteira entre o Portugal e..." O padre abriu os braços, como na missa.

— Entre Portugal e o que, Melquior? Diga-me.

— A fronteira entre Portugal e eu não sei o quê.

— É isto, Bala. Diz muito bem. Ali, é a fronteira entre o Portugal e o não sei o quê. Mas há pessoas que não dizem "eu não sei o quê..."

— E dizem o que, essas pessoas?

O capelão fixou o subtenente. Levou a mão à fronte.

— Dizem por exemplo...

— Dizem?

O capelão ficou calado, depois falou, mas mal se ouvia:

— Eles dizem: é a fronteira, ali, a fronteira entre Portugal e... o infinito, Bala, muito simplesmente.

O mulato levantou a cabeça. Olhou dom Benedito. Viu uma figura terrificada.

— É? disse. Mas isto não quer dizer nada, padre.

— Por que isto não quer dizer nada?

— Porque o infinito, se ele tem uma fronteira, o infinito, isto quer dizer que há um começo, e que há também um fim.

Dom Benedito posou um olhar estranho sobre o mulato.

— Mas claro, Gralheta, que tem um fim, o infinito. Enfim...

O historiador Nawaz, que essas discussões indispunham, levantou-se. Aproximou-se do padre, inclinou-se cerimoniosamente, parodiou o sinal-da-cruz, pôs um joelho por terra e salmodiou:

— AAAMEN!

O padre Benedito acariciou seu rosário. Aproximou-se de Gralheta, tomou a longa mão seca do mulato, fê-lo vir bem perto do rio, bem perto da ribanceira, tão escorregadia, e disse que havia névoa depois das névoas, e em seguida mais outras névoas, e mais, e mais... Falava com uma voz afetuosa, bem baixinho:

— Então, Gralheta? Quer assim mesmo que continuemos? Afinal é você o chefe...

— Continuamos, meu padre. Vamos dormir. Esta noite vai chover. Amanhã, sim, meu pai, continuamos.

Montaram pela manhã. Os palafreneiros distribuíram tabefes e chicotadas e os índios pegaram os cavalos pelas rédeas e falaramlhes junto à orelha. As chuvas cessaram, e Melquior Gralheta queria aproveitar a calmaria para ganhar alguns alqueires ao Portugal, como dissera o doutor De Styjl.

— Gralheta, sussurrara De Styjl usando o sotaque dos salões de Lisboa, Gralheta, meu bravo, tenho a impressão de escutar Portugal crescendo, cada vez que damos um passo, Portugal cresce! Cresce!

Gralheta não respondera. Tinha se misturado aos soldados. Prometeu-lhes que na volta a marcha seria um passeio. Não teriam mais de empurrar o morto. Deixariam as carretas, as canoas, as pirogas, iriam a cavalo ou em lombo de mula. Não precisariam mais abrir caminho na mata a facão, seria uma festa e ele, Melquior, não seria mais chefe. Finalmente!

O comboio patinava, atolou, livrou-se do atoleiro, apearam, continuaram e isto durou duas semanas, três semanas, quatro semanas, e tinha tantas semanas, semanas sem fim, e choveu, e fez sol e verde em demasia, e caruncho em demasia, calor em demasia e mosquito em demasia, não tinham mais ar a respirar, e tinham tantas aflições, e houve novas chuvas e todos estavam febris e a floresta estava febril. Os riachos inflaram em torrentes, em rios. Uma manhã, um comboio esteve a ponto de afogar-se e Gralheta cedeu e decidiu-se ordenar que descarregassem o finado. Afinal, De Styjl tinha razão: aqui ou ali...

A caixa foi aberta a golpe de maça pelos soldados. Dispôs-se troncos de árvores para fazer correr a pedra monumental que artesãos, lá longe, tinham extraído de uma montanha de Portugal, que outros artesãos de Guimarães ou de Lisboa ou do Porto tinham talhado em forma de padrão, o finado, e que outros ainda tinham gravado ao cinzel em letras fundas e trabalhadas, talhadas em dourado, no belo calcário claro de Portugal. Depois, marinheiros içaram-na a um barco, por ordem de Sua Majestade, ou de sua amante, a bela marquesa de Távora, a mulher excêntrica, selvagem, a piranha e a cadela, e a pedra clara passou de uma margem a outra do mar oceano mesmo sendo assim alta como um homem, ou como um gigante.

O padre leu a inscrição com sua voz portuguesa: "Em nome do Rei, pela coroa de Portugal..." Percorreu com o dedo o brasão de Portugal e o da família Bragança que enquadravam as áridas letras góticas. Não se moveu. A noite cai tão bruscamente, nessas regiões, que não se via mais a estela.

4

A CERIMÔNIA TEVE LUGAR uma semana depois, porque o capelão e o subtenente Gralheta exigiram que se limpasse o terreno à beira do rio. Deviam mostrar-se dignos da alta missão que o rei ordenara. Os escravos índios trabalharam três dias, os pés no lodo, sob a vigilância dos soldados e dos cães. Abriram uma clareira redonda e cavaram no centro um enorme buraco. Um índio deslizou na lama e caiu, quebrou as duas pernas e os cães o comeram. Foi uma balbúrdia. Os soldados tentaram impedir, mas não havia nada a fazer, eram pelo menos dez cães, e todos deploraram.

Depois desse infortúnio, a tormenta acalmou-se. Seguiu-se uma chuva fina, quase fresca. Os soldados empurraram a estela para dentro do buraco e fixaram-na por um sistema engenhoso de pedregulhos, areia, vigas, argila e umas barras de aço.

No dia seguinte, o céu estava mais ou menos limpo, mas a cerração habitual nessas estações abafava a floresta. O subtenente Gralheta reuniu os homens. A tropa dispôs-se em quadrado. Os soldados pareciam-se uns aos outros na obscuridade do nevoeiro. Não eram de muitas cores. Os de Lisboa e os do Grão-Pará, os negros e os brancos, e os mestiços, os caboclos, os cafuzos, os mamelucos, os gordos e os tronchos, todos, todos eram azulados e como transparentes, e como fumagem. O capelão deu alguns passos. Usava a batina de festa, cheia de dourados e de brocados, mas não se podia apreciá-la nessas luzes.

Empregou-se a ler seu missal. Não era cômodo. O missal sofrera com as borrascas. Não tinha mais encadernação. Todas as páginas estavam soltas e o padre, que lera escrupulosamente seus ofícios, a cada noite, durante a expedição, e qualquer que fosse o céu, empilhara as folhas como pôde, ao acaso.

Contentou-se com as linhas decifráveis. Não tinha pé nem cabeça o que dizia, pois as páginas estavam em desordem e quase ilegíveis, mas era melhor que nada, e a floresta estava fria, tiritavam, batiam os pés no chão, o reverendo tinha uns sapatos pesados, ninguém ouvia nada. O barulho do rio encobria quase todos os sons.

O padre esfregava nas mãos as folhas encharcadas do missal à medida que as lia. No fim, formavam uma bola pastosa que ele amassava nervosamente.

Melquior Gralheta deu dois passos à frente. Tirou de uma pasta de couro, gravada com as armas do Reino, a cópia do ato de possessão de Portugal, a cópia apenas, pois a ata original estava depositada nos arquivos do Belém do Pará, em fidelidade à bula de Tordesilhas. O mulato colocou-se diante do rio e lançou com uma voz um pouco heróica:

— Em nome do senhor da Conquista, da navegação e do comércio da Arábia, das duas Índias, da Pérsia e da Etiópia e em obediência à coroa de Portugal, aqui vai a fronteira entre o Império de Portugal e as propriedades das nações do globo!

Convidou o clarim a tocar o hino nacional, mas os primeiros acordes apenas, pois todo mundo estava farto. O essencial era que algumas notas do canto sagrado ressoassem nessas lonjuras, antes que voltasse o silêncio, como se achasse prudente acrescentar à fronteira material uma outra fronteira, aquela da música. Foi nesses termos que o subtenente Gralheta, para surpresa de todos, se dirigiu aos soldados. O doutor De Styl levou um dedo à testa e fez um muxoxo.

Gralheta não levou em conta. Pediu ao clarim que soasse o dobre aos mortos, em memória do coronel e dos dois capitães, em memória do soldadinho tão taciturno que morrera antes que se conhecesse sua voz, em memória dos índios mortos, particularmente aquele que os cães tinham injustamente comido, e também em memória das mulas que quebraram os ossos e que se teve de abater e das mulas afogadas. Os soldados estavam completamente úmidos. O clarim saudou os mortos, terminou, e encetou em seguida um outro, um segundo salve os mortos, sem cuidar de respirar, e depois um terceiro, e perguntou-se por que motivo. Os soldados entreolhavam-se.

Até o reverendo Benedito, que tanto gosto lhe faziam as cerimônias, e era muito indulgente, estava tenso. O que era este clarim? Ia soar aos mortos a vida inteira? A morte inteira? Dom Benedito fez mal em falar, um pouco antes, do julgamento final. Se ao menos o soldado tivesse tocado um *Te Deum*, um *Gloria in excelsis*, algo de majestoso e de alegre, mas não! A morte, sempre a morte, era exasperante, afinal, a morte, estava cansado dela, por que não o *Dies irae*, sobretudo nesse canto do mundo. Estavam imundos como um cemitério e ainda deviam ouvir isto! A menos que o clarim tenha se impressionado com esse nome de finado defunto que os soldados haviam dado à estela desde que desembarcaram nos cais de Belém do Pará, sob o bem fútil pretexto de que a caixa em que estava guardada parecia um sarcófago, mas era uma brincadeira, pronto, este nome de finado!

O padre Benedito arrancou-se aos devaneios, juntou as mãos e o clarim calou-se, deixou cair a saliva que enchia o cobre. O subtenente Gralheta fez o sinal-da-cruz, como ao final dos enterros nas cidadezinhas do Pernambuco ou da Bahia, no momento em que os próximos do defunto abraçam-se, gritam e balbuciam, e bebem aguardente, e se enternecem com aquele que se foi, e falam do país, falam da África que nunca viram, porque é lá, nas plantações de cana de Recife ou de Ilhéus, que a maioria dos escravos negros trabalha e estão desconsolados porque o homem em exílio é um desconsolado, um morto. E quando a absolvição é dita, eles saltam e eles dançam, e depois eles choram e olham o tempo todo o oceano da África e no fim as mulheres cantam o canto da morte, mas homem nenhum jamais teve o direito de escutar o canto da morte, que é o grande segredo das mulheres, o cântico *Excellencia*, e no interior dizem antes o cântico "Incellencia", mas é a mesma coisa.

Gralheta deu uma olhada na estela. Pareceu-lhe digna. Os índios tinham limpado o terreno, fabricado um jardinzinho bem no meio dessa selva, no desvão do rio, do pântano, exatamente, mas Gralheta não ia demorar-se. Tinha pressa em levantar acampamento.

Não queria passar a noite naquele lugar pois a chuva recomeçaria logo mais, como a cada dia, e Gralheta estava saturado disso tudo. Além do maīs, a floresta já fazia sua obra. Já circundava com seus cipós, seus brotos, seus ramos, seus mofos, suas cobras e suas impurezas a pedra vinda de Portugal. Amanhã pela manhã ela já teria começado a enlaçá-lo, o marco de Portugal, a digeri-lo, a destruí-lo. Já se escutava o mastigar das mandíbulas, e os cipós cerravam o padrão, e era isto que dava medo ao mulato e dava medo em todo mundo, mas a retirada foi retardada pois o cosmógrafo De Styjl fez ainda das suas. Foi aliás neste dia que seus camaradas mudaram de atitude com ele, e se apiedaram, ou melhor protegeram-no, por mais enervantes que fossem às vezes suas vanglórias, porque não se podia cuspir em um homem em perdição, mesmo se este homem tivesse se enganado de caminho, mas tanto, tanto, que nem sabiam onde raios tinham metido a fronteira.

Eis o que aconteceu, ou melhor, eis como se contou depois o incidente, à noite, depois das duras jornadas de marcha, e nos anos seguintes, em São Luís do Maranhão, ou então em Yammourrasé, na África, este vilarejo da África onde alguns deles, mas não o capelão, deveriam encontrar-se, bem mais tarde, em anos, em anos...

Este dia, durante toda a cerimônia, o geógrafo Joachim De Styjl não dissera uma palavra e não soltara um suspiro. Depois, quando o subtenente Gralheta disse: "Em sela", o gordanchudo deu alguns passos trebuchantes em direção às mulas e aos cavalos para ir ao encontro da tropa, mas, inopinadamente, viram que ele batia na testa com a mão aberta, como se tivesse esquecido algo — uma sacola, um cura, um barrete, uma árvore, um macaco, uma esmeralda, uma alga marinha, um missal, um amigo, uma formiga, dizia-se mais tarde em tom de pilhéria, mas é que queriam impedir o medo...

Joachim De Styjl estacou súbito. Apalpou os bolsos. Girou sobre os calcanhares e voltou correndo penosamente, com seus sapatos endurecidos pela água, pois ele era baixo e gordo, em direção à estela, e, para carregar uma barriga e um traseiro desses, é preciso fazer força. Quando estava bem perto da pedra, fez sinal aos outros para encontrá-lo. Gralheta e o padre aproximaram-se.

Então, o cosmógrafo pôs-se a andar prudentemente em volta da pedra. Roçou-a de leve com a ponta dos dedos. Fez mais ou menos os mesmos gestos do padre Benedito no dia em que abriram o sarcófago. Passeava o indicador sobre os entalhes dourados da rocha. Seus olhos estavam esbugalhados e opacos. O crânio luzia. Ao cabo de alguns minutos, levantou a cabeça para o capelão e o subtenente. Pôs-se a falar com uma voz muito calma, da qual tinha desaparecido qualquer alegria e qualquer azedume.

— Eu temia, disse. Claro, eu teria apostado! Senhores, senhores...

— Teria apostado o quê?

— A fronteira, Bala. Colocamos ao contrário, nossa fronteira.

— De Styjl!

— Às armas! — gritou o geógrafo.

— Joachim!

— Escutem, antes. E o senhor também, dom Benedito! Percebam o que fizeram! Vocês dizem que Portugal fica a partir daqui, a partir desta pedra. Infelizes! Portugal não começa aqui. Ele acaba aqui, o Portugal, ele termina aqui! Vocês puseram ao contrário, a estela! Compreendam, afinal! Não é a mesma coisa, começar e acabar, não é?

— Doutor De Styjl, sentido! — gritou estupidamente Gralheta.

Dom Benedito contemporizou:

— Mas, senhor De Styjl, é a mesma coisa, para uma fronteira, começar e acabar, compreende? É como uma porta: ela começa e ela acaba.

— De acordo, meu padre. De acordo, salvo em um caso. Salvo se puseram o marco de ponta-cabeça. Salvo se a inscrição diz que Portugal está deste lado, quando na realidade está do outro lado, o senhor entende, meu padre. Nós a pusemos ao contrário, meu padre, a inscrição, nós a pusemos ao contrário, ao contrário!

Saltou como fazem os macacos que os malabaristas puxam pela corda, às vezes, no Recife e em Santarém, mas era um macaco grande, este dia, e ele deu a volta na estela saltitando. Postou-se do outro lado, diante da outra face da pedra, a face nua, pareceu ler algo que ninguém via e levantou uma mão desencorajada.

Um instante, escondeu-se detrás da pedra, depois mostrou a cabeça, desapareceu de novo e continuou seu manejo duas ou três vezes, piscando o olho, como as crianças quando brincam de se esconder, fez um gesto largo com os braços e virou-se para o subtenente Gralheta. Colocou uma mão diante da boca, como quem ia dizer um segredo, e com uma voz muito baixa, uma voz de vergonha, disse a Melquior Gralheta:

— Melquior, somos bárbaros!

O padre Benedito, que estava mais atrás, retirado, fez sinal a Gralheta para não se mexer e marchou ao cosmógrafo que se tinha postado com as duas mãos na pedra, os pés bem firmes no monte de pedregulho que servia de pedestal. O padre ia a passos lentos e cerimoniosos, como quem vai à missa.

— Tem certeza que ela está de ponta-cabeça, a estela, senhor De Styjl?

— Ela está de ponta-cabeça, meu padre. Portugal não é deste lado.

Fez um ruído com a garganta, como se fosse engolir.

— Creia-me, dom Benedito, eu sou cosmógrafo e conheço o assunto. O reino de Portugal é do outro lado, vê? Reconheço meus erros. Confesso. Consinto: danei-me. Assumo o erro, certo?
— Não vamos nos afobar.
— Não vamos nos afobar! Mas imagine, afinal! Imagine! As pessoas vão pensar que estão entrando em Portugal, quando na realidade estão saindo de Portugal, quando na verdade estão entrando no Peru, ou na capitania de Caracas, ou na Nova-Granada...

Enxugou o crânio rapidamente com um pedaço de pano e virou-se para o historiador, o doutor Nawaz, que se tinha juntado silenciosamente aos dois outros, perto da estela.

— Você, Nawaz, você vai entender. Só um historiador para entender isto. Como vão se virar para fazer a guerra, agora? Como farão os soldados, se pensam que seu país é o país do inimigo? Vão invadir a si mesmos? Ah! Só nos faltava esta. Ainda é sorte que eu tenha percebido a tempo. Uma hora a mais, e era tarde demais!

— Joachim, diz Nawaz, com uma candura inesperada, você é meu amigo. Então escute: veremos isso, mas só amanhã. Por enquanto, vamos andando, o subtenente Bala deu ordem. Venha! Em marcha: um... dois... um... dois...

De Styjl sacudiu a cabeça. Disputou.

— Nawaz — disse com uma voz suplicante —, você é historiador. Pode me dizer, você? Como quer que façam, os soldados de Portugal, se crêem que entram no Peru e na realidade eles saem do Peru, e não é o Peru que invadem, é o Império português? Quer dizer que invadem a si mesmos! Justo? Certo? Como é que você faz para invadir você mesmo, Nawaz? Ai ai ai! É uma confusão. Mas como os soldados vão sair dessa, Nawaz? Responda: vão atacar a si mesmos, os soldados? Não dá, não é? Vão se matar entre si, estrangular-se com suas próprias mãos, degolar-se sozinhos? Ah, que cabeça! Ai, a confusão, ali atrás, no fundo...

Resfolegava. Levou uma mão a Gralheta e apoiou-se em seu braço. Este gesto tão simples fez-lhe bem. Gostava de Gralheta. Todos gostavam de Gralheta. Regulou a respiração e até gritou:

— Mas é Bala, aqui! Ah sim, estou te vendo, é Bala! Estamos salvos! É teu nome, Bala! Os soldados, ah, isto é malandro como o diabo. Sempre encontram a solução! Farão como você, Bala, os soldados do Portugal. Vão atirar seu tiro de bacamarte e correr como lebres para que a bala os pegue lá adiante! Bem na cabeça. Um bloco de sangue. Salvos!

O historiador Nawaz afastou sem nenhuma deferência o capelão e postou-se diante do amigo De Styjl.

— Mas como sabe, você, que Portugal está deste lado ou daquele? Você nos apoquenta há quinze dias dizendo que não sabe onde está, o Portugal. Foi você quem nos enfiou neste merdeiro todo porque não sabe nem o oriente nem o ocidente e tudo mais. Então agora vai me responder, De Styjl: onde está Portugal?

— Não sei, no fim das contas, esganiçou De Styjl. Por que eu tenho sempre de saber tudo? Cosmógrafo, é isto, cosmógrafo meu culhão. É a merda aqui, e não dá pra fazer um mapa da merda, afinal! Seria fácil demais, não acha, historiador, se fosse aqui ou ali, teu Portugal! Seria surpreendente, isto... cocanha! Mas não são assim as coisas. Eu sou geógrafo, meu velho, e os geógrafos de verdade sabem que um país não está deste ou daquele lado, seria fácil demais, não acha? Cocanha!

Fartava-se da palavra "cocanha!", acalmava-se. Pôs-se novamente de pé e, diante de Nawaz, fingiu arrastar pelo chão um chapéu de penas, e toda angústia abandonara sua voz:

— Tem razão, Nawaz, estou dizendo asneiras! A verdade é o contrário: sabemos muito bem onde ele está, o Portugal. Isto que é grande, com as fronteiras. Posto que temos uma fronteira, agora sabemos onde estamos. Estamos na fronteira. E se sabemos onde está a fronteira, muito bem, fatal, sabemos onde está Portugal.

— É isto, Joachim, é isto.

— É isto Nawaz! Ontem não sabíamos, e hoje sabemos. Isto que é supimpa com os confins. Estamos perdidos e então fincamos uma estela e pronto, sabemos onde está Portugal! E o setentrião e o sul, e o Douro, tudo encontra seu lugar. Ah sim... Olhe os marcos que os romanos enfiaram em Portugal. Eram uns galhofeiros, esses aí. Assim, por causa dos romanos, o setentrião sempre sabe que está no setentrião. O frio sempre sabe aonde ir. Sem isto, o frio é capaz de ir se meter no calor, e então não saímos dessa. Enfim, eu acho...

— Sim — diz o padre Benedito. — Eram bem galhofeiros, os romanos. E agora, senhor De Styjl, vamos embora, vamos, senhor De Styjl...

5

A VOLTA FOI LONGA, um mês ou dois, mas tinham abandonado as carretas mais arruinadas e se safado das três toneladas do finado. Além do mais, estavam perdidos. Não precisavam quebrar a cabeça para encontrar o caminho. Qualquer rio servia, fosse para o oceano Pacífico ou para o mar Atlântico, para a Guiana ou para o Mato Grosso, ou Cartagena, pftt, todos os rios correm ao mar, como dizia Joachim De Styjl, que recuperara coragem e fantasia, e iam acabar encontrando alguém, e este alguém lhes diria onde está, porque, como observava De Styjl, quando se é alguém, o mínimo que se espera é que saiba onde está.

De tempos em tempos, entrevia-se, na ribanceira, na borda da floresta, um macaco acocorado. Era fleumático e insulso. Parecia esperar a missão dos confins havia já um certo tempo. Devia pular de alegria, pois ia poder enfim voltar à selva, agora que passara o comboio que vigiava, mas não, não demonstrava nenhum entusiasmo. Nem se mexia. Não seguia a tropa. Não a insultava. Não a olhava. Deixava que deslizasse em seus olhos. Às vezes, virava impolidamente a cabeça, como se o comboio do subtenente Gralheta não fosse o bom, não fosse aquele pelo qual esperava.

Os caboclos e os índios disseram que há macacos assim, macacos indolentes, mas os soldados e dom Benedito achavam mesmo é que os macacos não os viam, nem escutavam o ranger das rodas e o vozerio dos condutores, e todo o mundo estava incomodado. Os macacos não se iam. Continuavam a espreitar, lançando olhares distraídos ora a uma borboleta ora a uma folha ou a um remanso do rio e coçando o traseiro.

Não chovia mais. As névoas partiram alhures. Havia já muitas semanas que tinham instalado a estela e sofriam com o calor, mas ao menos estavam livres do horror das folhas, das árvores e dos cipós, da podridão. O céu estava vazio, um pouco de vazio, enfim, e respirava-se! O cosmógrafo acalmara-se, como por milagre. A estela permitira-lhe saber onde passava a fronteira e localizar o setentrião. Reencontrara o tramontana, como dizia quando estava em Portugal. Teve uma febre cerebral, perdera o norte, isto acontece, já tinha passado, disso fazia uma vanglória, era como um soldado que volta da guerra feliz de ostentar um bom ferimento.

A floresta tornava-se esparsa, um buraco aqui outro ali, já não era uma floresta, assim meio pelada. Atravessavam morros onde não restavam mais que alguns tufos de palmeiras, uns babaçus, pixurins, arvoredos de moinhos ou de castanheiras, cedros, terra roxa e plantas arrepiadas, cheias de espinhos, como essas bolas de ferro que usavam os soldados dos primeiros conquistadores para arrebentar o crânio dos índios.

Melquior Gralheta pensava no Sergipe por causa de todo esse matagal fanado, murcho, mas no Sergipe era pior porque lá o mato nem murcho era. Era mato que nunca foi mato, que nasceu assim, que não era feito de mato mas de pó ou de ferralha, é o que sempre dizia Josefina, e ela abria as mãos, diante de sua venda de fios, de balas e de óleos, para dar a entender que não podiam fazer nada e que seu pequeno comércio, ainda que ela bem desejasse pintar de novo a porta de azul, era uma bênção e cheirava um pouco a mar.

Os soldados penetraram em uma nova região. Atravessaram alguns campos de mandioca ou de café mal cultivados e de cana. Tranqüilizava. Houve homens por ali, porque se via cacaueiros, abrigados sob as árvores de folhas largas para que as sementes não queimassem, e desciam em direção ao mar.

Um dia, deram numa floresta toda queimada pelo fogo. Sobrava um matagal, com uns pés de planta enegrecidos e formigas que iam e vinham a toda pressa na madeira, como se tivessem medo de perder algo. Joachim De Styjl parou bruscamente. Observou. Recolheu um tufo e bateu nas formigas soltando gemidos. Gralheta escutou os gemidos. Não gostava disso. Fez a mula dar meia-volta e voltou para perto de De Styjl.

O cosmógrafo olhava os tocos de árvores com ar inquieto. Dizia: "Nunca vi isso, árvores de carvão..." Gralheta explicou que as pessoas queimavam a floresta para plantar. Isto provava que tinha passado gente por ali. No Sergipe e na Bahia era a mesma coisa, as pessoas faziam isso, derreavam a floresta, precisavam sobreviver. O cosmógrafo aprovou sem convicção. Opinou rindo que os camponeses podiam pôr fogo nas árvores, mas não com certeza nas formigas.

— O que quer dizer? — diz Gralheta, que o riso de De Styjl alertara.

De Styjl tomou o subtenente pelo ombro e atraiu-o sob uma árvore. Marchava a passo de lobo e verificou que ninguém pudesse ouvi-lo. Era estúpido, porque a tropa inteira ia longe, mas ele não estava à vontade. Tinha um sorriso intimidado. Parecia esses velhos que têm a boca quase violeta porque não têm mais sangue no corpo, e que sorriem sempre como se quisessem fazer-se perdoar por serem velhos, como se dissessem que era a última vez, e que não fariam de novo, isto de ficarem velhos.

— Vê todas essas formigas, Bala? Vou lhe dizer uma coisa, eu desconfiava há tempos, mas não diga aos outros: isto lhes daria um medo danado, e não quero aporrinhar ninguém. Mas você é o chefe, Gralheta, é meu dever, então vou dizer a você: a terra são formigas.

— Sim, De Styjl, está cheio de formigas.

— Não, Melquior. Você não está ouvindo. Quero dizer que a terra é só formiga... milhões, bilhões, bilhões e bilhões de formigas. Quero dizer, a terra é um monte de formigas, aí, sob nossos pés, quilômetros de formigas, toneladas e toneladas de formigas. Só isso. As pedras, as árvores, os rios, é tudo cenário, é só enganação, não é de verdade: a terra são formigas. Você prometeu, meu velho, não diga nada aos outros...

Fez uma careta amável e Gralheta disse:

— Prometo, Joachim, não direi uma palavra.

Um dia, os homens que iam à frente gritaram, porque enxergaram o oceano Atlântico. Estavam entusiasmados, exatamente como os grumetes de atalaia, disse o padre Benedito, quando anunciam a boa-nova, quando dizem aos marinheiros que o dilúvio acabou e que há ainda uma terra à vista, que o mar não submergiu tudo, mas aqui, aqui era o contrário, saíam de uma terra de nunca acabar e os soldados que abriam caminho diziam que o oceano ainda estava lá.

Certas horas, fazia tanto calor, o ar era tão pesado, que sentiam saudade das cheias do rio Negro, do rio que chamaram o rio Negro, ou então era o Orenoco, ou o Paru, ou o Pintiguinia, qualquer nome de rio servia, e o bom é que o historiador, o doutor Nawaz, podia enfim tirar seus frascos, suas penas e suas tintas sem arruinar seus papéis, e manter sua crônica, de novo, e De Styjl, que não falava mais de formigas, que estava cheio de animação, como antes, e irônico, e arrogante e generoso, retomou sua teoria da História.

Disse a Nawaz que as grandes batalhas quase sempre acontecem durante o inverno e até debaixo da chuva, ao contrário do que se diz em Coimbra e mesmo em Salamanca, mas olha lá, cuidado, nunca se sabe de nada porque os pergaminhos ou os papiros ou os papéis nos quais os escrivãos militares narram os combates ficam expostos à chuva e ops! lá se vai uma batalha e ops! a batalha desapareceu. De Styjl esfregou o nariz. Estava muito alegre e o amigo Nawaz era paciente.

Que se diga que todos estavam contentes. O céu cintilava. Caminhavam silenciosos em direção ao esplendor. De Styjl continuava a não saber onde estavam, ao norte do Peru, ou entre os caraíbas, no vice-reino da Venezuela, e não tinha importância porque nunca saberiam. Depois, bastava seguir a costa e chegariam a um porto, era inevitável, e um dia veriam barcos. O mar era como uma pintura.

O subtenente Gralheta estava farto de fazer o papel de chefe. Não havia mais perigo e ele incorporou-se de novo à coluna. O diabo é que sua mula não entendeu nada. Pensava que ainda era chefe das mulas e insistia em caracolar na frente da tropa, ainda que Gralheta lhe mantivesse em rédea, obrigasse a diminuir o passo, mas nada a fazer! A mula queria ser chefe e Gralheta cedeu: disse que continuaria a ser o chefe dos homens até que a mula admitisse que não era mais chefe das mulas, e não será tão logo, brincou Abdullah Nawaz, pois uma mula, quando tem uma idéia na cabeça! Há um bocado de mulas entre os mouros...

Dom Benedito não estava triste com o fim da missão dos confins. Saiu-se bem. Os homens conduziram-se bem. Não desertaram, depois da morte do coronel Procópio Ribeirão. Cumpriram sua tarefa, instalaram a estela. Nada a lhes recriminar. Coragem e disciplina. Tudo estava bem. E honra também! E pátria! E Deus! A missão traçara a fronteira. Era uma boa fronteira. Existia, e o bom é que ninguém jamais poderia contestá-la, porque ninguém jamais saberia por onde passava a fronteira. "Isto é uma boa fronteira", repetia o capelão de Lisboa, que reencontrara um pouco da ironia maliciosa agora que tinham deixado o inferno: em dois meses, em três meses, a floresta teria devorado a estela, e a fronteira junto. Sempre seria preciso traçar as fronteiras de todos os países nas florestas úmidas e lotadas de formigas, e todos esses senhores de Heidelberg e da Calábria que refletiam há tantos séculos sobre o Estado universal de Campanella ou de Joachim de Flore ou de São Tomás, o Doutor angélico, fariam bem de escutar a lição do rio Negro!

Os soldados voltariam a suas guarnições, em Belém do Pará, a maioria, no forte do Presépio. Iriam à beira do rio, só para escutar o barulho da água e da noite, e o capelão Benedito faria uma escala, ele também, em Belém, pois devia apresentar seu relatório ao marechal Dangilla antes de tomar o navio de volta a Portugal, de volta a seus costumes, na corte do rei, embora com a Távora a vida nem sempre fosse fácil.

Quanto a Nawaz e De Styjl, voltariam à cidade de São Luís do Maranhão. Ali tinham seu ensino. Era a cidade mais bela dos dois hemisférios, dizia De Styjl, e ali conheciam muita gente, funcionários, comerciantes, despachantes, pescadores e raparigas, uma cidade cheia de raparigas, como todas as cidades, e uma cidade de eruditos e de gramáticos. Chamavam-na, aliás, "a Atenas equinocial". Passeariam, à noitinha, com as moças ou as prostitutas, sob as mangueiras, e os beijos e afagos seriam como doces conversas de abelhas ou de passarinhos.

Melquior Gralheta explicou ao capelão que, quanto a ele, não voltaria ao forte do Presépio. Seu engajamento terminara com a missão e não tinha nada a fazer em Belém. É uma cidade de que jamais gostou, uma simples guarnição, um esgoto, um gabinete, e ninguém esperava por ele, pois as mulheres de Melquior nunca eram as mesmas. Tinha a mania de mudar de cidade. Desde que sua tia Josefina morrera, em São Cristóvão, não parou mais de andar, pois não gostava de lembrar da tia, mas sempre lembrava, o tempo todo, o tempo todo...

O padre disse que ele era um homem do tipo nômade, do tipo de Abel. Dom Benedito não tinha nada contra os nômades, Abel era um bom rapaz, não foi ele quem matou, foi Caim, o que construíra sua casa, mas mesmo um nômade deve saber aonde vai e ele ia aonde, Gralheta? Gralheta diz ao padre que se fiaria no acaso e o doutor De Styjl que estava por perto disse-lhe:

— Por que não vem conosco a São Luís? Está cheio de moças, o Maranhão.

— Em Recife também está cheio de moças e em Natal e em Olinda e em todos os lugares...

— Sim, disse De Styjl, mas em São Luís, estão as moças de São Luís.

E pôs saliva em seu charuto.

— São mais belas, as moças de São Luís? — perguntou Gralheta.

— Sim. São pequeninas. E tem também das grandes.

— Ah — disse Gralheta —, então irei a São Luís.

Iria a São Luís do Maranhão, mas dava na mesma, pouco se importava, porque de todo modo não ficaria muito tempo por lá. Olhou o padre durante um minuto, com seus olhos tão claros de negra do Pernambuco, e este pequenino sinal negro bem no meio, e essas escoriações cor de cobre em volta. Disse:

— Não, não ficarei muito tempo no Grão-Pará.

— É o que estou dizendo. Você é um nômade — disse o padre.

Gralheta balançou a cabeça. Com a mão, mostrou o mar.

— Não acho que eu seja um nômade, meu padre. Sou até o contrário de um nômade. Ou então, um nômade, é aquele que está em exílio, o que busca sempre um lugar seu, é por isso que muda sem parar, é para nunca mais mudar que ele muda sem parar. Compreende, dom Benedito, não há desejo maior para o homem em exílio, para o nômade, que o de parar, montar sua tenda, é por isso que está sempre com o pé na estrada, sempre... Está cansado, o nômade.

Balançou a cabeça.

— Perdão, são tolices o que digo, dom Benedito, é o cansaço, mas enfim, meu pai, queria que soubesse: tenho minhas idéias. Não, não vou ficar muito tempo no Grão-Pará.

— Meu Deus — diz o capelão —, não falta lugar Brasil afora.

— Brasil?

Alguns soldados não queriam separar-se de Gralheta, pois ele era como um irmão. A tropa chegou a uma praia comprida. Não havia ninguém. À noite, um pescador descobriu-os e fez encalhar seu barco na areia, perto deles, e era como se a noite inteira, e sua serenidade e esta ternura arruivada e sombria, tivesse vindo pousar na praia. O pescador não tinha peixes no barco, um dia ruim, mas as pranchas cheiravam a peixe, já era alguma coisa. Ele disse que já era alguma coisa.

O padre perguntou onde estavam. Entendiam o que dizia o pescador, mas ele falava uma língua estranha. Compreenderam que estavam no mar Atlântico e De Styjl ficou muito orgulhoso pois tinha previsto. Nawaz diz que De Styjl não tinha previsto coisa nenhuma e De Styjl não desarmou:

— Vê, Nawaz, que você precisava me deixar em dúvida? Foi bem o rio Negro que seguimos, eu sabia. Por que você dizia o tempo todo que nos confundimos em todos esses rios?

Ele riu e todo mundo riu porque estavam salvos e o céu era uma glória, o ouro do céu era uma glória.

Seguiram a costa. Não havia mais praia. Assim, abriram caminho através dos montes cinzas que bordejavam o rio. O mar estava calmo. Via-se o fundo do mar. O mar era como uma voragem e Melquior disse ao doutor De Styjl e ao doutor Nawaz que não seria nada mau voltar à África, e passou a mão na frente da boca, muito rápido, como para retirar as palavras que dissera.

Algumas semanas mais tarde, chegaram a um porto minúsculo que se chamava Guará, ali banhavam três navios, galeotas, e um bocado de chalupas. Juntaram, do fundo de suas sacolas, algumas pepitas de ouro e um piloto aceitou embarcá-los. Ficariam um pouco amontoados, junto com os porcos. Abraçaram o padre Benedito, gostaram muito desse padre, e o padre chorou, era grande, um pouco curvado, elegante, e ele chorava. O navio passou ao largo das embocaduras do Amazonas, mas bem ao largo mesmo, para evitar o boto que é um enfurecido e sacode o mar oceano como um pano e o mar estava aflito. Muito mais tarde, tomou o rumo do sul, na direção de São Luís do Maranhão. Ali deviam desembarcar Melquior, Joachim, Abdullah, e uma dezena de soldados, farinha de mandioca, sacas de cacau e de café e uma centena de porcos.

6

NO FINAL DE UMA TARDE, o navio dobrou o cabo de Cuma, depois seguiu uma rota escabrosa por entre as areias de Itacolomi, os baixios de Alcântara e as barreiras de coral. O céu estava inteiro em sangue. Milhões de pássaros voavam.
    O capitão acompanhou a costa até o Boqueirão. Ali, decidiu atravessar o braço de mar de São Marcos, mas rajadas de vento levantaram-se, quebravam a água. Disse que todas as noites havia borrascas e acostou em um abrigo, diante da ilha de São Luís.
    No dia seguinte, antes da aurora, o capitão começou as manobras. Os porcos gritavam. São Luís parecia um bloco imenso de carvão, cheia de faíscas e de luares, e a noite, por detrás, era pálida. Nos bairros altos, pontos de luz subiam e desciam. O mar fazia barulhos de ventosa, barulhos de mulher. Os gritos dos porcos arruinavam os ouvidos.
    A cidade saiu da sombra. Viram os telhados verdes ou da cor de cobre velho. Pouco depois, surgiam as fachadas. Eram de faiança azul, brancas. As ruelas do porto cheiravam a sal e a peixe morto, a alga, a peste, a excremento, a vulva e a sangue pisado dos açougues, era sempre assim quando as águas baixavam. Melhor esperar o mar subir. A baía de São Luís era conhecida pela altura de suas marés.

Súbito, o sol jorrou detrás da outra ilha, a ilha de Coroa Grande, depois da barra do Tubarão. Pôs fogo no mar, e os palacetes que coroavam a montanha de São Luís flambaram todos juntos. No alto das fortificações vagavam gaivotas escarlates. Outras gaivotas eram azuis. Na bruma branca do sol, a bela cidade luzia, com os domos, os balcões e os mármores como rendas e alpendres perdidos onde repousavam as antigas manhãs. Parecia-se às imagens de Jerusalém por causa de todas essas arcadas de prata dourada e de bronze, e esses entrelaçados de pórticos e de peristilos, e esses balaústres como ventres de mulher e o doutor De Styjl disse que os índios chamavam-na Upao-Açu e isto quer dizer: a ilha grande.

O espetáculo não durou muito. O tempo de um raio e o esplendor desfizera-se. A cidade descobriu-se nua e devastada, sem máscaras nem bagatelas. Viam um emaranhado de casebres e de escombros, escadas de sarças e de cinzas, palácios devastados talvez, e havia o odor sublime dos excrementos das mulas ou dos jumentos, e o odor terrível das perdições.

Mal desembarcaram, Melquior Gralheta, o geógrafo e o historiador deram a volta à cidadela. No caminho de ronda, na saliência das praias, observaram grandes canhões enterrados nas areias e no matagal. Moleques balançavam escanchados nas carretas do canhão, espreitavam o largo, fingiam ver ao longe um navio e faziam com a boca um barulho de peido seguido de um chiado. Nawaz interrogou-os. Os meninos queriam dizer que tinham feito correr o inimigo francês com um peido só, pois era um navio de nada, e os marinheiros franceses eram peidos de nada, e os moleques morriam de rir.

Abdullah Nawaz conhecia todo mundo. Todos os dias, com Joachim De Styjl e Melquior Gralheta, andavam pelas ruelas que levavam aos altos da cidade. Escalavam a longa escadaria irregular, entre as ruas de Nazaré e do Trapiche. Flanavam em volta do palácio dos Leões, da igreja de São Pantaleão, dos chafarizes e dos terraços. Iam ao bairro dos armazéns. Ali se vendiam couro, vinhos de palmeira, salsaparrilha, noz de babaçu, mamão, barro, cestos. No fundo das lojas sombrias, velhos dormiam o tempo todo.

Os três homens caminhavam sem pressa. Ninguém os apressava nesta cidade. Gralheta procedia às formalidades militares. Levou duas semanas. Depois ficou pobre, tão pobre quanto antes, tão pobre quanto Josefina quando era viva, mas os dias eram seus, e as noites, e as manhãs, e, ao menos, não era mais o chefe, não havia mais confins e podia rir-se das grandezas de Portugal. Dizia a si mesmo que podia ter se arranjado para pintar de ocre ou de vermelho a venda de Josefina, tivera a intenção de fazê-lo, mas Josefina morrera.

O doutor Nawaz dizia que começara a redigir o diário da "missão dos confins", que chamavam entre si, por graça, "a missão do finado". Devia expedi-lo a Lisboa nos próximos dois meses, para que se apressar?, dizia com voz empostada. Os funcionários de Portugal eram uns parvos e com certeza nem lembravam que tinham organizado uma missão dos confins, é o que dizia Nawaz na galhofa, mas o doutor De Styjl irritava-se. Dizia que Nawaz ia esquecer tudo e só escreveria tolices. Inda que não tinham entendido nada dessa missão! Mas Nawaz dizia: "E daí? Não sabe que a História sempre faz qualquer coisa? Eu sei. Sou historiador..."

Melquior Gralheta abriu a boca, besta de admiração. Fechou a boca. Ah, este Nawaz! Era sem-cerimônia e bem desenvolto. Uma grande cabeça. Era magro, amarelo, refulgente e astuto, dir-se-ia um prestidigitador ou um musaranho, mas era astuto. Jogava a cabeça para trás e olhava as pessoas como se fossem farsas, embustes ou lembranças. E, se por acaso uma discussão embaraçava-o, sempre encontrava a saída do labirinto, bem se via que era um mouro, pois todos os mouros são astutos, verdadeiras doninhas, e Melquior Gralheta era um grande simplório. Deixava-se abusar, mas, como sua alma era de um cândido, dizia a Nawaz: "Ri melhor quem ri por último, doutor Nawaz!", e começava imediatamente a rir, por precaução.

Nos primeiros dias, os três andavam ao acaso, e felizes que só. Abriam caminho entre uma coorte de jumentos, de carroças, de dejeções e de odores. Os pescadores, os vendedores e os carroceiros soltavam uivos de degolados. Os porcos e as aves também. As prostitutas faziam propaganda com a bunda. Suas bundas eram redondas. Usavam saias de cetim.

De tempos a outros, era preciso jogar-se a um canto de um pórtico para deixar passar uma dama esplêndida e paramentada como uma sacristia, acompanhada de mulheres, de negros e de abanicos. Algumas se faziam transportar sobre palanquins. Eram perfumadas. Se os pobres não se afastassem ligeiro, agitavam uma mão enluvada de negro de detrás das cortinas e então seus lacaios afastavam os miseráveis a chicotadas.

Para os três homens, as fadigas e os tormentos do rio Negro, as chuvas, os bramidos das cachoeiras, as cheias, as garças-brancas e as garças-cinzas, encarapitadas sobre uma pata e o ar tão sério, o mato cortante e os picantes, as cobras e os sapos, e esta floresta sem fim, tudo isto estava muito longe.

Tinham trocado o inferno por um paraíso. Nawaz disse que São Luís era uma cidade santa, a cidade de Deus de que falara o profeta Muhammad, sobretudo adormecida, pois, então, era como se fosse de laca. Acrescentou ainda que à noite, quando a noite é bem luminosa, a cidade parecia um buraco, algo mais negro que o negro — uma cidade de Deus, verdadeiramente, uma cidade dos abismos. Ele disse essa coisa não muito compreensível: uma ponta de abismo.

De Styjl cabreou-se. Segundo ele, a cidade de Deus, foi Agostinho quem falou nela, não o profeta Maomé. Mas Nawaz, que tinha resposta para tudo e sabia mil coisas, lembrou que santo Agostinho nascera na Numídia em Tagaste e chamava-se "Aurelius Augustinus". De Styjl abriu a boca, mas Nawaz foi mais vivo. Repetiu que, à noite, quando o sol avermelhava a ilha dos Caranguejos, São Luís lembrava uma Jerusalém terrestre, por causa de seus peristilos e de seus mármores e domos, por causa de suas pontes que ligavam o vazio ao vazio, por causa dos dois rios que a envolviam, o Anil e o Bacanga, e as águas eram muito límpidas. Era como um Oriente ou mesmo uma Meca ou uma Constantinopla, e o céu era cheio de ouro e de tremores. De Styjl não sabia o que responder. Um céu com tremores, pudera! Ele teria de boa vontade dado de ombros, mas não ousava tanto.

Depois de alguns dias nesse entusiasmo, Nawaz mudou sua opinião sobre a cidade, sem mais nem menos, o que enervou os outros dois que foram pegos de surpresa e viram-se obrigados a mudar também. Isto era bem Nawaz, disse o doutor De Styjl, um árabe e um egoísta: lançava os dois amigos numa idéia e depois bruscamente, sem razão alguma, dava meia-volta e os dois outros ficavam sem argumento e continuavam correndo atrás dela tolamente, como os cães quando o coelho ziguezagueia.

De Styjl disse a Nawaz: "Sorte que gosto de você, porque se não gostasse, odiaria". Ele disse isto.

O mouro explicou-se. Mostrou que a cidade estava doente, que sua beleza era um logro. "A beleza de uma mortalha." De Styjl que não concordava resmungou, mas Nawaz encasquetara: disse que a cidade só brilhava à noite. "Tire-lhe a noite, e ela é pó... É o cúmulo, isto. Precisa do negrume para resplandecer..." Em suma, era o avesso das outras cidades. Apagava-se pela manhã. Desaparecia nas primeiras claridades sobre as ilhas. Limpava seus arrebiques e suas máscaras. Era como uma estropiada ou uma doente, e havia mendigos por todos os lados e agonizantes. Mesmo aquela gente, ali no canto, se prestar atenção, eram restos, vestígios, eis como falava este diabo de Nawaz.

Nawaz estava intrigado. Não entendia por que, em alguns meses apenas — um ano, no pior dos casos, o tempo da missão dos confins —, uma enormidade de pobres tinha invadido a capital, como saídos dos sótãos e dos porões, todos esses desgraçados, como se fossem uns ratos, e Joachim De Styjl, o homem gordo e irônico, medroso e afável, disse estalando os dedos, mas bem alegremente:

"Ou então formigas! Há as gordas, as sararás, e as outras, as pequeninhas, as negras".

A cada canto de rua, no adro das igrejas e em volta do palácio episcopal, topavam com esses esfomeados. Uns eram homens, outros mulheres, mas nem se podia distingui-los, usavam todos uns trapos parecidos. Eram plácidos e perpétuos. Tinham um ar demolido. A fronte franzida. Pareciam perguntar sem descanso em que dia estavam e em qual semana. E por que estavam ali e por que estavam vivos.

Já cedo na manhã, os miseráveis aprumavam seus corpos, como teriam aprumado um pacote, contra uma fachada ou sob um pórtico, de viés, abrigado do sol e quase não se moviam mais. De Styjl dizia que estavam mortos e ainda não sabiam, porque eram lerdos e estúpidos. De Styjl riu um bom tempo. Nawaz disse: "Muito bonito rir-se, De Styjl. Que compaixão, hein...", e De Styjl arrulhava e os pombos que volteavam em torno dos domos e das ruínas arrulhavam.

Por hábito ou por cansaço, ou então para não perturbar a ordem das coisas, ou para não contrariar os passantes, esses homens e essas mulheres mendigavam. Uma de suas mãos escorregava da sombra. Dir-se-ia uma mão amputada. Era prateada como a lepra, como uma pele de tubarão, ou então muito negra, por causa das miragens do verão. Nem se moviam quando uma dama deslizava uma peça de bronze por entre os dedos crispados.

Um dia, os três sobreviventes da missão dos confins fizeram a trilha das fortificações e, quando passavam pelo forte Cosme e Damião, deram com um primo de Nawaz, um homem pequeno com um bigode bem negro, um bigode eriçado de celibatário gorducho, um homem cheio de tiques, um cigarro de palha na orelha, roupas de veludo negro, de pretensão aristocrática, sujas, branqueadas nos cotovelos, podia ser um comissário castelhano, e tinha um grande crucifixo de prata em seu gibão.

Nawaz parou e apresentou-o a seus amigos. Era Jorge Chamulia, um negociante assaz próspero, e este Jorge pôs-se imediatamente, em plena rua, a contar uma história de padres e de militares, uma guerra, com mortos e prisioneiros, uma guerra estranha, pois os padres tinham se refugiado nos esgotos e os soldados caçavam-nos como ratos.

— Uma guerra vertical, não horizontal, disse o homenzinho de olhos arteiros. São necessárias, as guerras de todo tipo... Verticais...

Usava uma linguagem elegante, um tantinho preciosa, mas não entenderam patavina, pois sua história não tinha começo, e eram obrigados a entrar no bonde andando, e ela não tinha fim, e não sabiam quando acontecera esta guerra de subterrâneos e em que cidade, e o que era isso de curas pelos porões? Nawaz riu-se dele.

— Meu pobre primo, você gosta tanto de falar que daria um jeito de provocar uma guerra entre o papa e o imperador só pelo prazer de falar. Quando era menino, nosso avô, lembra, o avô, já repisava a história de que os padres e os militares...

O primo Jorge respondeu que o avô tinha razão. Padres e militares, não era preciso atiçá-los para que se estripassem. Era assim há já duzentos anos. Foi por isso mesmo que os portugueses tiveram a interessante idéia, Jorge Chamulia permitia-se esta maledicência, de descobrir o Brasil, para ter um campo de treinamento onde os monges e os soldados pudessem bater-se tranqüilamente e assim não precisavam mais fazê-lo em Portugal!

— Mas hoje — diz o primo Jorge com uma voz amarga, como quer que ainda lutem — quase não há mais padres, quase só há mendigos. *O tempora, o mores!*

Puseram-se a caminho, pois era tarde, a luz baixava sobre as ilhas e o vento de toda noite fustigava as palmeiras e as flores, e Nawaz perguntou a seu primo Jorge Chamulia por que os padres eram agora tão raros em São Luís, se antigamente pululavam em todo o Brasil. Jorge Chamulia entusiasmou-se. Alisou o bigode.

O culpado era Bequimião, que estava morto. Jorge Chamulia disse que seu primo Nawaz conhecia esse tal Bequimião, pois fizeram a vida juntos, quando pequenos, na escola do convento das mercadorias, mas atenção, não era Tomás Bequimião, era Manuel, o maior dos dois irmãos, o que tinha uns olhos de carneiro ou de asno, de carneiro é melhor, porque eram ruços, e depois seu nome de verdade não era Bequimão, mas Beckmann, ainda dos holandeses.

Chamavam-no "Bequimão-Muleta". Não que mancasse. Saltitava ao andar e tomou a frente de uma revolta, mas o primo Jorge nem sabia contra o que Bequimão revoltara-se, contra os impostos, contra Lisboa, contra os colonos, contra o governador, contra os jesuítas, contra os soldados, contra o calendário, contra a lua ou mesmo contra este desastrado Cabral que descobrira o Brasil, em vez de deixar o Brasil em paz, em vez de deixá-lo dormindo. "Ah, este Cabral!", disse.

O primo Jorge afastou o colarinho da camisa para rir mais à vontade. Disse: "O pior é que não fez de propósito, este almirante cretino, este Cabral que descobriu o Brasil!". E disse ainda que, se ele fosse um país, ele Jorge Chamulia, agente de negócios e exportador de couros, de peles e de cacau, católico fervoroso, filho do muito ilustre doutor Chamulia Cícero e sobrinho do último bispo do Maranhão, sim, se ele fosse um país, palavra de Chamulia, não se orgulharia nadinha de ser descoberto por um idiota como este Cabral que queria chegar à África e à Índia com sua esquadra, mas errou de vento no meio do mar oceano, misturou os dois ventos, o velho desastrado, perdeu a África e foi conduzido em linha reta para o lado da Bahia. Aportou em Porto Seguro, e foi lá que um outro vento pegou-o e ele voltou às pressas para o lado oposto do Atlântico e morreu nas Índias Orientais, eis quem era o descobridor do Brasil, um regalo, senhores!

Joachim De Styjl, na qualidade de cosmógrafo do rei, tomou a defesa do "almirante do mar oceano", como ele dizia enfaticamente. Sua tese era a de que, ao contrário, o almirante Pedro Álvares Cabral, quando encontrara o Brasil, entendeu imediatamente que fizera uma asneira. Tentou fechar a porta que estupidamente entreabrira, e foi por isso que partiu feito uma lebre para o Velho

Mundo, mas era tarde demais: quando se descobre um país, não se pode perdê-lo assim. Quando se abre uma porta, não se pode fechá-la desse jeito: "Compreendam: quando uma criança vem ao mundo, mesmo se é horrível, não dá para empurrá-la de volta à barriga da mãe!". O gordo De Styjl largou um olhar guloso a seus ouvintes. Sacudiu o pó dos paramentos do casaco, um casaco de tecido violeta com botões de madrepérola.

Voltando à revolta de Bequimão, os conjurados tinham se reunido entre os franciscanos de Santo Antônio, perto da igreja de Santa Margarida. Depuseram o major-capitão Baltasar Fernandes e compuseram uma junta. A junta despachou emissários ao continente, a Belém do Pará e a Alcântara. Esses emissários informaram o governador da província do Grão-Pará, em Belém, que Bequimão era um revolucionário e decretara que o governador de Belém não era mais governador. Infelizmente, o governador não acreditou em nada e garantiu que continuava a ser governador.

Apesar do mal-entendido, Bequimão aplicou seu programa na ilha de São Luís: expulsou vinte e oito jesuítas, bem ligeiro. Proibiu os mantos de seda às mamelucas. Liberou quinhentos escravos africanos. Aboliu os impostos numa cerimônia "algo sublime", diz Jorge Chamulia, que era ávido por finezas literárias, São Luís era "a Atenas do equinócio", sim ou não?

Jorge narrou a cerimônia. Foi diante do palácio dos Leões, muita gente. Famílias acorreram do continente, de Alcântara, de Itacolomi e do arquipélago de Santana, em barcas cheias. Até os negros da baixada maranhense enviaram delegados. Cantaram hinos. Exaltaram-se. Todos os impostos foram abolidos, e para sempre! No dia seguinte, Bequimão restabeleceu novos impostos, o imbecil!

Assim que soube da sedição, o governador do Grão-Pará, em Belém, encarregou um dos melhores homens de guerra da província, o marechal Mário da Costa Andrade, que não era tolo como militar, de recuperar a ilha com duzentos e quarenta soldados.

Logo, Bequimão pegou uma bandeira e içou-se ao telhado do palácio dos Leões. Lá do alto, apelou a todos os revolucionários, a todos os amantes da liberdade. Trinta "desocupados" mexeram-se. Reuniram-se devagar no convento de Santo Antônio e dali subiram ao telhado, era uma mania, entre esses revolucionários, eles sempre subiam nos telhados. Tinham engraxado seus mosquetes. Mas, rápido, os duzentos e quarenta soldados legalistas do marechal Costa e Andrade caíram-lhes em cima. Os trinta sediciosos renderam-se.

Quanto a Manuel Bequimão, refugiou-se numa igreja. Um de seus antigos amigos, um nomeado Lázaro de Melo, denunciou-o a toda pressa, e Bequimão foi enforcado na praça do Armazém, diante do mar oceano. Pouco antes de morrer, fez um discurso. Sacrificava-se pelo povo do Maranhão, e por aquele do Grão-Pará inteiro, e morria feliz, era o que pensava.

O primo Jorge parou, sentou-se sobre um banco de pedra, tirou o cigarro da orelha, enrolou-o nos dedos, levou o tempo que quis para escutar o ruído da palha quebrando e disse: "Grande Bequimão! Fez bem de nos dizer que morria feliz, porque não fosse isto, nem teríamos percebido, parecia furioso! Pendurado numa corda! Lógico: ele esperneava".

Desde uma tal aventura, a cidade padecia. Os quinhentos escravos africanos que Bequimão tinha liberado fugiram. Soube-se que formaram um campo, esse tipo de cidade, esse tipo de refúgio que constroem os escravos em fuga e que chamam um quilombo, ou um mocambo, depende do lugar, nas terras inacessíveis do Maranhão, nas montanhas de Riracambu ou no Gurupi, e quem sabe o que foi deles?

Devem ter morrido de fome ou comiam terra ou preparavam sua volta à África, era uma obsessão, depois de tantos anos, todos esses negros, o que tinham a ver com sua África, esses negros, é o que dizia o primo Jorge! Não estavam bem no Brasil? Não é uma maravilha, o Brasil? Pois então, por que queriam sempre voltar à África! Uns comiam formigueiros mortos porque estavam cheios de veneno e preferiam morrer a continuar na América, idiotas!

Melquior Gralheta fixou o primo Jorge. Disse: "Por que, senhor Chamulia, por que não iam querer voltar à África? Quem sabe não seria bom, na África. Por que não desejariam voltar?", e Jorge Chamulia olhou o subtenente, o antigo subtenente de rosto tão belo e tão forte. Pensou consigo que era melhor não insistir.

Voltou à aventura de Bequimão. Desde o enforcamento do rebelde, o medo, a apatia, o pesar e o arrependimento reinavam em São Luís. O tempo pôs-se a correr a galope. Em um ano, São Luís deteriorou-se mais que em todos os cem anos precedentes. A cidade patrícia tornara-se um andrajo. As pessoas não cuidavam mais de seu teto. Os cupins comiam as vigas. As casas caíam. Só sobrava a fachada e, atrás da fachada, o que se achava? Poeira, gravatas, aranhas, o vazio, e os pobres acomodavam-se neste vazio.

A cidade perdera seus melhores artesãos. Sapateiros, padeiros, carpinteiros, talhadores, vigias de tempestades, guardadores de ciclones e bate-folhas de ferro e de cobre, mercadores de cores, rendeiras e matronas, fazedores de poços, comerciantes de açúcar e de osso, comerciantes de canela e telhadeiros, violeiros e fabricantes de clepsidra, tintureiros e talhadores de mármore, fabricantes de imagens, todos fechavam sua tenda e iam buscar miséria alhures. As pontes acabaram-se. Era preciso dar voltas imensas, voltas intrincadas para passar de um lado a outro dos charcos. Não se podia mais reparar as vigas ou limpar os riachos que levavam ao mar as imundícies das casas.

Os encarregados da limpeza não recolhiam mais o lixo, e já não o faziam antes, e trabalho, não havia mais trabalho. O que prosperava eram os soldados. Davam medo, pois se os confundia com os mendigos. Tinham os olhos fundos, faiscantes e não sabiam segurar seus fuzis.

Muitos padres desapareceram.

— Isto é mundo, indignava-se o primo Jorge. Até chegar este desmiolado Bequimão, São Luís era como todas as cidades: cheia de curas, de freiras, de vicários, de padres, de monges, de frades... Tinha-se tudo à mão. Havia cônegos patenteados, cantores de salmos e escolásticos... cônegos capitulares e os prebendados, bedéis, pedisse e estaria servido! Acólitos, sacristãos, uma colméia de padres, fervilhavam, era uma festa. Ah, se tivessem conhecido isto! Dava gosto vê-los, os frades negros, os frades descalços, com eles falava-se dos últimos dias. As ruas ruidavam de preces, era como uma catedral, a cidade, e hoje, não se acha mais nenhum cura, um aqui, outro ali... e olhe lá! O que conseguir desencavar, "ai, minha mãe! nada brilhante! será um padre, isto?".

Esmagou o cigarro de palha nos dedos, soprou uma baforada e disse:

— Isto é um padre, pergunto a vocês?

De Styjl, que ostentava atitudes libertinas, só para enervar o primo Chamulia, respondeu:

— Sim, senhor Chamulia, é um padre. Dá em todo canto, esta corja!

— Erro, senhor De Styjl, diz o primo, erro, ai de mim! Hoje, se encontrar um padre em São Luís, não é um padre. É um ladrão que não sabia mais o que roubar e roubou uma batina e enfiou-se dentro dela.

Lançou uma última baforada, olhou-a retorcer-se no ar e desaparecer no azul do fim do dia.

— Ou então, acrescentou com uma voz decepcionada, muito surda, ou então é alguém que roubou um padre inteiro...

Até De Styjl obrigou-se a rir. Jorge quis fazer melhor ainda:

— Ou então, não! É alguém que mendigava e um cura deu-lhe uma batina usada, e o mendigo enfiou-a, bobamente, e quando você tem uma batina, o que você faz? Você reza a missa, o que pode fazer de diferente, e depois, como o fulano era tímido, não ousou dizer que não era padre e, pronto, rezou outras missas...

O primo Jorge falava e falava, mas sua graça já tinha dado o sumo todo, percebeu-o pelo nariz torcido de Gralheta. Perguntou-se se não tinha dado idéias a Melquior Gralheta, e retomou seu ar sério. Na realidade, os curas tinham fugido porque Bequimão era um incréu, um maçom, eis a verdade. Os curas pensaram que tinha chegado sua hora. Foi uma verdadeira debandada, a começar pelos jesuítas que os governadores passavam seu tempo a expulsar do Maranhão e do Grão-Pará há cento e cinqüenta anos, e os outros padres seguiram seus passos, os simples curas e os bedéis, os carmelitas, os frades menores, os franciscanos e os sacristãos e os tocadores de sinos, todos, eles todos tinham desaparecido.

Depois, não voltaram mais. Fizeram como os negros do quilombo porque o governador do Grão-Pará, em Belém, era um incréu safado, e aproveitou seu triunfo sobre os insurgentes de Bequimão para pôr nos trilhos os homens da Igreja que lhe estragavam a vida havia tanto tempo, com suas idéias sobre a escravidão, sobre a alma dos índios e sobre o trabalho forçado. E eis por que viviam esta situação rara: uma província do Brasil sem padres!

O primo Jorge cuspiu com força, levantou-se e deu alguns passos sacudidos na praça, apoiou-se um instante na balaustrada, lançou uma olhadela ao mar, como se verificasse algo, voltou para junto dos amigos e deslizou o polegar pelo colete.

— Vou confessar-lhes algo, disse. Detesto esse Bequimão. É uma tristeza, uma cidade sem padres, ainda mais uma capital! Não é uma capital, é um pecado! Há cidades assim, cidades pecados, entendem. Não cidades, mas demônios. Um dia, será todo o país que não terá mais padres, até em Vitória, até em São Paulo, até no Paraná! Imaginem. Já há três capelas, em São Luís, fechadas. Por quê? Porque não há mais padres. Conheço uma paróquia sem padre, é o sacristão quem celebra a missa! Vejam só! Logo, logo, vamos recolher os mendigos na rua, jogar-lhes uma sutana por cima e, soai, tambores!

Abaixou as pálpebras. Meteu um punhado de grãos na boca, pistaches e amendoins, cuspiu as cascas vazias, uma a uma, com cuidado e precisão, ao pé da grande mangueira, como se quisesse semeá-los, depois se dirigiu ao palácio dos Leões. Caminhou ao longo da fachada do palácio e dirigiu-se a um canto da praça, carregando os três outros atrás dele. Olhou os jardins que desciam em direção aos cais, com flores e arbustos, e todos olharam.

7

A VIDA ORGANIZAVA-SE. O doutor Nawaz trazia sempre consigo, nos passeios, seu vidro de tinta, seus papéis e seus rabiscadores para o caso de algum acontecimento. Joachim De Styjl dissertava sobre a geografia das ilhas e sobre os rios do Maranhão, o Mearim, o Pindaré e os lençóis e pântanos que compõem o delta, entre São Bento e Rosário, a Baixada. Os outros pensavam que ele teria feito melhor se tivesse se ocupado dos rios da Amazônia durante a missão, e demarcado a fronteira do Império, mas De Styjl respondia na ponta da língua: era de fazer dó, a ingratidão desses que ele conduzira, e quem sabe até salvara, pelos perigos do rio Negro.

Habituaram-se a passar um tempo juntos, todos os dias, no fim da tarde, vadiando pela cidade alta, parando aqui e ali, experimentando uma laranja, um abacaxi, um doce de leite, fazendo uma pausa numa loja de especiarias. O primo Jorge Chamulia, que saía de sua oficina, cheirava a couro, óleo de alcatrão e breu, um cheiro bom de negócio e de Vasco da Gama, como dizia, passando os dedos pelo seu minúsculo colete de veludo. Estava feliz por ter ouvintes. Instalavam-se comodamente nos bancos da praça da Pacotilha ou da praça do Quebra-Bunda. Uma negra aproximava-se. Agitava um sinete. Compravam-lhe um pouco de aguardente, amendoins ou cajus, um queijo de São Bento, um bolinho de bacalhau. Usava um vestido comprido com anáguas de renda. O caju era amargo, Jorge fazia careta, mas ele gostava de fazer caretas, caía bem, e a mulher tinha uma blusa de renda. A noite ia no mar. Pouco antes da noite, soprava um vento. O mar arrepiara-se. Respiravam. O primo Jorge inclinava a cabeça para trás, dizia: "Que perfume!". As palmeiras faziam seu ruído, uns sons arranhados, e as ilhas moviam-se.

Mascavam as palavras, resmungavam. Falavam de mulheres e de corrupção, de preguiça, da decadência de Portugal, de São Paulo e do caminho de Damasco, das antigas prosperidades do Brasil, de teologia, dos padres da Igreja, do arcanjo Uriel, do fim do mundo e da fadiga de Deus. Voltavam ao assunto da falta de padres. Jorge dizia que Cabral batizara o novo continente com um belo nome, o país de Santa Cruz, e por que trocaram por este nome de árvore, brasil? O doutor Joachim De Styjl dizia que os padres de São Luís tinham talvez feito como os negros: formaram um quilombo, ou um mocambo, um quilombo de curas, mas não no meio do mato como os negros, não, um quilombo nos subterrâneos, ai ai ai! Santa Mãe de Deus! Já se viu de tudo!

Dedicavam-se ao passatempo favorito dos portugueses: a melancolia, uma melancolia que fortaleciam por todos os meios, do mesmo jeito que as crianças giram seus piões para ouvi-los zunir. E como os homens do Maranhão lêem muito a Bíblia, as encíclicas e os sermões do papa, como são secos pelos apocalipses e pelas nuvens de gafanhotos, e como adoram a palavra "fatalidade", não faltavam as citações: Malaquias, Jeremias, Isaías e todos os profetas mais tristes, mesmo esse Jó que vivia entre seus excrementos, eram convocados por um sim, por um não. Todos esses profetas e seus imprecadores mostravam-se muito serviçais. Apesar de suas próprias inquietações, ao primeiro apelo, acorriam sem cerimônia. Desmanchavam a trouxa e tiravam suas provisões de horrores, de vermes, de sétimos selos, de estrelas absintas, de dragões e rios de sangue. No fim do dia, quando o céu estava um pouco atormentado e um pouco melindrado, produziam melancolias excepcionais, a gravar em folhas de ouro.

Jorge Chamulia era um falador agradável, mesmo quando não se entendia tudo o que ele dizia. Como todos os habitantes de São Luís, honrava-se de praticar uma língua pura, o que ele chamava "uma língua dos primeiros dias", bem diferente daquela que empregam esses bandeirantes pacóvios, em São Paulo, ou então esses analfabetos da Ilha dos Réus ou de Olinda, ou essas negras de Minas Gerais que vão às igrejas de Ouro Preto, à noite, na volta das minas, onde elas se azafamam como abelhas, e lavam a carapinha na pia de água-benta para recolher as pepitas de ouro, que dão ao cura para construir igrejas, as santas mulheres, Deus tenha suas almas!

Sentado no banco de madeira, no largo do Desterro, ou então na cafua das Mercês, ali onde os negros eram postos à venda, ou diante do antigo e belo chafariz das Pedras, que construíra Jerônimo de Albuquerque, aquele que lançara os franceses de volta ao mar, o primo Jorge Chamulia, os braços segurando a barriga e os olhos baixos, parecia dormir, mas era só uma artimanha. Nada lhe escapava dos espetáculos da rua. Assinalava-os antes de acontecerem, como se esses espetáculos fossem sempre os mesmos a sucederem-se numa ordem imutável, como uma peça de teatro, ou como um cômputo das festas de Páscoa ou uma liturgia, como um rito negro ou índio ou cristão.

Toda tarde, por exemplo, por volta das quatro horas, o primo Jorge dava um tapinha seco no braço de Nawaz ou de Styjl:

— Não diga nada! Não olhe! Vêem aquela dama com todas as suas rendas e fricotes, no fiacre, com as armas dos Tortosa, sabem quem é? É a mulher do doutor Leandro Garganta, e sabe com quem dorme a dona Garganta? Com o major-capitão de Alcântara, é demais! Quando não é com... mas, com quem mesmo... não há mais padres aqui... Ah, esse Bequimão! E agora que não há mais padres, com quem vão fornicar essas damas?

Passados dois dias, enquanto cochilavam todos os quatro perto do chafariz do Ribeirão, Chamulia soltou uma outra informação, pela qual tinha grande apreço. Estendeu o braço em direção à fonte.

— Vocês viram? disse. Ali, ali, atrás da mangueira?

— Vimos o quê?

— Vocês viram: agora mesmo, tinha um tipo ali, ali do outro lado da fonte, bem no cruzamento da rua das Barracas e da rua dos Afogados, vocês o viram! Muito bem. E agora, o que há, naquele lugar? Não há nada, nada de nada. Procurem, olhem bem! Não há mais ninguém agora, foi-se, sumiu, a pomba voou! Voou para onde? Um passe de mágica? Um feitiço?

Puxou seus suspensórios e assoou o nariz sem pressa. Depois, como não vinha nenhuma pergunta, respondeu à sua própria interrogação, com uma voz aguda. Ou melhor, levantou-se, bem devagarinho, e, uma vez em pé sobre suas pequenas pernas, bateu a poeira da praça com a bota, com tamanho ímpeto que Gralheta se sobressaltou. O primo vociferou:

— É aqui que a coisa se passa, senhor Gralheta, e o senhor, senhor doutor De Styjl, e você, primo, escutem pois, afinal! Foi para cá que a pomba voou, aqui debaixo de meus pés! O que estou dizendo? Não, ele não voou. Soterrou-se! Inumou-se! Entrou debaixo da terra! Vê, meu velho Nawaz, até você, você morou em São Luís, há muito tempo, é verdade, mas mesmo assim... E você não sabia, nem você. Tens olhos e não vês, como diz Mateus!

— Mas sim, primo, eu vejo, eu vejo. E você já nos contou esta guerra, o outro dia, não sei, sei lá, curas pelos esgotos, é isso...

— É isso e não é isso. Voltemos. Para vocês, São Luís é o que vêem? É o palácio dos Leões, e essas carroças, e esses pardieiros, esses mendigos, esses ratos, o mar, os pescadores, as flores vermelhas, as gaivotas? Muito bem, não sabem de nada! São Luís é outra coisa. São Luís é aqui, aqui debaixo de meus pés. São Luís é isto, os buracos, as cavernas, as grutas e as abóbadas, os porões! São

Luís é debaixo da terra. Escutem-me bem, todos, enquanto podem entender: São Luís é uma cripta!

— Uma cripta? Debaixo da terra? Primo Chamulia! Nos subterrâneos?

Jorge olhou o grande Melquior Gralheta. Soletrou:

— Os sub-ter-râ-neos, é isso mesmo, senhor Melquior Gralheta, os sub-ter-râ-neos!

O doutor Nawaz disse:

— Ora, primo Jorge, ora... Sabemos que há subterrâneos em São Luís, mas sabemos também outra coisa: estão atulhados há cinqüenta anos, os subterrâneos, você sabe muito bem, Jorge, nosso avô...

— Estão atulhados? — diz Jorge com uma voz divertida. — Ah, muito bem! Estão atulhados, senhores, pois é o que diz meu primo, e meu primo Nawaz é um historiador, catedrático da universidade de Salvador, este meu primo! Sim, mas eis! Não é um historiador das profundezas, não é um historiador dos covis, presumo. O senhor meu primo Abdullah Nawaz é um historiador das superfícies..., não das profundidades... Sutil matiz!

De Styjl voltou-se para Nawaz e fez um ar entediado para mostrar com o dedo o primo Chamulia, sem nem mesmo virar a cabeça. Com aquele calor, era econômico de gestos.

— Há muitos primos assim na tua família? — perguntou a Nawaz.

— Escute, retomou o primo Chamulia, escute, Abdullah, não quero mal a você. Mantenho a calma e você mantém a calma, de acordo? E eu explico: olhe bem a fonte. Se der a volta no chafariz, do outro lado da estátua de Netuno, vai ver um mato. Vê ou não vê?

— Mato? Vejo, sim, e daí?

— E daí? Muito bem, atrás desse mato, o que há? Há três janelas. Não pode encontrá-las, se não as conhece. Três janelas no meio do mato. E essas janelas dão passagem a um subterrâneo. E é nesse subterrâneo que ele desapareceu, o tipo que vimos agora há pouco. E um monte de vários outros tipos... homens e mulheres...

— Você quer dizer que há um subterrâneo, primo Jorge? Bem, e daí? Em todo lugar há um subterrâneo. Em todas as cidades do mundo, diz Melquior Gralheta.

Jorge zangou-se:

— Não, Melquior, não. Então acha mesmo que eu ia fazer um estardalhaço por causa de um subterrâneo qualquer? Não, Gralheta, não há um subterrâneo. Há dez subterrâneos, há cem subterrâneos. E sabe o que mais? Esses subterrâneos comunicam-se entre si.

— Quer dizer que são como ruas?

— Como ruas, caro senhor Gralheta.

— Como uma cidade, como uma cidade de revés? De ponta-cabeça? É o que está querendo dizer?

Jorge mantinha seu triunfo, não estava pronto a largá-lo. Disse com uma voz cansada:

— Quis dizer aquilo que digo.

— E muito bem, nos ensina das boas, primo — diz o doutor De Styjl abafando um riso. — E quem é que os abriu, esses seus subterrâneos?

O primo fez ar de quem pensava em outra coisa. Depois de um suspiro, disse com uma voz simples, óbvia:

— Ora, foram os padres. Sabe, senhor De Styjl, são animais coveiros, os padres... Dá para entender. Uma tradição de perseguição... Roma. O obscuro. Formigas e toupeiras... lagartas e coelhos. Animais de covas...

Começou a juntar seus pertences, seu chapéu, sua tabaqueira e sua bengala, para manifestar que o debate tinha se encerrado, seja porque seus amigos fossem indignos de receber semelhante confidência, semelhante "evangelho", disse mais tarde quando falaram de novo dos subterrâneos, pois era preciso falar neles novamente, seja porque essa história de galerias e de túneis, com ruas, homens e mulheres, até padres talvez, fosse insignificante a seus olhos, fosse indigna dele. Fez com a mão o gesto de varrer uma poeira da manga.

— Digo aquilo que digo — repetiu indolentemente. — Sabem, eu pensei que era melhor precavermo-nos, mas eu...

Apoiou-se na bengala, deu alguns passos desajeitados, pois suas articulações entorpeciam, era entrado na idade, e atravessou a praça arrastando os pés no pó da rua. Abanava-se com seu chapéu de palha. No momento de tomar a rua das Finas, que descia para a cidade baixa, parou, voltou-se e tirou o chapéu com ar obsequioso. Disseram que estava de mau humor, que passaria uns dias amuado, depois veriam. Era noite, a hora em que o vento endoidece.

8

Nos DIAS QUE SE SEGUIRAM, o primo Jorge não falou mais em subterrâneos. Parecia tê-los esquecido. Não lhe faltavam outros temas de conversa. Tinha uma nova teima. Dizia que se a cidade de São Luís estava decadente e quase na agonia, quase debaixo do mar, quase debaixo do tempo, disse ele bizarramente, mas acostumaram-se com sua linguagem preciosa e ridícula ao mesmo tempo, ela ainda possuía belas igrejas, nada de comparável com Salvador da Bahia, claro, menos ainda com Ouro Preto, mas igrejas, afinal, e o essencial era a fé, a "igreja interna". Um dia, propôs caminharem até a igreja de São José do Desterro, no fim da rua das Palmas, logo acima dos três becos, o beco do Precipício, o do Desterro e o da Cela.

Concordava que não era um belo monumento, mas tinha algo das arquiteturas turcas e seus vitrais valiam a pena. Era obra de um escravo negro, do lado das Minas, que tinha colorido o Menino Jesus de preto, de negro, e quando o sol batia no vitral, esse Menino Jesus era como um buraco, um vazio, e Jorge dizia que era um belo símbolo, pois alguns monges da Idade Média falavam do "Deus oculto".

Esperou um tempo, franziu a sobrancelha como se hesitasse em confiar um segredo a essa companhia um pouco tosca. Decidiu-se.

— Teologia apofática, disse sem insistir, como se fosse uma evidência.

Aquela igreja possuía uma grande singularidade: suas paredes apresentavam uma pintura curiosa, com reflexos púrpura e índigo, pois os negros tinham gasto sua cal no sangue das baleias. Jorge Chamulia acreditava ser um rito sacrificial. Disse: "Uma Ceia... um Gólgota do mar... o sermão dos peixes do grande Antônio Vieira, tudo está aí, vejam...", e pôs-se de joelhos segurando a cabeça entre as mãos, seu "gólgota", como dizia jocoso.

Instalaram-se sob o pórtico da igreja, em um banco de ferro, na esperança de um pouco de fresca, mas não havia fresca. O primo Jorge sentou-se no pedestal de uma estátua de São Jerônimo, não tinha muito espaço, mas ele era magro e miúdo e segurava-se com uma mão na perna do santo, à maneira de um macaco. Fez ranger a palha de milho na orelha. Depois, levou à boca um doce de goiaba. Esperaram que falasse. Não disse nada. Mastigou cuidadosamente sua goiabada.

No dia seguinte, Jorge Chamulia voltou à mesma igreja. Continuou a não dizer nada. Nesse dia, a conversa foi sonsa, mas, à noite, o grande Melquior Gralheta rondou, sozinho, em volta da igreja de São José do Desterro e, no dia seguinte, voltou mais uma vez e tomou coragem e empurrou a porta escura de grandes pregos de ferro. Depois, manteve o hábito. Toda noite passava ali alguns momentos, no escuro. Havia um ou dois pavios de velas. Talvez rezasse. E mais tarde, veio também pelas manhãs.

Passada uma semana, o cura de São José do Desterro notou o desocupado que ficava longos momentos, sozinho e ajoelhado pelas lajes, numa capela lateral. Falou-lhe. O cura era um velho bonachão, o ar extasiado, por causa de seu nariz arrebitado e do carão redondo, ou então era mesmo um extasiado.

Melquior Gralheta apreciou que o cura lhe falasse. Disse que acabava de chegar a São Luís. Ficaria, a menos que se fosse, o que fez rir o padre, que parecia um homem alegre, um otimista, isso mudava um pouco das visões lúgubres, pedantescas do primo

Jorge Chamulia. Por prudência, Gralheta não falou ao padre do rio Negro e da missão dos confins. Disse que vinha direto de São Cristóvão do Sergipe. Lá, trabalhava na venda de sua tia Josefina e depois fez o seminário, o pequeno, o grande, e depois da morte da tia, durante três anos, não caiu uma gota de chuva. De resto, antes desses três anos, também não chovia, salvo no verão, mas então havia a tia Josefina e não era a mesma coisa.

Em Sergipe, as crianças, sobretudo as negras, comiam terra. Tentavam viver e tentavam morrer. As famílias pegavam a estrada com um porco, três galinhas, um jumento, nem mesmo uma carriola. Marchavam em direção às grandes plantações do sul. Morriam, mas Gralheta não gostava de morrer. Disse isso assim de brincadeira, porque o padre tinha aquela expressão no rosto.

Preferiu vir a São Luís, disseram-lhe que encontraria trabalho. O padre disse que se chamava dom Gonçalves e que não havia trabalho na capital, desde a revolta de Bequimão, mas Gralheta devia conhecer o latim, se fez o seminário em Sergipe.

Gralheta aprendeu um pouco de latim no seminário, não todo o latim, mas uma parte... Não explicou ao padre o que fazia no seminário. Não disse que era um simples faxineiro, um "faz-de-tudo", pois tinha lá sua idéia. Com aquela penúria de padres, e tudo o que contou o primo Jorge... Assim, disse que estivera no seminário, pronto, não era uma mentira inteira, e ele lembrava da salmodia dos seminaristas que cantavam suas declinações, enquanto ele empurrava a vassoura na poeira do pátio em São Cristóvão, era uma poeira de seda. Os rudimentos de latim berçavam-no através das janelas abertas, mas certas declinações ele não conhecia, porque no dia em que o padre as ensinara, era o verão, as grandes chuvas de verão, e ele não podia ficar no pátio sob um dilúvio para aprender uma declinação. Tinha limite para tudo. Por exemplo, chovia no dia em que os seminaristas tinham aprendido a forma depoente e também o ablativo absoluto, mas isso ele não disse a dom Gonçalves, e entoou: "Rosa, rosa, rosam, rosae, rosa, rosa".

Tinha uma voz um pouco áspera, como se os sons tivessem estancado nos dentes e saíssem da boca todos pisados, mas era agradável escutá-lo e o padre felicitou-o:

— E conhece o plural também? Rosae, rosae, rosas e depois? Continue, a ver.

— Rosibus, rosibus, rosis.

O cura estava desconcertado. Começara tudo aquilo por brincadeira, um divertimento, e Gralheta dissera: "Rosa, rosa, rosam" como quem solta um estribilho de menino, como um jogo, como um desafio entre camaradas, à noite, no cabaré, mas isso o fizera pensar no Sergipe, e em sua tia Josefina e no mar azul no fundo das ruas.

O dia em que Josefina perguntou-lhe o que faria quando crescesse, estavam na venda, ela mergulhava uma cuia de madeira no saco de grão-de-bico. Não se enxergava muita coisa ali dentro. Cheirava bem — grão, ruibarbo e toucinho velho. Não era noite, mas a janela estava obstruída por uma estopa de nuvens. Ele disse que seria padre e ela enfiou bruscamente a pá nos grãos-de-bico. Persignou-se. Disse "Louvado seja o Senhor!" e riu como uma idiota, e fez uma dança com suas pernas não muito mais grossas que varetas, e mais tarde ela morreu e ele pensava sempre nesse mar azul que se via no fim de todas as ruas, em São Cristóvão, como se a cidade estivesse no meio de um espelho.

Gralheta não ficou em Sergipe. Não pôde ficar, por causa de Josefina, justamente, era triste demais a morte de Josefina. Em Belém do Pará, engajou-se no exército como simples soldado, por três anos, escapou dessa na maldita expedição ao rio Negro, mas terminou seus três anos como subtenente e não tinha um centavo, mas isso não o impedia de pensar às vezes em Josefina, e sempre até, mas ele não falou de Belém ao cura de São José e menos ainda da missão dos confins, haveria hora.

O homenzarrão sentia-se bem nessa igreja. O sol teve o tempo de dar a volta ao sino e acender e apagar todos os vitrais, e, quando a nave estava negra, dom Gonçalves acendeu dois círios e disse com ar maroto que tinha precisão de um ajudante e Gralheta poderia ser o bedel ou o acólita, por que não, depois da provação naturalmente, já que faltavam pastores e Gralheta conhecia na ponta da língua rosa, a rosa.

O padre tinha um rosto largo, um rosto de caldeirão, como um prato, com uma pele granulada, um pouco índia e um pouco negra, mas era muito clara, os olhos enfiados na carne, e uma barba branca, tão redonda e tão bem penteada que no dia seguinte, quando Gralheta falou dele a seus amigos, à noite, na hora de misericórdia, na pracinha onde as goiabeiras se arrepiavam por causa do vento do mar, Nawaz soltou um cacarejo. Disse: "Ah sim, dom Gonçalves!".

Disse que a barba de Gonçalves, sim, toda São Luís conhecia. A barba do cura de São José do Desterro era sua auréola de santo que deslizara da cabeça até o queixo, numa noite do ano precedente, quando dom Gonçalves bebeu um pouco mais da conta na dona Gertruda, no Entreposto, e como Gralheta fazia bico, o primo Chamulia confirmou o que dizia Nawaz e acrescentou ainda um comentário teológico. Lembrou que com os santos é assim, tudo muito inesperado. Basta ler a Bíblia para convencer-se, os santos também bebem, e eles fornicam enormemente. Dom Gonçalves era como Noé, é tudo. Gostava de cachaça e gostava de olhar as moças de dona Gertruda, mas só olhava, não fornicava. Seus costumes eram puros, mas na cachaça, nisso ele exagerava feio, e era verdade, sua auréola de santidade deslizara.

Primo Jorge felicitou Gralheta. Daria um homem de Igreja a mais, um sacristão a mais na cidade. Mas Gralheta confessou seu escrúpulo e seu embaraço: encontrara uma mulher, alguns dias antes, e não tinha vontade de perdê-la, não disse uma palavra a dom Gonçalves, pois queria muito essa função de bedel. Prometera a tia Josefina que seria talvez um padre, ou um bispo, mas bedel, ao menos.

— Você conhece uma mulher, diz Nawaz. E daí, é louco ou o quê? Todo mundo tem uma mulher. Como ela se chama?

— Glória — diz Gralheta.
Nawaz pulou:
— Glória? Tem certeza que ela se chama Glória?
— Glória, é.
— Uma grandona... Quer dizer a Glorinha! Uma moça que tem uns vinte anos, uma magra, com olhos? Ela tem olhos, não tem? É bem isso, então. Meu pobre Melquior! Quer que eu diga onde a encontrou, essa moça? Encontrou-a no porto, a Glorinha, na peixaria ou na praia do Caju. Ou então, se não foi no porto, foi no Entreposto, na dona Gertruda, estou enganado?
— Não sei o que é o Entreposto.
— Quer que eu diga? Glória é uma puta. É boa moça, mas é uma puta, pode-se fazer duas coisas ao mesmo tempo, não é? Ser boa e ser puta? Não sabia... É verdade que dá o dobro de trabalho, ser boa e puta ao mesmo tempo, mas tem quem consiga...
— Não sabia. Como ia saber? Tem certeza?
Nawaz ria muito.
— Ei, amigos! O Melquior, ele pergunta se eu tenho certeza que a Glória é uma puta! Basta olhar para ela, não?
— Bem, eu olhei. E não vi.
— Estou dizendo que é uma puta.
— Quer dizer uma puta de verdade ou uma mulher?
— Uma puta de verdade. Do Entreposto.
Gralheta considerou Nawaz e seus dois amigos com calma.
— Se você diz! E então? O que quer que eu faça? Não é culpa minha, afinal.
— Não estou dizendo que é culpa sua, Bala, mas, agora, já avisamos.
— Sabe como é, Nawaz. Precisava me avisar antes, porque agora, pronto, já foi! É como Cabral. Uma vez descoberto o Brasil, ele não podia não ter descoberto o Brasil, não é? Você disse isso outro dia. Como quer que eu saia dessa? Está feito.
— Estou dizendo que é uma puta.
Gralheta respondeu:

— Muito bem, estou com uma puta. Porque as mulheres, eu gosto muito das mulheres...

Voltou a dom Gonçalves. Depois de um longo silêncio, disse:

— A única coisa é se dom Gonçalves descobre isso. Ainda mais se sabe que é uma puta...

Nawaz fez chacota.

— Claro que ele sabe que é uma puta. Todo mundo sabe, meu pobre. Todo mundo, menos você. Todo mundo dormiu com a Glória, todos, salvo dom Gonçalves, justamente, mas sabe, se os padres e os sacristãos não tivessem mulheres, acha que ainda tocariam os sinos no Grão-Pará e se rezariam as missas? Vou dizer uma coisa, Gralheta... À parte dom Gonçalves, não há um padre, em todo país...

Melquior Gralheta virou-se para o primo Jorge. Para as questões religiosas, confiava mais em Jorge. Afinal, Nawaz, mesmo sendo um catedrático de Salvador, não passava de um turco.

Jorge juntou dois dedos, bateu várias vezes no peito de Gralheta e explicou que em toda São Luís nem mais bispo tinha. Antigamente, o Maranhão abrigara o primeiro arcebispado da colônia, era a época do grande Antônio Vieira, o jesuíta, que era o homem mais reverenciado do Reino e cujos sermões eram como um raio, até que Lisboa, sob pressão dos colonos, expulsou-o com todos os outros jesuítas, mas isso já tinha bem uns cinqüenta anos, ou cem anos, e nos sermões Vieira dizia que os colonos eram piores que tubarões ou piranhas, e os colonos não mudaram muito desde então, era o famoso Sermão dos Peixes do padre Vieira — puro Bossuet, puro Mabillon! Ah, esse Sermão dos Peixes!

Hoje, em São Luís e no Maranhão todo, não havia mais bispo. Era por causa da revolta de Bequimão, uma maneira de punir a cidade. Tinham, sim, um bispo titular, um carmelita da Observância, dom Frei Francisco de Lima, mas morava a mil quilômetros de seu bispado e nunca o viram. Dizia-se que estava a caminho, em seu jumento, com seus amuletos e seu báculo e sua pastoral, suas saias de bispo, seus arminhos, suas estolas, mas já fazia seis meses que estava a caminho. A diocese ia à deriva, a maioria dos padres tinha uma mulher e isso não tinha importância. Jorge concluiu com uma voz raivosa, torcendo o grande crucifixo de prata pendurado em seu pescoço:

— Não vamos misturar a fé em Cristo e as leis da sociedade, por favor, senhores. O pecado da carne, um pecado? Não me façam rir, senhores!

— Acha, primo Jorge? — disse Gralheta.

— Eu não acho, eu sei.

Já no dia seguinte, Galheta estava na igreja de dom Gonçalves e dom Gonçalves ficou contente. O serviço do mulato seria leve: faria as funções de sacristão, um sacristão de estatuto superior. Não se contentaria em manter a igreja em ordem e lustrar os candelabros e os turíbulos. Dom Gonçalves incumbia-o de escutar os fiéis na confissão de tempos em tempos.

Gralheta gostava das sessões de confessionário: contrabandeava o sotaque arrastado, nordestino e infantil de dom Gonçalves, inclusive os suspiros cansados que o cura soltava a cada vez que o penitente confessava um novo pecado, sobretudo os da carne. O que lhe dava prazer era a penumbra e também o fato de os fiéis lhe falarem como quem fala a um padre, porque estava camuflado detrás de uma cortina negra. Tia Josefina estaria orgulhosa, talvez ela o tomasse por um cura de verdade, e, à noite, ele revia o rosto miúdo de Josefina. Dizia-lhe que era padre, isso agradava a Josefina.

O resto do tempo Gralheta garantia o abastecimento e a marcha da igreja. Brunia os cobres, reparava as fendas das paredes, as janelas, os bancos velhos, matava os lagartos e os cupins, enquanto Glória, quando podia deixar o Entreposto, vinha logo arranjar as batinas, os paramentos e as estolas. Dom Gonçalves apreciava a jovem.

Glória era hábil. Gostava do trabalho por causa dos fios de ouro e de prata, e depois ela arrumava os ornamentos numa arca imensa, hoje grande demais para os paramentos que se punham ali dentro, como se o tamanho dos eclesiásticos tivesse diminuído desde os tempos fenomenais da Conquista, como se os primeiros irmãos fossem gigantes, heróis, gloriosos, homens enormes, e desde esse tempo, os homens de Deus, como os homens sem Deus, aliás, e como toda coisa neste mundo cá de baixo, não deixaram nunca mais de atarracar, de encarquilhar, de geração em geração, desde o tempo dos gigantes, e se isso continuasse, não sobraria mais nadinha, ou então anões, ou então o pó cinzento e as noites. Nesse ponto, o primo Jorge estava de acordo. Os homens deste século, se os comparava com aqueles da Conquista, eram piolhos agarrados no cabelame dos gigantes, e Jorge não estava zangado, ao contrário, pois isso queria dizer que caminhávamos em direção à volta do Messias, e se o empurrassem um pouquinho, ao Jorge Chamulia, ele admitia que sua alma estava impaciente, e que ela estaria bem à vontade nas paisagens de infortúnios, de desertos, sobretudo se pudesse acrescentar um pouco de sangue e mais um tanto de fel. O fim do mundo não lhe dava medo. Esperava-o com gula, era o que dizia.

A arca brilhava. Glória encerava-a com afinco. Cheirava a floresta. Depois, a jovem corria ao Entreposto. Como estava muito entusiasmada desde que encontrara Gralheta, e sua beleza tinha aumentado, ela tinha cada vez mais práticas. Não eram poucos os fregueses. Engordava. Depois, ela passeava sozinha, no cais, sobretudo antes da noite, quando todas as cores estão no céu. Andava gingando e fazia uma boa féria.

9

AO FIM DE DOIS OU TRÊS MESES, Gralheta foi promovido. Sua sorte é que fazia já alguns anos os fiéis desertavam a igreja de dom Gonçalves. Vinham, ao rigor, para um batismo ou uma prece, uma ação de graças, um ex-voto em memória de um pescador perdido no mar, de uma jovem falecida, mas as missas da manhã, mesmo as do domingo, e as vésperas, e os salve-rainhas não atraíam mais que alguns velhos que freqüentavam desde sempre o lugar e vinham respirar o odor dos anos nas cadeiras sombrias do coro, o odor de sebo, de cera e de barata dos anos.

Dom Gonçalves não entendia por que sua igreja estava vazia. Engenhava-se em dizer os evangelhos ou as epístolas com uma voz fresca, mesmo se a voz às vezes não convinha ao texto do dia, e, nada a fazer, as pessoas dormiam! Terminou por admitir o que era óbvio: se as missas faziam fugir todo o mundo, é porque eram enfastiosas, e se elas eram enfastiosas, é porque dom Gonçalves estava bem cansado.

A epístola, o evangelho, a comunhão, não sabia mais como arranjar tudo isso junto, e mais o ofertório e os salmos e as rogações, enfim todos esses pedaços dos ofícios. Sua memória nunca fora excelente, e agora era como uma moringa velha, vazava. Repetia várias vezes os mesmos gestos. Era capaz de dar a bênção ou de balançar o turíbulo durante cinco minutos.

Uma vez, celebrou três ofertórios de enfiada, e Gralheta teve de agitar muito forte os sinetes e até puxar devagarinho a veste de dom Gonçalves para alertá-lo. Uma outra vez, depois de distribuir a comunhão, o velho cura disse: "A missa foi dita", e recomeçou uma outra de imediato, e Gralheta lembrou-se daquele clarim, no dia em que tinham erigido a estela da fronteira, perto do rio Negro, na selva terrível, o dia em que o doutor De Styjl fizera plantar a estela ao acaso, e não apenas ao acaso, como também ao contrário, ainda por cima, esse clarim que não parava mais de soar o dobre aos finados e que tanto horripilara o outro padre, o capelão da missão dos confins, aquele homem belo e macilento, um pouco frio, é preciso reconhecer, mas fraterno, e ele não perdia a memória, aquele ali, o arcediago que voltou a Lisboa.

Era arcediago e chamava-se dom Benedito, e Gralheta dizia a si mesmo que ele conhecia um dos capelões da Casa Real, não era mau, não era qualquer coisa, para um pobre coitado de São Cristóvão do Sergipe, Josefina é quem teria ficado besta, e, alguns dias mais tarde, quando a missão dos confins estava já no caminho de volta, logo depois das nascentes do rio Negro, o gordo De Styjl teve aquele medo das formigas e uma outra vez, em São Luís, perto da fonte, De Styjl ainda dissera, mas talvez brincasse, desta vez, que os subterrâneos de São Luís estavam repletos de formigas, e o primo Jorge nunca mais falou daqueles famosos subterrâneos, e ninguém nunca mais falou.

Faziam como se as galerias não existissem, como se o primo Jorge as tivesse inventado, pois essa idéia era terrível, era pior que o inferno. Não se sabia se o direito era o avesso ou se era mesmo o direito. Não se sabia se a cidade de cima era o direito, ou se o direito não seria mesmo aquele troço, lá embaixo, soterrado, e é por isso que ninguém nunca mais falou dos subterrâneos, mas pensavam nisso o tempo todo, o tempo todo...

Para o cura de São José do Desterro, o momento mais sofrido era o sermão. Como desconfiava de sua cabeça, redigia suas pregações na véspera e decorava-as. Mas, se algo desse errado, não sabia mais como pôr no passo o texto que tinha preparado. Aconteceu-lhe de enganar-se de sermão, de tomar inopinadamente, no meio da homília, um atalho que o fazia cair num outro sermão, um sermão do ano precedente, difamante e até duro, e previsto para uma outra circunstância. Por exemplo, dom Gonçalves evocava o milagre dos pães, bem no tempo de Ramos, bravo! O pior é que ele mesmo percebia e parava de inopinado. Era um momento penoso: os fiéis olhavam o padre Gonçalves, tomado de pânico, em seu púlpito, manipulando suas folhas, resmungando e agitando os braços a sua frente, em busca, é o que parecia, de uma corda invisível que o elevasse ao céu onde certamente o Crucificado não deixaria de lhe assoprar seu próprio sermão. Essas sessões esgotavam-no. Depois do *Ite missa est*, galopava à sacristia. Ajoelhava-se sobre as lajes, violentamente, para que doesse, e pedia perdão ao bom Deus. Chorava. Gralheta gostava muito desse homem.

Um dia, dom Gonçalves perguntou timidamente a Gralheta se ele não podia, alguns domingos, dizer a prédica em seu lugar. Fizeram um ensaio. Gralheta subiu ao púlpito. Não era uma fuga entusiástica, mas sua figura leal, a ingenuidade de seu sorriso, os olhos agradáveis, depunham a seu favor. Quando começou, suas mãos tremiam. Escutou as palavras saírem de sua boca, como se fossem palavras de um outro, como se alguém as tivesse soprado, e isso o encorajou. Depois, desceu do púlpito e foi sentar-se nos bancos.

Dom Gonçalves aviou o fim do ofício, pois tinha pressa de felicitar seu sacristão. Gralheta abraçou o velho padre e correu encontrar Glória no cômodo que tinham arranjado nos escombros de um velho casarão aristocrático, bem atrás da igreja. Glória jurou que ele era o melhor predicador de São Luís e os olhos de Glória eram em alguns momentos verdes e em outros violeta, mas o que o mulato mais gostava eram os seios grandes, cheios, mesmo se não tinha intenção de ficar eternamente com essa boa moça.

A alegria de Gralheta não era maior porque tinha medo de estar cometendo um sacrilégio. Glória mangou. "Eu é que devia ficar inquieta", disse, girando-o como um pião, "de dormir com um homem que é quase um padre... As mulheres gostam dos predicadores. Vão todas apaixonar-se!".

Um período de delícias começou. Gralheta gostava de sua nova função. Criou uma reputação e alguns paroquianos das outras igrejas vinham a São José do Desterro, no domingo, para escutar os sermões desse sacristão que não sabia muita coisa a respeito do bom Deus, nem dos concílios, nem da Bíblia... Mas quando falava do Cristo e de seus apóstolos, jurariam que as pinturas dos vitrais deslizavam das janelas, com seus galões, com suas auréolas e suas cores de céu e de prado e de nascentes, e que este mundo todo, e os cordeiros e os jumentos, passeavam pelas traves da igreja, e depois se verificava maquinalmente que tinham voltado a seus postos nos vitrais, e que não tinham deixado sinal de seus mantos azuis e vermelhos nos bancos.

Alguns meses mais tarde, souberam que um bispo seria nomeado para São Luís e que ali residiria, ao contrário de seu predecessor. A cidade ficou aliviada. À noite, nas ruelas quentes demais, os velhos diziam que a chegada de um bispo era um sinal da bondade do Altíssimo. Os tempos mudavam. Purgaram a pena, depois do pecado de Bequimão, como os habitantes de Jerusalém depois da Babilônia.

Gralheta compartilhava a febre de todos, mas inquietava-se de sua sorte. Teria preferido que as férias do bispo se prolongassem por toda a eternidade, ou pelo menos por mais alguns meses. Temia que o novo prelado o maldissesse quando soubesse que Gralheta não era um padre, mas dom Gonçalves tranqüilizou-o:

— Você fez o grande seminário em São Cristóvão, que eu saiba, e foi ordenado padre em São Cristóvão também, foi isso, lembro-me bem, que você me disse.

— Não fiz bem isso, dom Gonçalves. Eu disse ao senhor que fui um pouco seminarista, mas não muito, entende.

— Perfeito, disse dom Gonçalves com uma voz enérgica. Fez um pouco o seminário. Bem, bem. E do que mais precisa?

Gralheta ajoelhou-se ali no chão e pediu perdão e clemência. Dom Gonçalves levantou-o.

— Meu pai — disse o grande mulato —, eu menti. Vou contar tudo, dom Gonçalves. É verdade que eu estive no seminário do Sergipe, mas eu varria o pátio, as salas de aula, a capela, e cozinhava, fazia compras, essas coisas todas... Perdoe-me, dom Gonçalves.

O cura levou a mão à altura do coração, curvou-se para fazer o sinal-da-cruz na testa de Gralheta, depois do que pôs-se a refletir. Tinhas as faces redondas, que sustentava com várias camadas de colarinhos cosidos à sua batina.

— Ah, disse, você me fez medo. Vou dizer uma coisa: quando vi seu rosto, acreditei mesmo que tinha talvez mentido quando disse que fez o seminário, os seminários quero dizer, o pequeno e depois o grande.

— Mas, dom Gonçalves, acabo de dizer...

— Veja, não foi bonito de minha parte. Quase duvidei de você. Enfim, perdoe-me.

Gralheta olhou dom Gonçalves. Viu um carão sorridente e satisfeito, mas dom Gonçalves sempre sorria, ele já sorria na barriga da mãe, todo mundo dizia isso, ele morava no céu.

— Reverendo — tentou ainda Gralheta —, repito que não fui seminarista de verdade em São Cristóvão.

Dom Gonçalves pegou Gralheta pelo ombro, fê-lo sentar-se a seu lado, em um dos salões da igreja. Com uma voz mudada, disse:

— Compreendo perfeitamente, você tem dó de mim. É verdade, esqueço as coisas, às vezes. Você tem razão, Melquior: é verdade que esqueço certas coisas, mas não coisas importantes como essa. Disso, não estou nem perto de esquecer, que você fez o grande seminário no Sergipe, uma sorte...

Gralheta remexeu-se na cadeira. Teria preferido abrir bem os olhos de dom Gonçalves, mas o padre retomou seu solilóquio:

— A você, posso confessá-lo: faço como se eu não esquecesse nada, mas eu esqueço. Muito bem, vou dizer-lhe algo: só desejo uma única coisa, é que faça como eu. Minha cabeça está se acabando, guardo mal, misturo as coisas. Há idéias que me caem em cima, assim, golpeadas não sei de onde, caem em cima de mim as idéias. Às vezes, penso que ainda estou em Itaituba, e que meu irmão me espera para ir pescar no Tapajós, havia peixes, pirarucus, você sabe que o pirarucu, a gente pensa que ele tem pedras vermelhas, brilhantes como rubis, no lugar das escamas, basta um pouquinho de sol para que a gente pense isso. Ah sim, o pirarucu, e uma vez matamos um peixe-boi. Ah, o camarada! Um boi, já viu, os peixes-bois? E a missa! Irmão Adventiço repreendeu-me um outro dia: disse que eu era maldito porque confundi a Quinqüagésima e o Pentecostes. E sabe o que disse a ele, ao irmão Adventiço? Quer saber?

— Sim — disse Gralheta.
— Quer saber?
— Sim!
— Eu disse a ele: "Mas no céu, irmão Adventiço, acredita que haja datas, que haja lembranças no céu? Para que serviriam as lembranças, lá em cima? Lá em cima é a eternidade, sabe muito bem, irmão Adventiço, e para que serviria a memória, na Eternidade? Não serviria para nada. Ficaria desocupada, a memória. A eternidade quer dizer que tudo se passa sempre no momento em que nos achamos. Não há memória na eternidade. Viu? Então? Não vai lembrar do que faz neste momento? Só nos lembramos do passado, não é?".

— O que disse irmão Adventiço? — perguntou Gralheta.
— Veja, Melquior: quando esquecemos, quando não lembramos mais muito bem, é porque começamos a fazer as malas, a fechar as janelas e as portas. É por isso que fico contente quando não me lembro mais de alguma coisa.

Gralheta estava petrificado de medo, mas o rosto do cura era o de um iluminado. Dom Gonçalves tinha algo a acrescentar:

— Se tenho um conselho a te dar, Melquior, posso te chamar Bala, como os outros? Eu te aconselharia a não esperar muito para começar a perder a memória. Eu esperei tempo demais, já tenho, não sei mais, digamos, sessenta anos. Era preciso começar bem mais cedo. Você tem quantos anos, quarenta, trinta anos?

Ele olhou Gralheta. Disse:

— É isso, o melhor seria pôr-se à obra desde o nascimento. Consagrar os primeiros anos a esquecer. É completamente estúpido: nos primeiros anos, enchem-nos de um monte de coisas. Acho que deviam mais é nos esvaziar daquilo que sabemos, é verdade, isso. Deviam fazer ao contrário. Às crianças, na escola, deviam lhes ensinar a esquecer o que sabem ao nascer... Isto seria a escola: ensinar a esquecer tudo que se sabe...

Ele riu. Estava orgulhoso de sua pequena malícia. Levantou-se, apoiando-se pesadamente nos braços do banco, aproximou-se de Gralheta e fê-lo recuar até a porta da igreja com uns tapinhas, as mãos espalmadas em seu peito. Gralheta olhava-o, ia desajeitadamente, pois não tinha o hábito de andar para trás. Gonçalves ria sozinho, resmungando: "Quando penso que quase acreditei que tinha mentido dizendo que saía do grande seminário! Perdoe-me, Melquior, e perdoe-me, ó Senhor!".

Subiu com precaução dois degraus do altar e voltou devagar na direção de Gralheta. Aproximou seu rosto até quase tocá-lo, a respiração pesada, e soluçou.

— Não. Não se deve esquecer. Quando esquecemos, é pior que a morte. É como a morte. Às vezes, nem lembro mais que não me lembro. Imagine. Mas agora, está melhor...

Mantinha-se bem ereto, minúsculo e ereto, satisfeito de seu bom senso, e disse que nas ilhas, no Tapajós, os patos remexiam o lodo e em seguida as fêmeas e os machos alisavam-se as penas uns dos outros, sobretudo quando tinha um pouco de neblina, e o que ele gostava, eram de seus olhos negros, brilhantes que só.

10

O NOVO BISPO NÃO TINHA PRESSA. Esperavam-no a cada nova manhã, e ele não chegava nunca. Um pescador dissera: "Vosso muito ilustre bispo é um bispo para muito ilustres lesmas, carrega a eternidade com ele. Verdade. As lesmas são como os bispos", mas ninguém riu. Era um idiota, esse pescador. Todos o conheciam. Tinha um cão irritável que latia para as ondas. Passava seu tempo na praia a reparar os filés da rede com os dedos do pé. Era sujo. Perguntavam-se quando é que ele saía a pescar.

O atraso do bispo, ao invés de empanar sua glória, mais lustrava a aura. Era testemunho da energia que o santo homem precisava empenhar para atravessar os desertos, as selvas, as névoas e os mares que o separavam de sua diocese.

Não se sabia muita coisa a seu respeito. Chamava-se monsenhor Timóteo do Sacramento. Todos os curas de São Luís repetiram esse nome sonoro em seus sermões mas, depois de um tempo, desistiram, embaraçados. Conjeturavam: uns diziam que ele chegaria do sul, outros viam-no no setentrião. Se era velho ou moço, se passava por indulgente ou pérfido, ninguém ousava fazer a pergunta, nem na confissão nem em foro íntimo.

Pensaram que o coadjutor do bispo, monsenhor Atanásio Mouro da Costa, quem sabe teria algumas luzes. As damas mais distintas da capital passaram tardes inteiras na diocese para arrancar algo ao coadjutor. O pobre homem ficou lisonjeado. Por tanto tempo foi refugado que ninguém nem se lembrou de informá-lo. Mal percebeu de que se tratava. As damas assim mesmo o cozinharam. Fingiu que sabia. Disse duas ou três coisas. Mas não dava nem para encher um buraco de dente.

A verdade, contudo, caminhava, por vias sinuosas, e terminou por mostrar-se uma bela tarde, no salão do Entreposto, entre as moças, entre as cachaças, as cusparadas e os beijus.

Um dos clientes mais assíduos de dona Gertruda era o primeiro secretário do vice-governador, no palácio dos Leões. Era um ímpio e um indiscreto. Todos os despachos confidenciais passavam debaixo de seu nariz e ele tinha boa memória. Chamavam-no "Tamborim", ou "o doutor Tambor", pois dele emanavam rumores, indiscrições, mentiras e boatos, e a delicadeza não o reprimia.

O doutor Tambor era grande e pessimista e fez-se de rogado. Não era homem de gastar pólvora em pardal. Compôs um mistério. Embaralhou o jogo. Trouxe coisas de longe. Perdeu-se em pistas falsas, confusões e artifícios, com arapucas e miragens.

Suplicaram, mas ele quis mercadejar a informação ao melhor preço. Esperava que todos os freqüentadores do Entreposto, sem esquecer dona Gertruda e suas moças, crepitassem de desejo, e que os olhos faiscassem.

Depois de uma semana, julgou que o público estava maduro. Saiu da moita. De seu segredo, fez vários pedaços. Distribuiu um pedaço a uma moça, em um sofá ou numa cama, e no dia seguinte um outro pedaço a dona Gertruda, num outro sofá, como por descuido, ou mesmo ao doutor Nawaz, ao doutor De Styjl, e aos poucos, depois de oito dias de sutilezas, a silhueta do bispo começou a delinear-se.

E a silhueta era curiosa: o prelado que Lisboa escolhera para aprumar São Luís não era um prelado. O homem não pertencia nem a uma grande família do Reino, nem à alta sociedade de Portugal ou da Bahia, nem vinha dos viveiros eclesiásticos nos quais em geral se recrutam os Príncipes da Igreja. Monsenhor

Timóteo do Sacramento era um monge, e de uma espécie rara: um eremita, um asceta. O doutor Tambor, assediado de perguntas, levantou um dedo: "Ousaria dizer um anacoreta?".

Dom Timóteo do Sacramento era tão anacoreta, segundo o primeiro secretário do vice-governador, que ninguém nunca nem o vira, nem os senhores de Lisboa, nem os de Belém. Enfurnara-se havia vinte anos numa lonjura, no sul do continente, mais além ainda da cidade dos bandeirantes, além de São Paulo, um lugar qualquer, em suma, e ele mesmo, esse tal Timóteo, era um qualquer, tal foi a figura que se pôde montar, juntando os nacos de confidências surrupiadas pelas meninas do Entreposto ao doutor Tambor.

As invencionices de Tambor desagradavam a dona Gertruda. A dona do Entreposto não tinha nada de tímida: era bela, corpulenta, loira, cinqüenta anos mais ou menos, e sabia levantar a voz. Sacudiu o secretário.

— Vamos, Tamborim, não se faça de engraçadinho! O que está dizendo? Ele morava em algum lugar, esse monsenhor Sacramento! Morava no céu, por acaso? Vai me dizer onde ele morava? Ou não vai? Não quer dizer? Pronto, as moças...

O doutor Tambor era a fleuma em pessoa. Soltou dois círculos de fumaça. Um momento depois, mudou de tamborete e colou-se a dona Gertruda. Cochichou em seu ouvido, mas com uma arte de tamanha sutileza e tão tonitruante que todos puderam ouvi-lo:

— Vou dizer o que sei. Nosso futuro bispo, dona Gertruda, mora numa casa chamada Solidão. Pronto. Agora sabe tanto quanto o vice-governador.

Esperou dona Gertruda estremecer, levantar os olhos ao teto, colocar os seios no lugar, depois fingiu lembrar um pormenor:

— Ah, sim, dona Gertruda, há vinte anos ele habita uma pequena cabana, numa floresta de bambus, mas o que quer fazer com esses bambus, Gertruda?

Dona Gertruda deu de ombros. Não estava contente, e já no dia seguinte pela manhã, correu ao primo Jorge. O homenzinho estava abrindo sua loja quando a dona do Entreposto surgiu de repente, em grande aparato. Jorge compreendeu que um assunto grave estava em jogo, pois dona Gertruda, com seu ofício, não se levantava nunca antes do meio do dia. Jorge levou a coisa a sério: tamborilou os dedos sobre os livros de contas e os registros e deslizou para trás de seu balcão.

Dona Gertruda estava fora de si. Contou a Jorge as notícias extraordinárias que o doutor Tambor soltara na véspera. Jorge Chamulia, que não gostava nadinha do doutor Tambor, por causa de sua irreligião, abaixou o nariz enquanto remexia na grande cruz pendurada em seu peito. Dona Gertruda não respondeu nada, piscou os olhos e foi-se tranqüila. Era sempre assim quando Jorge Chamulia enraivecia-se. Nessa noite, no Entreposto, haveria disputa, e Gertruda gostava de uma disputa.

À noite, o primo Jorge apresentou-se no Entreposto. O doutor Tambor pavoneava-se no meio das moças, entre os risos e os seios das moças. Mestre Jorge Chamulia aproximou-se, sentou-se escarranchado em sua cadeira, fez um pouco de preâmbulo e meteu ferro.

— Meu caro Tamborim — disse com uma voz melosa —, conhecemos sua impiedade. Dela faz profissão. É sua identidade. É livre. Por mim, não sou como os libertinos: respeito a opinião de todos, mesmo a dos libertinos! Ah! Ah! Ah! Mas advirto-o, doutor. Duvido que Lisboa tenha nomeado à diocese mais dolorida do Reino, nesta cidade a ponto de morrer e quase em seus estertores, um homem desprovido de experiência e de autoridade social e política!

O doutor Tambor foi cortês.

— Não sou nem o Vaticano nem o palácio do Tejo, mestre Jorge. Não tenho nada a ver com a escolha de nosso novo bispo... Confesse que seria bem complicado se a Igreja confiasse a mim, quero dizer, ao mais incréu dos incréus, o cuidado de designar seus dignitários...

Jorge levantou dois dedos, fez um gesto de quem corta a língua de Tamborim e virou-se para Gertruda.

— Vê, vê: o doutor Tamborim nos quer ainda passar a perna.

— Mestre Chamulia, não é culpa minha, afinal, se Vossa Santa Igreja cometeu um equívoco. É seu ofício equivocar-se, e ela conhece seu ofício, a Igreja, creia-me, mil anos de experiência! E, quanto a essa Eminência, minhas informações são de boa fonte. Olhe: vou mesmo, em sinal de consideração, comunicar ao senhor o nome do lugar onde esse homem, como se diz, residiu até agora. É um lugar estranho. Na serra da Ossada, a cinco léguas de São Paulo, o monte das Ossadas, ou o monte Ossuário, para dizê-lo em boa língua.

O primo Jorge levantou-se lentamente, o olhar meio torto, em todo caso transtornado.

— Serra da Ossada? O senhor disse: a serra da Ossada!

O nome perturbava-o. Sua sonoridade lúgubre, de tilintar de esqueletos, de sepulcro, de Jerusalém e de além-túmulo afagava seus gostos de juízo final, e ele mudou de ânimo. Passou da cólera à celebração. Repetiu o nome da serra da Ossada dez vezes. Fê-lo rolar sob a língua, gulosamente. Jogou-o no ar para pegá-lo novamente, como uma criança malabareando dois pedregulhos.

Lembrou que a palavra Gólgota, em aramaico, significa o crânio, sim, Jorge não gostava de se vangloriar, não era do gênero, mas tinha amealhado quando de sua passagem pelo seminário alguns rudimentos das línguas galiléicas. Serra da Ossada! O monte Ossuário! A coisa parecia uma predestinação: eis que o Gólgota, o mais terrível lugar da terra, o mais majestoso, surgia de repente na capital desmembrada do Maranhão e nesse Entreposto, uma casa dedicada às mulheres, talvez, diz Chamulia, em fidelidade à ternura que Jesus sempre devotou à Maria Madalena.

Silêncio. O próprio Tamborim continuava calado. O primo Jorge colocou a mão em cone em volta da orelha e disse: "Hein?", como se dona Gertruda ou mesmo Tamborim tivessem objetado algo, e forneceu de pronto a resposta:

— Hein? O sangue negro, o sangue do Cristo, é aqui em nossa cidade que ele jorra, veja o que quero dizer!

— Vejo — disse friamente o doutor Tambor —, mas não muito longe! Precisaríamos de um monóculo! Ou da luneta de Galileu Galilei!

O primo Jorge seguiu em frente. Pôs-se a falar a todo vapor. Glória estava lá. Morreu de rir. Jorge acalmou-a com um tapinha amigável. Depois chamou Melquior Gralheta a testemunhar. A serra da Ossada, o nome não era um acaso. E, ademais, um anacoreta! São Luís estava em festa. São Luís ia receber um homem curtido em macerações, um homem definhado, um desses couros bistres, luzidios, esticados — os melhores...

Mestre Jorge Chamulia estimava a tal escolha um reconforto. A Igreja podia ter cochilado, sobretudo a do Grão-Pará, mas fora só uma astuciosa trapaça. Debaixo das pálpebras cerradas, ela velava, a Igreja santa. Compreendera que um bispo de compleição ordinária, um simples administrador, jogado nas purulências do Maranhão, estaria prostrado em um piscar de olhos pela infecção, prostrado, sim, ou então seria sorvido de um trago, como um ovo. São Luís estava à morte. Ótimo, isso caía bem, a Igreja é especialista em passamentos, o Gólgota, o suor de sangue, os espinhos, as lanças, o sudário e o sepulcro, ela conhece a morte, a Igreja, ah sim, e isso vinha a calhar, e ela respondia "em guarda", ela aceitava o desafio.

— A morte, doutor Tambor, a morte está sobre nós? Muito bem, então, chamando à cabeceira da morte um homem vindo da morte, ela cura a morte com a própria morte! E eu digo "bravo!".

Tamborim alçou uma pálpebra, uma só, explicou ele mais tarde a seu bando de ateístas e de maçons, reservava a segunda para uma melhor circunstância. Manifestou candura.

— Ora, vamos! Somos uns mortos?

Mestre Jorge explicou pacientemente, pedagogicamente, que só um santo, vindo da serra das Ossadas, era capaz de sanear as veredas do diabo. E voltou-se de um salto, violentamente, para Tamborim.

— Doutor Tambor, agradeço. Tranqüiliza-me. Pensava rir-se da Igreja, não é? Mas eu digo ao senhor: bravo, Tamborim! e, bravo,

Igreja, que é sobrenaturalmente informada! Ela sabe que nossa capital está no centro da batalha, e sabe o que digo, Tamborim? Eu digo: "Não é um bispo que vai chegar: é um chefe de guerra!".

Infelizmente, o chefe de guerra era muito lento. Fazia-se desejar. Os dias não se moviam mais. Estavam anestesiados, os dias, e três meses se foram. O sol era salitre. A gente ia e vinha pelas ruelas faiscantes, pelo Entreposto de dona Gertruda, pelas casernas, pelas moças de Gertruda, sob os abrigos do bairro do porto.

Os desocupados deixavam-se levar à praia, bem cedo na manhã, à direita do cais. Era ali, na areia negra, entre as tripas fedorentas dos peixes, que eles formavam círculo. Sentavam-se sobre as pedras, sobre as sacas de sisal ou de cânhamo, sobre pilhas de pranchas. Milhares de moscas volteavam. Riscavam a areia com a ponta dos dedos, como gatos doentes, cães. Deslocavam-se. E as moscas coladas a eles. Espreitavam o oceano, pois tinham uma só certeza: ninguém conhecia o itinerário de monsenhor Timóteo, mas, de todo modo, quer viesse do norte ou do sul, era em barco que faria sua entrada, pois a capital fora construída sobre uma ilha.

A cidade sofria. O atraso matava-a: cria-se abandonada, privada de Deus. Estava povoada por espectros, por mulheres, por crianças e por sombras de crianças, e tão fatigada de luz que as coisas aos poucos se apagavam. O céu estava definhando, e quando o barco de monsenhor Timóteo surgiu, no sol de um meio-dia de tempestade, viram-se velas, havia muito vento, o mar estava baixo, sombrio e verde.

11

NO DIA SEGUINTE, o novo bispo deu as caras. Sua figura surpreendeu. Não tinha ar de quem ia salvar a cidade de suas pestes. Monsenhor Timóteo do Sacramento não tinha cara de bispo, nem mesmo de padre, menos ainda de asceta ou de santo. Era uma cara de quê? Uma cara de nada, justamente. Parecia um nada. Tamborim resmungou. Ele disse: "Um nada mitrado".

Desde a aurora, uma multidão nervosa amontoara-se diante das janelas da diocese, debaixo das mangueiras e dos pés de amendoim, nas brancuras do largo de São Tiago, bem atrás da igreja da Sé. Essa gente toda pinoteava, vociferava. Pelas dez horas, as gelosias do edifício episcopal abriram-se e viu-se avançar no balcão, protegido da luz por uma sombrinha preta que uma freira enorme carregava, um homem de bela estatura, uma bela figura, um pouquinho gordo, mas alto, elegante, cinqüenta anos, a tez de cobre, uma barba rasa brilhante talhada em ponta de lança e olhos pálidos, e esses olhos eram amigáveis.

O bispo distribuiu benemerências à direita e à esquerda. Benzeu a multidão. Foi aclamado. Não iam fazer feio diante de um homem tão educado, fresco, rosado, e de tanta bonomia, mas não estavam convencidos. Havia um mal-entendido e a Igreja fizera um mau cálculo: essas amabilidades episcopais, esses néctares e esses melaços, esses salamaleques todos, eram como compota em gruta de leproso.

Foi mestre Chamulia, isto é, o mais influente, ai!, dos clericais, quem encontrara essa imagem de gruta de leproso. Não se bastou. Ainda deu sua opinião: "Teria preferido que o senhor Timóteo dilacerasse, com uma garra de fogo, os pergaminhos do mal". Pronunciou a fórmula em duas ocasiões, e ninguém soube o que fazer dela. O doutor Tambor levantou os olhos ao céu.

Mestre Jorge fez poucos comentários. Sua tese era de que a capital não carecia de um homem cortês. Precisava, isso sim, era de um pulso forte para desancar o cão que cuspia enxofre — e o primo Jorge insistia, franzindo o sobrolho, como se quisesse intimidar o cão em questão:

— Chamo assim o Maligno, o Belzebu, é ele que é preciso liquidar, é o Senhor Quebra-Esqueleto, esse que nos governa desde a revolta de Bequimão! Servo!

O primo estava empolgado. São Luís esperava por poções amargas: precisava de coragem, desmesura, atrocidade, tragédia. E ninguém podia pensar que esse prelado cheio de amabilidades e belas maneiras, parecido a qualquer um, de chinelas vermelhas, de veludo ainda por cima, trouxesse tais ingredientes em suas bagagens.

A benevolência de monsenhor Timóteo, a delícia de seus modos, sua figura, pressagiavam infortúnios. Esperávamos uma espada, ou uma massa de armas, ou um açoite, e recebíamos esse *biscuit*. A face regular e afável de monsenhor não era adequada: Satã é feio. Seu adversário devia mostrar feiúra igual.

O primo Jorge não desarmava. Mantinha firme a cólera. Repisava a história dos últimos meses: a cidade em perdição inebriara-se de sonhos atrozes. Suas noites eram belas como pesadelos. A cada noite, dez mil homens e o mesmo tanto de mulheres deitavam-se em seus leitos, e uma população de súcubas, de insetos e de demônios vinha ocupá-la. Os cidadãos mais temerosos viam-se como soldados de Deus. Preparavam o coração à audácia.

Até os desocupados, os funcionários públicos que se acocoravam na penumbra da tarde sedosa dos coqueiros e das bananeiras, preparavam-se ao combate. Diziam: "Não é pouca honra para a capital do Maranhão ser o teatro da disputa entre as forças do Mal e os exércitos de Deus". Tragavam fundo seus charutos amassados. Cuspiam um sumo negro.

Consagravam-se ao sofrimento. Lutavam. Nas igrejas, os fiéis repimpavam-se de heroísmos. Passavam o tempo em festim. Vinham com enormes rosários de jacarandá ou de pau-brasil pelo prazer de fazê-los tinir com seus ruídos de vértebras. E no lugar de recitar os Credo e as Ave-Maria em resposta aos balbucios dos raros padres ainda presentes na cidade, quebravam o pescoço para contemplar os vitrais. Faziam seu peditório de tristezas.

A colheita era pródiga, pois a história da Igreja, graças a Deus, como dizia com entusiasmo mestre Jorge Chamulia, estava repleta de abominações. Ela chafurda no sangue dos Justos. Os homens e as mulheres enfebrecidos de São Luís lambiam esse sangue, como guloseima. Os penitentes escolhiam as cenas mais obscenas: o corpo em andrajos dos mártires, os fêmures quebrados dos soldados de Deus, os inocentes e os soluços dos inocentes.

E foi então que mestre Jorge apresentou sua equação: o que fazer, gritava, deste monsenhor Timóteo? Caro monsenhor Timóteo! Vivia bem longe dessas estridências. Com seu meio-colarinho engomado pelas irmãs da companhia das oblatas, seus plissados e suas rendas, pertencia mais ao mundo dos palácios que ao dos suplícios, como diziam as tropas clericais de primo Jorge. No melhor dos casos, esse bispo de adorno podia figurar nas iluminuras de um livro de horas, ao lado de um coração de Maria cercado de anjos, de séquitos, de roçar de asas, de borboletas e de flores pastel. Temiam por ele: desse homem delicado, o Senhor das armadilhas e das trevas faria uma bocada só, mas ninguém ousava aconselhá-lo a voltar depressa a sua ermita da serra da Ossada.

As indignações do primo Jorge distraíam os libertinos. Regalavam-se. Porque acreditavam muito pouco em Deus e nada no Diabo, e o espírito de contradição figurava em seu paquete, davam-se ao pérfido prazer de socorrer o pobre bispo. Ao contrário dos devotos, e satisfeitíssimos por exasperá-los, os maçons do doutor Tambor entoavam loas e boas a monsenhor Timóteo do Sacramento. Quer dizer que não eram apenas libertinos. Eram perversos também, e maus. Conseguiam essa proeza e quase essa farsa de utilizar o pobre bispo Timóteo como bombarda contra seu próprio campo, contra o campo dos papistas.

A estação foi animada. Os libertinos tinham dois locais de encontro: o primeiro era o salão e as alcovas do Entreposto. Seus quartos tinham sido arranjados por dona Gertruda e seu marido, agora falecido, no antigo mercado de peixes, sobre o mar, quando os primeiros indícios do declínio da cidade, com ruínas, quilombos, falências e suicídios, se fizeram notar, e desde então era ali que os negociantes e alguns funcionários do governo, do Senado ou da Câmara municipal usavam suas noites em companhia das moças. Um copo de cachaça na mão, esses notáveis faziam-se rebeldes.

Dona Gertruda, porém, estava muito longe de ser um deles. Mesmo exercendo um ofício inconveniente, ela respeitava as instituições eclesiásticas, e com o apoio de alguns fregueses razoáveis ou devotos, como o primo Jorge, vigiava seu rebanho. Podia rir-se de tudo, no Entreposto, distrair-se com as moças, contar histórias licenciosas e atrevidas, dona Gertruda ouvia-as com gosto, mas nem pensar em tocar ao Senhor Jesus e a seus servidores.

Era por isso que os clientes do Entreposto — a maioria laicos, mas nem todos, pois havia também os seguidores de mestre Jorge — ficavam bem aliviados quando dona Gertruda subia ao andar de cima para dar uma ajudinha a uma de suas pensionistas. Assim que dava as costas, eles atacavam. Desembalavam seus curas, seus padres, seus monges, seus jesuítas e suas religiosas. Lançavam-nos ao chão, como se lançam ossos.

Eram impiedosos. Massacravam todo o pessoal sagrado, mesmo os anjos, e entre os anjos o arcanjo Uriel, que consideravam particularmente estulto e com o qual se fartavam, o que era bem injusto, pois Uriel não pôde fazer tanto mal, o coitado. Dele nada se sabia. Sim, provavelmente era um incapaz, que nunca cruzara a rota dos três grandes, Gabriel, Rafael e Jorge. Nem conhecia a Europa e deixou-se tolamente nomear nas Américas. Enquanto Gabriel andava de cima para baixo para preparar a vinda do Cristo Senhor, Uriel, este, vegetava na Bolívia e no Grão-Pará. Nunca nem pôs os pés na Galiléia ou na Itália. Os eruditos do Vaticano mal o conheciam, mas era culpa sua, do pobre Uriel, se fora enviado a essas regiões perdidas? Deu azar, pronto, tagarelavam os libertinos, mas, afinal, não deixava de ter um pequeno mérito: como conquistara, na América, uma tal ilustração, que os teólogos italianos nem se deram conta? Devia ter algo.

Os mais venenosos eram os militares e os funcionários da Coroa que aliviavam, nos cetins e nos cheiros das moças de dona Gertruda, os ódios que a Corte e o Exército vinham acumulando, ao longo dos séculos, contra a altivez da Igreja. Entre eles, claro, o doutor Tambor, que era o primeiro secretário do vice-governador do Grão-Pará, um adido, se quiserem, mas Tamborim dizia fungando que ele era mesmo mais perdido que adido, o vice-governador estava sempre ausente, mesmo quando presente!

Quanto a Melquior Gralheta, instalava-se entre as duas facções, a meio caminho das duas exaltações. Sua fé não valia talvez a de Chamulia, mas era bela e ingênua, uma fé de presépio, de missal e de iluminuras, e ela ganhara consistência desde que pronunciava os sermões no lugar de dom Gonçalves. O doutor Tambor achava que Melquior Gralheta era tão eloqüente que acabara por se converter a si mesmo, de tanto escutar suas próprias prédicas, aos domingos, em São José do Desterro, mas Melquior não se zangava, era um doce, um mel, e ria-se com gosto de si mesmo. Em troca, não se juntava nunca às maldades que os maus pensantes diziam da Igreja. Nesse caso, ele esperava silenciosamente, e o ar um pouco triste, que dona Gertruda voltasse ao salão, pois então a conversa logo mudava de rumo. Assim que ressoavam o barulho dos saltos de dona Gertruda nas escadas, o doutor Tambor, Nawaz e todos os libertinos, entre eles umas raras moças, embainhavam seu fel, recolhiam os curas a toda pressa, e trocavam os ditos sediciosos por histórias velhacas, ou obscenas, e dona Gertruda não era a última a dar risada.

Um pouco mais tarde, no início da noite, os espíritos rebeldes movimentavam-se. Despediam-se de dona Gertruda e subiam aos altos da cidade. Não era fácil, pois as pernas dos libertinos não eram muito valorosas, e as escadarias eram íngremes e deterioradas. Uma vez tendo chegado aos Três Funis, pediam uma cachaça ou uma caipirinha, e voltavam aos curas, mas não havia mais dona Gertruda e não precisavam mais baixar o tom nem temer os ralhos.

Ao contrário, os incréus eram encorajados pelo dono do cabaré dos Três Funis, que não tinha medo de nada, excomungado de nascença. "Melhor aproveitar!", alardeava, e mais: "Que sirva para algo, ao menos: não tenho o prazer de comungar. Sobra o de dizer palavrões e maldizer os curas... O que disse, doutor Tambor? Mas ora, bela coisa, é o mesmo, não?, um cura e um palavrão!"

Nessa estação, aconteceu mesmo de o primo Jorge juntar-se à banda dos libertinos. Por uma vez, uma aliança contranatural se fazia entre o chefe dos libertinos, o doutor Tambor, e o homem mais devoto da capital, mestre Jorge Chamulia, uma aliança da qual o novo bispo era a matéria e a vítima ao mesmo tempo: Jorge Chamulia reprovava a Timóteo do Sacramento a insipidez, e Tamborim, sua existência.

Mestre Jorge não media as palavras. Cheirando com uma narina furiosa seu copo de aguardente, chegava a contestar a santidade do novo bispo. Balançava a cabeça: nunca o Senhor Deus teria cometido a imprudência de meter um destino de santo a alguém tão próspero quanto dom Timóteo do Sacramento, e de uma tez tão delicada. Santo Agostinho era magro como um árabe, Chamulia permitia-se lembrá-lo. São Bento nutria-se das avelãs do monte Cassino, e santa Teresa d'Ávila era só pele e osso. Nesse momento, o doutor Tambor escarnecia e lançava por cima da mesa:

"Não, mestre Chamulia. Não! Ela só tinha os ossos, santa Tereza, não tinha pele nenhuma! Vi suas relíquias em Valadolid! Um monte de ossinhos, uma pequena 'serra da Ossada', se me permite a irreverência!".

Certas noites, o primo Jorge duvidava mesmo que Timóteo do Sacramento tivesse feito uma carreira de anacoreta num bosque de bambus da serra da Ossada, perto de São Paulo. Em todo caso, se o prelado afagara mesmo o projeto de se fazer nomear asceta, com certeza bombara no exame, sobretudo no exame de magreza. Reprovado, o monsenhor! Reprovado por prosperidade!

Nesse ponto, o primo Jorge remanchava: como os bebedores suspendiam-se às suas palavras, ele organizava o silêncio. Enfiava o charuto entre os lábios bem untados de saliva, lambia-o bastante e dizia:

— Precisava chegar aos sessenta anos para tropeçar nesta quimera: um asceta roliço!

Ainda uma lambida no charuto, e depois:

— Apresentam mulheres barbadas, nas feiras, em João Pessoa, em Natal, em Congonhas, eu vi, ou crianças com duas cabeças. Por que não se exporia um asceta dos intestinos cheios de virtualhas? Entrem! Entrem! Entrem! Venham admirar o asceta mais gordo do mundo! Entrem! Entrem...

E concluía, com uma última estocada, bem vulgar, aliás, sobretudo vinda do chefe dos devotos:

— Os intestinos da Providência são impenetráveis.

Ao cabo de algumas semanas, os sarcasmos do primo Jorge cansaram. Ainda se reuniam à tarde no Entreposto de dona Gertruda, entre as moças, e à noite nos Três Funis, mas já não era a mesma coisa. De monsenhor Timóteo, tinham extraído todo o sumo, e agora jogavam-no fora, como se joga uma casca de manga bem chupada, e as chuvas grossas de um novo verão, de um novo inverno, começaram. Trombas d'água abatiam-se sobre a cidade todo dia às três horas. O mar subia e descia.

Melquior Gralheta era sensível a esse retorno das chuvas. No ano precedente, sua pequena tropa havia fincado a estela gravada nas pedreiras de Portugal nas nascentes do rio Negro, na véspera das chuvas, justamente, ou nas primeiras chuvas, foi o que lembrou Gralheta no dia em que a primeira tempestade desabou sobre o teto dos Três Funis, e ele disse: "Um ano já!", e o doutor De Styjl disse: "Um ano já!", mas com uma voz taciturna, pois não gostava de falar daquela expedição. Temia sempre que tivessem posto a estela de ponta-cabeça, que tivessem posto o Brasil no lugar do Peru e o Peru no lugar do Brasil.

De Styjl fazia-se valente, mas passava apertado, sobretudo porque seu amigo, o historiador Nawaz, torcia o ferro bem na ferida. Então, Melquior Gralheta, que gostava do gordo geógrafo, ia ao seu auxílio. A língua emplastada de álcool de milho, o grande mulato desviava como podia a conversa. Sustentava que o Brasil, as fronteiras do Brasil, não eram marcadas pela estela do rio Negro, mas por outra coisa.

Nos dias em que estava mais bêbado do que convinha, Gralheta dizia o que era essa outra coisa. Dizia que elas passavam, as fronteiras do Brasil, que elas passavam ali onde os escravos comiam terra para morrer e ali onde outros escravos tentavam ganhar a África a nado e naufragavam, na altura da ilha da Raposa, e às vezes viam-se seus corpos inchados de verme e de ar, quase estripados, como carneiros, ir e vir nas ondas, partir à África e voltar ao Maranhão, partir à África e voltar à América, e era isso.

Abdullah Nawaz zombava não era pouco das puerilidades de Gralheta. Sustentava que a fronteira passava sim pelo poste que tinham fincado na boca do Negro, mesmo se se enganaram e mesmo se a estela estava ao contrário. "As coisas que foram, dizia, essas coisas que foram, são e serão."

Depois, como as pessoas que beberam demais, encasquetava e repetia: "Ontem nunca se acaba, companheiros, e como sabem que amanhã não é ontem?". De Styjl franzia a testa: "Pode dizer de novo, Nawaz, não sei se entendi bem, Nawaz, pode repetir?".

E Nawaz era obediente e repetia: "Eu digo... eu digo que amanhã começará ontem...".

E perguntava em seguida se De Styjl concordava. E De Styjl concordava, não sabia bem com o que concordava, mas, enfim, o importante não era que ele concordasse? Então, Nawaz dizia que as Américas, donde é que Colombo as tirou, as Américas? Encontrou-as no fundo dos livros de Ptolomeu, e como ninguém nunca viu os livros de Ptolomeu, isso quer dizer que Colombo encontrou-as, as Américas, em um livro que não existe. Portanto, o livro... é isso... nem uma palavra... portanto o livro..., era essa a opinião de Nawaz. De Styjl aprovava como podia. De Styjl tinha ânsias. Pedia uma outra garrafa de aguardente. Esvaziava-a, arrotava como um louco, e uma noite, estava bêbado, Melquior Gralheta ajudou-o a voltar para casa, e estavam os dois embriagados.

Tropeçavam nas escadarias arruinadas de Mina e do beco Catarina, e depois nas ruelas escarpadas, e nas torrentes de lama e nos cadáveres de ratos que cobriam os degraus da longa escadaria, entre os arbustos e as flores amarelas e as flores rosas esmagadas, e todas as moscas. Gralheta tomava De Styjl nos braços. Ele era forte. De Styjl pesava um quintal. Era flácido e cinza, mas era um bom tipo. Gralheta punha-o em marcha. De Styjl falava da estela do rio Negro e, de todo modo, mesmo se a fincamos ao contrário, bobagem! Ninguém nunca soube onde passa a fronteira. Ele vomitava, sentava-se, ajeitava-se com a ajuda do mulato, e repetia "bobagem!".

12

O CHEIRO DA CIDADE ERA CADA VEZ PIOR. Simples, ela empestava. O mês de fevereiro lavou o céu, mas assim mesmo o fedor crescia. Por essa época, espalhou-se um boato. O boato anunciava que monsenhor Timóteo do Sacramento não era o imbecil que se dissera. O novo prelado escondia, como todo mundo, sótãos, porões, fundos falsos e armadilhas.

Mais uma vez, foi o doutor Tambor quem descobriu o segredo, graças aos despachos que passavam por sua luneta, no palácio dos Leões. Traiu a confidência, era sua alegria e seu talento, mas dessa vez mudou de tática: no lugar de distribuir suas informações às pequenas garfadas, aos nacos, como fizera seis meses antes para anunciar a nomeação do novo bispo, abriu as comportas de uma vez só, e diante de todos os clientes do Entreposto, mas sem acrescentar o menor detalhe. Não baixou a voz e também não gritou. Usou uma voz trivial, sem solenidade, quase rotineira. Admiraram sua maestria: apresentava como anódino um assunto que todos logo perceberam assombroso. Soltou uma informação seca, sóbria, desossada, como disseram alguns, e nua, em todo caso. Não a decorou com nenhum berloque e não fez comentários. Não demonstrou emoção. Dizia uma verdade, ponto.

— Meus amigos, disse numa noite, depois de ter passado um momento com uma das jovens de dona Gertruda, fomos bem enganados por nosso novo bispo. Monsenhor Timóteo do Sacramento não tem nada de tolo. Monsenhor dos Ossuários é um homem terrível.

E foi tudo! Ou, melhor, houve um silêncio monumental, e Nawaz até disse: "Um silêncio reluzente", o que não queria dizer nada, e De Styjl felizmente retificou e disse: "Um silêncio aflitivo", enfim, todos compreenderam, um silêncio de nunca acabar.

Nas semanas seguintes, o doutor Tambor voltou a suas monotonias. No final dos belos dias de março, de abril, de junho, na primavera (e alguns diziam o outono, porque, nessas latitudes, as estações são todas embrulhadas umas nas outras e cada qual as batiza como quer) um pouco adormecida desse ano estranho, ele ia a dona Gertruda. Acariciava as meninas sem nenhuma fuga.

Falava do tempo, do preço do peixe, de escândalos de monges, ou da sujeira das vielas em volta do priorado de São João e indignava-se, pois essa igreja de São João era bela e fora construída, nos primeiros anos da colônia, com o dinheiro do governador Rui Vaz de Siqueiro e Tamborim observava de passagem que o primeiro historiador do Brasil já se chamava Vaz, era o escrivão da esquadra de Pedro Álvares Cabral: Pedro Vaz de Caminha... Mas, dessa similitude entre os dois nomes, não tirou nenhuma conclusão. Deixava a sociedade na expectativa.

A tática de Tamborim era afiada. Perdia-se em insignificâncias, maneira de acender as impaciências. Incitavam-no às confidências. Abria seu vasto olho negro. O olho era inerte, mas o segredo prosperava: Tamborim tinha-o disseminado entre seus amigos do Entreposto como se dissemina uma varíola. Oito dias mais tarde, toda a cidade estava em febres. Só se falava de monsenhor Timóteo.

Em cada cruzamento, na boca dos chafarizes, nos terraços, nas oficinas, em volta dos lavadouros e nas noites, os desocupados punham-se de concerto. Os mais demonstrativos davam uns tapinhas na testa para mostrar que não era de acreditar, e outros alisavam as barbas, os bigodes, limpavam as lupas, o nariz, as orelhas, tudo que lhes caísse nas mãos.

A estação foi agradável. O doutor Tambor parecia ausente. Evitava saciar os indiscretos. Era parcimonioso. Geria seu tesouro como um harpagão, para falar como Molière. Com um ar de ingenuidade, e parecendo indiferente, acendia o fogo furtivamente. Fustigava as curiosidades.

Com o tempo, os vadios cansaram e o doutor Tamborim teve de recorrer a recursos mais pesados. Como o solicitavam menos freqüentemente, reanimou o espetáculo. Uma manhã, diante de um pequeno grupo de oficiais públicos que bebericava seus sucos de mangas e de abacaxis na fresca do largo da Sé, diante da longa fachada amarela do episcopado, Tamborim excitou-se. Encolerizou-se, sozinho. Esmagou uma mosca nas costas da mão, mandou-a ao ar com um piparote e disse:

— Não, meus amigos, com um adversário desse formato, não será um duelo ao primeiro sangue. Aposto por um duelo ao último sangue.

— Um duelo? Há um duelo?

— Explico-me, diz Tamborim. O combate espiritual é tão brutal quanto a batalha de homens...

O primo Jorge teria gostado de duvidar das revelações de Tamborim. Doíam-lhe as prosperidades desse porteiro de palácio. Era invejoso como uma serpente, mas, diante do doutor Tambor, não tinha força. Faltava-lhe brio, e seus arsenais não eram bem fornidos. O interior de Tamborim, ao contrário, estava cheio de pólvora e de balas. E como era encarregado, no palácio dos Leões, das mensagens cifradas e dos despachos, recolhia suas informações na fonte. E eis o que dizia essa fonte.

Ela dizia que monsenhor Timóteo do Sacramento, ainda que já há seis meses em São Luís, e levando a cidade com seus sorrisos e suas afetações, não se dignara a notificar o governador do Grão-Pará, em Belém, que era nesse momento o muito ilustre Antônio de Carvalho, de sua chegada, seu estabelecimento e sua posse na diocese do Maranhão. A negligência não podia passar por distração. Valia como hostilidade. Fazia insulto a todas as regras do protocolo. Insulto ao governador Antônio de Carvalho! Insulto à Coroa! Insulto à civilização!

Nos dias seguintes, Tamborim comentou essas notícias diante de dona Gertruda, no Entreposto. Insistiu sobre a palavra "insulto". Previa uma guerra e essa guerra seria cruel! Nos Três Funis, houve barulho. Os maçons e os libertinos, os voltairianos, vociferaram. Tamborim não tinha palavras mais duras para ofender aquele príncipe da Igreja, ou melhor, príncipe da hipocrisia, que divertira seus adversários com floreios e galanteios, ao mesmo tempo que armava suas artimanhas.

Claro, do lado dos devotos, foi outra cantilena. Mestre Chamulia percebeu a ocasião de recuperar a dianteira do clã dos ateus e sobretudo de Tamborim. A situação tornava-se de novo favorável aos clérigos, mas o primo Jorge foi antes obrigado a rever suas atitudes e a dar a mão à palmatória. Ele que tanto difamara, seis meses antes, o angelismo, o mel e as maneiras sedutoras de monsenhor Timóteo do Sacramento, teve de convir o erro e concordar que tinha exagerado. Esse prelado afetado era um belo guerreiro. O primo Jorge alegrou-se. Mudou de campo, não sem brio. Reconheceu francamente seus equívocos. Recolheu sua artilharia e foi ao encontro da tropa dos fiéis do bispo. Em sua oficina do Trapiche, deslizando mudamente de um registro a um saco de canela, ou então em dona Gertruda e mesmo nos Três Funis, onde continuava a freqüentar os espíritos rebeldes, levou ao pináculo, não sem certa crueldade, aliás, monsenhor Timóteo do Sacramento. Sua eloqüência foi infinita.

Descreveu o antigo anacoreta do monte Ossuário como um cruzado, ou então como um profeta do Antigo Testamento, a mesma envergadura. Via-o muito bem, trajando burel e puxando a crina do rabo da mula do Muito Ilustre Doutor Godefroy de Bouillon antes de correr a Jerusalém para ali impedir a passagem dos sarracenos. Isso basta para dizer quanto à chegada de um tamanho campeão, na "cidade dos abismos" que era a capital do Maranhão ("É o que digo: "a cidade dos abismos", repetia voluptuosamente, fulminando de antemão aqueles que porventura tivessem a simplicidade de sorrir), agradava a mestre Jorge Chamulia. Este bispo de fundo falso era uma jóia. Jorge rebatizou-o. Agradava-lhe chamá-lo: "Monsenhor Testa-Dura".

No Entreposto, onde a notícia fora bem acolhida pela maioria das jovens e mais ainda por dona Gertruda, que sempre fora amiga do campo dos padres, mestre Jorge revirava-se em sua grande cadeira de bambu, dedilhava seu peito de veludo e fanfarronava. Recuperava os clericais. Recrutava. Tentou atrair o cura de São José do Desterro, dom Gonçalves, à sua tropa, mas o velhote era tímido e tudo lhe dava medo. Trancafiava-se em sua igreja, nos silêncios. Assim, Jorge limitou-se a dona Gertruda com a qual manteve diálogos apaixonados, à tarde, frente a frente.

— Não queria estar no lugar do governador do Grão-Pará, em Belém, quero dizer, no lugar do muito ilustre Antônio de Carvalho — dizia mestre Jorge. — Nosso monsenhor Timóteo do Sacramento é um adversário de dar medo, dona Gertruda. Creia-me, é um selvagem, como o bom Deus. Sua habilidade é de gelar o sangue.

Dona Gertruda assustava-se:

— Não duvido, mestre Jorge, e fico bem contente. Mas por que diz que o bom Deus é um selvagem?

Jorge Chamulia segurou-lhe a mão, ternamente, brincava com seus anéis, enquanto seguia com um olho as moças que se ocupavam de seus assuntos.

— Porque, minha boa Gertruda... Por que Deus é selvagem, eis minha resposta: porque sim... É um pouco difícil, concordo, um Deus selvagem é o contrário de Deus, mas é assim, vê, dona Gertruda. Vou dizer uma coisa, Gertruda: creio, eu, que Deus é o contrário de Deus, sim, é um pouco estranho, dona Gertruda, enfim, compreenderá mais tarde...

— Preferiria compreender agora — dizia Gertruda, a quem horrorizava a tristeza.

— Bom! Vou esclarecer, Gertruda. Veja um pouco o atrevido. Qual é o arsenal de monsenhor Timóteo? Óleo fervente? Escopetas? Sermões? Não, Gertruda! É o silêncio! Eis a pólvora com que ele carrega seus bacamartes! Expedia à cidade obuses carregados de... de silêncio, Gertruda! Monsenhor Timóteo do Sacramento não se declarou ao governador? E o doutor Tambor está abalado? É que Tamborim é um animal e ei-lo de pernas para o ar, nosso doutor Tambor! E eu, Jorge Chamulia, digo: "Bravo, monsenhor Testa-Dura!". Eu digo: "A ausência de declaração episcopal, é essa a verdadeira declaração...!" Silêncio, Gertruda, eis os exércitos do bispo. Toneladas de silêncio! Bravo, monsenhor!

— Beleza de bispo — disse ruidosamente o doutor Tambor, que se aproximara a passo de lobo de dona Gertruda, sua longa silhueta um pouco arqueada, barba pontuda e grisalha, algo de sardônico na figura.

Mestre Jorge virou a cabeça. Avistou Tamborim, fez um barulho insignificante e traçou a rota. Contentou-se em levantar a voz. Disse que a força de monsenhor Timóteo do Sacramento era sem fronteira e que ninguém, nem mesmo os incréus dos Três Funis, poderia movê-la. O prelado caminhava nos subterrâneos, em suas galerias, pelos vieses mais sutis. Ludibriou a todos, incluindo o vice-governador, incluindo seu próprio coadjutor, o pobre monsenhor Atanásio Mouro da Costa.

— Incluindo o senhor! — trovejou o doutor Tambor —, incluindo o senhor, mestre Jorge! Até mestre Jorge Chamulia foi ludibriado!

— E sim — gritou Chamulia, jogando a cabeça para trás para melhor desafiar o grande Tamborim —, eh sim, e orgulho-me, imagine, senhor Tamborim. Até eu fui enrolado! E regozijo-me!

Por que Jorge Chamulia teria tentado negar sua derrota? Muito ao contrário, dela tirava vitórias. Sacrificava-se. Sua derrota era o prazer de Deus! Ele dizia "Aleluia!" e ele dizia "Hosana!", eis como ele era: sua simploriedade, como dizia Tamborim, aumentava o brilho da Igreja. Em sua exaltação, mestre Jorge encontrou uma fórmula excelente, bem a seu modo, e azar dos incréus se a julgavam pompsa.

— Esse prelado inexplicável saneará a cloaca — disse em voz alta. — Sob as mãos enluvadas de vermelho de Nossa Eminência, adivinho uma outra mão, e ela dissimula a morte.

— Bom Deus! — suspirou o doutor Tambor.

Durante esse tempo, em Belém, nas residências do poder, os conselheiros de Sua Excelência Antônio de Carvalho, o governador do Grão-Pará, faziam as mesmas descobertas. Rapidamente perceberam a medida do perigo e recomendaram ao governador que esmagasse imediatamente, ainda no ovo, a cabeça da serpente clerical, antes que o veneno infectasse as veias do Maranhão e de toda a América.

Mas o governador Antônio de Carvalho era um cérebro político e esse tipo de cérebro compraz-se na lentidão. Consultou-se. Antes de lançar a ordem de abrir hostilidades, por exemplo expulsando monsenhor Timóteo do Sacramento, queria interrogar Lisboa. A seus conselheiros fogosos demais, ele fez ver que a "sedição" do novo bispo de São Luís podia abalar o conjunto das relações que Portugal entretinha com a Igreja. A palavra "sedição" era um pouco forte, mas fez seu efeito. O governador aumentou sua vantagem:

— Que digo, Portugal! É a Europa inteira que jogaríamos, no primeiro mau passo, no lago. Creiam na minha experiência, senhores: vejo rondar o espectro de uma nova querela entre o profano e o sagrado, entre o papa e os imperadores, entre Roma e César... Lembrem-se, meus amigos, lembrem-se, o castelo da condessa Matilde...

O primeiro secretário interrompeu-o, um pouco agastado:

— A condessa Matilde da Toscana, Excelência, quer dizer Canossa? Não estamos mais na Idade Média, Excelência...

— Estamos na Idade Média, senhor primeiro secretário — disse rudemente o governador Carvalho. — Ah, entendo! Pensa sem dúvida que estamos no século das Luzes? No século de Spinoza? Sei... Sei... É um "rumor" que corre pela Europa, isso, um rumor, meu caro...

— O senhor de Montesquieu, Excelência...

— Não, senhor conselheiro, não! A Idade Média nunca começou e não terminará nunca... Não está morta, nem é de feitio a morrer. Não ao menos na colônia. Quer que eu diga? Mudou-se, a Idade Média. Entediava-se na Europa. Desembarcou aqui, o senhor não acredita, e sente-se bem entre nós. Muito bem. Acho que encontrou sua felicidade!

O primeiro secretário estava carmesim. Tropeçou. O governador Carvalho ajudou-o a levantar-se, e rogou que fizesse de modo a que um emissário de alto estatuto, por que não o chefe do protocolo da província do Grão-Pará, embarcasse com destino a Lisboa, na primeira caravela, a fim de fazer relato a Sua Majestade.

13

O CHEFE DO PROTOCOLO fez sua bagagem e foi-se para Lisboa. Sua partida esfriou os ânimos em Belém, em São Luís e Alcântara. Durante algumas semanas, não houve mais acontecimentos. O navio nadava à Europa. Do tiro de reprimenda lançado por monsenhor Timóteo do Sacramento não saiu nenhuma bala. O obus silencioso, como se fora ausente, lançado pelo antigo eremita da serra da Ossada ao omitir a apresentação de seus deveres ao governador Antônio de Carvalho, pairou uma boa parte da primavera (do outono), como uma nuvem pesada, no céu impassível e geralmente azul do Maranhão. Não explodiu.

O verão chegou, ou então o inverno, como diziam alguns, com suas trombas-d'água, e as ordens de Lisboa ainda vadiavam pelas águas em uma caravela exposta aos aliseus, aos grandes ventos do oeste e às calmarias. Essas incertezas diziam muito, observaram os filósofos do largo da Sé, os "Diógenes das antípodas e dos amendoeiros", como chamavam alegremente a si mesmos, das futilidades da História: um ciclone teria bastado para que as ordens do rei fossem ofuscadas.

Os espíritos propensos ao sombrio imaginavam que o navio afundara com o chefe do protocolo e os éditos do soberano a bordo. Deviam suspender o jogo, solicitar uma "trégua", ou deixariam que o bispo armasse seus vespeiros, instalasse sua lei e no fim usurpasse o lugar do governador, como a Igreja gostava de fazer, outrora, na velha Europa do Sacro Império e, mais recentemente, aqui mesmo, no Brasil, quantas vezes nesses dois séculos, não bastasse o tempo do padre Antônio Vieira?

O destino pronunciou-se. O que se chama, em geral, de verão declinava. O navio, de volta da Europa, atracou em Belém, depois de ter enfrentado duas tempestades. Mal desembarcou, o emissário do governador correu ao palácio. Sua Excelência Antônio de Carvalho convocou de urgência o Conselho. Rompeu solenemente os sinetes do mandado real. Procedeu à leitura com uma voz trêmula.

Sua Majestade o rei de Portugal era duro. Estocava. Declarava guerra ao bispo. Ordenava ao Comissário das obras da província do Grão-Pará que se apresentasse de imediato em São Luís, escoltado por uma milícia, e fizesse informar a monsenhor Timóteo do Sacramento as vontades reais.

"Monsenhor Timóteo do Sacramento, ordenava o ato régio, é rogado, pela presente, a pôr fim sem mais delonga aos excessos a que se dão os padres em seus púlpitos para fazer sátira aos ministros que, no Maranhão, servem à monarquia. Monsenhor Timóteo do Sacramento dará um basta a esses curas, padres e missionários que proferem de maneira licenciosa, acoitados sob suas prédicas, palavras escandalosas contra todos aqueles que governam e administram a Província. A decisão da Coroa é sem apelo nem pesar."

O governador Antônio de Carvalho releu três vezes a carta e soltou um assobio. Depois, disse "Diacho!" e ficou contente. A Coroa sustentava-o e confiava a ele o controle das operações. Esmagariam a besta clerical. Carvalho, porém, logo inquietou-se. A ordem de Sua Majestade obrigava-o a tomar parte na querela, e a querela era um duelo espinhoso, pois ao prelado não faltavam sutileza, firmeza nem fineza. Assim, em vez de despachar o Comissário das obras e seus agentes, o governador Carvalho tentou a conciliação. Contemporizou. Enviou a São Luís o mais civilizado de seus oficiais, o tenente-geral Moacyr da Villaponta.

Esse Moacyr da Villaponta embarcou para o Maranhão. Depois de duas semanas de barco, estava em São Luís. Fez-se anunciar ao bispo, temendo o pior e persuadido de que não obteria audiência, mas monsenhor Timóteo, pela segunda vez, surpreendeu os estrategistas do Entreposto e os do Três Funis, os incréus do doutor Tambor e os papa-hóstias do primo Jorge. Declarou-se honrado em receber o núncio do ilustre governador do Grão-Pará.

A entrevista teve lugar no final da manhã, na sala nobre da arquidiocese que guardava lembrança das antigas prosperidades. Havia ouros, estátuas, móveis escuros e muitos espelhos. Oito janelas dominavam o mar. Uma luz leitosa coloria os vitrais, um pouco do azul do céu.

O tenente-geral Moacyr da Villaponta era um homem grande e de assaz boa presença, apesar da boca vermelha e larga e um pouco de suor, às vezes, nas asas do nariz e talvez no colarinho, e ele sentou-se.

O bispo tomou conhecimento dos desejos da Coroa. Surpreendeu-se, ou então fingiu surpresa. Não entendia o triste retrato que o soberano fazia dos padres de São Luís. Disse:

— Dou pleno crédito a nosso soberano e ao ilustre governador Carvalho, mas caio das nuvens, senhor Villaponta! Meus curas, conduzindo-se como inimigos da Coroa! Satirizando os ministros em seus púlpitos! Diga ao senhor governador, senhor Moacyr, que se assim for, justiça será feita.

Parecia colérico. Estava indignado com a impudência de seus padres: como os curas do Maranhão ousavam profanar a Santidade da missa, desancar o trono e enxovalhar os servidores de Portugal? O bispo relutava a crer. E prometeu que tais infâmias seriam cauterizadas.

Seu furor subiu aos píncaros. Depois de um tempo, parecia não saber o que fazer de seu furor, mas esperou que se dissipasse, como se fora de um outro, e pareceu aliviado quando suas mãos pararam de se agitar. O tenente-geral Moacyr da Villaponta recuperava o fôlego quando, de repente, o prelado mudou de voz:

— Entenda bem, senhor tenente: os padres serão contidos, à minha ordem... Contanto, ao menos...

Ali, fez uma pausa, mergulhou sua pena em um tinteiro, olhou-a, mergulhou-a novamente e disse:

— Contanto, ao menos, que Sua Majestade o rei de Portugal e seus representantes de Belém do Pará, de São Luís e de Alcântara mostrem-se por sua vez dóceis a Nosso Senhor Jesus Cristo e aos ensinamentos da Igreja, mas como duvidar? Pergunto ao senhor, Villaponta, como duvidar?

— Monsenhor! — disse o tenente-geral.

O bispo afundou em sua cadeira guarnecida de sedas violetas e sustentada por enormes garras de bronze nos encostos. Balançava a ponta do pé em suas chinelas de veludo. Sua voz era fraca e um pouco áspera. Arranhava quando o bispo perdia a compostura. Entre uma frase e outra, levava aos lábios uma xícara de chá. Explicou-se: vinha da montanha. Crescera nessas regiões frias que juntam Portugal com a Espanha, em Covilhão, e os calores das terras amazônicas atormentavam-no. Dizia decididamente a Moacyr da Villaponta: de todas as maravilhas criadas por Deus, para ele não havia nenhuma que se comparasse à neve, à fantástica magia de um cristal de neve, e magia matemática, pois calculada para não ser mais que um instante.

Esse bispo era um encanto. Fazia perguntas as mais engenhosas, as mais variadas e as mais formosas. Informou-se sobre a cidade de Belém, que não conhecia, sobre os rios e sobre essas focas cor-de-rosa que, dizem, amam as mulheres. Falou de um certo São Félix, um homem da Castilha, que se ocupava de seu jardim. Uma noite, ladrões vieram pilhar esse jardim para arrancar as cenouras e os aipos do homem, mas os canteiros de legumes e de flores estavam tão bem ordenados, tão belamente ordenados, que os ladrões se arrependeram e puseram-se a cavoucar, de modo que pela manhã, quando São Félix chegou, encontrou os larápios ocupados com a enxada e um jardim magnífico. O tenente-geral Moacyr não entendeu bem por que o bispo lhe contava essa história, mas o bispo respondeu que tivera vontade e por que seria sempre preciso que tudo tivesse um porquê? Por que sempre um porquê?

O bispo interrogou Moacyr a respeito desses papagaios incríveis, aos quais os índios do Oiapoque colorem as penas fazendo-lhes comer certos grãos, e gracejou:

— E se déssemos a comer esses grãos aos incréus, hein, acha que isso lhes daria cabelos mosqueados? Bem prático: seriam reconhecidos de longe... O doutor Tambor teria pêlos multicolores...

Monsenhor Timóteo não insistiu. Inquietava-se com esses escravos negros que pululavam nas plantações do Maranhão e do Piauí desde que o padre Bartolomé de las Casas, bem irrefletidamente, tomara a defesa dos índios e, sem esperar a resposta de Moacyr da Villaponta, disse que a Europa estava louca por esses tecidos escarlates que se obtêm pela decocção do pau-brasil. As festas da Igreja nunca foram tão luxuosas.

— Vou fazê-lo rir, meu caro tenente. Veja. No mesmo instante, produzem-se dois eventos: de um lado, os reformados, esses religionários enganados pelos Lutero, pelos Calvino, pelos Zwingli, amaldiçoam as cores e nos fazem essas missas sombrias, amarronzadas, parece que seus pastores vomitaram e, do outro lado, o grande Pedro Álvares Cabral descobre a terra de Santa Cruz, o Brasil. E o Brasil é um imenso pote vermelho, o pau-brasil quero dizer, e graças ao pau-brasil, nunca os cultos da Santa Igreja de Roma foram mais carmesins, mais variegados, mais rutilantes, mais alegres. Não é, meu caro tenente, uma graciosa prova da existência de Deus? Quero dizer: não é a prova de que Deus Senhor escolheu a Igreja das cores, da alegria e da esperança, contra aquela das tristezas, da morte e das macerações? Roma contra Wittemberg?

O tenente-geral respondeu: "Sim, monsenhor".

O prelado fez um gesto negligente e disse que tinha se espantado, quando chegara a São Luís, com as miríades de formigas, inclusive essas temíveis "formigas de fogo", com as baratas, com os cupins e com todos esses animaizinhos infinitamente pequenos, esses animalúnculos, que vivem porcamente pelo solo, casas e vigas de São Luís.

— Um dia, será uma cidade de insetos — leu o Apocalipse que João escreveu em Patmo —, sabe, senhor Moacyr, que aqui mesmo, em São Luís, os frades franciscanos do convento de Santo Antônio, os filhos do muito reverenciado Cristóvão de Lisboa, abriram um processo contra as formigas, há já dez anos? E o procurador *ad litem*, o doutor Antônio da Silva Duarte, inscreveu a queixa em ata! Não tenho nada a retrucar. As formigas são criaturas de Deus, por que seriam exoneradas de sua liberdade? Elas são passíveis de nossos tribunais, como os homens. É sua dignidade de filhos de Deus. Sim... Sim... gosto disso... Interpelar os animais em justiça, matá-los, é exaltar seu livre-arbítrio, o Evangelho não diz outra coisa, a beleza dos lírios dos campos, não? Os gatos, já a Santa Inquisição...

— Permitir-me-ia observar.... — diz o enviado de Belém.

— Mas claro, claro, senhor tenente, observe. E vejamos, esses quilombos, todos esses negros perambulando, como vocês chamam? Quilombos ou mocambos, nunca sei. Em São Paulo, dizem que se multiplicam pela floresta...

— Quilombos? Sempre houve quilombos, Eminência. Formam-se mais, talvez, que antes, sim, mas o mais novo, monsenhor, não é isso.

— Há algo mais novo que os quilombos?

— Quero dizer que a novidade é que um desses quilombos tomou de assalto um navio de carga, foi o ano passado, na ilha do Marajó, na boca do Amazonas, um bando de negros e de caboclos fugidos da região de Barras, e tomaram o rumo do oriente.

— E fizeram naufrágio, é isso?

— Não, não naufragaram. O governador Antônio de Carvalho, por seus informantes, soube que fundearam em terras da Etiópia, na costa de Nigrícia, acima do Benin, em que miséria! Deuses! Diz-se que tinham em mente instalar-se na aldeia de seus ancestrais... Ora, vamos. Como se conhecessem essa aldeia! Por acaso têm ancestrais? Um negro pode ter ancestrais, eu pergunto! Só faltava isso!

Moacyr disse essas últimas palavras com vivacidade, mas o bispo parecia de mármore.

— Dizem... dizem... Os negros são, como as formigas, afinal, como os cães, como as prostitutas, são criaturas de Deus.... Têm o direito de serem julgados. Informe isso de minha parte ao senhor de Carvalho...

— Não deixarei de fazê-lo, Eminência. Mas é preciso entender a inquietação do governador: segundo ele, essa fuga pode dar idéias a outros negros, sabe como é, quando um negro encasqueta uma idéia, a coisa se espalha, como um estardalhaço, e todos os outros a seguem...

— Senhor secretário-geral, por favor. Os negros também são filhos de Deus... mas passemos, o senhor dizia...

— Eu dizia: então, outros quilombos farão a mesma coisa. Outros negros partirão à África. E sem negros, nós no Grão-Pará, como moveremos nossos moinhos? Eis o que diz o governador Antônio de Carvalho...

— Certo. Há moinhos para o açúcar. Mas há também o moinho das almas, que é preciso mover, mesmo as almas negras... a escravidão, não tenho certeza de que o Evangelho... Não creio que Nosso Senhor, a escravidão... Não, o que mais temo, sobretudo, veja, é que esses infelizes, se voltarem à África, caiam nas garras de seus antigos deuses... esses feiticeiros todos, esses animais, essas bruxarias.

E assim por diante. Ao cabo de uma hora, dom Timóteo e o secretário estavam bem amigos. Deram a volta em mil questões e forneceram mil respostas. Falaram das minas de prata de Minas Gerais, da brutalidade dos bandeirantes de São Paulo, da perfídia de Judas Iscariotes, dos aliseus amenos no mar oceano, da importância do culto da Virgem na França de Luís XIII.

Monsenhor Timóteo do Sacramento não tinha mais nada a dizer. O tenente-geral Moacyr tampouco. Decidiu despedir-se. Avançou habilmente em sua poltrona, verificou que a dragona de seu sabre não estivesse presa ao braço da cadeira, mas não se levantou, pois o bispo perguntou-lhe se tinha ouvido falar desse monge de Florença, Girolamo Savanarola, que fora traído pelo papa Alexandre Bórgia e queimado em praça pública em 1498. Moacyr recuou. O bispo levantou os olhos.

— Veja como as coisas são bem-feitas, caro Moacyr! No ano de 1498, levaram Savanarola à fogueira! É uma data estranha para queimar alguém! 1498, imagine! Mais ou menos no mesmo momento em que o almirante Pedro Álvares Cabral descobria a terra de Santa Cruz em Porto Seguro. Dois anos antes! Acha que poderia ser um sinal, uma piscadela, uma piscadela de Deus, quero dizer... Não é estranho, senhor, isso não é também uma palavra de Deus, essa data distintiva, o ano de 1500, exatamente mil e quinhentos anos depois do Gólgota? Nossa colônia foi descoberta um milênio e meio, exatamente, depois do Gólgota, sou muito atento aos números, às cifras. Não acha?

— Acho, monsenhor.

— Eu, o que diria é que essas grandes datas formam, não o próprio discurso da História, como narram os hebreus com sua Cabala, mas seus sinais de pontuação, seus pontos e vírgulas, se quiser... Não acha?

— Acho, monsenhor.

— E eu diria que o Brasil está mais para reticências do que para vírgula... Ah! Ah! Não acha?

— Acho, monsenhor.

— Mas, enfim — diz o bispo —, mas enfim, senhor Moacyr, o senhor acha tudo, é prodigioso, isso... Só faz achar, achar... Escute: o senhor acha, ou o senhor acha que acha, não é a mesma coisa.

O tenente-geral perdeu a cor e disse que cria, apenas isso.

— Finalmente, disse o prelado. Eu também tenho apreço por esses cruzamentos, essas trocas de uma geografia a uma outra geografia, ou seria de uma História a uma outra História? Ou melhor, não, eu diria: essas trocas de uma geografia a uma História. E então, conhece-o, esse Savanarola?

O oficial abaixou os olhos.

— O senhor mesmo — disse o bispo —, meu muito ilustre amigo, teria se juntado ao campo dos *arrabbiati* ou ao campo dos *piagnoni*.

— *Arrabbiati?*

— Os *enragés*, se preferir, os inimigos do monge, os raivosos, isso diz tudo, palavra exata!

Nesse instante, o tenente-geral acreditou perceber, como contou mais tarde ao governador de Belém, um lampejo muito longínquo, é isso, longínquo, no olhar do prelado.

— Monsenhor — disse Moacyr —, eu sempre me aliarei àqueles que recusam que o tecido da Igreja, como o do Reino, seja humilhado e dilacerado por dois bandos rivais.

— Dois bandos, senhor? Como vai rápido! A Igreja seria um bando, segundo o senhor Moacyr da Villaponta?

— A concórdia, monsenhor... a paz...

Essa palavra, concórdia, não foi muito feliz. A voz de monsenhor Timóteo subiu a timbres muito elevados.

— A concórdia, senhor! O que quer dizer isso, a concórdia? E o empodrecido, e o bolorento, e o diabólico, conhece esses outros nomes todos? Quer dizer que se deveria fazer as pazes com o pútrido? Assinar um pacto com o mofo? Muito bem, eu digo: "Não!", senhor Moacyr! Teria gostado que Savanarola transigisse com as mulheres impudicas? Teria preferido que as casas de Florença fossem cobertas de máscaras, de miragens, de divãs e almofadas, de alvaiade e de ligas de renda, de espelhos, vinhos de casca de laranja e *sorbets*, de todas as imoralidades da luxúria, teria preferido isso? Lastima que o monge de São Marco tenha feito arder as "fogueiras da vaidade"? E pensa que o papa, Alexandre VI, foi inspirado ao colocar Savanarola na fogueira!

— Certo, certo, monsenhor, tudo isso é lastimável, mas, por outro lado, é verdade também que a cidade de Florença, sob o governo de Savanarola, colocou-se em estado de insurreição. E a ordem, monsenhor... E, César, Jesus, monsenhor...

Dom Timóteo levantou a mão. Devia-se temer o pior. Continuou, maxilares cerrados:

— Observei muito desde que cheguei a São Luís. Eu saía de minha ermita na serra da Ossada, entende, nos eucaliptos, faltava-me experiência. Tudo mudou em alguns anos. O mundo anda de ponta-cabeça, é o anúncio do fim? Não sei. Esta cidade de São Luís é uma cidade depravada, não apenas em seu populacho, afinal, o populacho... mas mesmo nas casas da melhor distinção — enfim, os escombros que ainda sobrevivem. Não posso ver uma dessas damas nas carruagens sem que me apareçam, por detrás de suas *guipures*, a imundície de seus órgãos, seu sangue viciado, seu coração pútrido... pútrido... as pestilências, os humores, as dejeções...

O oficial curvava-se cada vez mais à medida que o discurso do bispo se transformava em desprezo, mas, como era de porte afilado, só conseguia mais se encolher por entre as almofadas. As plumas de seu chapéu, sobre seus joelhos, balançavam.

— Certo, monsenhor...

— Veja, Moacyr, contemplo São Luís há seis meses: não é mais uma capital, senhor tenente. É uma lembrança. As casas, mesmo as casas patrícias, são destroços, fossas cobertas de faianças — cinza, barro, ânus, mulheres, terra, vaginas, túmulos. Capital da morte, senhor, capital da luxúria! Há homens e mulheres ali dentro. Homens? Mulheres? Ora, vamos. Cadáveres, e vermes pelo corpo inteiro — como ele dizia, Tertuliano? O corpo das mulheres, ossários, cloacas, lembre-se meu amigo... as mulheres... E essas cloacas fornicam e gemem à noite... Devo lembrá-lo a querela do nicolaísmo, senhor secretário-geral?

O oficial esforçou-se em vão, não lembrava de absolutamente nada. O bispo fez um gesto desenvolto.

— O grande Leão IX, isso não lhe diz nada? O grande Brunon d'Egisheim-Dagsburg? O concílio de Reims, que julga o comércio da carne tão vil quanto a simonia? E que excomunga todo o clero adúltero? Vê... São Leão IX. O nicolaísmo.

— Vejo, monsenhor.

— Perdoe minhas insistências enfastiosas, senhor, são as de um eremita que freqüentou a beleza das árvores mais que a hediondez do seio das mulheres. É o que digo a mim mesmo com freqüência, como consolo: vivi entre serpentes menos venenosas que as que se alojam nesses seios.

Foi à grande janela central, afastou violentamente as cortinas, secou a fronte.

— Este calor, é minha Santa Cruz, meu Brasil, sem trocadilhos... Penso com freqüência no imperador Henrique IV, quando foi a Canossa, em mangas de camisa. Esperou três dias antes que o papa descesse a ponte levadiça. Que papas, naqueles tempos! Três dias, os pés na neve, Moacyr... Quando eu era criança, andávamos horas na neve para ir à escola da paróquia. Eu gostava disso. O imperador ficou três dias patinando na neve. Depois, o papa abriu a porta.

Debruçou-se acima da escrivaninha, como se quisesse tocar o enviado do governador de Belém.

— Cá entre nós, senhor, se eu fizesse um voto, seria que a corrupção corresse ainda mais rápido. O mundo está nas tripas de um enorme inseto. Será defecado, de-fe-ca-do, o mundo! Espero o fim... o fim das coisas, com... com... volúpia! Confidência por confidência, senhor Moacyr, tenho imensa curiosidade. Assistir à batalha dos Últimos Dias. Isso nos mudaria um pouco, não?

Tinha uma voz muito alegre, agora, quase juvenil, e levantou-se com agilidade para acompanhar o enviado do governador Antônio de Carvalho. Ele mesmo abriu a porta e deu alguns passos no vestíbulo.

— Diga a seu governador que recomendarei discrição a meus padres em seus sermões. Que Sua Majestade fique tranqüila: a ordem do soberano será respeitada ao pé da letra.

O tenente-geral curvou-se em dois. O prelado deu-lhe a mão a beijar, uma esmeralda.

— Diga-o a Sua Excelência. Sou como ele. Prefiro que meus padres, ia dizer meus soldados, consagrem-se a suas tarefas: a partir deste dia, não criticarão mais os oficiais da Coroa.

— Farei parte a Sua Excelência, o governador Carvalho.

O bispo levantou-se e fixou com os olhos o tenente-geral.

— Então, escute: a partir de hoje, no lugar de conspurcar a Coroa, meus curas condenarão, ofício após ofício, e sem trégua, o inimigo principal, o concubinato.

— O concubinato? Monsenhor? Quer dizer... O concubinato...?

— O concubinato, senhor! O concubinato generalizado!

— Generalizado?

— Generalizado e tolerado, e encorajado, pelas autoridades civis e militares desta província.

— Pergunto-me, monsenhor...

— Não pergunte nada, senhor. Diga antes isso a seus superiores, senhor Moacyr. O combate contra a carne começa neste instante. O combate final, como diria o profeta de Patmo! Já no próximo domingo, meus padres abrirão a campanha da purificação. Todas as prédicas serão exclusivamente consagradas, doravante, a este combate único e derradeiro: denunciar o adultério, e entre todos os adúlteros, qual será o alvo predileto, eu pergunto, Moacyr?

— O adultério das mulheres, presumo!

— Não percebeu ainda, Moacyr: é o adultério dos eclesiásticos. Só de pronunciar estas palavras, dá-me ganas, senhor! Tenho asco, senhor Villaponta, e maldigo os padres impuros! Vou pôr meus padres na caça aos padres. É uma ordem que vem do alto, acredite! Só faço transmitir a ordem que vem de cima. Sou apenas o "intérprete" de Deus. E eu? Muito bem, a mim caberá castigar os clérigos que ultrajarem a ordem. E eu castigarei! Irei até a prisão... Até...

Não terminou sua frase. Reteve a voz, como um homem titubeia no beiral de um telhado.

— Até...? — disse Moacyr com voz assaz angustiada.

— Espero tê-lo tranqüilizado, senhor tenente-geral.

— O senhor tranqüilizou-me, Eminência.

— Eu castigarei!

— O senhor castigará!

O oficial tinha pressa de ganhar Belém novamente. Arremessou-se pela grande escadaria, escoltado por dois lacaios em vermelho e verde. No primeiro patamar, voltou-se. Monsenhor Timóteo estava suspenso na rampa, debruçado. Sua voz era forte agora, ecoava através das paredes:

— Eu castigarei! Diga isso ao governador. Depois... ah, diga-o, não o diga... Nós não escolhemos nada. Somos, como dizer, somos, veja, caio sempre na mesma metáfora, como eu dizia agora há pouco, nós somos os pontos e as vírgulas da fatalidade de Deus, é tudo, Moacyr, o senhor é um ponto e eu sou uma vírgula, ou então o contrário, tanto faz, pois não somos mais que o nada, um pouco do nada, um nada na superfície do nada, e quanto a vosso governador Carvalho, bem cedo ele perceberá o nada.

Estrangulou um riso, levantou a mão e fez o sinal-da-cruz.

— Bem cedo, gritou, ele se aperceberá bem cedo, o governador Carvalho. Sua Excelência Antônio de Carvalho, o muito ilustre governador do nada, confie em mim.

14

A "CAMPANHA DE PURIFICAÇÃO", de "purgação", como dizia mestre Chamulia, já começou um fiasco. A exortação lançada pelo novo bispo deu em nada. Os padres não queriam canhonear os casais impudicos. Temiam que o tiro os pegasse e, apressado, os atingisse pela culatra. O embaraço dos curas deu o que falar. Nos Três Funis, as línguas mordazes zuniam. Apostavam qual o padre desleal que teria o topete de desancar os lares irregulares quando tanto clérigo dormia com as índias, as negras, as portuguesas, as caboclas ou as mamelucas, as cafuzas, as mulheres de capitão ou de ferreiro, as esposas de barbeiros, virgens santas, monjas, lavadeiras ou cônegas. Alguns até entretinham uma pequena família num canto da sacristia, dizia a língua afiada de Tamborim, uma família que à noite se guardava junto às batinas, aos ostensórios e aos candelabros. O primeiro secretário do palácio dos Leões acrescentava ainda o detalhe de que o sacristão tinha por tarefa, a cada noite, depois de assoprar os círios e varrer as teias de aranha, também espanar as amantes e brunir as crianças. Espirituoso, de fato, Tamborim! E precioso!

Os desacertos do bispo, sua candura, tranqüilizavam. Um homem capaz de tamanho desatino não podia ser mau. Não dava medo. No máximo, fazia dó, e o doutor Tambor ainda fulminava:

"E já é uma proeza, para esse cretino, fazer dó!". Libertinos ou devotos, estavam todos de acordo: monsenhor Timóteo do Sacramento não era de monta a conjurar os excessos da capital. Podia por acaso ignorar, mesmo depois de vinte anos de ascese naqueles eucaliptos de Ossada, lá longe, entre os bandeirantes de São Paulo, que a terra dos Brasis e especialmente as regiões langorosas da Amazônia onde as mulheres andam muito nuas sempre acharam suculentas as manobras da carne?

O mais relegado dos caboclos, as damas munganguentas da Bahia ou do Belém do Pará, todos se curvavam à luxúria e regozijavam-se. Desde os primeiros tempos da colônia, o amor era praticado com contentamento, com energia, e louvor. Alguns hipócritas atribuíam às atividades venéreas uma responsabilidade cívica. Invocavam a tradição: quando os soldados portugueses se dirigiram à terra do pau-brasil, nos tempos heróicos, no tempo do Infante trágico, do infante Henrique, ou mais precisamente um pouco mais tarde, depois que foi descoberta a terra do Brasil, não foram exortados a acariciar as jovens índias, de maneira a povoar esta imensidão?

Por que não os padres? Por que não povoariam, eles também, essas imensidões? O país de onde vinham a canela, a cana-de-açúcar, as araras, a cor escarlate e a poeira sem fim! Podia-se galopar cem dias no sertão ou na floresta sem topar com a beira. Esta terra era tão vasta que não tinha fronteiras. Um país sem confins nem fronteiras! Até os oceanos têm margens. O Brasil, não! Por isso o reino de Portugal e o Grão-Pará entrincheiravam-se detrás de tantos marcos, balizas, padrões, reais ou não, estelas, fossos, escadarias e ladeiras! E como fervilhava de fêmeas, este Brasil, havia trabalho para todos os machos. Que os curas dessem uma mãozinha aos militares, ninguém via nisso ofensa.

E não se vá falar de pecado! Tal artigo não figurava na matalotagem: se o almirante do mar oceano, Pedro Álvares Cabral, deixando os cais de Lisboa alguns séculos antes, carregara suas caravelas com muitos aparatos, vitualhas, artefatos e bacamartes, havia ao menos uma mercadoria que evitou apinhar em seus porões, e era o pecado original. Este, ele escrupulosamente esquecera no Tejo e agora, dizia o doutor Tambor, esse pecado original estava exaurido, "mais despenado que papagaio velho" e vegetava nas antigas muralhas da Europa entre Córdoba, Palermo, o Havre e Cracóvia, é o que dizia a si mesmo todo o Grão-Pará e todo o Maranhão, nas belas noites, nas noites de musselina de São Luís ou de Recife, acariciando costas e ombros e ouvindo as canções sussurradas pelo mar.

A maldição da carne era para a Europa. O corpo das mulheres da América não era corrompido. O corpo das mulheres da América era uma ventura. Recendia a anjo e a querubim, recendia a sol e floresta, suor, terra e nascentes, e nuvens. Terno e tenro. O sexo da América embalsamava. Era a bondade do bom Deus, o belo da beleza de Deus.

Eis por que a ordem fulminada pelo bispo foi de pouca conseqüência, de tão pouca conseqüência que o episcopado ficou reduzido a pregar ainda mais forte. No domingo seguinte, alguns padres, renomados pela excelência de seus costumes, se devotaram. Não eram muitos. Podiam ser contados nos dedos de uma só mão. Subiram aos púlpitos. Vociferaram contra os humanos sacrílegos que misturavam sua saliva e seus licores sem serem casados. Acrescentaram descrições repugnantes do ato da carne, mas o tiro saiu pela culatra: essas pinturas lascivas só faziam aumentar a sedução do corpo das mulheres e o primo Jorge Chamulia, que engrossava as fileiras das tropas do episcopado, mas precavia-se contra um rigorismo excessivo, criticou, com delicadeza, monsenhor Timóteo do Sacramento. Fez ar simplório. Citou Aristóteles e comentou com um hábil sorriso: "A mecânica das paixões humanas obedece a engrenagens sutis. Não estou certo que nosso caro Timóteo seja um bom relojoeiro". Nada mal! Até Tamborim apreciou.

Na igreja de São José do Desterro, Melquior Gralheta, depois de debater com dom Gonçalves, preferiu recolher-se. Suspendeu os sermões que tomara o hábito de pronunciar no domingo para aliviar o cura da tarefa. Certo, o perigo não era grande. Melquior era um tão ínfimo personagem! Monsenhor Timóteo do Sacramento certamente ignorava sua existência e mais ainda aquela de sua amiga Glória, a jovem prostituta de dona Gertruda, mas nunca se sabe, a cidade formigava de delatores, são tantos os delatores quantas as formigas, dizia o doutor De Styjl, e Gralheta era um homem tímido e leal: não teria tido coragem de repreender publicamente, no púlpito, atividades que muito lhe agradavam, com as quais se embriagava e que tinha por inocentes.

Dom Gonçalves, tão contente desde que os sermões de Gralheta afamaram sua igreja, foi obrigado a carregar ele mesmo o andor. Subiu ao púlpito. No início, sentiu-se um pouco mal, pois sua cabeça funcionava aos solavancos. Sua inteligência continuava firme, mas a memória tropicava, como dizia com um pungente sorriso de desculpas, e então dava vontade de abraçá-lo, de consolá-lo, o velho homenzarrão perdido. Deslizante memória: parecia regulada pelo Sol, as lunações, o acaso. Certos domingos, dom Gonçalves tinha a eloqüência de São João Boca de Ouro, em outros ficava mudo, atordoado, os olhos de coruja esbugalhados, dizia qualquer coisa, ou então repetia: "A mim, Senhor! A mim, Senhor!". Outras vezes, quando estava no púlpito, lembrava-se bruscamente dos anátemas de monsenhor Timóteo do Sacramento contra os imodestos, dizia a si mesmo que era preciso fazer algo e obrigava-se então a uma cólera desmedida. Fazia-se mais frenético que o próprio bispo. Repetia quatro ou cinco vezes de enfiada, vociferando, e com risco de ridicularizá-los (e quem sabe não era isso mesmo o que queria, era a opinião do doutor Tambor), os textos de Tertuliano sobre as entranhas das mulheres, mas de um modo tão rude que mais provocava chacota que terror.

Esses sermões exagerados chegaram aos ouvidos de monsenhor Timóteo do Sacramento. Julgou-os ridículos, malfazejos e até obscenos. Suspeitou que dom Gonçalves fosse um maledicente e quisesse ofendê-lo, fazê-lo grotesco parodiando suas ordens. O melhor a fazer era convocar o velho cura ao episcopado.

O bispo começou por afagar o velhote, para melhor domá-lo, e depois, contando com o efeito da surpresa, perguntou-lhe à queima-roupa, e com uma voz aguda, por que ele amaldiçoava quatro ou cinco vezes seguidas, em certos ofícios, os casais malsãos, os luxurientos e os canalhas.

— Vai um pouco longe demais, dom Gonçalves. Alguns garantem que quer ridicularizar meus ensinamentos, que pretende achincalhá-los!

— É que perco um pouco a memória — disse gentilmente dom Gonçalves, alisando o redondo da barba.

O bispo comoveu-se. A simplicidade do ancião teria desarmado um tigre. Monsenhor Timóteo confiou-se a dom Gonçalves. Até o encorajou:

— No fundo, o senhor tem razão. Queira o céu que mais ainda a perca, esta memória! Repetiria dez vezes, vinte vezes, mil vezes suas imprecações contra os horrores da carne! E ainda não seria o bastante. A carne... A carne, dom Gonçalves, Lúcifer, o anjo mau! A mulher de Putifar! Ah, o senhor tem razão! Quão fétida é a carne! Vá, meu padre, continue, perca-a completamente, sua memória!

Dom Gonçalves riu de peito aberto.

— Não me encoraje, monsenhor. Já não me resta mais que uns nacos. Um dia, terei tudo esquecido, tudo terá escapado de minha cabeça. Só ficará o bom Deus. Não é ruim, sobrará então mais espaço.

O bispo parecia a ponto de chorar. Levantou-se, atravessou o escritório, massageou os ombros do padre e pediu-lhe perdão. Dom Gonçalves concedeu-o.

De volta a sua igreja, dom Gonçalves contou tudo a Melquior Gralheta. O mulato aborreceu-se. Sentia-se culpado. E como ele se deitava muito com Glória, confessava-se o tempo todo a dom Gonçalves. Estava sempre precisado de uma absolvição. Ia ficando importuno, inda mais que para obter do padre suas penitências era um deus-nos-acuda. Por mais que o valente Bala desfiasse as descrições do ato carnal e até inventasse imagens que nunca praticara, que talvez nem existissem e que, aliás, lhe deram depois não poucas idéias curiosas, dom Gonçalves continuava plácido e Melquior partia com penitências insignificantes, um Ave aqui, um Pater ali, uma derrota. Nem flagelos, nem macerações, nem arrependimento público, nada de que sofrer, como dizia o primo Jorge, a quem o grande mulato pedia conselho.

É que o padre Gonçalves não gostava nada, nada de infligir sofrimentos. Além do mais, era todo indulgência com esse tipo de pecado, tão venial, e até tão distrativo, segundo lhe contaram, quando por acaso se os comparava aos verdadeiros pecados, a maldade, a injustiça, a escravidão, o crime. Depois, exceção feita aos sermões durante os quais, por deferência ao bispo, fustigava as mulheres impuras, o velho cura fazia um mínimo. Cumpria seu dever, ponto. Sem grande zelo, salvo se os "alcagüetes" do bispo estivessem à escuta! Dom Gonçalves desprezava todas essas agitações. Sua doutrina era de bom senso: Cristo Senhor veio à Terra para trazer o amor. Por que teria supliciado os homens e as mulheres que amavam o amor? Ter-se-ia ele próprio contradito! E Gralheta não era bem um padre. Gralheta era um sacristão de última categoria, e as gentilezas de Glória e a arte com que remendava as batinas surradas formavam circunstâncias atenuantes.

— É bela, disse uma vez a Gralheta, levantando o nariz ao mulato, a boca um pouco aberta, mas não sei onde ela enfia a beleza. Por mais que se procure! Esconde-a. É como brincadeira de menino. É como o céu, quero dizer o céu que se vê sobre Alcântara, sobre a ilha da Raposa, sobre Itacolomi, o inverno, o verão, as nuvens, o vento, isso tudo... Não se sabe onde o céu enfia sua beleza e, contudo... O outro céu também, aliás, com a Virgem, o arcanjo Uriel, todos, ora... Não se sabe... É por isso que ela é tão bela, a Glória... entendo você, Bala...

Refletiu.

— Ou então são seus seios, não é verdade?

Ao fim de algumas semanas, as rogações de monsenhor Timóteo do Sacramento deram de cutucar algumas consciências. As igrejas registraram confissões suplementares, lágrimas, *mea-culpas* e prosternações. Ex-votos esculpidos em conchas, em pedaços de pau, jacarandá ou cedro, representando corpos ensangüentados de mulheres, ou então cabeças deslumbrantes e repletas de pústulas encheram as capelas. Mas os desregramentos da população continuavam. No geral, a cruzada da castidade falhara.

A prova: não se casava mais que de hábito e contudo os rapazes e as moças amavam-se como antes, e até mesmo com um contentamento redobrado. Amavam-se como bichos. Amavam-se perpetuamente. As imprecações do bispo atiçavam os desejos: nunca os habitantes de São Luís do Maranhão se acasalaram com tamanho entusiasmo. As maldições episcopais provocaram um efeito inesperado. Eram licores de voluptuosidade. Quando a rotina entorpecia um casal, ligeiro, ligeiro, a dona corria escutar uma prédica do bispo e isso imediatamente a devolvia à faina. Ganhava a toda pressa seu palácio ou sua palhoça, uma onça...

Os homens e as mulheres eram puro delírio. Cabreavam. Mugiam. Babavam, e cada abraço era um adeus, antes do julgamento final, e prolongavam a sublime cerimônia dos adeuses. Rápido, rápido! Mais uma gota, ainda uma loucura, mais uma garfada, mais um gole de licor, caro Satã, e melhor ainda se o licor viesse da fábrica do Senhor das Trevas, do Belzebu, mais uma ventura, ainda uma luxúria, piedade, uma vez mais, antes que as trombetas de Gabriel alardeiem o fim. Rápido! Antes que a estrela absinta incendeie o mar! Fornicavam-se como malditos, como cães, como Adãos e como Evas, como prodígios e como anjos. Pareciam aqueles médicos agonizantes das gravuras antigas que escalavam os ossuários da peste, com seus longos narizes de papelão e seus tamancos de madeira, a remexerem nos cadáveres, em busca de um pedaço de corpo, de uma ponta de seio, de um sexo, e que morrem no ventre do outro.

As noites eram de venturas e infortúnios. Das casas, vinham os gritos. O bispo podia felicitar-se! Belo trabalho! Ele fizera da capital um asilo de lunáticos e de depravados, e era um milagre, pela manhã, que os homens conseguissem separar-se das mulheres. Os maçons reviravam-se de tanto rir. Diziam que aquilo devia agradar ao bom Deus, uma capital onde os pecadores e as pecadoras saíam pelas ruas ganindo, como esses casais de cães que pulam de um lado para outro tentando separar seus traseiros e é preciso espancá-los com uns paus compridos, o que não serve de nada, pois eles sempre põem um traseiro em outro traseiro, eis o que ele ganhara, o Timóteo!

O bispo estava bem aborrecido. Tudo contrariava seus planos. Tentou alentar suas tropas. Deu lições de anátemas a seus padres, mas em vão, ninguém estava convencido, e ele resignou-se a cuidar sozinho do assunto. As festas da Páscoa pareceram-lhe uma ocasião favorável. Anunciou uma missa episcopal. Os fiéis de todas as paróquias foram chamados à catedral.

Os espíritos rebeldes dos Três Funis não se fizeram de rogados. A coisa prometia um regalo. O bispo admitiria suas besteiras e entregaria a reforma ao refugo. Justificaria sua estultice pela inexperiência de um flagelante retirado do mundo há mais de vinte anos, enclausurado em um bosque de eucaliptos, e familiar de uma região menos quente, mais rude e bem menos lasciva que a Amazônia, a região de São Paulo com todos aqueles bandeirantes mais dotados para cortar cabeças que para amar os cus, como disse o crápula do Nawaz, mas o doutor Nawaz, por mais historiador que fosse, e reputado sábio, era um mouro, um mulato mouro, e de Portugal.

Monsenhor Timóteo emprestou solenidade à missa pontifical. Celebrou-a cercado por uma tropa de padres e de crianças de coro, vindos de toda parte, recrutados na rua e vestidos às pressas. Pareciam-se a pássaros. Havia portugueses, índios, negros, caboclos, arlequins, insensatos, extravagantes, emplumados, imaculados, acobreados, cor de cinza, vermelhos, e alguns eram de dez cores.

Os órgãos enchiam o ar de cólera. Depois se calavam. Pairavam então preguiçosamente, sobre os fiéis, cantos femininos escapados do Paraíso por uma fenda do céu. As flamas dos círios e das velas eram tesas como lanças de soldados. Os vapores dos incensos, misturados aos pavios de cera, provocavam uma ânsia sublime.

Como o segundo vigário disse mais tarde, o fausto dos ornamentos, o ouro dos cibórios e das patenas, as tapeçarias sombrias, as chispas frias dos ostensórios e a procissão dos sóis nos vitrais, o cristal das vozes das mulheres, tudo isso compunha uma tela luxuosa no meio da qual brilhava a prédica que monsenhor Timóteo proferira, e que deu frio na espinha.

Pois a fala do bispo gelou. Na saída da igreja, os fiéis entreolharam-se. Nem uma palavra, nem uma lástima e nem um sussurro! Estavam cabisbaixos, os fiéis! O que escutaram puseram-nos no vazio. Um milagre produzira-se, mas ao inverso daqueles do Evangelho: em vez de lhes caírem escamas dos olhos e de terem os ouvidos abertos, os paroquianos viram-se no átrio, olhos mortos, ouvidos moucos.

É preciso dizer que o bispo batera com força e vontade. Tinha começado com uma voz miúda, tão magra, tão órfã e como cosida em um tecido gasto, que alguns penitentes, de joelhos, os olhos fixos no chão, pensaram que o púlpito episcopal, no lugar de reinar a dois metros acima das lajes da igreja, pairava sob a cúpula e quase no céu, em alturas incompreensíveis.

Em seu preâmbulo, monsenhor Timóteo anunciara que retomaria a luta. Queimaria no fogo ardente, e até o último osso, a imoralidade: todos os casais que viviam em concubinato estavam privados das clemências do Cristo. Mas, em seu infortúnio, os maus eram bem-aventurados, pois o coração de monsenhor Timóteo salvaria os pecadores, se preciso contra e apesar deles, e até os mais renitentes. Far-lhes-ia uma escada bem curta, para subir ao céu. Os maus seriam amputados de sua maldade, eis tudo, uma operação de barbeiro, e pior se houvesse sangue, ou melhor, melhor ainda, e melhor também para o odor da carne queimada!

Monsenhor Timóteo tinha espírito. Misturou a ameaça com a graça. Disse que não faltaria espetáculo em São Luís: legiões de porcos teriam estripados seus corações apodrecidos nos quais instalaram suas senhorias. O bispo convidava a todos a se instalarem sobre as fortificações, no alto do forte Cosme e Damião, se quisessem assistir à debandada dos porcos. Veriam esgueirar-se uns porcos bem sovados, ao longo da escadaria do Trapiche, e de quebra as formigas, as baratas, as formigas de fogo, as formigas loiras e as formigas de cabeça negra. Tudo descambando um atrás do outro, enfileirados, até o mar, sob os dichotes dos Justos.

O trecho a respeito da legião das formigas impressionou. Monsenhor Timóteo parou, balbuciou uma prece e retomou. Nessa parte, utilizou aquela voz que tirava não se sabe donde, aquela voz superaguda, rangida, que parecia com a estridência, precisamente, dos gritos de porcos degolados.

Na peroração, usou ainda uma outra voz, uma voz melodiosa que quase dançava. Disse que a hora era de bondade. As bruxas, até as bruxas, eram boas moças, e as prostitutas e as decaídas e as corruptoras e as lunáticas, todas mereciam o perdão da Igreja, pois não era culpa delas, afinal, se guardavam dentro de si demônios, pobres, amadas moças!

O bispo colocou sua estola no lugar, com um gesto seco. Seu rosto estava virado ao céu. Luzia de lágrimas. Ele disse: "Pobres almas amadas!". Os homens e as mulheres adúlteras mereciam misericórdia, consideração e amor e não fora Maria Madalena, o corpo mais impuro da história santa, quem abrira a tumba vazia do Cristo e anunciara aos séculos dos séculos que a morte findara?

Depois, e como tinha o público em seu poder, dom Timóteo celebrou a Igreja. De Roma a São Tiago do Chile, e dos Andes às Índias orientais, aos Moluscos, a Calicute, a Goa, a Cristandade era um só coração em sangue, e coração em prantos, e compaixão. Ela consolava os inconsolados. Os padres da Espanha mostravam o caminho: sem descanso, erigiam suas fogueiras para salvar as feiticeiras, os ímpios e os judeus, para esvaziá-los de suas pestes, redimi-los e abrir-lhes o céu.

A mesma compaixão, a mesma "heróica compaixão", guiaria monsenhor Timóteo nos lamaçais da capitania do Maranhão. E sua indulgência chegaria primeiro aos padres adúlteros. Monsenhor Timóteo iria até o fim de seu calvário: se preciso fosse, ele mesmo lhes cuspiria na face, publicamente, sim, hesitaria talvez, mas iria até a última estação de seu caminho de cruz. Sim! Ele cuspiria na face dos padres fornicadores, na presença do povo dos fiéis, durante as missas pontificais, como os centuriões romanos cuspiram na face de Jesus. A saliva escorreria lentamente ao longo do nariz e do queixo e, depois das cusparadas todas, sabemos bem o que tinha acontecido com o Cristo Senhor: os espinhos, as lanceadas, a cruz. E os frutos da Paixão, que são tão saborosos, sobretudo gelados, esses maracujás, nascem sobre a mais bela das flores!

Esse foi o capítulo da eloqüência. Depois, monsenhor Timóteo falou como pastor. Enunciou suas instruções: mulheres desonestas, homens luxuriosos, padres adúlteros, ou mesmo juízes, ou até auditores, ou tenentes-gerais, governadores e também reis e imperadores e sacristãos, todos os fornicadores seriam dirigidos à prisão, sem julgamento e sem apelo, na espera de que o céu, daqui a alguns lustros, os convocasse aos tribunais da morte. Monsenhor Timóteo persignou-se. Todos os paroquianos persignaram-se.

No dia seguinte, as tropas do episcopado, jesuítas, capuchinhos e franciscanos, entraram em ação. Jogaram uma dezena de clérigos conhecidos por suas atividades sexuais nos porões das casas, transformados em calabouços.

O poder civil não podia tolerar semelhantes loucuras. Replicou ao prelado. O Senado da Câmara Municipal de São Luís reuniu-se para decretar que o bispo se arrogava poderes que cabiam à justiça, à administração, ao Exército e, antes de tudo, ao rei. Monsenhor Timóteo humilhava a lei. Fazia-se obreiro de uma sedição visando a substituir a monarquia por uma teocracia.

O presidente da Câmara, o doutor Pedreira da Nova, evocou a figura de Bequimão, esse outro insubmisso, sem fé nem rei, e lembrou que isso não impediu que terminasse pendurado em uma corda, a bom entendedor, meia palavra basta! O doutor Pedreira da Nova estimou que monsenhor Timóteo do Sacramento fosse até mais perverso que Bequimão, pois pretendia contar, entre seus partidários, não apenas com a Igreja, mas com Deus em pessoa, e em nome do quê, gritou Pedreira jogando os dois braços no ar, em nome de que esse bispo tomava Deus por refém?

A reunião dos senadores legalistas foi bela. Armaram-se montanhas de eloqüência. Aqueles que acreditavam em Deus, e os outros, concordavam num ponto: uma oportunidade oferecia-se à cidade de São Luís e à capitania do Maranhão. Esses notáveis do fim do mundo, esses "cidadãos do obscuro", tantas vezes afastados da conduta das coisas humanas, viam súbito saltar entre eles, como uma bala de borracha, e por uma guinada divertida do destino, a antiga querela medieval entre o papa e o imperador, entre César e Deus. Quer viesse do céu ou do inferno, ninguém teria dado seu lugar por uma bala de canhão. A batalha dos Últimos Dias ia começar e São Luís estaria na primeira fila, "na primeira fila do Último Dia", disse Tamborim, que achava essas exaltações — mesmo as dos senadores ateístas — risíveis.

De certo modo, monsenhor Timóteo merecia o reconhecimento de São Luís. O senador Marcelo Ribeiro disse-o em discurso notável. Explicou que, graças ao eremita da serra da Ossada, a capital do Maranhão emergia de seu longo declínio. Jogava às urtigas a mortalha ainda luzidia de sua agonia. Livrava-se de seus andrajos. O tempo do luto estava revolto. Aqui, nos destroços dos antigos esplendores, o dia de trevas abria à aurora. A vida refluía nas veias da agonia. São Luís fora marcada, por uma mão irreconhecível, para ocupar o centro pulsante da Cristandade. Todos os deputados, incréus ou devotos, pouco importa, foram convidados a publicar a nova boa-nova, o Evangelho dos novos tempos: era ali, diante do mar oceano, nos confins do país sem confins, e a dois passos da velha floresta, que a História decidira instalar seus acampamentos últimos!

O senador Marcelo Ribeiro concluiu sua diatribe com o latim, era um costume, quase uma regra (na falta do grego), na "Atenas equinocial": *"Quod tu, et ego; quod ego, et omnes"*, e comentou: "É aqui, nas terras do equinócio, e no rumor surdo das longas marés, que findará o drama inaugurado há tantos séculos nas areias da Palestina!". E repetiu: *"Quod tu, et ego; quod ego, et omnes"*.

15

A CIDADE TERIA GOSTADO DE PARECER DIGNA, mas ela sofria. A calma das ruelas era uma ludibriação. Não enganava ninguém, nem os eclesiásticos, nem os espíritos prontos à controvérsia, nem os fiéis de Sua Majestade o rei, nem os soldados, nem os mendigos. Os furores do bispo e seus apocalipses produziam curiosos efeitos: diante do "tentáculo clerical", dizia o historiador Abdullah Nawaz, "historiador das fronteiras", como se apresentava vaidosamente, a salvaguarda da pátria forjara a união dos ateus e dos cristãos legalistas, e também, esclarecia pedantemente, dos corânicos como ele e até dos negros meio negros e meio portugueses, meio pagãos e meio papistas, meio castos e meio lascivos, meio um tudo, em suma, como seu amigo Melquior Gralheta.

Mas essas calmas todas eram enganações. Na realidade, e apesar dos exageros, a violência de monsenhor Timóteo deu medo. Aterrorizou a cidade. A exaltação que tomara conta dos homens e das mulheres depois das primeiras escaramuças dissipou-se da noite para o dia. Não se ousava mais amar. São Luís voltou a dormitar. A vida estagnou.

As pessoas encontraram o caminho da missa, para orar, mas também para proteger-se das vinganças prometidas pelo bispo e para respigar as novidades: as igrejas formavam o teatro e a maquinaria do drama. Todas as notícias da guerra saíam das sacristias. As naves rezavam sem esmorecer e, desde que monsenhor Timóteo lançara a caça aos fornicadores, os monges e os clérigos buliçavam novamente. A rua era deles.

Os monges surpreenderam. O doutor Tambor falou com ironia e sarcasmo de um novo milagre, o milagre da "multiplicação das batinas", mas a verdade era mais trivial: monsenhor Timóteo do Sacramento, quando se moveu em direção à sua diocese do Maranhão, seis meses antes, fizera-se acompanhar de monges e de clérigos da região de São Paulo. No início, ele os dissimulara em todo canto, um pouco por aqui, outro tanto por ali, nos presbitérios, nas águas-furtadas do episcopado, nos sótãos, nos desvãos da cidade. Agora, uma vez atirados os primeiros obuses, ele os soltava na fornalha. Fazia-os ir ao combate.

No campo dos libertinos, dos legitimistas, dos racionalistas, dos materialistas, dos maçons e dos antipapistas, confiava-se que a diatribe do bispo atraísse as fúrias das Excelências do Belém do Pará. As autoridades reais de Portugal e, portanto, aquelas do Grão-Pará, não podiam ficar inertes. Iam desbancar o prelado. Não se inquietavam. Ninguém duvidava da vitória, *in fine*, da legalidade.

Enquanto aguardavam, gozavam esses momentos, essas letargias. Fartavam-se dos acepipes preferidos de São Luís, a espera, o tédio, o desamparo, a tristeza, o pesar e o luto. As pontes e os embarcadouros, as praias, as escadarias, as imundícies, os balcões, as sacadas, os terraços, os consoles, as pracinhas organizadas em torno das árvores e as galerias de poeira, a nobreza das ruínas, tudo, verdadeiramente tudo, desde as injúrias episcopais, tornara-se irreal. A bela cidade carcomida tinha fragilidades de lembrança: esterilizava-se voluptuosamente e era uma dolorosa e tristonha festa. Nas praças, à noite, saía-se à fresca, como cada noite havia tantos séculos, mas tristemente, e essa tristeza velada e quase inútil fazia um bem louco. Era um banho nas águas da tarde. Enchia-se de melancolias, e onde se foram meter aqueles beijos de colibris que trocavam outrora, nas sombras, os amantes e as amantes?

Mesmo as crianças, que nada compreendiam, não ousavam mais brincar. Andavam lentamente, sonhadoras e radiosas.

A trégua foi rompida no domingo seguinte. O prelado não recuava um só dedo. Ao contrário, atacava ainda mais duro. Leu no púlpito um novo mandamento que negava às instituições civis qualquer direito sobre o casamento. O casamento, disse, era um sacramento. O corpo das mulheres é sagrado, é o corpo de Eva e da Virgem Maria a um só tempo, e seria grande sacrilégio confiar às instituições civis a gestão de um corpo de mulher. E por que não a um barbeiro?

É sob o olhar de Deus e só de Deus que um homem e uma mulher unem seus corpos. Há uma sentinela de Deus oculta em cada cômodo a cada vez que um homem e uma mulher procedem ao ato amoroso e a Igreja é o vigário de Deus, eis a verdade, e eis por que os soldados, os tabeliões, os funcionários do rei, os próprios príncipes, "sim, os próprios príncipes", não têm nada que meter o bedelho no retiro das alcovas. O comércio da carne só a Deus compete. Nesse momento, o doutor Tambor, que não perdia um sermão, teve o espírito de dizer com uma voz forte, fixando o altar com seus olhos negros: "Ora, vamos!".

Monsenhor Timóteo fez uma careta, deu de ombros. Passou adiante. Terminou a leitura do mandamento pastoral cuja conclusão pareceu tão excessiva que os padres, nos domingos seguintes, titubeavam ao lê-lo e liam-no, mesmo assim:

"Em conseqüência, ordenava o prelado, e em aplicação dos mandamentos do Cristo Senhor, prescrevo a prisão aos padres adúlteros. E obrigo os curas e os vigários das dez paróquias da capital a ler nos púlpitos, domingo após domingo, os processos verbais de acusação — inclusive o relatório das ações imorais cometidas pelos impuros, sem negligenciar a descrição das profanações cometidas, de maneira que a imundície, o lixo, os fedores e os derrames do fundo das alcovas sejam vertidos pela cidade e os vergonhosos espetáculos lancem as populações à cólera santa!".

A réplica das autoridades civis foi brutal. Em Belém, o governador do Grão-Pará, o muito ilustre Antônio de Carvalho, que por muito tempo tentara negociar, contemporizar, aliou-se ao campo da guerra. Deu sinal às armas e, duas semanas depois, dois de seus emissários, o ouvidor-mor Mateus Dias da Costa e o doutor Maláquio Ternadura, escrivão da casa real, desembarcavam em São Luís com a missão de ali restaurar a ordem civil. Chegaram escoltados por uma companhia de mercenários e quatro peças de artilharia.

O bispo recebeu os dois enviados em seu palácio episcopal. Tinham ordens severas. Exigiram, em nome do rei, que a Igreja abrisse as prisões e devolvesse ao poder civil os homens, as mulheres, os padres e as freiras condenados pelo bispo por motivo de fornicação. Os suspeitos seriam retirados de suas células e entregues ao braço secular. Seriam confiados à justiça ordinária, à justiça civil, em vista de um processo e de um julgamento em boa e devida forma, diante dos tribunais da colônia.

Dom Timóteo do Sacramento escutou com um tédio declarado os dois enviados do governador do Grão-Pará. Desejava precisões:

— Os senhores dizem: abrir as prisões? E mais: entregar os curas adúlteros aos juízes do rei? É isso mesmo?

— Exato, monsenhor!

O bispo observou um longo silêncio. Tamborilou em sua escrivaninha, sem nervosismo, com a ponta de um corta-papel de prata. Era bem belo. Depois disse com uma voz sonhadora, sem aumentar o tom:

— Não, senhores!

Aproveitou o aturdimento dos dois embaixadores de Belém para folhear molemente os papéis amontoados sobre sua mesa. Tirou uma folha enriquecida de selos e brasões.

— Vêem, senhores embaixadores, este pergaminho? Hoje mesmo, abro um auto visando a banir desta cidade o muito ilustre Dias Campelo, juiz de órfãos, que se dá à luxúria com a esposa do mestre carpinteiro Vasconcelos, como testemunha o tabelião Ramonlaro, cuja casa fica acima da deles, feliz disposição que lhe permitiu observar os sobressaltos deste corpo de mulher e deste corpo de homem! Pois os curas lerão em púlpito o julgamento. Eis o julgamento. Leiam-no. Verão: contém em detalhes os arroubos e as lascívias deste homem e sobretudo desta mulher imoral. Creiam, senhores, essas descrições nos são penosas, mas o Eterno não nos poupou os detalhes das posturas de Ló e de suas filhas...

Depois, com uma voz exaurida, murmurou:

— Rogo ao céu que tais precauções afrouxem o garrote com que o Diabo estrangula esta cidade, tão cara a meu coração. Não gosto de manejar a arma da excomunhão, vejam... sempre é o reconhecimento de uma derrota... Mas...

Ajustou seus óculos, curvou-se sobre um outro documento e agitou-o debaixo do nariz dos dois emissários.

— Eis o que terão ganho, os depravados e os imorais — disse. — Esta é a fórmula canônica da excomunhão. Não é demonstrar grande piedade utilizar uma arma tão intransigente — digo mesmo uma arma tão mortífera, pois, não o ignorais, ser excomungado é sofrer a maldição nesta terra, o que é fútil, mas também as longas torturas no céu, as intermináveis torturas do interminável céu?

Os emissários inclinaram-se. Acreditaram que estavam convidados a partir, mas o bispo reteve-os:

— O que me resta dizer, senhores — dirige-se pessoalmente aos dois. — Sabem o que é mais injusto, neste assunto? É que o desamor de Deus, assim chamo a excomunhão, abate-se não apenas sobre o pescoço daqueles que faltaram, mas também sobre o pescoço dos papalvos que simplesmente tentam reter o braço do Deus de cólera. E não é bem isso que estão tentando fazer, senhores? Não há nisso uma injustiça inaceitável, senhores?

— Posso responder, Eminência? — disse o ouvidor-mor Mateus Dias da Costa. — Posso lembrar à Sua Eminência que o soberano de Portugal comunicou seu desejo ao ilustre governador Antônio de Carvalho?

— Sem dúvida, sem dúvida — disse o bispo. — Portanto, eu repito: mistério de Deus! Eu digo: ilimitado mistério de Deus!

Jogou seu pergaminho sobre uma mesa baixa atrás dele.

— Saibam que minha compaixão é infinda! Minha mão não se deterá! Acho que terão entendido, senhores. Eu, se fosse os senhores, acho que teria entendido...

Os dois enviados do governador levantaram-se pesadamente e despediram-se com todos os salamaleques. Atravessaram os portões altos do episcopado. Assim que se viram na rua, apressaram o passo. Quando dobravam a esquina do palácio episcopal, uma vidraça entreabriu-se e perceberam a figura de monsenhor Timóteo. Olhava para eles.

O ouvidor-mor Mateus Dias da Costa virou-se para o doutor Ternadura.

— Viu?

— O bispo? Vi sim.

— Muito bem! Então, siga-me, Maláquio!

— Aonde vamos?

— Corra, meu amigo, corra! Viu o que eu vi. Portanto, entende o que eu entendo...

— Mas, mas...? Excomungados? Nós? Timóteo nos excomungaria?

— Nem tudo está perdido, amigo. Monsenhor Timóteo acaba de acender a mecha sob nossos olhos. Temos algumas horas e depois a pólvora explodirá. Vamos, senhor! Decida-se, afinal: quer queimar no inferno ou prefere voltar são e salvo a Belém?

— Mas...

— Tomei minhas precauções em Belém antes de embarcar. Deram-me o endereço de um padre de São Luís, mas é preciso ir rápido: só funciona na hora que segue à...

— Mas, a quê?

— Rápido!

Os dois núncios trotaram até a igreja de Santana. O doutor Maláquio suava em bicas. Entraram rápido na igreja. Avisaram o bedel, que correu chamar frei Lázaro do Calvário, o superior dos capuchinhos. Este monge era admirado pela retidão de seus costumes e não escondia sua desaprovação à cruzada do novo bispo contra os fornicadores. "Leio o Evangelho com outras lentes", dizia.

Quando os dois homens lhe confiaram seus infortúnios, suas inquietações, o monge levantou os braços ao céu, e beneficiou os dois diplomatas de um *habeas corpus* "espiritual". Disse palavras confortadoras: o *habeas corpus* espiritual era um procedimento previsto pelo direito canônico, aprovado pelo Vaticano, muito raramente empregado, é verdade, mas de uma eficácia proporcional a sua excepcionalidade. Frei Lázaro forneceu uma precisão importante: não se tinha lembrança de que um excomungado, munido de um *habeas corpus* espiritual, tenha sido expulso do Paraíso e encaminhado ao inferno, o monge podia garantir. O ouvidor-mor Mateus e o escrivão público quase beijaram o capuchinho. Na manhã do dia seguinte, o bispo celebrou a missa na catedral. Creram-no amainado, pois ele adaptou seu sermão ao Evangelho do dia, que não tinha relação alguma com a querela do nicolaísmo. Mas, depois do *Ita missa est*, as coisas descambaram. Dom Timóteo levantou a cabeça, fixou a assistência como se não soubesse onde estava, seu olhar tinha a palidez, e alguns até diziam, com excesso, essa brancura, que anunciava sempre tempo pesado, e avançou em direção ao coro, brandindo o báculo e a cruz. Com uma voz imensa, uma voz avariada, como disse o doutor Joachim De Styjl no dia seguinte, ele gritou *"Vade retro, Satana!"*, e fez saber oficialmente que os dois delegados do governo do Grão-Pará, o ainda muito ilustre Mateus Dias da Costa e o doutor Maláquio Ternadura, tinham sofrido, naquela véspera, o supremo castigo da excomunhão.

Os dois enviados do governador, hospedados na residência do vice-governador, logo foram alertados. Tremeram. Deram um sorriso. Por pouco! O tiro passou bem perto! Se não tivessem obtido, na véspera, e realmente *in extremis*, o *habeas corpus* espiritual de frei Lázaro do Calvário, estariam perdidos.

O *habeas corpus* espiritual protegia-os do inferno e tinha ainda outro mérito: permitia-lhes retomar a batalha contra o bispo Timóteo. E essa batalha foi sem trégua. Convocaram, na segunda de manhã, o chefe da guarnição de São Luís, o capitão João Duarte Franco, a quem deram as ordens. No mesmo dia, esse capitão João Duarte Franco montou seu cavalo e tomou a dianteira de um corpo de batalha de cinqüenta cavaleiros e dois canhões.

Toda a cidade, na hora da sesta, foi despertada por uma galopada. A tropa, chegada ao largo de São Tiago, tomou posição em torno do palácio episcopal. O capitão esporeou seu cavalo e conduziu-o de um salto à grande escadaria. Conseguiu fazer com que o animal pusesse as patas da frente no terceiro degrau. Desembainhou seu sabre, rudemente, e soltou um grito tão forte que alguns dos presentes pensaram que dera ordem a seus homens para precipitarem suas montaduras contra a fachada do palácio. Mas nada disso aconteceu e o capitão contentou-se em bater à porta do palácio com o punho do sabre.

Assim começou um espetáculo do qual, nas semanas, nos meses, nos anos seguintes, ninguém se privou de evocar os incríveis episódios. Desse espetáculo, eis a primeira cena: no segundo andar do palácio episcopal, uma janela abriu-se, uma cabeça mostrou-se, que não era a de Timóteo, uma mão saiu, e essa mão contou os cavalos do capitão na praça, João Duarte Franco. Depois de alguns minutos, no térreo, houve um remexer de correias e de barras de ferro. A porta do palácio girou. Monsenhor Timóteo avançou. Estava coberto de todos os seus ornamentos. Estava em ouro, em bronze e em seda. E bem debaixo do garrote do cavalo.

O capitão João Duarte Franco baixou seu sabre. Fez o animal dar uma volta, de maneira a olhar a praça. Anunciou aos curiosos que o bispo, Sua Eminência Monsenhor Timóteo do Sacramento, era intimado à reclusão em sua residência episcopal, sob a ordem do ouvidor-mor Mateus Dias da Costa, legado do governador do Grão-Pará, ele próprio vigário de Sua Majestade o rei de Portugal. Soldados acampariam no largo São Tiago, pelo tempo em que a razão e a lei fossem falhas.

O bispo acariciou o focinho do cavalo. Teve um riso breve. Abriu os braços, em sinal de misericórdia, e excomungou ali mesmo o capitão João Duarte Franco. Em seguida, deu dois passos atrás para entrar no palácio episcopal, mas reconsiderou. Passou sob o garrote do cavalo, segurando seu chapéu com a mão, atravessou em diagonal o largo, seguido pelos soldados e alguns curiosos. Curvou-se à balaustrada e olhou o mar e as ilhas e todo o céu. Havia um nada de poeira, por causa dos ventos do largo. Os soldados não ousavam mexer-se. Ao cabo de alguns minutos, o prelado voltou-se. E disse com uma voz vigorosa:

— Excomungo neste dia da Quadragésima, que inaugura o tempo doloroso da quaresma, a cidade de São Luís e a capitania do Maranhão que, entregando-se perversamente à copulação, à fornicação e ao adultério, se expõem aos três castigos: o sal, o fogo e a morte.

Assim que o prelado voltou a sua residência, o capitão João Duarte Franco fez vedar as portas e as janelas do palácio. Carpinteiros tinham por tarefa fixar os contraventos com toras de madeira. Como eram grossas, foi preciso utilizar pregos de tamanho grande e martelos também enormes, e foi um estardalhaço.

Naquela mesma noite, os Três Funis comentaram as marteladas: o doutor Tambor deu um arrulho de prazer. O primo Jorge zangou-se. Disse que o santo bispo Timóteo do Sacramento fora crucificado pelos centuriões. Tamborim arrulhou pela segunda vez. Melquior Gralheta lançou-se. Disse que a História começava de novo. O primo Jorge cortou-o: "A História, meu bom Melquior? O que quer dizer esta palavra, a História? Não a conheço. Você quer dizer a repetição?". "Ah, é?" — disse Gralheta —, "então a repetição."

Dois dias depois, um acontecimento foi notícia. O bispo saiu de seu palácio. Vestia-se como um pobre, como um fugitivo, mas não parecia abatido, ah não! Dirigiu-se com um passo glorioso até um chafariz próximo, encheu várias vezes uma taça de prata. Quando acalmou sua sede, foi até o colégio dos jesuítas para comer algo, a primeira refeição das últimas quarenta e oito horas. Foi bem recebido. Era de se esperar! O superior do colégio dos jesuítas, o padre José Ferreira do Sepulcro, de notoriedade pública, era o conselheiro secreto e o aliado dos excessos do bispo. Dom Timóteo comeu goiabada, um ensopado de tapir e de mandioca, com banana, e voltou ao palácio episcopal carregando sua taça.

O ouvidor-mor Mateus Dias da Costa, sob instruções de Belém do Pará, endureceu o dispositivo de vigilância: mandou cobrir de grades de madeira todas as aberturas do palácio, incluindo a porta principal. Isso agradou ao campo dos libertinos, dos incréus ou dos simples legalistas. O bispo estava encurralado em seu covil. O pesadelo chegava ao fim: o rei, o governador e a lei conseguiram esmagar o frenético e o alucinado. O doutor Tambor disse que entravam, com alguns minutos de atraso, no século das Luzes. Ele disse: "A Razão triunfa. Graças sejam rendidas ao Senhor do Sacramento!".

Os homens e as mulheres começaram a acariciar-se novamente. Mas o assunto não tinha terminado! Talvez apenas começasse, pois, depois de uma nova semana, o ouvidor-mor foi alertado do desaparecimento súbito e incompreensível de todos os padres da capital. Tinham-se escafedido, evaporado, volatilizado. Em toda a cidade, nem mais um cura!

Um tenente, acompanhado de um tabelião e assistido por dois carpinteiros, forçou o portão do palácio episcopal. A tropa inspecionou todos os cômodos, abriu os gabinetes, os sótãos. Encontrou um palácio vazio. À noite, São Luís soube da novidade: o prelado estava nos subterrâneos.

16

E NÃO SÓ ELE. Na véspera, uma ordem episcopal protegida por três selos fora despachada às doze paróquias da capital: todos os clérigos, vigários, predicadores, monges ou leigos, capelães, arciprestes, cônegos e entre estes os coadjutores, os deões e os presbíteros, como também as freiras, as devotas e as monjas, os carmos, mercadorias, franciscanos, acólitas e prebendados, mestres-de-cerimônia ou organistas, enfim todas as sutanas e todos os estandartes eram convocados a reagrupar-se na rede subterrânea que a Igreja profeticamente escavara debaixo da capital, à medida das querelas que levantaram as autoridades do Reino contra os pastores da Santa Igreja, os jesuítas mais que todos, e o texto de Monsenhor do Ossuário era tão áspero que todos os clérigos, o cura Gonçalves como os outros, e Melquior Gralheta como o cura Gonçalves, todos, tinham se enfurnado neste sistema de túneis e de passagens subterrâneas que chamavam "criptas" ou "hipogeus", ou então, por sarcasmo, o "formigueiro", os "porões" ou o "covil". Ou a "toca da toupeira". Os mais pedantes, os doutores De Styjl e Tamborim, e também certos padres cabotinos, deram de chamar essas galerias de "In Pace", por alusão à fórmula *Vade in pace* que os monges pronunciavam quando encarceravam para a vida eterna, no fosso de seus conventos, um canalha dos bons — um lúbrico, um renegado, um incestuoso, um bestial, um sodomita ou um simples assassino.

Os padres não esperaram que ordenassem duas vezes. Tinham feito suas trouxas e puseram-se a caminho. Em menos de uma hora desapareceram. Foram tragados pela terra — como bandos de ratos ou de baratas, como fileiras de formigas ou gotas de chuva —, engolidos pelo buraco, diziam os espíritos propensos à derrisão. Muitos devotos imitaram-nos, assim como uma brigada de mulheres da capona, essas mulheres que empestavam todo o Nordeste, entre o Pernambuco, o Maranhão e a Bahia, mal-ajambradas como o cão, ou melhor, amarfanhadas em saias, casacos, peles de gatos ou de cães, lãs e velharias.

As mulheres da capona tinham uma dupla missão. Rezavam para poupar os devotos da tarefa e, mais que tudo, ajudavam os agonizantes em seus últimos instantes. Era por gosto que compunham esses ares maltrapilhos. A miséria era o signo de sua eleição e, na corporação, as mais arruinadas ocupavam os postos mais altos. Bem perto do céu.

A desordem separava-as do mundo profano, ungia-as de sagrado. Quando vestiam a farda, ninguém nem ousaria tocá-las, temendo que esses corpos em pedaços, essa crassidão, essas saias moles, inchadas de crucifixos, de terços, de incensos e de amuletos, explodissem ao primeiro esbarrão. As caponas, antes dos curas e antes dos bispos, eram as pessoas mais poderosas de todo o Nordeste, as mais majestosas. Temidas como o Diabo e o bom Deus juntos.

Algumas eram célebres. Falavam de uma capona de Olinda, perto do Recife, alguns achavam que era mais é da Ilha de Itamaracá, a velha Maria de Todas as Pragas, boa de preces. Era capaz de rezar sem trégua semanas inteiras, uma atleta, de modo que seus clientes se livravam da necessidade e podiam ocupar-se de suas famílias, de sua cachaça ou de seu descanso. As prostitutas, que pecam o tempo todo, forçosamente, apelavam com freqüência a seus cuidados e é por isso que chamavam esta velha capona de

Olinda de dona Noturna. O forte de suas atividades porém ainda era outro: como todas as mulheres da capona, dona Noturna era encarregada da morte.

Todo mundo pode constatar: não é fácil morrer. Alguns, roídos demais pelas tristezas, a solidão, a tísica ou a malária, não sabem como fazê-lo, e logo desistem. Ficam bloqueados dias inteiros. Vão pelas beiras. Não se decidem a dar o salto. Estes infelizes — desajeitados, ou simplesmente exaustos — vogam por muito tempo, à véspera do último suspiro, o nariz bem na fronteira, mas sempre devolvidos pelas ressacas da vida. Lembram esses barcos mal atracados que não conseguem romper a barreira do coral, além de Santana ou de Mucunambiba, no arquipélago de Coroa Grande, para ganhar as pradarias misericordiosas do oceano e, às vezes, é preciso que um outro barco os reboque a ferro. Assim as caponas: elas ajudam os agonizantes sem coragem, indolentes ou inábeis a darem o passo. A imagem do rebocador lhes convinha bem: puxavam o agonizante até a morte, graças às preces sombrias, graças aos gestos secretos que ninguém conhece, fora as mulheres da corporação.

Até se notou que se uma capona por sua vez adoecesse, os marombeiros aproveitavam para deixar de morrer e era difícil, quando acontecia, as cidades alojarem e alimentarem todos esses incapazes. É por isso que na maioria das cidades do Nordeste as caponas tinham boa reputação — ao mesmo título que os encarregados dos correios, os caçadores de ratos ou de insetos asquerosos e os responsáveis pelos esgotos. Era tudo gente eminente e livre para circular como bem lhes aprouvesse, até a noite, depois do toque de recolher, mesmo em caso de guerra ou de motim civil. Não há fronteira para as caponas, era a lei, mas tênues horizontes e incertezas, "vagos domínios", confins, o indiferenciado e os infinitos. Por entre as rabulices das sociedades, elas circulavam como enguias e ainda não nascera o soldado ou o aduaneiro ou o militar que ousasse pedir seus papéis. De papéis, essas mulheres só conheciam os papéis ilegíveis do céu, como dizia a velha Maria de Todas as Pragas, os exigidos na derradeira alfândega. Por esta terra, passeavam como bem queriam. Faziam a troca entre as nações, entre as facções, entre a noite e o dia, entre cão e lobo, entre os países e os países, entre os exércitos e as guerras. Intocáveis, as caponas! Sem fronteiras!

Mas, nas crateras e circunvoluções do "formigueiro", não havia apenas os padres, os monges, as freiras e as mulheres da capona. Havia ainda os sacristãos, as bordadeiras de fios de prata e as lavadoras de pedras, aquelas que bruniam os ostensórios e aqueles que subiam nas vigas, os pintores e os fazedores de imagens, os cantores, os organistas e os tocadores de sinos, em suma todo o pessoal miúdo das igrejas e dos conventos. Desde a noite que se seguira ao mandamento selado do bispo, uma centena dessas pessoas desaparecera nos In Pace.

E, ao contrário, havia também um punhado de eclesiásticos rebeldes que ficaram lá em cima, na cidade — se se pode chamar isto de eclesiásticos, como observava tristemente monsenhor Timóteo do Sacramento! Esses padres não eram flor que se cheire! Folgazões, isto sim, uns estróinas e uns cabeças-de-vento, uns imprevidentes que mais preferiam fornicar em pleno dia que resvalar por debaixo de túneis pegajosos. Bem inteligente! O bispo, que já se assentara no buraco, não lhes mandou advertir: "Resvalará melhor quem resvalar por último! Quanto ao viscoso e às profundezas, os Infernos não são melhores!".

Não eram muitos, esses padres refratários. A maioria dos clérigos, inclusive, aliás, aqueles que tinham uma esposa ou uma concubina, obedeceu ao bispo. Arrumaram a família às carreiras, esposas, amantes, a renca de meninos, tudo, em uma casa, nos escombros, em um campanário arruinado, na casa de uma tia ou em um destroço qualquer, e é preciso que se diga que não era difícil encontrar onde se acoitar em uma cidade semidemolida desde a revolta de Bequimão. Depois, a consciência em paz, enfiaram-se nos subterrâneos.

As primeiras horas foram laboriosas, pois se a antiga rede estava corretamente mantida perto das fontes e das igrejas que formavam sua entrada, era toda troncha e bem degradada conforme se adentravam as profundezas. E davam súbito em galerias desmoronadas. Entulhos fechavam as passagens ou então reduziam-nas ao estado de umas tripas obstruídas — e a palavra tripas não fora solta ao acaso, pois não se podia dar um passo por esses subterrâneos sem pensar nos cordões de um intestino, tanto que os libertinos, que continuavam a se reunir a cada fim de dia, lá em cima, nos Três Funis, ou na beira dos chafarizes, não se referiam nem ao "formigueiro", nem aos "In Pace", mas aos "intestinos", às "entralhas" ou às "tripas", o que a cada vez era saudado com uma risada bem vulgar e com comentários deploráveis, como se pode imaginar!

Alguns condutos estavam completamente socavados por séculos de abandono e deviam-se dar voltas imensas, tateando, as mãos acariciando as paredes viscosas, para continuar o caminho. De tempos em tempos, caía-se numa espécie de sala, uma gruta estorvada agora por areia e lama, sem falar dos excrementos dos animais. Morcegos uivavam, eram como cinza, como uma cinza que grita, e seus olhos abrasavam. Era preciso coragem.

Os padres puseram-se a restaurar a rede. Dezenas de bedéis e de negros desentulharam, varreram, cavaram, aplainaram. Depois de uma semana, os "intestinos" continuavam tão horríveis quanto antes, mas habitáveis. Depois, procedeu-se a algumas correções do traçado primitivo. Novos condutos foram abertos, de modo que as galerias reproduzissem mais ou menos o mesmo traçado da cidade do alto. Cavaram túneis. Enxertaram ramificações e acessos, o que permitiu juntar a rede às três igrejas que a capital construíra desde a descida anterior dos padres aos subsolos: a igreja do Calvário, a dos Capuchinhos e a capela do Sangue Precioso.

Graças a essas aberturas de novas galerias, os In Pace terminaram por refletir, um pouco como um espelho, o desenho que, na superfície, na cidade ao ar livre, formavam as igrejas, os chafarizes, as casas e as ruelas. O bispo Timóteo, que, na qualidade de antigo eremita da serra da Ossada, se acomodou em uma simples gruta numa sala talhada em forma de abside, mais ou menos na altura do palácio episcopal, via nisto a prova de que, na cidade de São Luís, como aliás na Terra inteira, as duas esferas, a celeste e a terrestre, longe de se ignorarem, estavam entrelaçadas e, como era ávido por retórica, disse franzindo os olhos: "O profano e o sagrado, é a lição que vos dou, meus irmãos, hipnotizam-se mutuamente, como um objeto e a imagem deste objeto em um lago". Depois refletiu e acrescentou um detalhe, virando-se para o pequeno altar improvisado no canto de sua gruta: "Em um lago de águas muito calmas".

A imagem de um lago de águas muito calmas arrebatou o coadjutor de monsenhor Timóteo, monsenhor Rodolfo Coelho. Dela apropriou-se e citava-a por um nada. Dom Timóteo envaideceu-se e desfiou a metáfora o mais que pôde. Ele disse: "Vejam, meus amigos, a cidade de cima e a cidade de baixo representam o avesso e o direito da mesma misteriosa medalha".

O prelado gostava da palavra "misteriosa", fazia-a tinir em seus ouvidos, ria-se quase, explicava que a palavra "mistério" ia bem a essa nação brasileira, "tão porosa aos odores do além", essa nação que fervilhava de santos e de mártires, de profetas e de beatos, de anjos e de asas de anjos, sob a férula do arcanjo Uriel, de profetas, de iluminados, de inspirados e de alucinados, Deus os tenha em sua ternura, e que ele os abrigue, dizia com uma voz resoluta, "nas centelhas de sua noite".

A luz não estava totalmente ausente dos porões. Como se tinha acesso às sacristias das igrejas, os subterrâneos eram sortidos facilmente em círios e tochas, tanto que em certas horas, no momento das vésperas, das matinas, das sextas e dos Dies irae, as galerias embrasavam, era feérico, e as preces pareciam ter esta virtude de transformar a argila e a lama em cristal, era o que dizia de vez em quando monsenhor Rodolfo Coelho.

As sacristias lá de cima faziam também ofício de celeiros, de armazéns e de arsenais: as mulheres devotas da capital ali entesouravam, na barba dos soldados, as provisões de despensa e as armas indispensáveis à luta: espadas, adagas, sabres e pistolas e arcabuzes.

Essas armas, saídas dos depósitos, dos porões, das sacristias, estavam fora de moda. Tinham sido utilizadas, um ou dois séculos antes, por um francês vindo de Cancale, que é um porto do reino de França, com as marés mais altas do mundo, como as marés do Maranhão, aliás, pois não havia acaso nessa terra, o cavaleiro de La Touche, senhor de La Ravardière, que fora o descobridor e o primeiro mestre da cidade de São Luís. La Ravardière impusera sua ordem, com seu bando de mosqueteiros, o que explicava o nome de São Luís, homenagem ao rei de França. Os índios chamavam os franceses de louros, pois eles falavam o tempo todo. Ao cabo de três anos, os soldados portugueses, sob o comando do grande Albuquerque — o mulato do Pernambuco, não o das Índias ocidentais —, já estavam fartos e devolveram à água os papagaios, mas a cidade conservara o nome do rei Luís XIII, e dizia-se que muitas mulheres índias tiveram filhos com um par de França.

O certo é que os arcabuzes e os trabucos dos homens do senhor de La Ravardière eram esplêndidos, pois foram forjados nos arsenais da França, mas estavam em triste estado e bem caducados. Alguns não atiravam mais nada. Os que ainda funcionavam explodiam pouco ou então erravam o alvo, mas o superior dos jesuítas, o padre José Ferreira do Sepulcro, que era o responsável militar da rebelião, estava satisfeito com eles. Ele tinha um queixo estreito, dedos magros, uma enormidade de pêlos em todos os lugares, e gostava muito de dizer, levantando o indicador:

— Somos os soldados de Deus. Se eis-nos convocados ao banquete do sangue das nações, é a título provisório. Nossas armas arcaicas não atiram neste século. Elas atiram através dos séculos. Então, azar se a bala não sai. O essencial é que a pólvora faça barulho e que este barulho aterrorize os pagãos e os maus, as pessoas lá de cima.

Neste momento, um esmoler que instalara sua indústria nas tripas, bateu sem modos no ombro do jesuíta: "E se eu recebo um biscainho no rabo, padre Ferreira, vai chegar de onde, a arma? Chegará da eternidade ou terá nascido do dia, como um ovo que sai do cu da galinha?". O superior dos jesuítas olhou-o sem uma palavra, e retomou seu rosário.

Uma das vantagens do lugar era que o menor barulho ecoava de caverna em caverna, corria como um dardo ao longo das tripas, produzia longos ecos, de modo que a mais breve das preces fazia algazarra durante vários minutos e quase não se acabava.

Nos primeiros dias, Melquior Gralheta não saiu do lado do cura dom Gonçalves. Os dois homens tinham construído para si uma toca no cruzamento de duas galerias. Era um pouco desconchavado, mas não tão ruim assim. Gralheta estava ansioso, via "tudo negro", e ele repetia, com uma voz desabusada, e também irônica: "Sim, meu padre, posso mesmo dizer, vejo tudo negro!".

Felizmente, o cura estava ali, era uma sociedade, um pedaço de sociedade. Sua memória não fazia progressos. Gralheta tinha dó. O cura consolava-o, dizia que a memória não é o fim do mundo, e que era sempre preciso ver o lado bom das coisas, mas Gralheta por mais que remexesse não via nenhum lado bom nisso tudo, e nada lhe parecia mais desagradável que a gente perder as lembranças.

O cura explicava: Melquior Gralheta devia compreender que todas as coisas desse mundo, inclusive os dramas, os infortúnios, os pesares e mesmo a morte, são feitas para serem esquecidas — é areia e vento na areia, é cinza e água corrida... Então, melhor começar logo a esquecer, pronto, está feito! Quando se pensa assim, as coisas, as pessoas, os acontecimentos, é nada de nada. É tão apagado, pode-se dizer, que até as lembranças de dom Gonçalves — pftt... uma ruga na tarde, nada mais, e a vida inteira era uma ruga — e a vida eram uma lembrança que se tinha posto de canto, havia muito tempo, e não se sabia mais onde ele estava, o tal canto, não se sabia mais onde as pusemos, a vida e a lembrança da vida, eis o que proclamava dom Gonçalves alegremente e Gralheta repetia:

— Quer dizer que a vida, dom Gonçalves, que a vida, nem sabemos onde a metemos...

— Sim, Melquior, sim...
— Mas quando se vive, sabe-se muito bem onde ela está, a vida...
— Mas, quando é que se vive, Bala?
— Ah, disse Bala, não tinha pensado nisso.
Dom Gonçalves estava de bom humor, mas tinha dias que ele dizia qualquer coisa. Propunha por exemplo a Gralheta que fossem cumprimentar os velhos padres que se tinham perdido nos subterrâneos cinqüenta ou até duzentos anos antes, quando da precedente querela temerária entre a Igreja e o exército, na Idade Média, ou porque recusaram subir à superfície uma vez os soldados partidos e a paz restaurada — e atenção, eles eram cabeçudos, esses velhos resquícios de curas, esses destroços de curas, dom Gonçalves conheceu-os, umas pestes, raivosos, os velhos curas, umas mulas —, ou então porque se enrascaram em todos esses intestinos e nunca mais encontraram a saída.

Gralheta fazia mofa, isso não queria dizer nada. Dom Gonçalves batia o pé: sabia isso tudo de fonte segura. De fonte segura?

— E pois, meu caro Melquior! E pois! Não sou de dizer qualquer coisa, você me conhece, ora! Imagine, meu velho, o ano passado! Sabe o Dedezinho, Dedé Lontra, muito bem, o ano passado ele desceu ao buraco, Dedezinho, sabe, o buraco que fica no capinzal, detrás do chafariz do Ribeirão, você conhece bem, a rua dos Afogados, muito bem! Ele desceu porque estava com uma moça, uma moça do Entreposto, justamente, vê, Melquior, não estou inventando nada, até dou os detalhes, uma moça do Entreposto que se chamava, não sei mais, acho que era Hermelinda, e o que encontram? Dão com o vigário do padre Antônio Vieira. Só faltava essa, Melquior! É demais! O vigário do padre Vieira! Em carne e osso, imagine!

— Mais em osso, senhor cura, disse distraidamente Gralheta.

— Está bem, em osso. Foi quando, o padre Vieira? Foi há cinqüenta anos e há quem diga que foi há cem anos, Vieira. Mas, tudo bem, não tem importância. Dedezinho estava furioso porque a moça tremia, não quis mais saber de nada, só fazia o sinal-da-cruz e o Dedezinho dizia: "O que a gente vai fazer com uma moça que faz o sinal-da-cruz? Não sai mais nada!". Você o conhece, Dedezinho, é um mal-educado, Dedezinho, mas, apesar disso, me faz rir. Então, saíram de lá; deram na carreira. Um medo, mas um medo! E sabe o que mais, Melquior? O mais engraçado é que o vigário do padre Vieira também teve medo. Fugiu como um peido, como um peido de vigário, são os mais rápidos... Então, vê...

Gralheta revidou. Objetava. Os companheiros do padre Vieira teriam hoje cem anos, ou cento e cinqüenta anos, vai ver, e estariam mortos de fome há muito tempo. Dom Gonçalves não se zangava. Voltava a Dedezinho, perdia o fio e passava a outra coisa.

Melquior lastimava a ausência de seus amigos da missão dos confins. Nawaz ficaria tão orgulhoso de manter a crônica desses dias! E o geógrafo então! Teria desenhado mapas, o gordo Joachim! Teria se enfiado nos subterrâneos, pois era capaz de tudo, o De Styjl, e não era qualquer um, como geógrafo! Afinal, conseguiu perder-se do rio Negro em pleno dia. Nada mal! Nesses túneis, então, nessas trevas, o que teria patinhado, o De Styjl! E assim, Nawaz teria estorvado sua paciência, teriam brigado como cão e gato, ririam um bom tempo, e o tempo teria passado e era bom que o tempo passasse.

Dom Gonçalves não se cansava de ouvir a história da missão dos confins, a missão do rio Negro. Sempre pedia que a contasse de novo.

— Esse Joachim De Styjl! Isto aí, um geógrafo de Coimbra? Mas então, diga-me, Melquior, se eram todos como De Styjl, os outros geógrafos de Portugal, os Vespucci, este Lopo Montès, este, como diz você, Gralheta, este Bartolomeo Lasso, e há também um tal de Petrus, acho que é Petrus Plancius... e todos os outros, este Luís Teixeira, quero dizer, se eram todos como teu De Styjl, talvez o Brasil nunca tivesse sido descoberto, não acha, Melquior? Talvez até o país Brasil nem exista! Ou então, o Brasil é o reino do Peru, ou sei lá, a costa da Serra Leoa ou a Etiópia, o principado da Nova Granada, as Índias! Ou então, o cúmulo, é Portugal, não? Pense um pouco, Melquior: cinco meses de selva e no fim, o que ele faz, o De Styjl? Faz o mapa invertido!

Puxava sua barba como se ela tivesse deslizado e Bala defendia o amigo De Styjl:

— Dom Gonçalves, o senhor sabe muito bem que a geografia é um segredo de Estado. É pior que um segredo de Estado. É um segredo de Deus, parece. Não se tem o direito de divulgar. Porque, primeiro, a verdadeira geografia de um país não se chama o mapa. Chama-se o mapa real. E o mapa real fica trancado em pelo menos dez cofres, cofres terríveis, dom Gonçalves, cofres invioláveis, e ninguém, nem mesmo o rei, tem o direito de consultá-lo, o mapa real, imagine, dom Gonçalves!

— O que está dizendo? Claro que há mapas, afinal... Afinal ela existe, a geografia. Não?

— Mas não são os verdadeiros mapas, dom Gonçalves. O doutor Joachim De Styjl explicou-me tudo: um cosmógrafo que mostrasse o verdadeiro mapa de um país, o mapa real, sabe o que aconteceria com ele, meu padre? O senhor sabe?

Gralheta fez o gesto de quem corta uma garganta.

— Melquior, você tem certeza?

— E as fronteiras, os limites, os padrões, é a mesma coisa. Aquele que dissesse onde ficam as fronteiras... cuic... Até o papa, dom Gonçalves, nem ele tem o direito... não, pobre Joachim, não foi culpa sua! Ele não podia mostrar o mapa real, entende?

— Ele não conhecia?

— Claro que ele conhecia. Mas ele não tinha o direito de nos dizer. Foi ele quem me disse isso. Ele sabia muito bem onde estávamos, na floresta, porque ele, como ele é geógrafo, ele conhece o mapa real, mas não tinha o direito de dizer, entende, meu padre?

E como dom Gonçalves dissesse "Tst.. Tst...", o mulato desferiu o golpe decisivo:

— Reverendo, vou lhe contar: o mapa real, a verdadeira geografia, o verdadeiro mapa, tem gente em Roma que diz que nem Deus tem o direito de vê-lo.

O cura riu. Voltou à fronteira do rio Negro, ao padrão colocado de ponta-cabeça. Essa história muito lhe agradava.

— Cá entre nós, Melquior, o que pode acontecer, se os brasileiros invadem o Brasil, se no mesmo dia os peruanos invadem o Peru? Forçosamente. Continua como antes, não? Bem achado, esse troço, grande De Styjl, muito bem achado! A guerra será feita e não haverá um só tiro de fuzil, bravo, gordo Joachim! Bravo! Ele achou uma bela coisa, este Styjl, não acha, Bala?

O cura tirava seu chapéu, limpava os olhos com um lenço, pois a história De Styjl fazia-o rir, mas rir... Exigia uma resposta de Gralheta. Gralheta abaixava os braços, dizia que "sim", mas que esse dia não chegaria jamais, pois a floresta já havia devorado a estela. "Acha? Tão rápido?", perguntava o padre, e sua voz relutava, e ele dizia de novo, "Você acha?", e Gralheta dizia:

— Não sabe o que é aquilo, o que é aquela floresta, reverendo! As chuvas, e a lama, e as formigas, e as árvores, os cipós... três meses, a podridão, três meses, basta... Não é uma floresta, é um estômago. Pronto! É como nossos subterrâneos, são intestinos, o rio Negro, o Solimões, o Xingu, o Oiapoque, o Madeira, o Juruena... e como esses, há mil rios, dez mil rios, são intestinos... A floresta, a Amazônia, digere, reverendo, digere...

Gralheta voltava de boa vontade a seus dois amigos do rio Negro. Gostava deles, eram dois cabras dos bons. Nawaz era um mouro, era necessário, gente de todos os tipos, não é verdade, dom Gonçalves, e o outro cabra, o Joachim De Styjl, era um holandês, mas atenção, um holandês de Portugal, não é a mesma coisa. E eles brigavam sem parar todos os dois, De Styjl e Nawaz, os dois catedráticos, os dois eruditos, e isso distraía, mesmo se seus sarcasmos contra a Igreja sempre desagradaram a Gralheta, mas eles tinham no fundo um bom coração.

Por isso é que Gralheta detestava essa maldita guerra. Estávamos melhor lá no alto, ao sol, às nuvens! Os subterrâneos fediam, enquanto na colina havia mulheres, os amigos, as flores vermelhas e todas as flores, as escadarias, e havia De Styjl e Nawaz, havia os céus como a areia, e tudo, e Glória, tudo, ora! Gralheta lembrava-se das tardes que passavam os três, ainda quinze dias atrás, os três amigos da missão dos confins. Mandavam algumas cachaças no Entreposto, junto às moças, ou nos Três Funis, entre os maçons, como se divertiam! Às vezes mastigavam uns amendoins no largo da Sé, cuspiam as cascas entre suas chinelas. O céu era como bronze, não areia, mas bronze, ou então parecia um enorme tecido macio, um tecido carmesim, escarlate, dependia do dia, e às vezes era tão pálido que não se sabia mais se havia um céu.

Era bom. À noite, tarde na noite, na noite de odores de flores e de carniças, os três desciam, braços dados, Nawaz e De Styjl e Melquior, pelas escadarias íngremes e um pouco perigosas, e pela rua de Nazaré, até o cais. Continuavam até o Entreposto. Às vezes subiam com as moças, mas, quando estavam sem dinheiro, diziam boa tarde a dona Gertruda, olhavam todas essas peles de mulheres, e prosseguiam até o porto. Davam alguns passos no trapiche, por causa do barulho do mar em volta das pilastras, e Gralheta falava de seu projeto da África. Os dois outros achavam esse projeto idiota, mas Gralheta não ligava nadinha, dizia que azar se era um projeto idiota, era o seu projeto, ele lhes falara há tempos, desde o fim da missão dos confins, antes de embarcar nesse pequeno porto de Guará, para Caracas ou para a Granada, e pior para eles se, agora, não queriam vir com ele à África, era tarde demais para mudar de plano e era a mesma coisa de Glória. Glória era uma puta, mas Bala não ligava e ele teria vontade dela o tempo que tivesse vontade dela, era assim, e ele voltaria à África, mesmo se fosse idiota, cada um faz o que pode, não é...

Queria ir ao país de antes, ao Benin ou então a Angola ou à costa de Mina ou ao Congo, entre os cafres e entre os zulus, veria, nunca se sabe de onde se vem, mas enfim, vinham da Etiópia e Melquior, quando pronunciava a palavra Etiópia, ou a palavra África, fazia uma voz estranha, a voz de um outro, e De Styjl dizia: "O país de antes... Bala? Mas, o que é isso? O que quer dizer? Que é isso, o país de antes? Acha que tem um país antes de outro país?".

E Nawaz dizia, irônico: "Eis um trabalho para você, Joachim! No lugar de fazer o mapa da Nova Granada ou do rio Negro, que você não entende nada de nada, faz o mapa da geografia de antes da geografia e continua sem entender nada...". E ninguém sabia o que responder e assim passavam uns bons momentos!

Aos olhos do grande mulato, o cura Gonçalves tinha uma outra vantagem, bem apreciável no desamparo dos subterrâneos. Gonçalves conhecia Glória, ele gostava de Glória, e Glória fazia falta a Gralheta! Era curioso. Até então, quando estava no Sergipe, com sua tia Josefina, e mais tarde no seminário geral do Sergipe d'el Rei, ou então no forte do Presépio, em Belém, como militar, Gralheta amava todas as mulheres pois ele agradava a todas as mulheres. Era como uma bolha, bom e ligeiro, terno, e tão forte, e as mulheres o deixavam, e ele as deixava porque há muitas mulheres e porque há muitos homens, ninguém pode dizer o contrário, mas Glória, agora que ela estava presa lá em cima, nas ruínas, Gralheta pensava muito nos olhos de Glória. Pensava nas manhãs também, pois os olhos são como todas as coisas, eles têm manhãs, têm tardes e têm noites, e ela tinha seios como seios de mulher gentil, e era desagradável não ver mais esses seios. Um dia pensou se não se podia fazê-la descer, de contrabando, e dom Gonçalves levou as mãos aos céus pois Glória era uma puta e o bispo estava enfurecido contra as putas, mas Gralheta não queria escutar e o cura disse:

— A menos que...

— A menos que o quê? — perguntou Gralheta.

— A menos que o quê? — respondeu dom Gonçalves com uma voz surpresa.

— É que o senhor disse a menos que, meu padre...

— Ah, sim! Eu disse a menos quê? A menos quê... não sei... — disse o padre.

Continuou com um semblante de mau humor:

— A menos que o quê? Mas eu não sei, sei lá. Esqueci. Acontece, não, da gente esquecer? Por que tenho de lembrar tudo?

Sempre a mesma pessoa lembrando, lembrando! Você também precisa lembrar um pouco. Não me enerve, Melquior.

Melquior não insistiu, mas ele sabia que não era verdade, pois dom Gonçalves passou os dedos ao contrário pela barba e isso queria dizer que ele estava mentindo, ele sempre fazia isso quando mentia, era um anjo, dom Gonçalves, mas às vezes era um anjo um pouco safado. Gralheta conhecia seu Gonçalves.

Gostava muito dele, mas desconfiava. O velho padre era esperto. Quando uma pergunta o desagradava, fazia uma dessas caras! Soltava um gesto desencorajado, primeiro, e depois passava a mão sobre o crânio e levantava os ombros. Toda a São Luís há muito tempo percebera sua tramóia, mas ninguém guardava mágoa dele. Grande Gonçalves! Estivesse em maus lençóis, arranjava no ato uma falha na memória e, nesta falha, ele enfiava tudo o que o embaraçava.

Os outros padres e dona Gertruda ralhavam com ele, mas era para passar o tempo. Diziam-lhe que nunca seria um santo se continuasse a mentir, mas ele não ligava a mínima. Dizia:

— E daí? Darei um jeito de não lembrar que quero ser santo, sei fazer isso! Já é duro ter os miolos ao vento! Que me sirva para algo, ao menos! Enfim, dona Gertruda, minha cara dona Gertruda, como a chamam mesmo, dona Gertruda? O que eu ia dizer? Ah, sim! Contam-se tantas mentiras piedosas. Há de haver tolices piedosas, não?

17

MONSENHOR TIMÓTEO DO SACRAMENTO escrevia sermões. Lia-os todas as manhãs, durante os ofícios que reuniam todos os habitantes das galerias, em um grande salão iluminado por duas chaminés abertas no alto e por espinhais de velas.

Um dia, notaram-se, no meio dos fiéis, uns rostos desconhecidos. Compreenderam que se tratava de traidores, fiéis ao governador do Grão-Pará, enviados aos subterrâneos com o propósito de espionar o partido eclesiástico. Monsenhor Timóteo foi avisado. Uma vez mais, ele surpreendeu sua gente. Regozijou-se. Até, com uma audácia que não agradou a seus conselheiros, fez dessas tristes figuras o tema de um de seus mais belos sermões, aquele que se chamou mais tarde o "Sermão das formigas", por referência ao "Sermão dos peixes" do padre Vieira.

Tratou-os com rudeza. Não escondeu que os espiões localizados nos subterrâneos eram marionetes do Diabo. Comparou-os aos vermes, às larvas, às formigas e aos ratos do mato que fervilham sob a terra e nas vigas das igrejas, mas não estavam, sem o saber, a serviço de Deus? O bom Deus é hábil em devolver ao Mal a bala atirada pelo próprio Mal. E Timóteo teve uma intuição imprevista que deixou boquiabertos todos os assistentes.

Essa intuição passava por Judas Iscariotes. Todo o edifício da Igreja, expunha calmamente o prelado, e todas as administrações do céu, não repousavam, se refletíssemos bem, sobre um traidor, sobre uma formiga ou uma barata em suma, sobre esse Judas, sem a infâmia do qual o Gólgota teria continuado vazio e a Igreja no limbo? Neste ponto, o bispo trovejava:

— Imaginemos que o Iscariotes não tivesse delatado o Senhor Cristo! O céu estaria feito! O que ia virar a Encarnação? Faço uma pergunta, meus irmãos. E arrepio-me. O ignóbil Judas, que o Diabo não tenha sua alma, o ignóbil Judas não é ele o ordenador da Redenção?

Os fiéis abaixaram o nariz, como se tivessem feito uma asneira. O bispo continuava a trovejar:

— Ergo, o episódio Judas ajuda-nos a medir o incomensurável, a dizer o indizível, a conhecer o inconhecível!

Um pouco de silêncio se fez.

— E eis o ensinamento de Judas: a soberania do Senhor dos céus e sua Força são tais que Deus passa o anel debaixo do nariz do Diabo e o faz valsar à sua música. Deus utiliza, como material de sua Cidade celeste, a mentira, a traição e a delação de Judas. Deus força o Mal a fomentar o Bem. Opacidade e noite sobre a Terra, e noite sobre o Espírito, irmãos: Deus dá a Judas a ordem de trair o Crucificável para que advenha o Crucificado. Tal é a derradeira peça pregada por Deus: é o Demônio, lambiscado do visgo de Deus, que abre ao Senhor as portas da Terra!

Em seguida, monsenhor Timóteo escutou o barulho das gotas de água que escorriam pelos rochedos. Suas palavras seriam narradas às autoridades do Grão-Pará. Elas lhes fariam compreender que uma rendição da diocese do Maranhão estava fora de cogitação e que a ocupação dos subterrâneos não tinha nada de extraordinário. O contrário é que se devia afirmar: ordinário era a sombra, e a grota, e os intestinos, e as formigas. Não eram essas miragens e essas florescências, esses arco-íris, esses chamalotes, "esses andrajos", disse monsenhor Timóteo, que se batizam Estados, Nações, cidades ou homens!

Quando recuperou o fôlego, acrescentou algumas frases rápidas, como apressadas:

— E então, naquela manhã alvacenta da Galiléia, Maria Madalena foi ao Santo Sepulcro, e o que vê ela? A tumba está vazia e Maria Madalena avista um homem que anda pelo campo. Ela anuncia que Cristo ressuscitou, e quem é Maria Madalena? Uma prostituta... E por que crê ter visto um jardineiro? Um jardineiro? Por que um jardineiro? Interroguem-se, meus irmãos. Eis... Eis... Proponho-vos, meus irmãos, a pergunta, mas proponho sobretudo à Sua Excelência de Belém, ao ilustre Antônio de Carvalho, aquele que protege os adúlteros e as prostitutas, sugiro interrogar-se. Quem é esse jardineiro?

Uma coisa confirmava a energia do partido da Igreja: os aterros engajados nas galerias. O superior dos jesuítas, frei Ferreira do Sepulcro, exigiu que os trabalhos fossem conduzidos sem discrição, no maior estrondo possível, de maneira a informar os militares e seu chefe, este ouvidor-mor vindo de Belém, este ímpio Mateus Dias da Costa que se emproava lá em cima, nos palácios do governo, que os padres não desceram às cavernas por capricho, para ascender novamente depois de alguns anos de amuo.

As instruções de frei Ferreira do Sepulcro foram seguidas à risca: os subterrâneos viraram uma balbúrdia. Da manhã à noite, ao luar dos círios e das tochas de cera ou de breu, os índios e os negros manejavam a enxada, represavam as lamas, recebiam chicotadas, instalavam comportas, drenavam os terrenos baixos, limpavam e batiam a terra, abriam ruelas e trincheiras, chaminés de aeração, fechavam vielas, becos e fossas que pudessem dissimular adultérios, faziam explodir os rochedos, talhavam os degraus das escadarias que ligavam as redes aos chafarizes e às igrejas.

No alto, na cidade, as forças legalistas seguiam com condescendência os trabalhos empreendidos sob a terra. Na realidade, estavam em apuros: como dizia o chefe do partido legalista, o ouvidor-mor Mateus Dias da Costa, mas só aos íntimos, teriam preferido uma batalha de homens, uma batalha ao sol, uma batalha mosqueada, com cavalos, sangue, canhões, arcabuzes, fortins, golpes de espada e ferimentos, e rajadas e cheiros de pólvora, como a coisa se praticava na Europa e mesmo entre os mongóis — sim, teriam preferido as guerras horizontais, dizia o ouvidor-mor Mateus da Costa, tudo à esta guerra que se podia chamar vertical. Teria preferido o vermelho do sangue a esse sapatear de larvas e de formigas e de corós — e como atacar um exército dos limbos, e como reduzir essa legião de coveiros e de ratos, de velhos e de irmãs de caridade, e todos esses porcos que grunhiam, em suas trevas, em sua necrópole?

— E como sobrevivem, todos esses curas — dissera Sua Excelência Mateus da Costa —, como? Como se alimentam? Comem terra? Fazem como esses animais que devoram o barro, como esses cupins, o senhor sabe, que roem a grande floresta e que depois a defecam, e é duro como pedra...?

O ouvidor-mor Mateus ia ainda mais longe. Perguntava em voz alta, diante de seus oficiais, indo de um lado para outro no grande salão do palácio dos Leões, se essa gente se empanturrava de terra, esses curas todos, à maneira desses moleques, desses negros que comem terra, que enchem a barriga de Brasil, e que, depois, vão restituí-lo ao solo, esse Brasil, e se vê seus cadáveres repletos da terra do Brasil como esses chouriços de sangue negro, na floresta, ao lado do montículo de terra que estavam comendo, e então já eram alimento para as formigas e os vermes! E alimento para as árvores! Eis o que dizia o ouvidor-mor a seus comensais, em dias de aflição, ou de exaltação, não se sabia. Uma vez, agarrou seu primeiro conselheiro, o tenente Costella, pelo gibão, sacudiu-o e jogou-lhe em plena face:

— É isto, senhor, a grande obra do Brasil: essas toneladas de terra que nossos negros digerem e depositam sobre toda a superfície da Terra...

O tenente Costella desculpou-se insulsamente. O ouvidor-mor desculpou-se em dobro, seus nervos tinham cedido. Felizmente, as irritações do ouvidor-mor não duravam: as claridades do verão e as lentidões do mar, as do céu e as ilhas no céu, a amabilidade das mulheres e o balanço dos navios e o vapor pálido do sol, tudo isso lhe dava coragem, lembrava-lhe que a verdadeira vida estava aqui, à luz do dia, nas cores, nas luzes azuis e no ouro das luzes azuis, e não nessas penumbras, e então ele tentava fazer contra o Exército dos curas uma dessas guerras com clarins e linhas de frente e fortalezas como lhe ensinaram na Academia militar, uma guerra como se confecciona em Portugal ou na Espanha, na França ou na Inglaterra.

O dia todo, piquetes do exército montavam guarda em torno das igrejas, dos chafarizes, e diante de algumas bocas de aeração que os soldados localizaram e limparam debaixo do mato perto das fontes. Cuidavam que nenhum padre escapasse ou viesse cumprir missões, por exemplo a missão de contaminar os homens ou envenenar as águas das quais controlavam as fontes. O ouvidor-mor dissera: "Sabemos o que são, esses curas: a metade do ouro, da prata, dos diamantes, das esmeraldas e das águas-marinhas encontradas em Minas Gerais ou em Cuiabá correm em contrabando sob as batinas dos padres e dos monges".

A segunda tarefa dos soldados era espiar o que se tramava nos subterrâneos. E já que não se podia ver, ouvia-se. Em cada ruela, nas praças, nos arvoredos da cidade, postavam-se sentinelas que, no lugar de fixar os horizontes com uma luneta, como os soldados fazem nas gravuras de batalha na Europa e entre os turcos, ficavam deitados pelo chão, um ouvido colado à terra. Esses ouvidos escutavam os barulhos de desmoronamentos ou de enxadas, e graças a todas as informações cruzadas o ouvidor-mor e seu Estado-Maior podiam reconstituir o desenho da rede subterrânea.

Por vezes, uma fuzilada explodia. É que um padre, ou um grupo de padres, fizera uma incursão à superfície, no intuito de pôr à prova a resistência das tropas federais, e depois desaparecera de novo no buraco, glup! Rãs num charco, fuinhas, calangos, eis o que são os monges, e os soldados atiravam, e dois monges foram retalhados, e seus corpos caíram novamente no buraco.

18

NO SUBSOLO, OS DIAS NÃO ACABAVAM NUNCA. Uma tarde, dom Gonçalves saiu em busca de um de seus confrades, um velho cura seu conhecido desde o seminário de Natal, que administrava a paróquia das Barraquinhas, em São Luís, mas ele perdeu-se pelos subterrâneos. Ou não se perdeu, nunca se saberá, pois dom Gonçalves, enquanto contava seus extravios pelas barafundas das galerias, deslizava o dedo de baixo para cima pela barba.

O fato é que no meio da tarde o velho cura tinha deixado a gruta que dividia com Bala e voltou a sua igreja de São José do Desterro. Foi obrigado, em certos momentos, a trepar por escarpas escabrosas forradas de aranhas, de calangos, vampiros e destroços.

A grande nave da igreja do Desterro estava escura, tão escura quanto os subterrâneos. Pior até, pois a igreja de dom Gonçalves fizera como todas as outras: entregara suas tochas, suas resinas e suas velas de sebo às tropas de monsenhor Timóteo, lá embaixo. As luzes tinham feito como os padres: desceram.

Quando dom Gonçalves avançou na ponta dos pés por sua igreja reencontrada, um grupo de devotas ocupava a capela central. Faziam como se nada tivesse mudado. Tinham perdido seu padre e seu vigário. Pois bem, são coisas que acontecem, azar! Guardaram Deus bondoso, pronto, e não iam largá-lo assim! Faziam suas preces, como antes, e até melhor. Certamente pensavam que a igreja desapareceria se a litania das Ave, das Gloria e dos In excelsis deixasse de rolar sob suas abóbadas.

Dom Gonçalves esgueirou-se sem ruído entre os pilares, mas algumas das paroquianas notaram-no. Começaram a levantar-se. Abriam sorrisos com seus dentes. Dom Gonçalves mostrou que estava apressado, pôs um dedo nos lábios e elas voltaram a seus bancos enquanto o cura se ia.

No adro, dom Gonçalves avistou um esmoler que tinha um braço muito comprido, ressequido, um chapéu na ponta do braço e nada no chapéu. A guerra de monsenhor Timóteo não favorecera os negócios dos pobres. Este, por exemplo, o velho descarnado que estendia seu chapéu, tinha tudo de um sobrevivente, de um esquecimento, como dirá mais tarde o reverendo Gonçalves a Melquior Gralheta, bem depois de ter voltado aos subterrâneos, e Melquior levantara a sobrancelha: "Um esquecimento, meu padre? Um sobrevivente? Que é isso? Esquecido de quem? Não, reverendo. Ninguém esquece. Depois, se acontecer, não se vai queixar-se, afinal. É bom ser esquecido. Quer dizer que pensaram na gente e depois esqueceram, bem, é o que eu acho... Olhe: este pobre homem, ali, com sua gamela, onde você quer que encontre alguém para esquecê-lo?".

O padre pôs uma moeda no chapéu do homem e despachou-o a dona Gertruda, a do Entreposto, que chegou ao cabo de meia hora, em grande aparato, tafetás, fita grená apertada no pescoço, *aumônière* de fecho de osso, chapéu de pena e o rosto sarapintado de cremes brancos e vermelhos, e os sete sinais, à moda de Versalhes, as sete pintas, a amuada e a vaidosa, um pouco sem fôlego pela subida do Trapiche, mas feliz por distrair-se, pois ela matava enormemente o tempo desde que a guerra de monsenhor Timóteo, que contudo ela aplaudia, obrigara-a a fechar seu comércio, ou ao menos a reduzir as atividades visíveis.

Dom Gonçalves confiou-lhe seu plano. Essa mulher delicada compreendeu em meios silêncios. Fez ares de dama de muito recato, isto é, uniu os lábios num bico, como se fosse soprar uma flauta, mas não assoprou. Abaixou os olhos. O cura esperava o comentário.

— O senhor sabe, reverendo, o respeito que tenho por monsenhor do Sacramento e pela Santa Igreja, e o horror que me inspira o pecado do adultério, sobretudo entre os homens de Deus. Seu pedido embaraça-me: se eu entrar em suas maquinagens, temo feio que monsenhor me repreenda... Para dizer a verdade, temo ainda mais que o bom Deus se irrite... Os bom Deus irritados, eu...

Gonçalves disse:

— É verdade, dona Gertruda, os bom Deus irritados...

Em seguida, a patroa do Entreposto empregou-se a reinstalar os seios em seu corselete de veludo. Gostava dessa ocupação. Fazia dois ou três movimentos com o busto e os seios tremiam, como fartos. Era muito atraente, loira e cor da Lua. Arremeteu ainda uma ou duas vezes contra o projeto de dom Gonçalves, mas bem molemente. Depois, propôs seus serviços. Como pessoa prática que era, encarregou-se de aplicar o programa do velho cura. Provocou-o:

— É melhor que eu acomode tudo, o senhor tem um pouco a cabeça nas nuvens, reverendo. Eu tenho os pés no chão.

Tratando-se de boas risadas, Gonçalves nunca perdia a ocasião:

— É verdade, minha boa amiga, nesse momento não tenho os pés no chão. Tenho os pés debaixo do chão!

Nesta tarde mesmo, depois da conversa, o reverendo Gonçalves desceu novamente ao subsolo. A Melquior Gralheta contou um bocado de lorota. Disse que tinha percorrido todas as galerias, mas não encontrara seu amigo do seminário de Natal, o cura da igreja das Barraquinhas. Tentaria a sorte no dia seguinte.

À noite, o reverendo Gonçalves não dormiu. Estava muito excitado e as ratazanas faziam barulho. No dia seguinte, pôs-se novamente a caminho, subiu à sua igreja.

As mulheres da véspera oravam. O cura prestou-lhes os ouvidos. Diziam as mesmas preces do dia anterior. Como se fosse a véspera. Dom Gonçalves progredia de pilar em pilar. Gostava da velha ladainha, o velho cadinho de palavras latinas e de palavras portuguesas, e um pouco índias e um pouco negras, sempre as mesmas, e perguntava-se para que o Sol se levantava e se punha todos os dias, não servia de nada, se as palavras, elas todas, eram sempre as mesmas.

Passou em revista a companhia das devotas e dirigiu-se a uma mendiga, uma mulher da capona, jogada num banco, no fundo da igreja, com aquele ar de gorda matrona entrevada que ostentam todas as caponas do Nordeste. Cumprimentou-a cerimoniosamente.

A mulher mexeu-se. Começou a levantar, sustentando os quadris com as duas mãos e ajudando-se com gemidos. Juntos, sem uma palavra, a capona e o cura ganharam a sacristia. Ali, o padre empurrou uma porta condenada, entre o armário lustroso dos paramentos e a estante sobre a qual repousava um imenso missal. Abriu caminho rumo a uma escada apertada, cheia de entulhos e de tábuas carunchadas, que conduzia aos subterrâneos.

Para um homem da idade de dom Gonçalves, essa descida era um belo exercício, quase uma expedição, mas a mulher gorda entrevada não era entrevada. Ágil e bem forte, ao contrário. Carregou o padre e empurrou-o na escada, como quem empurra uma rolha numa garrafa, com o risco de prendê-lo entalado lá dentro. Ele entalou, aliás, e ela precisou trabalhar o homem um bom tempo para fazê-lo passar. Dom Gonçalves reclamava um pouco, mas a mulher da capona era alegre como uma andorinha e Gonçalves gostava das pessoas alegres como andorinhas.

Depois, arrastaram-se um atrás do outro por uma distância de seiscentos pés. A mulher da capona disse que pareciam duas toupeiras e mais adiante, puderam levantar-se. Enfiaram-se por vários corredores. Duas horas mais tarde, estavam na gruta do cura Gonçalves e de Bala.

Percebendo a comitiva, Bala soltou um grito. Pegou uma tocha. Estava aterrorizado. A mulher da capona dava-lhe medo. Não entendia. Havia com certeza um engano. Sua saúde era excelente e então por que dom Gonçalves fora buscar uma dessas mulheres horríveis que só freqüentam os agonizantes? Gralheta tentou confortar-se lembrando que o cura Gonçalves só era bom de uma parte da cabeça, e de uma partezinha pequena somente. Mas, pois, o Evangelho não dizia que "os simples de espírito, muitas vezes..."?

O cura sentou-se, massageava as pernas, os pés. Divertia-se:

— Nunca se sabe, Melquior. Você mesmo explicou num desses domingos, na prédica: a hora da nossa morte está escrita em um envelope lacrado, que só Deus tem o direito de abrir... E disse ainda mais: "Nem a morte sabe o que há no envelope...". Aí achei que você exagerava e parecia idiota.

Gralheta mostrou a mulher da capona e disse:

— Eu não devia ter dito isso!

Dom Gonçalves deu-lhe um piparote.

— Ora, animal! Não é para você, a morte. Chamam-no Bala, não é? Corre mais rápido que uma bala de mosqueiro, como quer que a morte o pegue? Parece um jaguar. Corre mais rápido que sua morte, ela não agüenta mais, ela tropeça, ela resfolega nos degraus, está que não agüenta, a sua morte... Nunca vai poder morrer, com umas pernas dessas. Não, não é para você. É para aquele ali.

E mostrou, no fundo da grota, uma sombra. Havia alguém nessa sombra, um monge da ordem dos Carmos, dava para ver pelos pés nus. O carmelita cumprimentou dom Gonçalves e aproximou-se da mulher para verificar com a mão, com as duas mãos, se ela usava mesmo a farda das caponas, a monumental saia preta, meio lustosa, meio em farrapos, arrastando pelo chão, o rosto oculto sob um lenço branco amarrado no queixo, como os mortos. Perguntou-lhe se tinha todos os apetrechos, seus rosários, seus terços, suas medalhas. A mulher levantou a saia, mostrou uma bateria de sacos, bolsas, sacolas e cestos de onde saíam rosários e cruzes, o aparato inteiro.

Como todas as caponas, ela usava um velho chapéu de homem, um chapéu de bufão todo recortado em franjas, e coturnos de soldado, era assim o uniforme das caponas: essas mulheres vestiam-se de ridículo para acoitar-se em sua solidão, ou para mostrar que não pertenciam inteiramente ao mundo dos vivos, e também não ao mundo dos mortos, e nem de hoje, nem de ontem. Eram selvagens e feias de ver. Velhas mulheres em cólera. Rabugentas. Algumas se vangloriavam de intimidar a Deus. É assim que obtinham indultos para seus doentes, postergações ou, ao contrário, auxílios para fazê-los morrer. Deus tinha pavor de seus gritos, o fatigavam, e ele fechava os olhos, é o que contavam as caponas, à noite, rindo como macacos em suas mansardas.

O carmo suplicou à mulher que o seguisse. Tropeçava nas palavras, a emoção sem dúvida, tinha uma cara!, um verdadeiro focinho, ou então era sempre assim, volúvel e confuso. Os monges! Enfim, alguns monges... Terminaram por entender que, não longe dali, em um corredor afastado, um homem escorregara em um fosso. E, de início, como seu refúgio era mal iluminado, ninguém percebeu. Mais tarde, uma conventina ouviu-o gemer. Socorreram-no e tiraram-no da lama, mas ele deixara de falar. Pensava que era uma raposa. Não queria que cuidassem dele. Tinha medo de entediar-se agora que era uma raposa, pois não tinha idéia do que podia divertir uma raposa, não conhecia nada desses animais, ele nem sabia o que comiam, era isso que o deixava ansioso.

Segundo o carmo, o pobre homem não sobreviveria. Era um bedel da capela da Misericórdia, do lado do cemitério da Misericórdia, mas era desacochado e não conseguia morrer. Que se diga que tinha um gênio de cão. Já não tinha vontade de viver, de morrer então! E ele não gostava das raposas. Não conseguia morrer. Estava bloqueado como ficam as carroças, às vezes, na tarde, quando uma carruagem de grande pompa, com três ou quatro negros de plumacho e bengala de prata, as impede de passar nas ruas emaranhadas da cidade alta. O carmo estava desamparado. Não sabia o que fazer. O melhor era que uma capona cuidasse do assunto, fosse para repatriar o infeliz à vida, fosse, ao contrário, para fazê-lo deslizar até a morte, não podia era continuar assim, enguiçado.

A capona interrogou com o olhar o reverendo Gonçalves que deu seu acordo e disse a ela que não se perdesse na volta. Bastava guiar-se pelas velas, pelos círios e tochas e não era tão longe assim.

A gorda foi-se. Em seguida, dom Gonçalves teve uma dessas perdas de memória, era a fadiga. Os rastos de baratas, essas escorregadelas pelos túneis, esse patinar e todas essas imundícies, a friagem e os suores, não eram para sua idade. E depois, essa guerra declarada pelo bispo Timóteo aos soldados e ao reino de Portugal, à cidade de Belém e a Lisboa, às mulheres, aos reis e ao mundo inteiro, ao Sol e ao dia, a toda a Criação, e ele ainda tinha o topete de se chamar Timóteo do Sacramento, o imbecil, o cura Gonçalves não aprovava nadinha essa guerra.

Melquior Gralheta escutava o velho cura, mas tinha a cabeça longe. Pouco se importava com os combates de monsenhor Timóteo. Perguntou a dom Gonçalves sobre a mulher da capona. Essa mulher lembrava-lhe alguém, mas um alguém que não era quem ela lembrava, foi o que disse Melquior Gralheta, e ele reconheceu que não era muito claro o que disse, mas não podia dizê-lo melhor. Ficou sem resposta.

Ou melhor, dom Gonçalves respondeu esquivado. Disse que ele quis dar uma olhada em sua igreja de São José do Desterro e que ficou transtornado ouvindo os murmúrios das velhas, esses balbucios de curral ou de chiqueiro, ele pensou que nunca mais os escutaria, com essa indecência de loucura de monsenhor Timóteo do Sacramento. Perguntava a si mesmo se as vozes das mulheres não foram calculadas pelo Criador para que as preces cristãs fossem belas. E o bom é que essas orações eram sempre as mesmas, e desde sempre. Refletiu e disse:

— É assim um pouco como as lágrimas. Sempre as mesmas. Desde sempre.

Três vezes de enfiada ele disse: "Como as lágrimas".

Gralheta não se importava com essas lágrimas. O que o intrigava era a mulher gorda, e quando escutou falar da capona dom Gonçalves recuperou a memória. Começou por sorrir, um desses risos de criança que alguns velhos guardam em reserva, e que são tão frescos que dão vontade de chorar pois não mudaram há sessenta, setenta anos, e eles estavam ali, os risos, esses anos todos, como bichos abismados em sua toca, é isto, pensou Gralheta, risos que se fingem de mortos durante sessenta anos, como essas baratas que os moleques viram de barriga para cima e, na primeira ocasião, os risos espicham o nariz para fora e são iguais a antes, eles têm sessenta anos e são tenros, e é por isso que dão vontade de chorar.

19

— E A CAPONA, NÃO RECONHECEU A CAPONA? — dissera o cura. — Tenho certeza que a reconheceu.

Gralheta deu de mata-mouros:

— Claro! Logo a reconheci, imagine, dom Gonçalves, imagine! Mas é estranho, não sei quem eu reconheci.

— Eu sabia que você a reconheceria. Não ligue, Bala. Logo vai descobrir quem é que você reconheceu. Ela vai voltar. Não vou impedir. Ela tem vontade. Uma vontade terrível, sabe? E você? Era o único meio de ela descer ao covil, esse uniforme de capona. Não sou monsenhor Timóteo! Vou dizer onde podem ir. Você vai reto, está vendo este corredor, do outro lado dessa curva, ande duzentos metros, não há ninguém, e tem um lugar com uma abertura no alto, senão não iam poder respirar, não é mesmo? É tranqüilo, porque para chegar ali é preciso passar por aqui, e aqui, estou eu. Então, pense! Depois, ela não vai ficar a noite inteira. Precisa subir de tempos em tempos, é preciso que suba, senão, avante as suspeitas, avante os invejosos! Avante a prisão!

— Sabe muito bem que ninguém tem o direito de subir, reverendo! Inda mais à noite.

Dom Gonçalves entesou-se.

— O que está dizendo? É incréu ou o que, Bala? As mulheres da capona vão onde querem... Se elas fazem a posta entre a vida e a morte, pense se não podem passar de um lugar a outro! Até de um país a outro país elas vão. Não há alfândegas para as caponas, não há barreiras...

O cura aproximou-se de Gralheta. Falou mais, os olhos baixos, com uma voz um tanto indistinta, faltavam-lhe muitos dentes.

— Escute, Gralheta, a história das fronteiras, o reino do Peru, a Granada, o rio Negro, tudo isso, e a estela... ah! Se tivesse uma capona, percebe, essas mulheres são como seus mapas reais, esses mapas que não se tem o direito de mostrar, não se tem o direito de olhar... Sabe o que eu acho? Eu acho que uma capona é como um mapa real, mas um mapa para as pessoas, não para os países: as caponas são mulheres reais, não? É por isso que vão por todo lugar que precisam. Queria que fossem impedidas de circular entre o lá em cima, na cidade, e o cá em baixo? Não dá, Bala, não dá! Não há ninguém que possa impedir as caponas, nem mesmo os curas nem os bispos, nem mesmo os soldados, nem mesmo os reis ou os papas...

A capona voltou. Disse que o fulano não morrera, ele viveria. Fê-lo entender que não era uma raposa e ele se reanimara. Ela tirou o lenço que lhe escondia o rosto e o reverendo Gonçalves olhava Melquior Gralheta, ele espiava Gralheta, e como Gralheta estava feliz!

Mais tarde, muito mais tarde nos anos, Gralheta disse a si mesmo que foi nesse momento que percebeu Glória pela primeira vez. Claro, desde que a vira no cais, seis meses antes, um ano antes, logo depois da volta da missão dos confins, a moça lhe agradara, ela estava no cais, logo abaixo do Entreposto, tinha seios, dava para ver um pouco, tinha seios dourados e negros, e ela disse que os mostraria se ele lhe desse umas moedas, e eram seios como animais.

Nos outros dias, depois, ele voltara ao cais ou ao Entreposto e pensava que ela era cada vez mais bonita, era uma especialidade sua: tornava-se mais bela quanto mais se olhava para ela. Há flores assim, é preciso olhá-las por muito tempo, todas as manhãs e todas as tardes e todas as noites, mas não é sempre que se vêem esse tipo de flores e esse tipo de mulheres.

Contudo, mesmo bela, continuava a ser só uma mulher, e ela vinha no bando das moças que Melquior Gralheta amara e que ele não deixava nunca de amar, mesmo quando não as via mais e mesmo quando não pensava mais nelas. Alguns dias, Gralheta não dizia "o bando de moças", ele dizia "a ciranda das moças", era uma palavra que lhe dava prazer, pois era ligeira, infantil e frívola, mas agora que ele ia com Glória ali nas sombras e nos extravios dos subterrâneos, ele adivinhava que o amor não é uma coisa ligeira, infantil e frívola, o amor é uma coisa trágica, e não escapamos dela e é uma história sórdida porque é a mais bela história do mundo e dela se morre. Ele pensou, enquanto seguia a mulher da capona pelas galerias, ele pensou que havia na ilha de São Luís, no alto, do outro lado da baía do Porco, lamas quase negras, atoleiros que chamavam ventosas, e quanto mais a gente se debate para retirar os pés afundados, mais elas os engolem e às vezes não se escapa, e dava medo a Gralheta amar as moças.

Nesse primeiro dia, quando ela voltava depois de se ocupar do bedel que estava um pé lá outro cá, e foram os dois ao canto do qual falara dom Gonçalves, naquela gruta que o cura mostrou, eles riram, porque a mulher teve de desenrolar um depois do outro os panos com os quais se encouraçara, untara, envolvera e carapaçara e no meio dos quais seu corpo quase desaparecera. Esse corpo se fundira no meio de todos os panos retorcidos em volta dos seios, dos ombros, todo esse gorjal e esses casacos, conforme a lei vestimentar das caponas, o que permite aliás a certos homens nas guerras mais mortíferas, quando os soldados morrem sem fim e as mulheres da capona estão atarefadas demais, fingirem-se de capona e dar-lhes, a essas mulheres, uma ajudinha, o que não choca ninguém, pois nessas extremidades, nas guerras e nos fins da vida também, só sobra um pouco de vento, e o sexo e a idade não são mais nada de nada.

Ela desfizera, com a ajuda de Melquior, os metros de sedas ou de burins, todos esses farrapos roídos de traças que encontrou na véspera nas reservas do Entreposto, e a patroa do Entreposto, a boa dona Gertruda que respeitava a Igreja e que adorava monsenhor Timóteo, e que adorava mais ainda o amor, tinha ficado muito satisfeita com a boa peça que seu amigo dom Gonçalves pregava à tolice dos homens, às guerras.

Foi por isso que dona Gertruda fizera questão de ela mesma paramentar em capona sua pensionista, sua Glorinha. Falava muito, sarapintando as faces de Glória de vermelhos e de escarlates, com os pós das tribos do grande rio, com o urucum, pareciam pequenos potes coloridos pendurados nas árvores, as vagens de urucum, e servia para pintar os ovos das galinhas e das avestruzes de vermelhão, de violeta, de carmesim, pois é preciso de qualquer modo dar às caponas essa aparência de palhaço, de bufão, de louca ou de bárbara que é sua máscara, e sua fronteira, e seus salvo-condutos nos estreitos da solidão, e dona Gertruda tinha enrolado em torno dos quadris de Glória vinte ou trinta pés de flanela.

E agora, no subsolo, o corpo de Glória surgia à medida que se acumulavam pelo chão os panos todos, mas Bala, quando falou disso mais tarde a Nawaz, uma vez de volta à cidade, porque eles diziam tudo uns aos outros, os três amigos do rio Negro, Gralheta e Nawaz e De Styjl, teve a idéia de que ele não estava diante de uma mulher desnudando-se, mas de uma mulher cobrindo-se, de uma mulher que se vestia de carne, que se vestia de seu corpo nu.

Nawaz deu um soluço. Tomou seu ar "Abdullah" e girou o indicador na têmpora como se faz para os irrazoáveis, e Bala conviu que tinha se expressado mal. O que ele queria dizer é que a mulher ia se soltando da idade, de suas capas de gordura, como uma crisálida se contorsiona quando sai do casulo para sacudir a sujeira e as peles mortas, e depois ela voa e é uma borboleta, e o que voa é o esplendor. Foi isso que quis dizer, que a mulher da capona que desceu com o padre Gonçalves perdia alguns anos cada vez que um novo ouropel ou um outro andrajo caía pelo chão e foi por isso, mas também por causa dos luares de cobre que crepitavam nas arestas dos rochedos, foi por isso que Glória nunca pareceu mais nua do que esteve nesse dia. Ela percorria ao contrário o circuito da vida, da velhice à juventude, à sua nudez, eis o que Gralheta tinha querido dizer a Nawaz e Nawaz, dessa vez, não riu de seu camarada.

Melquior Gralheta saltou sobre a mulher e a mulher também lhe saltou em cima e eles aferraram-se um ao outro, com seus braços e suas pernas e com seus dentes, e ele tentara entrar no ventre da mulher para habitar o fundo desse ventre, para fazer sua cova ali dentro, e ela o encorajara, ela tinha vontade de engolir o ventre do homem, como se ali, dentro dos ventres, nos subterrâneos, nas galerias e túneis e nas dobras dos ventres, no escuro, vermelho e aveludado do ventre, ali dentro da terra, reinasse a última coisa um pouco misericordiosa, um pouco lisa e úmida e iluminada e um pouco terna, no meio do desastre das coisas, como se fosse ali, no corpo inverossímil das mulheres, que se escondesse como um último acaso a possibilidade de tocar nessa "terra sem mal" que os mamelucos e os índios guaranis e os negros da costa de Mina na África e os monges das abadias da Extremadura e das Índias, e os príncipes e todo o mundo e mesmo os assassinos e mesmo os papas buscam desde sempre como cães doentes e cheios de crostas. Mas isso não podia durar e Glória foi obrigada a se separar do ventre de Melquior, ela retirara Melquior de seu ventre e subira de volta à cidade.

No dia seguinte ela estava ali de novo, e logo eles se agarraram um ao outro e recomeçaram a entrar um no outro, como para se esconder no negro do ventre do outro, ou simplesmente para esquentar-se, pois tinham enfim encontrado o ventre sem mal, e a mulher suava, e depois a mulher foi fazer sua ronda para prestar ajuda aos doentes. Ela tinha percorrido alguns túneis orando sem interrupção para ajudar os que morriam, como devem fazer as caponas. De resto, como era conscienciosa, não tinha interrompido suas preces enquanto Melquior lhe golpeava o ventre e enquanto seu ventre fazia ruídos de ventosa e tinha cheiros de pântanos e de musgos. Não era o momento de folgar, com todos esses velhos padres e essas velhas freiras que não podiam mais, nessa toca sufocante, e Gralheta fazia o que podia. Também rezou acariciando-a e, como os cães enlaçados, continuou a acariciá-la e a lamber seu ventre enquanto ela dizia suas preces e passava as mãos desesperadas no rosto daqueles ocupados em morrer.

Nesse dia, tinha alguém para ajudar, uma das religiosas do convento, lamentando-se havia já algumas semanas. Glória logo compreendeu que não havia esperança. A mulher estava que era um pano fino esgarçado e Glória sabia, como sua avó Batistina, ou sua bisavó, a menina que um navio outrora desembarcara, tinha cem anos ao menos ou até duzentos anos, na praça do pelourinho, em Salvador, a praça medonha lavada do sangue dos negros, sua bisavó Batistina, aquela que vinha da Guiné ou de Angola ou do Benin, e agora nunca mais se saberia, de onde ela vinha, a pequena avó de nada, estava perdido, nunca mais se saberia, aquela que depois exercera o ofício de capona na região de Ilhéus, e era por isso que Glória sabia como fazer em caso semelhante: as caponas deviam comunicar ao agonizante um pouco de sua própria energia. Sentavam-se à cabeceira do entrevado e friccionavam seu próprio estômago com um cotovelo do velho ou da velha afim de neles infundir alguns rudimentos da força que lhes faltava para morrer. Foi assim que Glória procedeu, mas depois ela explicou a Gralheta que seu ventre não era gordo o bastante para fazer funcionar o remédio e por sorte a velha religiosa despertara e não agonizava mais.

20

GLÓRIA DESCIA TODOS OS DIAS. Trouxe boas-novas. Segundo dona Gertruda, a pessoa mais bem informada da capital nessas tristes semanas — além, claro, do doutor Tambor, que lia todos os despachos do palácio dos Leões, mas dali não escapulia mais nadinha, pois tinha muito medo de se deixar pegar pelas milícias do bispo —, a situação evoluía para a calma: um conselheiro municipal muito próximo do ouvidor-mor Mateus Dias da Costa tinha dito a dona Gertruda que o superior da ordem dos Jesuítas de Belém do Pará, o padre Rodolfo da Encarnação, que gozava é verdade de prestígio na corte de Lisboa, reprovava o zelo excessivo do bispo de São Luís, o zelo de monsenhor Timóteo. Teria dito "Esses cenobitas! Esses cenobitas!...", e decidira punir o conselheiro e o anjo mau de monsenhor Timóteo do Sacramento, isto é, o prior dos jesuítas de São Luís, o padre Ferreira do Sepulcro, conselheiro secreto, para não dizer lúgubre conselheiro, de monsenhor Timóteo.

E, de fato, privado de seu padre Ferreira do Sepulcro, o bispo Timóteo mudou de dança. Consentiu enfim em discutir com os enviados dos poderes civis, com as pessoas lá de cima. Uma negociação engajou-se. Foi dura. Toda manhã, emissários religiosos deixavam os subterrâneos, carregavam documentos ao palácio dos Leões, voltavam às galerias com outros documentos, esperavam a resposta de monsenhor Timóteo, subiam novamente ao palácio dos Leões, e Melquior Gralheta, por causa de sua juventude e de sua habilidade em correr, foi convidado pelo coadjutor de monsenhor Timóteo, monsenhor Rodolfo Coelho, a carregar os sobrescritos secretos de Timóteo para o ouvidor-mor Mateus Dias da Costa. Gralheta cumpriu tão bem sua tarefa que o bispo por sua vez engajou-o a seu serviço, não sem antes prometer que o devolveria a dom Gonçalves e à igreja do Desterro uma vez cessadas as hostilidades e entrado a vida novamente nos eixos.

Gralheta hesitou, mas não podia declinar da honra. Tivesse recusado, o bispo teria diligenciado um inquérito de seus costumes, teria descoberto as idas e vindas de Glória, uma puta, da cidade ao formigueiro, e Gralheta teria sido pego. Iria para uma prisão e Glória para outra prisão. Os dois amantes seriam separados. Além do mais, monsenhor Timóteo do Sacramento os excomungaria e a idéia horripilava Glória. Também horripilava Melquior.

Então, Melquior Gralheta aceitou essa função de mensageiro. Depois, concordava com dom Gonçalves: tudo o que favorecesse a paz não era de desprezar. Uma outra conseqüência também agradava Bala: suas novas funções permitiam que se afastasse às vezes dos subterrâneos, podia voltar à cidade, ali passar a noite, tanto que fez amor com Glória algumas noites no formigueiro e outras noites no canto que improvisaram nas ruínas de um velho palacete.

Como a estação seca começara, pois era primavera, ou era outono, os dois amantes marcavam encontros nas praias. Ali passavam a noite. Amavam-se. O corpo da jovem estava nu, dir-se-ia de mármore, por causa da Lua. Uma manhã, olharam o cintilamento do mar. Uma ilha, a longa ilha dos Caranguejos, surgia nesse cintilamento.

Gralheta disse a Glória que do outro lado do mar e das ilhas, bem depois das ilhas, havia a terra de onde vieram, os dois, e que ele jurara a si mesmo que para lá voltaria. O projeto pareceu insensato a Glória.

— Não vai conseguir nunca. Precisava bem mais que uma vida para conseguir refazer o trajeto que tuas avós e teus avôs fizeram. Nem se sabe quem era essa gente. Nem se sabe onde moravam, lá longe... Minha avó, a Batistina, não sei se era da mata ou não, se era da beira-mar, não sei. Acho que nem ela sabia. Chegou muito pequena, não sabia não.

Gralheta passava-lhe a mão pelo rosto, como para confundir as linhas, resmungando que sua beleza era de enervar e era por isso que ele punha a mão por cima, e ele disse:

— Não tem importância, Glória. Não é culpa tua, a beleza... Mas, sabe, tudo bem que demore, essa volta, mesmo que demore mais que sua vida e mais que a minha vida inteira. O importante é voltar. Veja Moisés. Eu sei. Disseram-me no seminário, em São Cristóvão do Sergipe. Não foi coisa pouca! Sabe quanto tempo Moisés ficou no deserto, esperando que Deus lhe permitisse entrar em Canaã? Moisés andou quarenta anos, entende isso, Glorinha, quarenta anos...

Glória conhecia um pouco da Bíblia. Quando era menina, era boa em catecismo, sabia ler, e ela lia a vida dos santos. Vangloriava-se de sua sapiência. Consertou:

— Você não sabe de nada, Bala! Ele nem entrou em Canaã, Moisés, você não sabe de nada. Só teve o direito de olhar o leite e o mel, e ele morreu, o padre Pedreira me disse e minha mãe me disse e dom Gonçalves me disse. Se todo mundo disse...

— Glória, Glória... mas sabe por que foi que ele ficou de fora? Se não pôde entrar em Canaã, foi porque a viagem durou quarenta anos, e foi por querer: quarenta anos. Eles gostavam desse número, para começar, o número quarenta, vá saber... e, sobretudo, assim não foram os mesmos que saíram das terras do faraó os que entraram em Canaã. Os mais velhos, nesses quarenta anos, morreram. Quem entrou no Sião foram as crianças que nasceram no caminho, não os que andaram pelo Egito. Foi por isso, foi por isso que Moisés não pôde entrar. Ele atravessou o mar Vermelho não por ele, mas pelas crianças que nem existiam, que ainda iam nascer durante a viagem. É sempre assim.

Parou, de chofre. Olhou a moça de um jeito estranho.

— Quem parte nunca é quem chega... Nunca, Glória, nunca... Vai lembrar disso?

— Por que me diz isso?

— Estou dizendo.

— Vê, Gralheta, eu olho o mar, e eu olho as ilhas, e o mar de novo, detrás das ilhas... Então, para que eu iria para lá? Eu não preciso ir para lá! Bem ao contrário. Porque, se eu estivesse lá, não ia poder ver a África, entende? Eu veria o lado de cá! O que eu ia olhar? Eu não olharia aquele lado. Eu olharia o Grão-Pará.

— Acha? — disse Gralheta.

— Acho — disse Glória.

— Eu não acho, Glória... Glorinha.

Entre as autoridades reais e as autoridades episcopais, as discussões progrediam. Um protocolo foi assinado pelo governador do Belém do Pará, o muito ilustre Antônio de Carvalho, e por monsenhor Timóteo do Sacramento. Esse protocolo era muito severo com a causa de monsenhor Timóteo: atingia mais uma vez o padre jesuíta Ferreira do Sepulcro. A este, davam oito dias para que deixasse a cidade de São Luís. Seria encaminhado a uma missão jesuíta do Paraguai. O Estado do Maranhão lhe era para sempre interdito. Se ignorasse a interdição, seria banido de todos os lugares, até mesmo das feitorias de Goa, das Índias orientais.

O bispo Timóteo teve de consentir outras derrotas. Aceitou suspender a excomunhão que infligira aos dois auditores e, em sua fúria, a toda a cidade.

Em troca, o poder civil suspendia as hostilidades. O tenente Castella recebia ordem de levantar o cerco ao palácio episcopal. As toras pregadas nas janelas do bispado, no largo Santiago, seriam retiradas.

Mas, em contrapartida a esses castigos, o ouvidor-mor Mateus Dias da Costa, que conduzira as hostilidades contra o bispo com entusiasmo excessivo, também era sancionado: da mesma maneira que seu antagonista, o jesuíta Ferreira do Sepulcro, o ouvidor-mor Mateus seria banido do Grão-Pará. Voltaria à metrópole, a Portugal, e ali faria "longa e austera penitência". Com isso, confortavam o coração ferido de Timóteo do Sacramento.

As coisas não se demoraram em acontecer. Já no dia seguinte à assinatura do tratado, uma fragata levou o ouvidor-mor Mateus Dias da Costa a Belém do Pará. Ali, ficaria detido em uma dependência do palácio do governador. Incomunicável. Ganharia Lisboa, assim que se formasse uma esquadra, e o rei de Portugal faria dele o que quisesse.

O bispo saiu de seus subterrâneos. Surpreendeu: esse homem tão imbuído de sua magnificência, no lugar de deixar sua toca paramentado dos esplendores episcopais e saudar os fiéis como um triunfador, contentou-se com o manto cinza de anacoreta. Dos signos de sua alta função, só guardara a mitra, a cruz e o anel sagrado. Esse retorno à modéstia, ao grau da condição humana, para um homem que se alçara tanto tempo acima dos reis e bem à direita de Deus, foi tomado por uma promessa de paz.

Nos dias que se seguiram, os raros padres de entrada consentida no episcopado contaram curiosas confidências de Timóteo. Este voltara às suas maneiras de eremita e quase de santo. Também recuperara seu bom humor. Dizia: "Uma descida às catacumbas, de tempos em tempos, faz bem! Vejam a Igreja primitiva, em Roma, é parecido. Banha-se em trevas. Isso revigora. Despoja-se o homem antigo. Vocês conhecem a palavra de Cristo: *Noli me tangere*".

Todos os padres e todas as religiosas acompanharam o vigário. Saíram do formigueiro. A cidade pôs-se novamente a viver, a palpitar. Recuperava seus monges, suas freiras e seus hábitos. Ria-se, pelas ruas. À noite, eram os passeios, as cantorias.

Parecia uma epifania. Não se via mais o tempo passar, ele saltava como um jaguar, o que permitiu ao doutor Tambor filosofar. Disse que, em seu entusiasmo, os pêndulos das igrejas provavelmente decidiram acelerar o movimento para recuperar o tempo perdido, e que as horas soavam duas ou três vezes a cada hora. "Nesse regime, acrescentou, vamos fechar um ano em dois ou três meses, no máximo, e chegar como bólidos ao próximo século, ninguém vai entender mais nada. Será preciso esperar que o resto da terra nos alcance."

Os moradores estavam tranqüilos. Preferiam que os subsolos, as cavernas fizessem silêncio. Não tinham mais essa sensação de caminhar por cima da morte, por cima das coisas malditas, com esse exército de curas enterrados como baratas, como ratos doentes, todos esses curas com o coração e a boca repleta de lama e larva. O inferno estava vazio e até abolido. Os padres começavam a galopar novamente em cada ruela. Eram tão numerosos como antes, mas estavam ao ar livre e ganhavam cores, estavam menos pálidos, não davam mais medo. Eram amados. Cada qual de volta a seus espíritos. Os risonhos encontravam de novo seus risos, os ternos encontravam de novo sua ternura. A cidade acomodava-se. Clareara. O Sol iluminava as ardósias e os ferros, os azulejos, as lacas, as mangueiras. O mar estava dolente.

A bonança não durou. Alguns meses depois do protocolo, uma terrível notícia aportou: o ouvidor-mor Mateus Dias da Costa mal voltara a Belém e fora jogado na prisão, incomunicável, morrera de uma febre palúdica. O primo Jorge sentiu pontadas no estômago quando foi informado por seu inimigo íntimo, o doutor Tambor. Correu aos Três Funis.

— Pobre ouvidor — disse o doutor Jorge —, pobre Mateus! Não podia cair pior essa morte!

— Conhece uma morte que caia bem? — disse Melquior Gralheta prudentemente, pois os saberes de mestre Jorge intimidavam-no.

— Ora, reflita, asno! O ouvidor-mor morre justo quando acabara de ser excomungado por Sua Eminência Timóteo. Reflita: tivesse morrido algumas semanas mais cedo e não teria sido excomungado, e isso lhe facilitaria o Tribunal, lá em cima... Do que depende a vida eterna... Estou curioso para saber como vão se arranjar, em Belém do Pará. O que farão dos despojos? Vão jogá-lo no rio, vão dissolvê-lo na cal viva? Jogá-lo na vala dos enjeitados? Em todo caso, funerais na igreja, nem pensar... Pobre Mateus Dias da Costa!

Alguns dias mais tarde, um outro correio enriqueceu as informações. Trazia notícias ainda mais extraordinárias: o ouvidor-mor Mateus Dias da Costa não apenas estava morto, mas ainda, excomungado que fora, tinha-se arranjado para receber a extrema-unção, em seus últimos momentos, das mãos de um monge carmelita do convento de Nossa Senhora dos Santos de Belém do Pará. Pior ainda: fez jus a um enterro religioso, em violação ao direito canônico, pois um excomungado é um excluído da Cristandade, de suas cerimônias e de suas obras. Pois o excomungado fora sepultado com honras e pompas na capela dos Carmos. Outorgaram-lhe o título de cavaleiro da ordem do Cristo.

Monsenhor Timóteo do Sacramento foi informado dos acontecimentos. Fez uma cena. Mordia os próprios dedos. Tinha amolecido. Escolheu a concórdia, o perdão, assinara o protocolo com Belém, saíra dos In Pace e, durante esse tempo, o ouvidor-mor, esse tinhoso Mateus da Costa, ridicularizava-o duas vezes: primeiro, morrendo, e, depois, conseguindo ser enterrado na igreja. Monsenhor Timóteo atacou. Exaltou-se. Anunciou sua intenção de montar uma expedição militar. Uma brigada de padres, de domésticos e de escravos apresentar-se-ia à noite em Belém do Pará, sem despertar a atenção do governador e das autoridades civis, deslizaria pelo convento dos Carmos e desenterraria o corpo do excomungado, o transportaria numa carroça para longe da cidade e o jogaria na vala comum, única residência na qual um excomungado podia esperar o julgamento de Deus.

O bispo, em quem o furor era entusiasmado, anunciou a resolução em sua prédica dominical. Disse que sua clemência, as compaixões de seu coração tinham sido muito mal recompensadas pela felonia dos carmos de Belém, apoiados muito evidentemente pelo poder civil e militar — inclusive, em Lisboa, por Sua Alteza Real. Jogou seu corpo à frente, no púlpito, e estendeu o crucifixo acima dos fiéis:

— A Batalha dos Últimos Dias começou. Não pensem que vamos nos camuflar nos formigueiros e nos In Pace. É à luz do dia, doravante, que Deus ordena afrontar os infames!

A igreja estava petrificada. Um silêncio de noite desceu do púlpito e recobriu as vigas. Monsenhor Timóteo pôs a cabeça entre as mãos. Ouviram os soluços e quando levantou a fronte as lágrimas eram visíveis. O bispo ajoelhou-se em seu púlpito de modo que só se enxergava sua cabeça, parecia que fora cortada e que o carrasco depositara-a sobre o veludo vermelho do púlpito, como nas pinturas.

Acrescentou com uma voz extraviada que a impureza, longe de regredir, aproveitara a descida da igreja aos formigueiros para fortalecer-se: os Justos fizeram saber a monsenhor Timóteo que alguns eclesiásticos, padres ou legados de padres, bedéis, sacristãos, renitentes no mal, acresceram seu prazer praticando o pecado da carne nas barbas de monsenhor, no fundo dos subterrâneos.

— Serão castigados, meus irmãos! Seus nomes são nossos conhecidos. Levaremos o tição rubro de fogo a todos os focos do mal.

Leu uma lista de padres, de clérigos e de vigários condenados à prisão. Melquior Gralheta, bedel da igreja de São José do Desterro, figurava na lista. Os serviços que prestara a monsenhor Timóteo no fim do exílio no formigueiro não serviram pois a nada, ou então fora denunciado. Mas por quem? Gralheta soube da notícia nos Três Funis e voltou rápido para casa, nada orgulhoso, em São José do Desterro.

No caminho, cruzou Glória e Glória sorria, já em seus braços, mas Gralheta não a cumprimentou. A jovem olhou-o ir-se e morreu de dor. No dia seguinte, no mercado, uma vendedora de sopa e de camarão viu-a aos prantos e contou-lhe com precauções que monsenhor prendera seu amigo, o doutor Melquior Gralheta.

Glória pulou de alegria. Abraçou a vendedora. A vendedora ficou indignada. Como podia alegrar-se com o infortúnio do amigo? Glória explicou-lhe: se Melquior, na véspera, não disse uma palavra, se fingiu não vê-la, é que temia denunciá-la com um sorriso seu. Isso queria dizer que gostava dela. Por isso Glória dançava.

21

NÃO ERA BEM UMA PRISÃO. Monsenhor Timóteo amontoou os reclusos no palácio do Parecer que ocupava um dos lados do largo de São Tiago, na frente do episcopado. O Parecer debruçava-se sobre a cidade. Era uma grande construção orgulhosa e complicada, atravancada por escadarias, entremeios, torreões e tortuosidades, ferragens, cantos e recantos e seus mármores estavam sufocados sob limos verdes. Não se devia olhar muito o palacete. Estava abandonado. Dava vertigem. O mar não se movia.

    Os proprietários do palácio do Parecer escaparam alguns anos antes. Arrepiaram-se com a revolta de Bequimão. Foram vistos fugindo em suas carruagens e carroças, com seus lacaios, suas diarréias, seus anátemas e baldaquins, e suas amas, para um engenho de açúcar que possuíam no Pernambuco com quinhentos negros e negras. Nunca mais ousaram voltar ao Parecer e agora era tarde demais, pois o Maranhão era uma terra morna, malemolente. Num piscar de olhos, engole qualquer coisa, um palácio, um olho, uma barraca, um ou dois séculos, uma biblioteca, um nariz, uma virtude, uma floresta.

    Contudo, visto da parte alta da cidade, o Parecer tinha belos ares. Malgrado os longos abandonos, suas fachadas de faiança azul ainda reverberavam. Mas, empurrada a pesada porta, parecia que se descia a um sótão. Era sombrio e úmido, azulado. Viscoso. Cheirava a couro, a confinado, a breu e, alguns diziam, a macaco.

A umidade curvara suas vigas. As molduras do teto tinham caído ao solo em grandes placas flácidas. Nas paredes, os vermelhos, os bronzes e os azuis que os artistas do Maranhão utilizavam antigamente e que faziam tão belos seus afrescos tinham esmaecido. No primeiro andar, reinava uma galeria de ancestrais: jovens avôs ou velhos sobrinhos, meninas de organdi, primos e rostos de primos, tios e barrigas de tios, meninos de vício e de cetim, e senhoritas tristes, todos, estavam todos embebidos do mesmo verniz amarelado.

No térreo, na antiga sala de cerimônias onde Melquior Gralheta fora jogado sem manejo pelos milicianos do bispo, juntavam-se detritos e vassouras de piaçaba, salitre, entulho, pranchas, arcas, baratas mortas, pedaços de ratos mortos, louças. Acampavam no meio desses destroços.

Os prisioneiros matavam o tempo como podiam, ou melhor, terminavam de matá-lo, pois ele andava já bem ferido. Tinham remexido nas cumeeiras e forçado as arcas cheias de panos e de louças. Festejavam. Dançavam, embrulhados nas vestes e nas calças de seda em farrapos. Tamborilavam nas cabaças e nos caldeirões de cobre. A luz era turva, leitosa, pois os guardas, sob a ordem de monsenhor Timóteo, tinham ofuscado todas as frestas.

Pequenos buracos foram abertos nos contraventos de madeira presos às janelas. Permitiam entrever, porém, como pela seteira de um torreão, a mureta de pedra que orlava o largo de São Tiago, em sua face oeste, dominando as encostas da colina. Além, eram despejados o mar, as ilhas, a barra do Tubarão, Coroa Grande, e havia o céu e o ouro do céu.

À noite, as pessoas sentavam-se ali, diante da prisão. O vento soprava de todos os lados. Parecia ébrio. As palmeiras rumoravam. Mulheres velhas e homens velhos acomodavam-se, as pernas abertas, as mãos atracadas a suas bengalas. Estavam bem perto, do outro lado da praça, a cinqüenta metros, não mais, mas pareciam muito distantes, empalidecidos pela luz cruel do fim do dia. Quando o vento cessava, por volta das oito horas, o pó caía sobre eles, ou então a noite, e quase não se os viam mais. Apertavam-se uns contra os outros. Jogavam a cabeça para trás. Um fulano gordo e andrajoso brincava com a mão de sua mulher. Em certos momentos, ele tocava seu ombro, mas não se podia saber se a mulher estava feliz, pois ela usava um velho chapéu preto.

Melquior Gralheta carregava paciente seu infortúnio: tinha um caráter alegre; um bravo rapaz, um rapaz tolerante, generoso! Já pequeno, em São Cristóvão do Sergipe, quando seu tio fora engolido pela carreira de cal, depois de uma tempestade, e sua tia Josefina precisou tirar da escola seu pequeno Melquior, ele exercera ofícios não muito atraentes, limpador de lama e moço de entregas e cortador de cana e camelô, mas nunca reclamou. Dizia que já era bom ter uma tia Josefina. Não a trocaria por uma bala de canhão, aquela lá.

Essa tia era do tamanho de uma musaranha, mas bastava-lhe. Economizava-a, usava parcimoniosamente. Mordiscava para fazê-la durar, e guardava sempre uns pedacinhos. Dizia que ela era como um saco de castanha-do-pará, para o caso de penúria, e ele sempre preferia prever o pior. Era sua tática. Assim, ele tinha boas surpresas. Quando, depois da homilia do bispo, na catedral, veio a sentença de prisão no palácio do Parecer, ele procedeu do mesmo modo. Persuadira-se que ficaria ali por anos, para toda a vida, e que só se tem uma vida e era terrível ter só uma vida, e agora ele estava calmo, só precisava esperar, e não era tão ruim assim.

Conhecia a maioria dos outros detentos, principalmente os homens da Igreja que ele cruzara um dia ou outro na casa de dom Gonçalves ou então em torno de um suco de manga, nas tardes de muito calor, na praça Formosa, no largo do Invejo. Alguns desses padres freqüentavam o Entreposto. Conheciam Glória e gostavam de falar dessa mulher, isso os fazia sorrir porque ela era jovem.

Tinha de tudo ali, bedéis, capelães, franciscanos, dois carmelitas, dois funcionários públicos bem coléricos, um enjeitado de uma grande família patrícia, velho e gasto pois consagrara a vida a se fazer depenar pelas mulheres, era esse seu negócio, e ele não tinha mais uma só pena, mas não era despeitado. Conheceu um bocado de moças, fizera uma boa provisão delas, dava para agüentar mil anos, era o que dizia, mas agora ele tossia, respirava atravessado.

Ao fim de três semanas, Melquior teve a sorte de ver chegar o geógrafo, o gordo Joachim De Styjl, que contudo não era um eclesiástico, e não dava para entender por que o bispo pegara-o. De Styjl dormia quase o tempo todo, não tinha amante, ele nem subia no estabelecimento de dona Gertruda. Só fazia mapas de geografia, e além do mais todos esses mapas eram falsos. E então? Não se podia nem mesmo criticá-lo por ter divulgado esses mapas reais, esses mapas proibidos, esses mapas sagrados, "platônicos" (como dissera recentemente o doutor Tambor) que os Estados e as Igrejas protegiam, e o que ele tinha a ver com essa história de nicolaísmo e de adultério, o caro De Styjl? Se havia um morador da capital que jamais cometera o pecado de pé-de-panagem, este alguém era justo o gordo doutor.

Então, se monsenhor Timóteo castigara-o mesmo assim, é porque ele vinha de Coimbra e todos os sábios de Coimbra cheiravam ao Diabo do ponto de vista do prelado. Coimbra! Esta jóia da cultura cristã não era mais que um formigueiro de malfeitores, como a Sorbonne, aliás, como Bolonha e até como Montpellier. Sem exceção, os mestres de Coimbra eram heresiarcas, libertinos e renegados. O bispo achava mesmo que Coimbra abrigava alguns pelagianos, basta isso, e que essa gente toda lia livros franceses, quem sabe Fontenelle ou La Fontaine.

Dois dias mais tarde, foi a vez de o doutor Tambor ser jogado na prisão do Parecer, com mais legitimidade, afinal, pois fazia profissão de insolência, de ateísmo, e as mulheres, ah, isso ele conhecia, e como! Seu ventre tinha inchado, formava uma bola, o que o fazia perder o porte, mas ele era grande e mesmo assim se mexia bem rápido. De Styjl fez um jogo de palavras com seu nome: disse que a pele daquela barriga era tão esticada que dava para tamborilar um hino em cima com as varetas. Não era muito engraçado, mas os dias eram longos, ninguém se fazia de difícil, cada qual se virava como podia.

De início, os prisioneiros acomodaram-se com a coisa. Riam-se do bispo cuja cruzada só teve como resultado abrigá-los em um dos mais nobres palácios da cidade. Se um renitente dizia "Palácio! Uma miragem de palácio, isto sim!", tinha sempre um maroto para replicar: "Prefiro uma miragem de luxo a uma miragem de lixo". Sim, faziam o que podiam.

A cada dia novos detentos afluíam, pois o bispo perdia os nervos. Os presos empilhavam-se uns sobre os outros. O ar adensava, estava sempre quente. A população de insetos, de lagartos e de ratos prosperava. Era esquisito: ela crescia ao mesmo tempo que a população dos detentos, como se o bispo, em seu rancor, capturasse não somente os homens impudicos e as mulheres imodestas, mas também os vermes, as larvas impuras, os ratos impuros, principalmente os ratos, aliás, que se multiplicavam, era abominável, pois eles viviam com uma enormidade de ratazanas, e as baratas que subiam umas nas outras, fornicadoras safadas elas também, e era assim, com sarcasmo, que os reprovados se arranjavam com suas agruras.

De Styjl não gostava muito dessas brincadeiras, sobretudo quando se tratava das formigas. Temia que os insetos passassem ao ataque. Seus amigos traziam-no à razão. Concediam que os morcegos proliferavam nos sótãos e nos despejos. Mesma coisa para as cobras, as libélulas, os gafanhotos, os vermes, tinha de tudo, é verdade, mas formigas, não! Simplesmente não tinha, quer dizer, quase não tinha, talvez algumas formigas de fogo, mas isso não é grave. Morre-se imediatamente.

Joachim De Styjl sorria com um pouco de condescendência. Era paciente e pedagógico. Explicava que as formigas se escondiam, mas se preparavam. Concentravam suas multidões nos porões, e até debaixo dos porões, no porão do porão, o que era ainda mais terrível. À noite, o geógrafo escutava seus buliços e os outros prisioneiros riam dele: as formigas são tão leves, não fazem barulho, e De Styjl dizia: "Justamente, justamente! Este silêncio não me diz nada de bom".

Aliás, ele ia levar as formigas a juízo, diante da Corte Suprema do Maranhão. Que sirva ao menos para alguma coisa, esta Corte! Ainda mais expeditivo: ele se associaria à queixa que os frades do convento de Santo Antônio haviam depositado, tinha já uma dezena de anos, contra as formigas.

Foi um alvoroço. Não se fazem mais processos contra os animais, isso era nos tempos antigos, os tempos de antes do Cristo Senhor, mas o doutor Tambor em pessoa vinha em socorro do geógrafo. Soltava uma grande baforada de tabaco e confirmava que os frades da capela de Santo Antônio tinham impetrado um recurso contra as formigas de seu convento. Teve notícia da coisa pelos documentos do palácio dos Leões. Mas as formigas podiam dormir tranqüilas. Em dez anos, os tabeliões nunca conseguiram inscrever a queixa dos frades de Santo Antônio no rol das atribuições do tribunal, pois seus dossiês acabavam mastigados pelas formigas e isso fazia rir muito o doutor Tambor!

A presença de Melquior era um conforto para os reclusos. Este homem era uma coisa, ele nem sabia. Todos se apegavam a ele, as mulheres, os homens, as meninas, os meninos, os velhos, todos, ele os seduzia como um sopro. Não fazia nada para isso. Era seu sorriso. Era preciso ver para crer, esse sorriso. Quando Melquior Gralheta partia, mesmo por uma hora, ele sorria e era como se não se fosse mais vê-lo e então o coração ficava apertado, tem gente assim. Uma outra virtude de Gralheta era o silêncio. Um silêncio parecido com Gralheta: forte, plácido e compassivo.

Seu corpo ia ficando cheio, como o de Tamborim, desde a volta do rio Negro, por causa da vida malemolenga de São Luís e das passagens pelos Três Funis, por causa dos camarões grelhados na praia, das sapotas e dos abacaxis, de Glória e da doçura das coisas. Um dia, no tempo em que ele estava em Belém do Pará, já havia anos e anos, um de seus soldados lhe dissera: "Bala, acho que você acalmaria até mesmo um defunto". E Gralheta respondeu que não era uma grande proeza acalmar um defunto. O outro tinha insistido, mas Gralheta quase nunca mais pensava em Belém e a missão dos confins jogara tudo para o alto.

Os dias passaram e o tempo passou. Os carrilhões da igreja do Desterro e os da torre da catedral soavam, mas as horas do Parecer eram preguiçosas pois o palácio, com suas janelas trancadas, não recebia sol nem luz. A mesma sombra líquida marulhava de manhã, no meio do dia, na noite. Nos domingos e nos dias de festa, os sinos faziam ainda mais algazarra, o que permitia aos detentos imaginar monsenhor Timóteo do Sacramento em seu posto, em sua catedral, o corpo jogado à frente, o corpo projetado acima dos fiéis e a boca cheia de rumores, ou então ajoelhado em seu púlpito, depois de ter colocado a cabeça cortada sobre a almofada de veludo escarlate, como ele gostava de fazer, sua cabeça murmurante, da qual escorriam os lamentos e as imprecações contra os adúlteros, as profecias, como essas fitas de papel que saem da boca dos santos e dos patriarcas, nas gravuras, e que se desenrolam em volutas, até a terra, com as caligrafias no alto.

As horas eram dormentes, elas tateavam e elas cambaleavam, eram opacas, taciturnas, com jeito de olho de cego. Eram como esses meandros que não sabem mais onde foi se enfiar seu rio e que tinham deixado tão furioso o doutor De Styjl, quando chafurdavam nos pântanos do rio Negro carregando a estela do Império português, o defunto, como diziam, que pesava bem umas duas toneladas. E agora, no palácio do Parecer, empurravam-se os dias por vir, penosamente, como carretas cheias de mortos, e se isso devia durar vários meses, essa história, ou vários anos, era certo e seguro que o tempo terminaria no cemitério!

Gralheta pensava em Glória, mas não sempre. Queria pensar nela. Não conseguia direito. Fez amor com ela. Bom! Uma boa coisa de ser feita. Ela era ágil. Quando estava nua, parecia uma fera, e o dia em que ele a pegou no covil, pensou que caíra de amores, mas isso não durou, pois os amores de Bala eram fogo de palha. Era louco pelo corpo das moças, amava-os imediatamente e para sempre, mas quanto às almas, não era bom nisso. Ele as cobiçava, fazia-lhes bem, chamava-a suas "noites". Esse homem tão gentil era um ogro para as moças. Um inocente, mas um ogro. As mulheres desfilavam à sua frente como passam as marionetes num teatro, pegava uma, acariciava-a, e punha de volta na farândola, e procurava uma outra.

Como era um homem bom, nunca esquecia suas "noites". Beijava-as quando as encontrava, e dizia: "Beijo minhas noites". Ajudava-as se estivessem na necessidade, mas a vontade tinha passado. Vá buscar um pássaro que voou! Por isso tinha preferência pelas moças prostitutas. Não sofreriam quando as largasse. Elas o compreenderiam, elas compreenderiam que ele não poderia demorar-se pois a vida é curta, e ele nunca teria tempo de conhecer todas as mulheres.

Glória estava na farândola. Uma lembrança, uma lembrança cintilante, por causa de sua bondade, da maciez e da fúria de seu corpo. Além do mais, ela engordara por causa da felicidade e embalsamava. Ela voltaria a seus sonhos, porque as mulheres estão mais é nos sonhos, e quem sabe ela não o visitaria em um sonho em pleno dia, uma dessas tardes compadecidas, uma tarde de cores de flores e de cores de pássaros, com um monte de nuvens cremosas, redondas, douradas, nuvens para querubins, ou melhor querubins para nuvens, mesmo depois que ele tivesse partido à África de onde o pai de seu avô tinha vindo, não esqueceria o velho, melhor dizendo, o bando de velhos e de velhas, aqueles velhotes todos, e também não ia esquecer a velha África, e ele dizia "velha África" e agradava-lhe dizer "Velha África".

Um dia, bem antes da chuva, quando o mar estava violeta, ele pensou que Glória estava na mureta de pedra, pois tinha uma mulher jovem ali, mas com certeza não era Glória. Não dava para ver direito, por causa do Sol. Gralheta interrogou-se. Dava na mesma, para ele, porque ele já tinha dormido com ela, mas ele estremeceu e lembrou-se de seus seios, e quando ela ria, sua cabeça jogada para trás, quase virada, viam-se as veias do pescoço. Ele dizia isso a ela, e ela lhe perguntava: "São belas veias?".

22

PASSADOS ALGUNS MESES, os detentos do Parecer tinham conseguido travar amizade com a milícia do bispado que controlava a parte alta da cidade, inclusive o Três Funis, relegando aos soldados, aos guardas e aos escravos negros despachados pelo governador do Pará a parte baixa, o porto, o cais, o entreposto de dona Gertruda e o emaranhado de casebres cinzentos das dunas, no capim seco, na direção do Longo Tormento.

As notícias não eram nada boas. As milícias do bispo informaram aos detentos que a trégua tinha chegado ao fim. A guerra entre os curas e o governador fora retomada. E ia causando estragos. Monsenhor Timóteo estava tão bravo que nunca mais voltara a se enfiar nas vestes de príncipe da Igreja. Só usava andrajos.

Aparecia com freqüência, ora no balcão do bispado, ora no portal de sua igreja-catedral. Estava mais esguio mas, ainda assim, continuava bem mais rechonchudo do que Savonarola, até seus admiradores eram obrigados a reconhecer. Ele queria mesmo era ficar magro, bem magro. Como não era possível, a alternativa foi raspar a coroinha no alto da cabeça, penteado que os monges costumam exibir. Desse modo, dava para ver todo seu crânio, bem grande e inteiro branco, com uma porção afundada no topo, o que lhe dava um ar de êxtase. Desde o início dos distúrbios, falava de bom grado a respeito dos monges-soldados, sobretudo os Teutônicos, e carregava um sabre embaixo da batina. Seu rosário se enrolava nos adornos de ouro da empunhadura.

Seu inimigo mais íntimo era o ouvidor-mor, aquele tal de Mateus Dias da Costa, o homem que conduzira a ofensiva do governador de Belém contra ele, aquele herege que ele logo excomungou, mas que tinha morrido logo na seqüência, em Belém do Pará, enquanto esperava um navio para ir purgar sua penitência em Lisboa. O bispo o odiava. Aquele sujeito era mesmo um mal-educado. Timóteo jamais o perdoaria. Sobretudo, jamais o perdoaria por ter recebido, no último instante, violando as regras do direito canônico, os sacramentos da Igreja, depois de provavelmente ter subvertido o superior dos Carmos, o frade Daniel da Santíssima Trindade, que também não valia lá grande coisa.

Aquele monge Daniel da Santíssima Trindade! Monsenhor Timóteo se lançou contra ele: excomungou-o sob a acusação de ter oferecido uma sepultura cristã a um excomungado, mas a resposta das autoridades eclesiásticas de Belém do Pará fora fria e cheia de desprezo. Timóteo disse a si mesmo: "A bom entendedor, muito bem!", e mudou de tática: fez-se de tonto, arrependeu-se com uma profusão de maneirismos e salamaleques. Não falou mais em enviar a Belém uma tropa de mercenários encarregados de exumar o cadáver excomungado do ouvidor-mor e de espalhar seus restos mortais em solo pagão. Ao contrário, preferiu se fazer de rogado. Pregou o perdão, a benevolência e o amor universal, mas exagerou um pouco na dose. Tanta amabilidade deixou muita gente com a pulga atrás da orelha. Estava parecendo oferecido demais.

Os legalistas, os "moscas" de Belém do Pará, como eram apelidados, desconfiaram da repentina mansidão do prelado. Dobraram a guarda e captaram algumas informações bem interessantes: em certas noites, os moscas perceberam que no entorno do bispo delineavam-se algumas silhuetas de homens barbados. Claro que barbudos não eram raros no Maranhão, mas aqueles lá eram mais barbudos do que os outros. E, no final, ficou-se sabendo que monsenhor Timóteo tinha nomeado como chefe daquele bando de barbudos um velho chamado César Blandiga, um sacripanta que o bispo conhecera havia muito em São Paulo, durante seu retiro na serra da Ossada.

Esse tal de César Blandiga era um daqueles guerreiros paulistas chamados de bandeirantes que tinham tocado fogo no primeiro Brasil. Tinham matado os índios da região do Tocantins. Diziam que era habilidoso como o vento, como o mar e como um rio, tudo junto. Sozinho, ele era mais astucioso do que uma tribo inteira de índios Arawaks, e ainda mais cruel.

Esse tal de César, seguindo as ordens precisas de Timóteo, içou vela no início do mês de agosto, em direção a Belém do Pará. Para um homem como aquele, embarcar à noite com seus quinze sequazes sem chamar a atenção dos soldados do rei era um divertimento. Quando o alerta soou, no final da manhã, e o vice-governador de São Luís, o ilustre Jacomo Alvares Gondaño, foi informado, o barco já fazia a curva da baía de Cuma e se dirigia para o norte.

Dez dias depois, apesar do mar bravio, o barco do bandeirante viu as casas de Belém e o forte do Presépio. César Blandiga esperou até a noite se fechar. A manobra de atracagem foi delicada, um roçar. Blandiga era um artista. Não tinha atracado em um cais, tinha acariciado uma sombra.

O velho bandeirante deu as ordens. Falava aos cochichos. Os homens precisaram se empilhar no passadiço, problema deles se morriam de calor. As ordens eram para esperar até que as brumas de julho tivessem envolvido o rio, o porto, a cidade, as igrejas. César disse: "Nenhum barulho. Atenção com as pálpebras quando forem piscar". Não era brincadeira: se as sentinelas do porto descobrissem o bando, a carnificina se instalaria.

A espera não foi longa. As brumas se desenrolaram logo na manhã seguinte, e que brumas mais soberbas — pegajosas e reluzentes. Eram leitosas, brumas boas de comer. Foram chegando por todos os lados, gingando sobre o rio. Iam amontoando-se umas por cima das outras, até se tornarem tão compactas e tão brilhantes que já não havia mais Amazonas. Quando um navio passava ao largo, só se enxergava seu mastro, cortando todo aquele brancume feito uma nadadeira de tubarão.

Na noite seguinte, a bruma formava uma mortalha espessa, fofa, sedosa. Todos os barulhos da cidade tinham se afogado no floco macio que ia e vinha por cima do vazio. César saltou por sobre a amurada. Os barbudos foram atrás. Carregavam armas bem esquisitas. Empunhavam picaretas, pás e barras de ferro. Iam caminhando em fila indiana, muito disciplinados, pela picada que César ia traçando através da porção mais espessa da bruma.

Mais tarde César confessou que teve medo, e estava tão pouco habituado ao medo que não sabia o que fazer. Bateu boca com ele por um instante. Era aquela montanha de nevoeiros oleosos que o inquietava, ele cuja mão nunca, jamais, tinha tremido. Depois de retornar da missão, foi conversar com o bispo Timóteo. Disse que tinha pensado nas abelhas que as aranhas empacotam com suas teias. Através daquela baba transparente, um tanto esverdeada, a gente delineia a cintura, o traseiro pontudo, as listras amarelas e pretas, ouve suas palpitações. E elas vão sufocando. As patas e as asas se agitam a toda velocidade, e logo não se enxerga mais nada, e foi bem isso que César tinha contado depois do acontecido, quando foi fazer seu relatório a monsenhor Timóteo.

A operação foi conduzida com habilidade. Em poucos minutos, a porta da igreja dos Carmos estava arrombada. César Blandiga foi avançando com uma tocha na ponta do braço. Não demorou muito até encontrar o sarcófago do ouvidor-mor Mateus da Costa, na nave central da igreja, o lugar mais glorioso, aquele que sublinhava a vilania tão baixa do ouvidor-mor, que tinha morrido apesar de tudo, apesar daquele tal de frade Daniel da Santíssima Trindade, aquele carmo que tinha conseguido, *in extremis*, segurar o ouvidor-mor na beira do Inferno ao conceder ao excomungado funerais cristãos, e César Blandiga ficou bem satisfeito de ter levado consigo barras de ferro, porque os carmos tinham feito as coisas com muito esmero: uma enorme placa de pedra selava a sepultura do maldito, ganchos de aço a prendiam ao chão.

A trupe do bandeirante colocou mãos à obra. O sarcófago apareceu. Abriram-no para se certificar de que era mesmo o do ouvidor-mor Mateus Dias da Costa. O cadáver se revelou sob a luminosidade dos castiçais, foi revirado, examinado, era bem ele, e foi recolocado dentro da caixa. Dez minutos depois, a trupe saiu com seu espólio pelos fundos do convento e se dirigiu para a vala comum de Belém, para o local conhecido como pedaço dos desgraçados, às vezes pedaço dos humilhados, uma área indefinida onde se enterravam de qualquer jeito os desconhecidos, os vagabundos, os sem-teto e os enjeitados, as putas, as atrizes, os abandonados, todos aqueles que não tinham nem sobrenome, nem posição, nem batismo e, em primeira instância, nem é preciso mencionar, os excomungados. Os homens de Blandiga faziam sinais-da-cruz sem conta. Já tinham roubado muita coisa na vida, e tinham matado muita gente, mas uma carcaça!

No pedaço dos humilhados, César Blandiga deu o primeiro golpe de picareta. Bateu a esmo, porque não dava para enxergar absolutamente nada e ele tinha tomado o cuidado de apagar a tocha, por temor de acordar os soldados do governador posicionados em sentinela no porto. O bandeirante ia esburacando a bruma. Lançava longe fragmentos de névoa. Seus homens tomaram seu lugar. Quando encostavam na terra, era uma terra empapada de chuva, putrefata, fedorenta. Iam cavando às cegas, as pás resvalavam e porções de matéria viscosa lhes atingiam o rosto. Todo mundo resmungava. Pareciam um bando de cretinos, enterrando-se uns aos outros, por inadvertência, por distração, era o que César diria mais tarde para o bispo, e ele também já estava pensando que o julgamento final tinha começado, com discrição, naquele pequeno pedaço de bruma fria de Belém, longe de qualquer igreja e de qualquer iluminação de Cristo, mas aquilo ele não disse, por medo de desagradar o bispo e, além do mais, ficava com medo só de pensar naquilo.

Por volta das seis horas da manhã, quando já iam fechando a vala, uma sentinela do governador notou o bando e alertou as autoridades. Trinta soldados do Exército do Grão-Pará acorreram a toque de caixa. Derrubaram a golpes cada um dos barbudos, começando por César. Depois os reanimaram e, sob a ameaça dos mosquetes, obrigaram-nos a exumar o cadáver do ouvidor-mor Mateus da Costa, no buraco onde tinham acabado de enterrá-lo, pela segunda vez no decorrer de algumas horas; fizeram com que os ossos e a carne e o uniforme fossem recolocados no sarcófago e foi bem naquele instante, como explicaria César Blandiga à esposa, bem mais tarde, depois de voltar para São Paulo, foi bem naquele instante que César temeu o julgamento final e pensou ter ouvido soar a trombeta de ouro do arcanjo Uriel.

Quatro soldados do governador ergueram o sarcófago de Mateus Dias da Costa sobre os ombros e retornaram à igreja dos Carmos; atrás deles iam as duas tropas: os homens de Blandiga e os do governador. Os despojos do ouvidor-mor foram recolocados em sua tumba. A grande placa de pedra foi ajeitada e selada mais uma vez e César foi jogado na prisão.

Na manhã seguinte, o governador do Grão-Pará, Sua Excelência Antônio de Carvalho, foi informado a respeito da empreitada de César Blandiga e do roubo dos despojos de Mateus Dias da Costa. Seus conselheiros desejavam sanções ferozes, a morte e o suplício. Diziam que exumar um cadáver era um sacrilégio. O governador até concordava, mas já estava cheio daquelas histórias e resolveu ser magnânimo: recusou-se a deixar na prisão César Blandiga e seus homens. Como se não bastasse, ainda permitiu que retornassem ao barco deles e empreendessem a viagem de retorno a São Luís. Esperava que tal gesto colocasse um ponto final à guerra do nicolaísmo e que César Blandiga lhe servisse de advogado perante Timóteo, enfim, que fizesse as vezes de seu emissário. Foi com essa intenção que recebeu o velho bandeirante e o encarregou de apresentar ao prelado de São Luís suas oferendas de perdão.

— Mas quem é que vai perdoar quem? — perguntou Blandiga.

O governador disse que não sabia, mas se saiu com muita habilidade.

— Todo mundo perdoa todo mundo.

23

OS PRISIONEIROS DO PALÁCIO do Parecer não sabiam nada desses acontecimentos. Mal tinham sido informados sobre a partida da missão de César Blandiga, encarregada de purgar a igreja dos Carmos de Belém do Pará, sabiam vagamente que dois bandos tinham disputado entre si uma carcaça, a do ouvidor-mor, mas esse é o tipo de coisa que acontece por aí.

Melquior Gralheta se sentia feliz por ter imaginado o pior depois que o bispo os prendera a todos, e de ter preparado suas disposições para subsistir lá dentro, no Parecer, durante uma boa vintena de anos, e o que eram afinal vinte anos? Havia quantas semanas estariam eles no palácio do Parecer? Certos reclusos ficavam fazendo as contas, mas seus cálculos se contradiziam. Uns falavam em quinze semanas, outros mencionavam trinta. Um velhaco disse que estavam lá havia quinze anos e havia trinta anos, por que não? Como saber? Não é verdade que um burrico de dois anos é um burrico velho? E não é verdade que um mosquito vive tanto tempo, se pensarmos bem, quanto um papagaio ou uma tartaruga, quer dizer, uma vida inteira?

Gralheta disse a um monge beneditino, que tinha sido jogado no Parecer como punição por viver com uma índia bastante engraçadinha, que a eternidade era assim mesmo. Era como a prisão, interminável e instantânea, felizmente, aliás, por que se não... A prova: o que significam os três dias que Jonas passou no ventre da baleia? E a mulher de Jacó, que ficou fértil aos cem anos? Grávida aos cem anos! E então? O monge respondeu que concordava.

A única distração era observar o povo de São Luís, à noite, sobre a mureta do largo. Um dia, um casal teve uma briga, dois velhos com um cachorro amarelo, índio, um cachorro magro. Os dois velhos foram embora separados, um por cada escada. Que desperdício! Tinham conseguido ficar juntos a vida inteira e então terminavam tudo, no instante derradeiro, e iam morrer cada um para o seu lado, era mesmo lamentável. O cachorro ficou muito aborrecido. Projetava-se a uma das escadas latindo, depois voltava, tomava a outra escada e fazia o mesmo trajeto outra vez, não conseguia se decidir. Ele amava os dois, aquele cachorro, e era por isso que não conseguia se decidir.

Em uma outra ocasião, uma jovem ficou por lá uma ou duas horas e depois foi embora. No dia seguinte, retornou e tinha um jovem sentado ao seu lado. Ficaram lá esperando, a um metro de distância um do outro, acomodados sobre o muro, como dois passarinhos na beirada de um telhado. As mãos se aproximaram sem querer e, quando se encontraram, os dois partiram. Pegaram a escada que descia na direção do cais e se amaram. Um cachorro os seguira, por acaso, mas não era o cachorro dos velhos, que pena!

Aquele lá era branco e cinzento. Encontraria um cantinho na casa deles para a eventualidade de virem a se casar.

E essas eram as distrações no palácio do Parecer. O resto do tempo, ficava-se andando de um lado para o outro. Faziam piadas, fofocavam ou então acompanhavam os ofícios religiosos que os curas presos celebravam quando lhes dava na telha. Pedacinhos de rezas, palavras em latim, salmodias, vésperas, salmos e sextas! Entre os homens da Igreja havia um sujeito comprido que sofria muito com o encarceramento por falta de hábito àquilo, já que era anacoreta. O doutor Tambor caçoava dele com todo gosto. Ficava se perguntando como é que um anacoreta poderia ter cometido o pecado do concubinato, aquilo era um absurdo! Mas o monge explicava pacientemente que sua amante era anacoreta também. E daí? Tamborim ria e explicava em tom pedagógico que a palavra "anacoreta" vem do grego *anakhôrêtês* e que designa um religioso contemplativo e solitário, e que é preciso escolher: ou bem se incorpora o anacoreta e fica sozinho, ou bem se fica com uma mulher e portanto não se é anacoreta. O anacoreta ficou mesmo muito incomodado. No dia seguinte, veio dizer que não era anacoreta, que tinha se enganado, mas que estava muito aborrecido, pois tinha acreditado a vida toda que era anacoreta e agora precisava se conscientizar de que não era coisa nenhuma. Ah! ele até que não fez tanto drama assim, mas que ficou aborrecido, ficou.

Uma mulher que era provavelmente Glória ia todos os dias ao largo de Santiago. Postava-se em cima do muro ou então sobre uma grossa raiz de palmeira. De Styjl se perguntava por que o bispo deixara livre aquela moça que era prostituta e adúltera enquanto ele, que nunca tinha corrido atrás de mulher nenhuma, estava naquele buraco; mas dizia isso sem inveja nenhuma. Ao contrário, ele se dava por feliz: Glória era tão gentil que seria incapaz de cometer algum pecado. Tamborim assentiu com a cabeça, mas agarrou a oportunidade de dar uma de esperto, ou de se fazer de idiota, como dizia Gralheta. Tamborim disse o seguinte: "É verdade que a Virgem concebeu sem pecado, ele disse, mas é uma perdulária, pulou a melhor parte. A nossa Glória é mais prática: ela beija sem pecar". Aquele Tamborim!

Uma vez, a jovem deixou seu pedaço de muro. Atravessou o largo e deu cem passos até bem pertinho do prédio, e deu para ver que era Glória, mas por que será que ela não se tinha deixado reconhecer antes? Ela não era o tipo de mulher de ficar fazendo gracejos. Trazia um xale azul levinho em volta do pescoço.

Na semana seguinte, voltou a seu muro de pedra. Agora que todo mundo já sabia que ela era a Glória, ficava lá no canto dela. Brincava com o xale azul. Melquior Gralheta passava longos momentos a observá-la, isso o ajudava a se lembrar das noites nos subterrâneos. Quando faziam amor, o corpo de Glória brilhava, ela ficava tão nua quanto um cadáver. Era incansável, ou melhor, insaciável, e, quando dormia no final, Gralheta pegava uma de suas mãos. Tinha dedos muito longos, que se remexiam enquanto ela dormia, seu corpo tinha cheiro de primavera e de outono ao mesmo tempo, não dava para saber como é que ela fazia aquilo.

Agarrado a sua persiana, Gralheta ficava doente. Tinha desejo demais por aquela mulher, por sua pele, seus olhos, seu traseiro e, depois de algumas semanas, já não conseguia mais, de jeito nenhum, fazer representações mentais do corpo da mulher. Ficou observando as curvas do corpo dela e também o começo de seus seios, e havia um fulano ao seu lado, e o fulano disse que aquela mulher era muito jovem e que ela envelheceria. Foi nesse momento que Gralheta disse a si mesmo que amava aquela mulher.

E ficou mesmo em um beco sem saída. O que é que ele podia fazer com aquilo, com aquele amor? Tentou se reconfortar: tratava-se de um golpe da solidão, do aborrecimento, nada além disso, mas ele não ia se afeiçoar a uma mulher. A dificuldade é que a própria mulher parecia saber que Gralheta tinha se metido a amá-la, mal ou bem, em sua prisão, porque ela vinha cada vez com mais freqüência, e ficava cada vez mais tempo sobre a mureta, e quando o vento soprava, à noite, ela talvez se posicionasse de modo que o vento pudesse soltar um pouco seu corpete para que os seios ficassem pesados. Os velhos e as velhas, os cachorros e até os jumentos dos carregadores saíam da praça com seus guizos e suas sarnas. Só sobrava o farfalhar das árvores, além de Glória. Melquior Gralheta gostava daquele momento. Ficava admirando a moça. A noite ia crescendo como um rio. Melquior Gralheta adoraria poder ouvir a respiração da moça, mas já não dava mais para vê-la, e era como se ela, a Glória, nunca mais fosse deixar a praça, era como se fosse se fundir à escuridão e morrer.

Em Belém do Pará, as coisas se complicavam. Tudo anunciava pancadaria. O provincial dos capuchinhos, o monge Manuel de São Bonaventura, em sua qualidade de juiz conservador apostólico, ordenou a monsenhor Timóteo do Sacramento que desse cabo de suas vexações e que libertasse os homens e as mulheres jogados na prisão sem nem mesmo a realização de um julgamento. O bispo de São Luís endureceu. Excomungou o provincial dos capuchinhos, o monge de São Bonaventura, impôs uma Interdição sobre a igreja dos Carmos em Belém do Pará, depois disse que ia parar de comer e parou mesmo de comer.

De sua parte, os carmelitas também atacaram. Denunciaram monsenhor Timóteo à Corte. Enviaram ao palácio de Lisboa uma súplica recapitulando os aspectos jurídico-teológicos da "querela do nicolaísmo", segundo a maneira como o concílio de Reims e o papa Leão IX, a menos que tenha sido o papa Henrique I, enfim, um papa desses, tinha batizado a dolorosa questão do celibato eclesiástico. Lisboa não se apressou. O palácio do Parecer estava malcheiroso, tinha um odor de cebola velha, mas Glória ia para a frente da prisão toda noite. Gralheta teria dado a camisa do corpo para que ela se aproximasse das janelas, mas a mulher só ficava sentada lá no muro dela, nem olhava para o palácio. Não fazia nada e não esperava nada. Ficava lá, era inevitável, e ninguém via quando ia embora por causa da noite e, de manhã, seu lugar aparecia vazio e ninguém tinha certeza se de fato ela tinha estado lá.

A resposta de Lisboa se fez esperar tanto tempo que o bispo Timóteo do Sacramento se impacientou e fez a viagem até Belém do Pará para desembaraçar pessoalmente o litígio e excomungar alguns infiéis. Lá, foi acolhido como mártir por um punhado de curas rigoristas. Decidiu estender sua estada em Belém do Pará o tempo que bastasse para resolver o assunto.

Passado um bom meio ano, chegou o documento dos doutores de Lisboa. O rei tinha tomado partido dos poderes civil e militar. Ordenou ao bispo Timóteo do Sacramento que suspendesse imediatamente a Interdição que tinha imposto sobre a igreja dos Carmos em Belém.

Monsenhor Timóteo bem que devia ter abaixado a cabeça, mas lançou ainda uma última investida. Fez-se de sedutor. Quando amansou seus adversários, conseguiu, por meio de suas bajulações, botar as mãos na chave da igreja dos Carmos de Belém, aquela mesma onde repousavam os restos mortais do ouvidor-mor Mateus e, sob o pretexto de retirar a Interdição, foi abrir as grandes portas de bronze, na frente de um grande aglomerado de gente. Os soldados também estavam lá, prontos para pular em cima dele, caso ousasse fazer mais uma provocação, mas o bispo lhes lançou aquele olhar de me-deixem-em-paz, e eles não souberam o que fazer além de deixá-lo em paz; mas que capacidade de intimidação aquele homem tinha! Timóteo do Sacramento então assumiu uma pose de palestrante. Proclamou que rei nenhum sobre a terra, por maior que fosse, podia mandar no Rei do Céu. As autoridades civis não tinham nada que se intrometer, de maneira nenhuma, na questão do celibato, que era em essência espiritual. Seguiu-se a isso um silêncio.

Terminado seu ofício, monsenhor Timóteo do Sacramento avançou na direção do pórtico. Era magnífico, devido a seus ornamentos. Fez a enorme chave girar dentro da fechadura e trancou a porta da igreja dos Carmos. Pegou sua cruz com as duas mãos, elevou à altura da testa um crucifixo de ouro e abriu a procissão em direção ao rio. Chegando lá, mostrou ao povo a chave da capela dos Carmos. Lançou-a ao meio da correnteza. Os soldados, que já não mais o deixavam em paz, pularam em cima dele.

Oito dias depois, o bispo foi embarcado em um navio com destino à Europa. Mais tarde, veio a notícia de que ele nem tinha sido recebido pelo monarca e que tinha se retirado à cidade de Setúbal, em Extremadura, onde recomeçara sua carreira de eremita, e que ficava o tempo todo olhando para o estuário do rio.

24

SÃO LUÍS ACORDOU SEM BISPO, e o que seria daquela cidade? Houve perturbação. Agora eram todos órfãos. Durante todos aqueles meses terríveis, a vida das pessoas e dos conventos, os movimentos do coração, os pensamentos defendidos e as tristezas, a cachaça, os fervores, os sonhos, as noites e os ódios, tudo tinha sido regulado pelas ordens de monsenhor Timóteo do Sacramento. Nem mesmo melancolia as pessoas ousavam sentir, por medo que os espiões do bispo pudessem pegá-las em flagrante delito e jogá-las ao Parecer, ridicularizadas ainda com uma boa excomunhão. E agora monsenhor Timóteo do Sacramento tinha ido embora e estava sozinho na montanha da Europa, em um lugar chamado Setúbal, no estuário do rio Sado, não muito longe de Lisboa, mas era um cenobita, estava habituado àquilo, e a cidade de São Luís estava morta, e estava de luto devido a sua própria morte.

Cada um tinha retomado suas atividades. O doutor Nawaz redigia sua *Crônica das fronteiras*. Aquilo não era sinecura nenhuma. Pouco antes do início da guerra do nicolaísmo, tinha parado no ponto do afogamento do coronel Ribeirão no rio Negro, o grande cavalheiro sublime, magro e cruel, o sujeito cheio de condecorações que tinha se enfiado no rio com seu cavalo, com a mão no quepe; mas cada vez que um detalhe atormentava o historiador, ele voltava para trás e corrigia seu relato.

Sentia que não estava à altura de sua tarefa porque era extremamente orgulhoso. Estimava que um documento daquela natureza, consagrado ao traçado das fronteiras do Reino, era menos dirigido aos contemporâneos do que aos séculos por vir, séculos que ainda não existiam, e será que vocês saberiam, vocês todos, saberiam falar com essa gente que ainda nem se instalou no ventre da mãe? Era isso que ele respondia a quem troçava dele, àquela peste de Tamborim e aos gracejos do amigo De Styjl. E o que mais seria possível responder àquilo? Todo mundo calava a boca.

Ele recomeçava. Não era verdade que a tropa do rio Negro, apesar de algumas inabilidades, tinha estabelecido, para muitos séculos e quem sabe até para a eternidade, os limites do reino de Portugal? Pronto, era isso que dizia o doutor Nawaz, nas tardes alucinadas do longo verão, na casa de dona Gertruda, esperando que as nuvens morressem por sobre o oceano e que eles não perecessem. As mulheres tiravam soneca enquanto faziam amor. Os biscateiros, os negociantes, os tabeliões e os comissários de justiça acariciavam mulheres adormecidas.

Nawaz explicava que, dali a mil anos, dali a dois mil anos, um homem ou uma mulher nasceria brasileiro ou peruano, por causa da estela que eles tinham erigido todos juntos, na nascente do rio Negro, o coronel Ribeirão e sua tropa, e é por isso que a geografia e a história não formavam uma única ciência, proclamava enraivecido, e ele, Abdullah Nawaz, doutor da universidade de Coimbra, não conhecia nenhuma função mais importante, nem mesmo mais divina, do que aquela dos historiadores das fronteiras, porque no dia em que surgisse um litígio na Guiana, ou em Cartagena ou em Nombre de Dios, dali a trinta séculos, por exemplo, os chanceleres da França, de Portugal e da Holanda teriam em mente as narrativas de Abdullah Nawaz.

— Doutor Abdullah — dizia com muita fineza dona Gertruda, fazendo cara feia e apontando delicadamente com o queixo o gordo geógrafo — o senhor está se esquecendo dos mapas do doutor De Styjl?

— Bom — reconhecia Nawaz —, os mapas de De Styjl também, daqui a mil anos, mas...

— Mas o quê, doutor Abdullah?

— Trata-se de mapas reais, os mapas de Joachim de Styjl. Ninguém jamais os viu, são mapas secretos, até proibidos! A senhora sabe muito bem, dona Gertruda! Ninguém, ninguém mesmo tem direito de ver os mapas reais. Nem o governador, nem o rei!

— Mas então — dizia Gertruda —, mas então, e os soldados, o que é que o senhor quer?

— Sabe o que foi que ele me confessou, o De Styjl, dona Gertruda? Ele me disse que até mesmo ele, Joachim De Styjl, não tinha direito de olhar seus próprios mapas e é por isso que ele nos enfiou para dentro do rio Negro! Você não me disse isso, Joachim?

E Joachim enxugou a cabeça e disse com sua voz lenta e morna: "É mesmo? Eu disse isso?", e olhou para o lenço úmido e disse que era verdade, mas que alguns geógrafos trapaceavam e olhavam os próprios mapas.

À noite, a lucarna do historiador continuava brilhando depois que a cidade toda já repousava. Nawaz forçava os olhos. Reeditava toda a sua obra sobre a empreitada. Ajuntava arrependimentos e melhorias, retificações, adendos, sobreposições. Multiplicava as *appoggiatures*, porque a palavra *appoggiature* lhe parecia elegante e musical. E quando seu relato se dispersava no final e ficava parecido com uma teia de aranha, ele se aproveitava da comparação: não seria sua prosa o espelho ou o eco da grande floresta? Os nomes e os verbos se entrelaçavam até perder o sentido, exatamente da mesma maneira como a missão dos confins tinha se entremeado em mil pântanos e mil rios, e não era verdade, perguntou ele à audiência, não era verdade que as árvores, naqueles confins, não sabiam mais onde estavam e por isso faziam com que seus galhos novos crescessem entortados por cima do tronco de uma árvore vizinha, as imbecis? Nawaz era um excelente narrador.

Joachim de Styjl aplaudia seu camarada e se virava de costas para desabotoar a camisa, porque estava todo suado.

Nawaz se fazia de valente, mas no fundo já estava cheio: quantos meses, quantos invernos e quantos outonos ainda ele teria de ficar mergulhando sua pena na tinta de broto de noz? Sentia-se como aqueles antigos escribas que tinham sido enterrados, em Bolonha ou em Granada, com o cálamo preso entre os ossos da mão, porque a mão deles tinha ficado igual a uma garra de ave.

Melquior Gralheta retomara suas ocupações. Dedicava seus dias, como antes da guerra do celibato, a preparar as pregações de dom Gonçalves, mas tinha perdido o fogo sagrado. Tudo não passava de rotina. Sua verdadeira ocupação estava em outras partes. Ia ao cais ou à enseada, perto do forte da Sardinha ou a São José do Itapari, ou à praia do Caju. Acomodava-se sobre um rochedo e espiava o mar. Escrutava. Escrutava o quê? Esperava que o barco de Rock, o velho pirata brasileiro, apontasse seus mastros ao largo da Raposa, com sua tripulação de malandros e de exilados a caminho da África, e que deitasse âncora na baía de São Carlos, como tinha sido prometido, com toda discrição, por um dos marujos do porto.

À tarde, encontrava-se com Glória. Colocava um dedo sobre o pulso da moça, sobre a veia que tanto amara no fundo daqueles subterrâneos, e uma veia lhe saltava na testa. Ele a observava. Comparava-a a um rio, ou melhor, aos galhos entremeados dos mangues. Glória passava a ferro as sobrepelizes, as golas e as estolas de dom Gonçalves. Comprava abóboras e batatas, mamões, berinjelas e camarões no mercado. Trabalhava muito bem na casa de dona Gertruda. Amava o grande Gralheta, ele era sua felicidade.

Os notáveis de São Luís tinham retomado seus hábitos no primeiro andar do entreposto. Largavam-se sobre os sofás de dona Gertruda, com seus copinhos de pinga, seus dentes, seu pescoço e seus rolos de tabaco escuro. Diziam: "Está calor", e as mulheres respondiam: "Está calor". E já não tinham mais vontade de viver, de tanto que suavam. Os homens cochichavam, enxugavam o peito, a testa, a cabeça e diziam: "Está calor". De Styjl, Nawaz e Gralheta faziam parte do grupo de largados, porque as moças tinham um cheiro muito bom. Ficavam todas suadas. O suor escorria pelos seios. A maré subia e descia através das janelas abertas. O vento morno soprava sobre o corpo das moças, o vento suave, os corpos suaves e brilhantes.

Os clientes já não trepavam mais com as moças, estava úmido demais, bastava deitar-se ao lado de uma delas nua. Saboreavam o vinho de palmeira. Cuspiam. Petiscavam frango frito no óleo de dendê e aqueles caranguejinhos sem carapaça que desmanchavam na boca. Davam mordidas nos rolos de tabaco. Um caldo amarronzado lhes escorria pelo queixo, enxugavam-no, os lenços ficavam nojentos e fazia calor demais.

Doutor Tambor instalava uma moça em cima da barriga. Ele a acariciava, fazia questão de ser obsceno para que dona Gertruda começasse a gritar como um papagaio e respondia:

— Cara amiga. Por causa do senhor vosso bispo que a senhora tanto ama, e o horror que ele tinha das jovens damas, eu acabei me esquecendo de como as moças funcionam. Agora que Timóteo está bem longe, estou retomando o aprendizado, Gertruda... estou retomando o aprendizado...

— Tamborim! — dizia dona Gertruda, e sumia dali.

Falava-se muito do bispo. Não dava para se desvencilhar dele. Aquele sujeito era pegajoso como látex. Gertruda tinha saudade dele, porque era um homem distinto. "É isso! Distinto!", gritava Nawaz, e se metia a discursar:

— Dona Gertruda — dizia ele —, esse seu monsenhor é um incapaz. Não foi nem mesmo capaz de travar uma guerra. Eu não chamo isso de guerra: nada de *casus belli*, nada de vitória, nada de derrota, nada de exércitos, nada de escopetas, e a senhora quer que esse bricabraque forme uma guerra? Alto lá! Dona Gertruda! Isso tudo não faz uma guerra. Isso tudo faz uma pa-co-ti-lha!

Cada vez que Nawaz se metia em alguma longa discussão, o primo Jorge se contorcia no assento de sua poltrona. Ficava cutucando as orelhas, colocava no rosto seu semblante de aborrecimento e dava um chute no cachorrinho de dona Gertruda, que não entendia nada, mas Nawaz fingia não perceber. Não dava a mínima pelota para o primo Jorge.

Não tinha ninguém para se equiparar a ele e socorrer a audiência quando a conversa, saturada de cachaça, parecia que nunca mais ia terminar. Certa noite, perguntou:

— Cara Gertruda, será que a senhora sabe quantas guerras foram travadas no mundo desde Adão?

Deu uma mordiscada no tabaco.

— Três mil, setecentas e duas guerras! Três mil, setecentas e duas. Exatamente! Nenhuma a mais!

Mestre Jorge fez um gesto de se estrangular e disse: "Quanta idiotice!". Nawaz acariciou a beirada do copo com os dedos e lançou um olhar desinteressado sobre Jorge Chamoulia. Melquior Gralheta tentou intermediar. Disse que uma guerra a mais, uma guerra a menos... Por que não incluir a guerra de Timóteo na grande família das guerras, mas em forma de codicilo ou de anexo?

Nawaz permaneceu inflexível. Lembrou que tinha alma romana, porque os romanos tinham colonizado a Numídia, a prova: santo Agostinho. Nada de codicilo! Que ninguém contasse com ele para dar o bilhete de entrada à peleja de Timóteo.

— Foi isso mesmo que eu disse: peleja —, repetiu.

— Tamborim, suplicou dona Gertruda —, fale alguma coisa, homem.

Tamborim enxugou a testa com um lenço enorme.

— Como é que a senhora quer que eu diga alguma coisa, dona Gertruda? Está calor demais. Tudo que tenho a dizer é que estamos morrendo de calor hoje à noite... Pronto. Estamos sufocando. E a chuva também não serve para nada. Veja só. Nem as moças. E então? Como é que você quer que eu diga alguma coisa, Gertruda?

A isso se seguiu um burburinho. Cada um defendia a idéia que fazia a respeito da guerra. Dona Gertruda ficou feliz porque estava faminta de idéias. Estava se enchendo de munição. Nawaz reparou no relógio de pêndulo de dona Gertruda e lançou-lhe um olhar tão profundo que era de se pensar não que estivesse lendo as horas, mas sim o número de guerras ocorridas desde os tempos de Adão.

A decadência tinha retomado seu longo trajeto. As casas derretiam, como sempre. Os casais colocavam fim aos desentendimentos que tinham deixado em aberto para se enfileirar nos subterrâneos. Os curas concluíam uma frase que podiam ter deixado em aberto, bem no meio de uma missa. Retomavam o andamento das procissões que tinham largado no meio de um descampado, dois anos antes, e as encontravam intactas, só um pouquinho desgastadas, um pouquinho sujas. Tiravam-nas das gavetas da sacristia, onde tinham ficado bem dobradas, ao lado das sobrepelizes e das estolas, no dia em que dom Timóteo tinha lançado sua tocha sobre a cidade, e as aves marinhas até faziam balbúrdia.

Notavam-se algumas novidades, mas pequenas: uma dezena de curas e de monges tinha seguido monsenhor Timóteo em seu exílio em Extremadura, mas os outros religiosos, até mesmo os cortesãos do prelado e seus secretários, seus "cães de guarda", permaneceram em seus lugares.

Alguns jovens vigários e os seminaristas sentiam saudade dos tempos de confusão, do medo, da glória, da penumbra, dos subterrâneos, do sacrifício e, por temor que a Providência lhes desse um golpe certeiro, o martírio.

A época do heroísmo tinha ido embora. Agora os maranhenses não tinham mais nada que mascar além do tempo da ampulheta de uma capital morta, o tempo de uma "cidade melancólica", ou ainda "de um fim de cidade", como Tamborim a tinha batizado. Os dias se arrastavam como as redes de pesca sobre a areia, de manhã, voltando das grandes pescarias, mas as redes se agitam, e essa era a diferença.

Felizmente, existiam os subterrâneos. Era tudo que tinha sobrevivido como testemunha da guerra, aquelas galerias, e elas abrigavam os amores dos jovens. Os casais cuidavam de seus assuntos nas câmaras. Iluminavam-se com tochas.

Ignoravam as cruzes e as inscrições santas traçadas a carvão sobre as paredes ou sobre as abóbadas das galerias. Uma pensionista de dona Gertruda recolheu em uma rotunda um grande rosário de madeira. E o devolveu ao seu cura. O lugar foi batizado de rotunda do Timóteo. Era lá que os apaixonados marcavam encontro.

Ninguém ousava se aventurar pelas partes afastadas do formigueiro. Os jovens utilizavam apenas as primeiras salas e as câmaras mais próximas da superfície, todas as zonas que os curas de Timóteo tinham restaurado. Além dali se estendiam outros corredores e subterrâneos tão estreitos, tão bem escondidos, tão encaracolados sobre eles mesmos e tão cheios de vermes que ninguém ousava nem mesmo imaginá-los.

Alguns meses depois do fim das hostilidades, foi dado um alerta. Dois namorados, especialmente a moça, tinham visto, em um canto da alcova, a silhueta de um cura que provavelmente os estivera espionando para ir delatá-los a monsenhor Timóteo, e foi como se Timóteo nunca tivesse deixado seu covil. Aquela notícia foi um triunfo. Todo mundo se sentiu revigorado. Finalmente, os tempos do monsenhor tinham voltado.

Em poucos dias, pululavam os curas encolhidos nos subterrâneos. Contou-se uma dezena, depois uma vintena. Os namorados faziam muito amor, de tão grande que era seu temor, e de tão grande que era seu desejo de que se delineasse, na penumbra, um bedel, um capelão ou um arcipreste.

No Três Funis, Nawaz reconheceu que a guerra do bispo tinha tido lá seus méritos miúdos. Tinha sido um fiasco, disso o historiador não abria mão, mas tinha trazido novo fôlego à lenda de São Luís: os velhos achavam mesmo que, na época da primeira guerra entre os soldados da igreja e os de Lisboa, no tempo do padre Vieira, alguns curas tinham se recusado a abandonar os subterrâneos depois que a calmaria se instalou, e desde então, se a gente encostasse a orelha no chão, dava para ouvir o murmúrio de suas missas e de seus cânticos, um murmúrio que ia ficando cada vez mais fraquinho, a bem dizer, um miado de gato, um miado de esqueleto de gato à medida que os curas iam envelhecendo.

Tal era a apologia que Nawaz, não sem ironia, fazia a monsenhor Timóteo: o prelado tinha revigorado o efetivo dos irredutíveis das alcovas. Tinha ajuntado ao exército moribundo dos antigos companheiros do padre Vieira um contingente de eclesiásticos frescos, cheios de sangue novo e de iniciativa.

Gralheta caçoava dessas tolices. Cada vez que dona Gertruda ou uma das moças falava dos curas escondidos no fundo dos subterrâneos, fazia careta. Considerava tudo aquilo um capricho: explicava que alguma jovem desmiolada, que matava o tempo enquanto o namorado fazia amor com ela, acreditou ter visto um cura, ou então tinha inventado a história para se fazer de interessante, ponto final.

Gralheta se explicava. Com certeza, ele não tinha o brio dos catedráticos e dos professores de Lisboa, nem mesmo dos da Bahia. Perdia as palavras, avançava, recuava na frase, cometia erros, gaguejava. Dizia que os fantasmas o incomodavam. Não compreendia os moradores de São Luís ou de Belém do Pará que sofriam de torcicolo só para procurar, em todas as esquinas, unicórnios, fadas, demônios ou então almas penadas que chamavam de "caras".

Teve uma idéia: respeitava demais os deuses para recorrer aos invisíveis. A terra, e entre as terras a Amazônia, é tão rica em encantamentos, em horrores, em milagres, era mais ou menos isso que ele dizia, à noite, às moças de dona Gertruda, titubeando a cada palavra, o grande Gralheta, de costume tão reservado, para que lhe ajuntar floreios, imaginações? Porque, pensando bem, no que diz respeito às coisas estranhas, burlescas, horríveis, soberbas, o Deus da Bíblia, enfim, o Todo-Poderoso, tinha feito um bom trabalho. Não dava para querer rivalizar com ele!

A tese do antigo subtenente do rio Negro era bem simples: a cada um, sua função.

— Ao menos, é o que me parece, dizia ele. Quero dizer... Por exemplo, Deus, ele é forte no quesito fantasia, capricho, delírio, barroco, genial, desvairado; mas os homens... Os homens, quero dizer, a especialidade deles é mais aquilo que é sério, os problemas verdadeiros, sólidos, lógicos, a realidade...

Gralheta coçava a cabeça e recomeçava. Achava que não servia de nada lambuzar a realidade, colori-la, ajuntar-lhe tons de preto, de vermelho, de violeta, de urucum. Por que se esforçar tanto para inventar coisas que não existem? Porque cada um já tinha sua ração de beleza e de bizarro: o reservatório estava cheio. E que sonho e que mentira algum dia poderiam rivalizar com as incríveis descobertas do Criador?

Melquior Gralheta falava com entusiasmo, e as moças não sabiam mais o que pensar, mas Gralheta também não sabia, e as moças adoravam Deus, adoravam Gralheta. E ficavam se perguntando se Gralheta seria descrente ou religioso. Gralheta disse que também não sabia, e um pouco depois disse que sim, ele sabia, e logo as moças foram importunar o doutor Tambor e perguntar-lhe o que ele achava, mas o doutor Tambor disse que estava quente demais, naquela noite, para saber se Deus existia ou não.

25

DE MANHÃ, AS NUVENS PASSAVAM sobre as ilhas. Iam apagando as cores, uma atrás da outra. Quando tinham terminado o serviço, por volta do meio-dia, já não havia mais sol, só havia mar, e a tempestade durava até o anoitecer. Em seguida, o céu voltava, com traços verdes e púrpura na altura do horizonte até a noite fechada, e as estrelas cintilavam.

À tarde desabavam dilúvios, pura e simplesmente. Dom Gonçalves se aninhava em sua igreja. Ficava sentado em um banco, ou próximo à porta entreaberta, porque tinha dificuldade de respirar naquelas temperaturas. Observava a chuva, os pingos nas árvores, na lama. Quando alguém perguntava se ele estava espiando alguma coisa, piscava o olho. E respondia: "Estou espiando...". Fazia o sinal-da-cruz e dizia: "Espio, sim, mas não estou espiando absolutamente nada". Tinha gente que se refugiava embaixo do pórtico, gente molhada e de bom humor, que cumprimentava o velhinho. Dom Gonçalves era muito popular no bairro. As paredes da sacristia estavam cheias de infiltrações. Quem é que ia consertar aquilo? A água escorria por lá já fazia muito tempo.

Bala preparava os sermões e as homilias do padre. Lustrava os objetos do culto, o cálice, a pátena e o ostensório, os candelabros. Criava sóis para si mesmo, era sua maneira de lutar contra a melancolia que sentia, repetindo um gracejo do doutor Tambor, que tinha mais espírito do que ele, de que ela geralmente precede os fins do mundo.

Glória chegava ao fim da chuvarada. Dizia: "Estou molhada que nem uma sopa", e Gralheta dizia que estava molhada que nem uma floresta, que nem uma lontra ou que nem um lago, mas que nem uma sopa, não! Ela torcia a camisa e o avental. Colocava a mão na massa; tinha de limpar, remendar e engomar os hábitos de dom Gonçalves, as batinas, os colarinhos; e, quando terminava, deitava-se no chão. Acontecia na hora do anoitecer, no momento em que o céu fica antigo. Ela adorava fazer amor principalmente durante o dia, mas à noite também. Seu rosto brilhava e suas coxas eram vastas. Gralheta achava que ela era linda como uma vaca, com seus olhos plácidos e seus seios fartos. Estava gorda e Gralheta dizia: "Graças a Deus!". Seu ventre era cheio de calor, de umidade, era um ventre suave. Ela se orgulhava daquilo. Gralheta e a namorada gritavam bastante. O padre dava bronca neles, mas bem que gostava daquilo.

Certa manhã, a vendedora de guaraná e de pomadas do largo da Sé entrou esbaforida na sacristia. Estava toda encolhida e morrendo de medo. Assegurou-se de que ninguém a estaria observando. Foi enfiando a cabeça para dentro do capuz, pouco a pouco, como faria uma tartaruga, e disse a Melquior Gralheta que a seguisse. Trazia na voz um tom conspiratório, nem chegava a ser uma voz, era mais um sopro conspiratório. Gralheta a seguiu. Deslizaram escadarias abaixo, na direção do cais dos peixes.

Lá, Melquior avistou um sujeito, confiável e bicudo, um tal de Roberto Csalo, conhecido como "Fêmur Grande", porque era curto, musculoso e espesso como um garrafão de vinho e tinha perdido um pedaço do nariz. Era ele que tinha falado a Gralheta sobre Rock, o Brasileiro, no ano anterior. É preciso dizer que Fêmur Grande tinha atuado como bucaneiro, havia muito tempo, no barco de Rock, o Brasileiro, precisamente, na ilha da Tartaruga, mas já não navegava mais, devido à idade avançada, e também não tinha uma orelha, arrancada em combate, sem dúvida a dentadas, porque os pedaços restantes tinham formato de engrenagem de pêndulo. Quando ele coçava essa orelha, parecia estar acionando o cérebro.

Nunca tinha esquecido seu antigo capitão, aquele tal de Rock, que era conhecido como o Brasileiro, mas era inglês. Bebia, carregava um sabre imenso e tinha ficado em exílio no Brasil durante muito tempo. Fêmur Grande era o portador de um recado: Rock, o Brasileiro, estava subindo em direção ao norte, com duas escunas, equipadas com gurupés, mas com velas quadradas. Àquela altura, deveria estar navegando ao largo de Fredericksstad, mas Gralheta não sabia onde ficava Fredericksstad. Perguntou se era abaixo de São Cristóvão do Sergipe. Era um pouco abaixo de Natal.

Fêmur Grande forneceu os detalhes. Rock carregava uma trintena de negros no calado, cortadores de cana. Não eram pessoas das mais bem-educadas. Tinham fugido do engenho de açúcar, na serra do Mar, em direção ao rio Parnaíba três anos antes, depois de terem matado o dono do domínio, seus dois filhos e sua tia. Ficaram escondidos em um fim de mundo. Antes disso, tinham estuprado a esposa do proprietário e todas as mucamas, além de botar fogo nos galpões.

Soldados do governo os haviam pego no meio da fuga, mas os negros corriam como tigres. Tinham construído um quilombo no interior profundo, bem além de Caruaru, se é que dava para chamar aquilo de quilombo! Era melhor dizer que tinham construído uma catástrofe! Era um canto do inferno, com um mato que se assemelhava a dez mil coroas de espinhos de Jesus. Nem Belzebu, nem mesmo o arcanjo Uriel teriam se aventurado no meio daqueles espinhos que tinham o comprimento de uma mão e eram mais afiados do que um facão, eles bem que seriam capazes de perfurar três camadas de couro, era o que Fêmur Grande achava.

O exército de Pernambuco afinal conseguiu localizar o quilombo e atacou. Os negros fugiram correndo para todos os lados.

Um grupo de uns trinta tinha se arrastado até o litoral, na altura da ilha de Itamaracá. Lá, como estavam exaustos e sem recursos, esconderam-se em uma enseada bem isolada do canal Norte, bem na desembocadura do Massaranduba. A aventura tinha chegado ao fim, eles iam morrer, mas sua sorte mudou. Um navio foi acostar no canal. Um dos quilombolas reconheceu o navio negro do sacripanta mais famoso dos mares brasileiros, Rock, aquele que tinha um sabre enorme, era uma embarcação vigorosa, com mastaréus e cordames. Como é que os quilombolas tinham conseguido convencer o pirata a acolhê-los a bordo? Fêmur Grande não fazia a menor idéia. Certamente tinham dito que estavam morrendo, mas Rock, o Brasileiro, não era adepto da misericórdia. E então? Teriam dobrões? Mulheres? Águas-marinhas, esmeraldas, diamantes?

Melquior Gralheta perguntou a Fêmur Grande se Rock, o Brasileiro, continuava com aquele projeto de ir até a África. O baixinho cuspiu. Como estava contra o vento, recebeu tudo em cima do nariz. Limpou-se resmungando: "Que burrice, e ainda mais para um marujo, não?". Explicou que Rock era um animal perdido. Todos os marujos espanhóis, portugueses, franceses, holandeses e ingleses, os católicos e os religionários, todos estavam atrás dele e até os corsários e até os outros piratas, até os últimos bucaneiros da Tartaruga e até os tubarões e os polvos, e aquele janota do Bartolomew Roberts, que era o pior de todos no litoral do Benin com suas belas vestes de cetim e suas pedrarias, todo mundo queria esfolar Rock, o Brasileiro, esfolá-lo vivo, se possível. O bandoleiro tinha todo o interesse em ser esquecido, durante algum tempo, na África. Era sanguinário demais. Certa vez, tinha mandado assar no espeto dois fazendeiros que tinham se recusado a lhe dar um boi.

Foi isso que o tal de Fêmur Grande contou a Gralheta. O comboio do pirata passaria pela altura do Maranhão em alguns dias — ou então em algumas semanas, não dava para saber quando se tratava de assuntos como esse. A subida até São Luís poderia tomar um pouco de tempo porque Rock, o Brasileiro, não queria ir margeando o litoral. Fêmur grande disse que, além disso, se um navio espanhol ou português ou francês lhe cortasse a rota, Rock não conseguiria se conter: ele o abordaria, Rock era assim, disse o sujeitinho.

Rock era assim. Reconhecia o cheiro do ouro ou das esmeraldas, das águas-marinhas ou dos brocados do grande Mogol através de ciclones e de três alísios. É por isso que ele tinha cortado muitas orelhas e pescoços nos últimos dez anos, entre o Rio de Janeiro e o Caribe, entre o golfo da Guiné e Tamatave. Também tinha fatiado um montão de narizes porque achava engraçado dizer, enxugando a faca: "Ranho de lápis-lazúli e ranho de ouro!", cada pessoa tem um gosto, dizia Fêmur Grande, que parecia ser um homem tolerante, mas naquele momento nada tinha cheiro de ouro, nem de lápis-lazúli, nem de alísios; no ar pairava um cheiro de morte. Rock não tinha vontade de terminar seus dias pendurado na ponta de uma corda de cânhamo, em uma praia da Jamaica ou da ilha de Marajó, como tinha acontecido com Calico Jack. Ia trocando de área de jogo. Quando tivesse embarcado o bando de maranhenses e o saco de moedas de ouro que Gralheta prometera a Fêmur Grande, Rock partiria diretamente para os lados da Etiópia e da Guiné. Lá só havia negros e Fêmur Grande fez um aviso a Gralheta: Rock não era um camarada maldoso, principalmente quando recebia dobrões e escudos, mas era melhor dormir de olhos abertos e Fêmur Grande deu a Bala o conselho de subir a bordo do navio de Rock escoltado por alguns companheiros bem sólidos, nunca se sabe, e alguns sabres... e dormir com um olho fechado e o outro aberto.

Melquior retornou à cidade alta para informar seus dois camaradas, Nawaz e De Styjl. Sabia que os encontraria no largo de Santiago e foi lá que os encontrou, sentados na pedra deles, entre duas palmeiras de babaçu, um chapéu de palha na cabeça, limpando os dentes com um pedacinho de madeira, mas era uma empreitada sem fim, porque com o tempo o sumo do tabaco tinha penetrado bem no interior dos dentes, e até do fígado e das tripas.

Melquior assumiu um tom solene, mas, antes de anunciar que o barco estava chegando, fez alguns salamaleques: os dois amigos não deviam achar que precisavam respeitar uma promessa feita havia dois anos, talvez bem mais do que dois anos. Não eram obrigados a embarcar com Gralheta na canoa de Rock, o Brasileiro. Afinal, quando Gralheta devisara seu plano de retornar à África, tinha sido no dia em que avistaram o mar, lá em cima, na Guiana, depois do rio Negro, onde tinham passado seis meses nojentos no meio da floresta, com febres e com o afogamento do general e os pântanos e os mosquitos, e aquela estela, o finado, enfim, tudo...! Naquele dia, Bala se lembrava muito bem, o mar, para além dos pântanos de Piratuba, estava liso e suave, e o mar não era uma coisa. Era uma cor. Tinham bebido muita cachaça. E depois, como estavam saindo de uma maré de azar, estavam ficando loucos, principalmente quando ia chegando o meio-dia, ouviam os mudos gritando, e tinha a areia, ah, sim, estavam loucos e era por isso que surgiu aquela idéia de ir para a África... Gralheta, ele não se esquecera do projeto que tinha então delineado, naquele dia, em meio a tanta animação, tanta loucura, mas o historiador Nawaz, Abdullah Nawaz, e o cosmógrafo De Styjl, se tivessem mudado de idéia, Bala compreenderia... isso atrapalharia seus planos, mas tentaria compreender.

Joachim de Styjl jogou o chapéu para trás com um piparote. Com a ponta da bengala, fez traços na lama e pensou com seus botões: é verdade, no dia do rio Araguari, tinha achado que era um romance ou um jogo, uma brincadeira, mas Melquior Gralheta o repreendera, sem ficar bravo, apesar de demonstrar uma pontinha de cólera:

— É isso aí, meu velho Joachim, estamos falando qualquer coisa, uma tolice, estamos brincando. Depois, não vamos mais pensar nisso. O problema é que a tolice, ela não esquece. Tome cuidado com a tolice, Joachim: a inteligência esquece, mas a tolice se lembra de tudo, tudinho. O destino, De Styjl, o destino pensa o tempo todo. Sempre tem uma orelha que se arrasta, o destino, e não esquece nada, ele não é como nós, não deixa nada fugir, a promessa idiota que você fez, ele a transforma em uma pratata. E, dez anos depois, sua brincadeira cai bem em cima da sua cabeça, como uma bala de canhão, e você vai estar em Angola ou no Catai, certo?

O historiador Nawaz saiu em defesa de De Styjl. Ele também não tinha lá muita vontade de ir embora. Sentia-se como um rei em São Luís, e a promessa que tinham feito juntos, ao saírem do rio Negro, era tão antiga que nem o rio Negro lembrava mais e, além disso, no estado em que ele se encontrava, o rio Negro, será que ainda se lembrava de que era um rio?

Gralheta se virou para Nawaz com muita vivacidade.

— Não é verdade, meu velho Nawaz, porque você sabe, nada, jamais, é esquecido. De memória em memória, Nawaz, e desde o início do mundo, nada jamais desapareceu, nada, e tudo está aqui, a todo momento. Sempre. Você sabe muito bem, Abdullah: o que é que é essa tal de Coimbra, essa universidade com que você nos castiga as orelhas? Vou lhe dizer: é uma biblioteca... Ponto final... Nada mais do que isso, Coimbra... Está tudo lá, e tudo dentro dos porões de Coimbra, tudo que já foi e tudo que será, está tudo lá... até o Diabo na vara de porcos, até a trombeta de Jericó e até a moça que se deixou cavalgar por um camponês de Castela, faz cem anos, e até o almirante Cabral aportado na Terra de Santa Cruz, em Porto Seguro, certo? E até o golpe de vento que jogou o barco de Cabral na praia, sim, ele continua lá, o golpe de vento... Mas você faz o que bem entender, De Styjl. No que diz respeito à África, você não prometeu nada... Se não quer, então não quer...

Esticou um braço para a frente, abriu e fechou o punho várias vezes.

— Faço-lhe a pergunta, meu velho. Você vem?

De Styjl respondeu tranqüilamente que embarcaria no navio de Rock, o Brasileiro. Mas existiam outras coisas além da África. Havia Calicut também e Goa e a ilha de Thulé. De Styjl era geógrafo, e tinha preocupações: só se conheciam os contornos da Terra, mas não o interior dos continentes, porque os cosmógrafos são preguiçosos. Joachim de Styjl, ele tinha a ambição de delinear um grande planisfério, como Américo Vespúcio. Mas no lugar de mal traçar os rios, como o italiano, ele, Joachim, revelaria tudo o que se encontra dentro das terras!

Depois foi o doutor Nawaz que falou. Não estava de brincadeira. Iria para a África. No entanto, era querido pelos jesuítas de Lisboa, talvez por ser mouro, e estava elaborando um relato sobre a missão dos confins por encomenda do Palácio. E se o relato fosse certificado pelo rei ou pela Corte, então Nawaz poderia seguir uma bela carreira em Lisboa, mas uma carreira de quê?

— Uma carreira de escriba — berrou Nawaz erguendo-se de um salto sem se preocupar com as mulheres que atravessavam o largo preguiçosamente —, uma carreira de copista! Estabeleceria meus aposentos no porão do Palácio real. Ficaria copiando da manhã à noite, todos os livros de história... É isso!

Nawaz não ia cair naquele conto. Era um amante da glória. E além disso, respeitava demais a História para chupá-la dos livros de história ou mesmo das obras indecifráveis, dos pergaminhos e dos alfarrábios. A História, ele queria fabricá-la pessoalmente, ele a desejava toda fresca e desnuda. Portanto, precisaria primeiro combater, conquistar, matar e, em seguida, relatar seus combates, suas conquistas, um verdadeiro historiador era assim, e era por isso que ele só reconhecia um único historiador, que era Júlio César, desde o início do mundo, Júlio César, porque ele era o único sujeito a empreender uma guerra somente para poder relatá-la.

— E o rei Davi? — disse Gralheta timidamente.

— O rei Davi? Isso é outra coisa. Vou explicar.

Contavam-se os dias, mas eles não passavam rápido. Fêmur Grande tinha falado em dias ou então semanas, e bastava que os navios do rei interceptassem os dois barcos do pirata para que tudo estivesse perdido.

Gralheta tinha resolvido não dizer nada a Glória, não queria deixá-la triste, mas, certa noite, desceram os dois na direção da clareira, à direita do porto. Glória estava quase nua porque adorava ficar nua, e Gralheta não conseguiu se calar, ela era inocente, ele não podia enganá-la. Falou-lhe sobre Fêmur Grande, Rock, o Brasileiro; o sabre curvado de Rock, os negros do quilombo, a África, e que agora já não ia mais demorar muito, Fêmur Grande lhe dissera na véspera que logo, logo daria para avistar o barco do pirata.

Glória ficou escutando sem proferir palavra. Olhava Gralheta fixamente. Aquilo durou um bom momento, e logo se deixou cair por sobre a areia, ou melhor, despencou e deslizou. Parecia uma daquelas bonecas que as menininhas fazem para si com retalhos. Todos seus ossos tinham se quebrado. As aves marinhas faziam uma algazarra. Algumas caminhavam pela praia. Avançavam lentamente quando o mar se retraía mas, quando a onda voltava, recuavam a toda velocidade, pulando para trás sobre as patas, ajudando com as asas. Tinham ar aborrecido.

Glória levantou a cabeça, ficou observando Gralheta. Disse:

— Vou ficar sozinha.

Sentou-se sobre uma pedra grande, as ondas batiam em seus pés, estalavam.

Gralheta ficou incomodado. Disse que o mar estava claro, apesar de a cidade já estar toda escura. Acariciou o corpo da moça. A moça tremia. E falava. Quando ele estava preso no palácio do Parecer, ele sempre ficava se perguntando se ele a enxergava, sobre a mureta, bem debaixo dos botões de flores cor-de-rosa e flores violetas que desciam na direção do porto, entre o Trapiche e o largo Mina da Catarina. Gralheta, ele estava preso no grande palácio do Parecer com os outros, e Glória se arrumava toda de propósito, ela se arrumava como a moça mais bonita do mundo e ficava tão contente quando faziam amor no subterrâneo, ah, se pelo menos aquilo pudesse durar para sempre!

Gralheta disse qualquer coisa, mas Glória tapou as orelhas. Mesmo assim, ele continuou falando. Disse:

— Você sabe o que eu quero: quero não te abandonar jamais.

Ela levantou a cabeça bruscamente.

— Então, você não quer mais ir embora?

— Eu vou embora. É, Glória, eu vou embora...
Glória disse:
— Você devia tocar um pouco em mim.
— Eu toco.
— Quero dizer: você devia tocar mais em mim.

Ele a tocou e depois a tomou pela mão e eles desceram para o lado das ondas que eram pequenas, bonitas e parecia que estavam lá só para divertir. Elas se quebravam. Deixavam uma renda atrás de si. Normalmente, Glória saltitava toda feliz por sobre a areia, porque era jovem, mas não dessa vez, ela caminhava, e só. Passava a mão de Bala sobre seu rosto.

26

MELQUIOR NÃO ABANDONARIA seu velho padre sem avisar antes. Certa noite, aproveitando o recolhimento da igreja, as sombras, falou a ele a respeito da África e de Rock, o Brasileiro. Foi logo antes das vésperas. O padre teve um acesso de fúria, um tanto furioso demais para ele. Não conseguiu controlá-lo e, de maneira geral, foi um fiasco. Sua voz se partiu no ar. Ficou magrinha. Como que estrangulada, e ele teve de retomar seu discurso duas vezes.

Quando recuperou o fôlego, dom Gonçalves caçoou das condições do projeto.

— Não se trata de um projeto — disse ele —, não, Bala, é uma debandada. Você está é fugindo para a África, não me venha com lengalenga. Você está desertando, Bala! Está fugindo. Você está relaxando. Você sabe o que você é, Bala? É um fulano feio. Juntando com os seus companheiros, vocês não passam de uns sem-culhões. Eu bem que queria ser você, Bala!

Em seguida, ele se equilibrou na ponta dos pés, para ganhar altura, mas Bala era muito alto! Esticou o pescoço e correu a passinhos curtos e titubeantes na direção do altar. Sem parar de trotar, e para ganhar tempo, ensaiou um sinal-da-cruz, mas não conseguiu levá-lo a cabo porque deu uma meia-volta imprevista. Desceu os degraus do altar principal, postou-se na frente de Bala e disse: "Depois de tudo que eu fiz por você, Melquior!", e como Melquior fizesse um gesto de deixa disso, ele prosseguiu:

— E os sermões? Por acaso você pensou nos sermões? E se um dia eu não me lembrar mais do que eu estou dizendo? Hein? Você já pensou nisso? E a Glória?

Melquior respondeu que Glória também partiria. Dom Gonçalves gritou: "Então, trata-se de um complô! Até a Glória! Eu não vou mais ver a Glória?". Deu uma espécie de tapinha na barba e terminou o sinal-da-cruz a que dera início um pouco antes. E se dirigiu para o deambulatório.

Na manhã seguinte, quando Gralheta chegou à sacristia, o padre empurrou a porta.

— Passei uma noite péssima. E você?

Ele tinha refletido: todo mundo achava que ele era português ou espanhol, ele tinha a pele clara, rosada, mas era caboclo, como os outros. Sim, ele era caboclo, como Bala, como o primo Jorge, como dona Gertruda, e olha que dona Gertruda era loira. Como o grande Albuquerque, ele não era qualquer um, aquele lá. Como Nawaz. Até Moisés era caboclo, até Abraão, até Malaquias...

— Principalmente Malaquias! E nem vamos mencionar o arcanjo Uriel, caboclo, mameluco e cafuzo ao mesmo tempo, o arcanjo Uriel, e Noé, a mesma coisa, ele até teve filhos de todas as cores, Noé, e isso queria mesmo dizer alguma coisa! A arca!

E, de todo modo, será que ele conhecia um único bebê, Bala, que não viesse de pai e mãe — portanto, caboclos, todos os bebês! E o profeta Elias!

— Elias?

— Elias, sim senhor! Elias era um amalecita, se não me engano...

— Amalecita?

— Ah, e além disso você me irrita, Bala... Estou dizendo que Elias era mulato.

A avó do avô do padre Gonçalves se chamava Aminata. Era africana, já que se chamava Aminata e além disso seu outro nome era N'Gdaye. Ela tinha vindo do Benin ou da Nigritia, ou da Guiné ou do país de todas as colinas, não se sabia exatamente. Enfim, da Etiópia, isso era certeza. E aquele tal de Rock, o Brasileiro, aquele pirata, se era mesmo brasileiro, devia ter religião e ficaria bem contente de fazer embarcar um padre.

— Com a ocupação dele. Imagine, Bala! São os nossos melhores praticantes, os bandidos, os criminosos, os canalhas! Eu reparei. Carregam sempre um rosário entre as patas! Igual às moças. Observe dona Gertruda, confessando-se sem parar. Precisam sempre de um abade na mão porque têm montões de pecados a derramar. Bom. Então, a África... Está dito, meu velho Bala!

Bala teve vontade de chorar. Pegou o velho nos braços, sufocou-o e depois o abraçou. Gonçalves soluçava.

Na noite seguinte, os conjurados se reuniram em uma pequena clareira, a oeste do forte de São Francisco. Apertaram-se em uma jangada toda desconjuntada. Parecia estar caindo aos pedaços, mas flutuaria durante algumas horas porque Gralheta tinha trabalhado secretamente em sua calafetagem desde que Fêmur Grande tinha-lhe anunciado a aproximação de Rock, o Brasileiro.

De Styjl conhecia os ventos. Encontrou um de imediato, uma boa fresca, e em algumas horas já estavam na ilha de São Miguel, de frente para Aracagi, onde Rock, o Brasileiro, tinha mandado avisar, por meio de Fêmur Grande, ia lançar âncora na lua cheia, dali a uma semana portanto.

Aquela semana foi bem comprida: a ilha de São Miguel era deserta, cheia de pedregulhos, lagartos, iguanas, algumas palmeiras de babaçu, terra branca e capim. Os cinco estavam com os nervos à flor da pele, perguntando-se se não estariam cometendo um erro crasso. Até Bala se impacientava. Irritava-se por causa de um nada e Abdullah, com seus sarcasmos, sua superioridade, não ajudava em nada.

A lua não inchava com rapidez. Bastava um cardume de arenques se abrigar por aquelas paragens e um pescador viesse buscá-los e pronto! As autoridades seriam informadas na mesma noite. O juiz expediria um mandato de busca, enviaria seus soldados.

Os fugitivos seriam amarrados ao pelourinho, amordaçados, na praça do governo. Seriam chicoteados até sangrar, ou então seriam levados à forca, na praça do Armazém, e figurariam nos registros como os primeiros enforcados de São Luís depois da execução, alguns anos antes, de Bequimão-Muleta, muito obrigado!

Depois de três noites, a lua ficou esplendorosa, pesada e luminosa, dava para ver o céu atrás da lua, uma enorme gota redonda, de ouro, de ouro líquido. O céu estava nu e de manhã uma vela fez a curva do cabo da Ressurreição. Era Rock, o Brasileiro. Executou as manobras de aterrissagem. O mar estava liso, uma superfície de metal. O barco deslizava sobre aquele metal. Não havia vento, mas o navio avançava mesmo assim, como se estivesse aproveitando um resto de brisa antiga, uma velha brisa desprezada, esquecida entre dois recifes por uma tempestade. De Styjl admirou a curva que a vela branca descreveu: "Boas maneiras, disse ele, maneiras de veludo, maneiras de ladrão". Era preciso reconhecer que o tal Rock era um artista, como todos os piratas. Não era de admirar que tivesse enviado tantos galeões para o fundo do mar, e que tivesse tido muitas oportunidades de dizer: "Ranho de lápis-lazúli e ranho de ouro!", enquanto cortava narizes fora.

O barco deitou âncora a cem metros da enseada. Um bote se destacou e veio remando com energia. Glória torcia o pescoço porque estava virada para trás, na direção do Grão-Pará. Disse: "Meu Deus!". Ela tremia. Queria voltar para o Maranhão e ao mesmo tempo queria ir para a África, o que fazer? Tinha esquecido alguma coisa em São Luís. Gralheta perguntou o que é que ela tinha esquecido. Não tinha esquecido nada mas, quando era menina, brincava todos os dias com os meninos nas muralhas, e era por isso que ela não queria ir embora agora, eles a atormentavam, queriam que ela mostrasse o traseiro, era isso que ela tinha esquecido, nas muralhas, e ia voltar a São Luís mas não podia perder Gralheta, ele ficaria muito aborrecido. E então? Um marujo robusto a pegou pela mão e ajudou-a a saltar para dentro do bote.

Alguns minutos de remadas levaram o bote para o mais perto possível do barco de Rock. Nawaz e Gralheta empurraram dom Gonçalves para fazê-lo passar pelo portaló para o tombadilho. Empurraram um pouco forte demais e o velho padre se estatelou sobre o convés. Esperneou. Aquilo fez com que risse tanto que não conseguia mais retomar a compostura e todo mundo ria, até mesmo um fulano magro, ereto e branco, com dentes de mula, um riso branco também, e deu para perceber que aquele era Rock. Ainda se avistava a costa do Maranhão, enfumaçada.

Rock foi cumprimentar seus cinco clientes. Pegou com negligência o pequeno saco de moedas de ouro que Gralheta tirou da sacola e mandou que um negro grande com o nariz afundado no meio das bochechas verificasse a quantia, era provavelmente o cozinheiro porque se assemelhava a um javali e tinha uma faca nua pendurada na cintura e um avental coberto de sangue escuro. Em seguida, Rock indicou um canto do convés posterior, entre dois canhões. Os maranhenses podiam estender suas redes ali.

Em caso de tempestade, todo mundo iria para o calado, com os fugitivos do quilombo. Mas Rock esperava que a tempestade não chegasse assim tão cedo porque lá embaixo, no calado, os negros estavam empilhados uns sobre os outros como bolachas, fediam a vômito, e as mulheres estavam misturadas com os homens.

— Para eles, não faz mal — disse Rock, girando uma esmeralda no dedo, cheio de vaidade. — Eles estão acostumados. Para começar, quando os tiramos da África, há cem anos, duzentos anos, estavam emaranhados uns nos outros de modo que, ao chegar à Bahia, era preciso desembaraçá-los, às vezes era preciso um golpe de facão para descolar. É por isso que tem tanto negro sem nariz ou com um dedo de menos no sertão: na chegada a Salvador ou a Vitória, os soldados tinham pressa, não encontravam tudo, entalhavam, faziam lotes... é preciso compreender...

Enfiou uma pitada de tabaco no nariz e jogou a cabeça para trás, como se esperasse aplausos.

— Nada de pânico! De vez em quando, morrem. Ficam tossindo no calado. A gente os ouve tossindo a noite inteira e logo nós os jogamos no mar. É melhor para vocês que o céu continue limpo pelo menos durante uma semana porque, em uma semana, poderemos ter uns cinco ou seis mortos na galeria, e assim, se vocês precisarem descer lá embaixo, vai ter lugar para vocês e para mim, como eles pagaram a viagem... Mas nunca se sabe. De vez em quando eles param de morrer, é uma incerteza, esses sujeitos, e então, o que é que eu posso fazer... Mas não é minha culpa. Tenho uma regra de honra, sou um homem gentil de boa ventura, sou sim: nunca os jogo por cima da amurada enquanto ainda estão vivos. Ah! Ah! Ah!

Rock tinha um bigode muito fino, muito preto, dava para jurar que era pintado, e seu rosto era afinado e de uma brancura de osso, principalmente quando ele mostrava os dentes. Suas roupas eram elegantes e complicadas, com muito preto e bronze, com cordões e brilhos, um costume para um baile das trevas. Usava um paletó de oficial enfeitado com pedrarias e fitas, franjas, um colarinho de veludo de altura exagerada e três voltas de uma echarpe grená escuro, quase carbúnculo. As botas rangiam a cada passo. Falava sem mexer os lábios. Falava como uma faca. Quando dizia algo engraçado ou uma insolência, sorria, e naquele mesmo instante se tinha pressa de que ele parasse logo de sorrir.

Gralheta ficou contente quando o capitão foi embora. Dirigiu-se à proa do navio. Passou a manhã toda apoiado na amurada. Glória ficou perto dele. Com a mão em seu pescoço. Não ousava falar e não ousava ficar calada. Gralheta cuspia no mar. Observava o cuspe ir embora aos supetões e se confundir com a espuma formada pelo navio e dizia: "É como se toda essa espuma aí fosse o meu cuspe...". Glória perguntou onde era que o Brasileiro ia desembarcá-los e Gralheta deu de ombros: Rock não era o tipo de homem a quem se pede explicações e, além do mais, Gralheta não estava nem aí.

Não estava nem aí porque não sabia de onde tinha vindo. Um senhor de engenho tinha comprado seu bisavô no cais de Salvador, ou talvez fosse o pai do bisavô dele. Aquele senhor de engenho se chamava Gonzago, era descrito como um tipo de latifundiário justo, libertara o bisavô logo em seguida, dera-lhe um tonel e o bisavô virou vendedor de água e teve um filho chamado Luís, que virou avô por sua vez, como todo mundo, era mesmo o avô de Melquior Gralheta, ainda bem que coincide, se não, nada de Gonçalves! Alguns anos mais tarde, o avô Luís morreu de embolia. O filho dele, que um dia se tornaria o pai de Melquior, e que se chamava Luís Segundo, tinha três ou quatro anos. Foi assim que o fio se rompeu, e é como quando um colar se rompe, fica difícil encontrar todas as pérolas que saem rolando! Agora não havia mais o que fazer, ninguém jamais saberia de onde vinha a família. E então? Ela vinha da África. Já estava bom, não estava?

Para Glória, era a mesma coisa. Não sabia nada. Sabia que uma de suas avós se chamava Maria d'Assunção e que era bonita. Enfim... certamente era bonita, já que era amante de um latifundiário de Sergipe, um fulano rico, rico, que se chamava dom Isidoro. Esse tal de Isidoro tinha uma esposa, uma portuguesa de Trás-os-Montes, mas não era uma esposa, era um horror.

E eis o que aconteceu: alguns anos antes, alguns anos antes de começar a ir para a cama com a avó de Glória, com essa tal de Maria d'Assunção, o dom Isidoro, o grande fazendeiro Isidoro, já tinha traído a esposa portuguesa pavorosa com uma outra negra porque era louco por negras, todos os portugueses são loucos por negras, sempre querem ir para a cama com elas. E é por isso que Isidoro tinha ido para a cama com aquela negra e um dia a esposa portuguesa de dom Isidoro, aquela de Trás-os-Montes, tinha surpreendido os dois nus, no estábulo, a negra e dom Isidoro, os dois nus, chafurdando entre as patas dos jumentos, repugnantes, com esterco para todos os lados, e eles gemiam como porcos, os dois. A mulher portuguesa de Trás-os-Montes ficou observando os dois durante um bom tempo. Não mexeu um dedo, mas à noite, ao final da ceia, serviu a dom Isidoro uma tigela de frutas com creme, e no creme boiavam mangas, ameixas e os olhos da negra.

Foi um pouco depois disso que o latifundiário, aquele tal de dom Isidoro, começou a se deitar com a avó de Glória, com Maria d'Assunção. Ele era incorrigível, aquele sujeito. Continuava correndo atrás de Maria d'Assunção. Forçava-a a entrar no estábulo, ela também, era a mania dele, daquele sujeito, adorava o cheiro, o esterco, as moscas, a palha. É preciso dizer que Maria d'Assunção era bem torneada, parece, e era por isso que os homens estavam sempre atrás dela, tão bem torneada quanto Glória depois de ter engordado bastante, e todas as mulheres da família eram assim, quando eram pequenas pareciam camarõezinhos e logo viravam peixes-boi, era uma coisa que Glória não entendia muito bem.

E um dia, depois de fazer amor, aquele imbecil do dom Isidoro tinha contado à avó de Glória, à Maria d'Assunção, o caso da salada de olhos, os olhos de uma outra negra, daquela que tinha precedido Maria d'Assunção no estábulo. Maria d'Assunção não pensou nem uma nem duas vezes. Acabou o caso com dom Isidoro, caiu fora e fugiu como um coelho, como uma assassinada, para o meio do mato, com todas as suas curvas.

Lá, no mato, ficou sabendo o seguinte: a mulher de Isidoro, a portuguesa, quando percebeu que o marido a traíra pela segunda vez com outra escrava, com a Maria d'Assunção dessa vez, recomeçou tudo de novo: assim como da primeira vez, serviu a dom Isidoro os olhos de uma negra na salada. No final do jantar, dom Isidoro passou um bom tempo examinando aqueles olhos que flutuavam na tigela de leite. Cutucou-os um pouco com a colher e disse que não eram os olhos de Maria d'Assunção, que eram mais escuros, mas a mulher de Portugal respondeu com muita frieza: "É verdade, meu caro Isidoro, estes não são os olhos corretos, não são os olhos de Maria d'Assunção. Os olhos de Maria d'Assunção estão no mato, agora, então peguei outros olhos, os primeiros que me caíram na mão. Mas qual é a diferença, meu amigo? Elas todas são tão parecidas! Não passam de olhos de negra!".

Em resumo, Glória era como Gralheta: ignorava de onde vinha, mas não transformava isso em desgraça porque os negros raramente sabem de onde vieram. As outras pessoas sabem de onde vieram, mas os negros não! É assim! E é sem dúvida por isso que são negros.

Gralheta passava longas horas à proa. Acima dele, as velas se estendiam e o mar parecia o amanhecer, liso, brilhante, claro e verde. Os ventos eram fracos. Os marujos subiam nos cordames, manobravam os sarilhos, calculavam a altura do Sol, faziam brilhar as bombardas e também as pequenas pedrarias instaladas na roda-de-proa ao lado da bandeira negra para atingir por cima os galeões espanhóis, o que vocês acham disso, seus espanhóis?

Glória não compreendia por que Gralheta ficava colado à amurada e por que seus olhos estavam tão fixos. Perguntou para ele. Gralheta apontou o mar com o queixo. Estava procurando a África. Não enxergava nada. O mar estava deserto e Gralheta, na terceira manhã, disse:

— Você acha que isto aqui pode ser um gracejo?

— Um gracejo? O que pode ser um gracejo?

— Quero dizer: que todos nasceram no Brasil, os escravos, os negros, todos. Não existe África nenhuma. Foram os senhores de engenho que inventaram essa história de África para nos manter calmos, compreende?

Não! Glória não compreendia. Não gostava nada, nada daquelas bobagens, aquilo a deixava com um certo mal-estar, dava-lhe vontade de chorar, mas não era nada sério, ela sempre tinha vontade de rir e sempre tinha vontade de chorar, e ali, naquele barco, como tinha todo o tempo do mundo, podia se dar ao luxo de soltar um montão de risadas e um montão de lágrimas também, era muito bom. Aproveitava para fazer uma festa de risos e de soluços. Era muito alegre, era alegre como uma flor, mas chorava. De vez em quando, ria de tanto que chorava, verdade! E Gralheta continuava desenvolvendo sua idéia, principalmente por desleixo:

— Olhe só dom Gonçalves... Há mesmo muita coisa que lhe some da cabeça. De vez em quando, em uma só noite, ele perde um ano inteiro, da mesma maneira que perdemos um dobrão de ouro. Ele perde cidades, pessoas...

— E daí? Por que é que você está dizendo isso?
— Bom, eu acho que não é correto falar desse jeito. Ele não perde nada, o Gonçalves. Essas coisas que ele perde, eu digo que nunca existiram, veja bem. Comigo é a mesma coisa. Quero dizer conosco é a mesma coisa, talvez seja a mesma coisa, conosco. Nós perdemos a África, exatamente como dom Gonçalves vai perdendo suas lembranças: perdemos uma coisa que não existia! Percebe? É igual à cabeça de dom Gonçalves... está vendo o mar, ali? Eu, de minha parte, não vejo nada. E será que você enxerga alguma África? Está tudo vazio, onde é que você quer que ela encontre um lugar, essa sua África, no vazio? A não ser que ela também seja vazia.
— Você está dizendo que a África é um vazio?

Glória torcia o nariz enquanto examinava o grande Gralheta, depois desviava o olhar para frente de si, como que para verificar que o mar estava vazio. Dizia que não, que o mar estava cheio. Seus olhos eram de súplica e ela tinha colocado em cima da cabeça um pedaço de lona, porque tinham entrado em uma zona morta. O navio estava inerte, com as velas murchas, sem nem mesmo farfalhar. Tudo parecia empacado. O céu empacava. O Sol estava dentro do mar.

Gralheta colocou a mão na cabeça da moça porque a amava, aquilo era um fato, não ia mais mudar, tinha tentado não a amar, mas não adiantara de nada, ele a amava. Acariciou-lhe os cabelos e disse que não vinha nem de Angola, nem de Benin, nem da costa de Mina e nem da Mauritânia, ele vinha da África, e pronto.

Rock, o Brasileiro, tinha ficado feliz ao saber que o bando do Maranhão incluía um padre. Fez uma mesura, verificou as horas em seu cebolão, disse que um padre era mercadoria rara, principalmente no mar, e que iriam "se fartar" de missas, que iam celebrar "uma enfiada de missas"! Os marujos mais afortunados nunca viviam muito tempo. Além disso, quando morriam, não recebiam nem mesmo uma oração, não ganhavam nem mesmo uma cruz fincada no chão, era como se jamais tivessem vivido. Eram jogados ao mar, e era isso que desanimava Rock, não o fato de morrer.

O pirata sacou um lenço de seda para esfregar os botões de prata da manga. Disse uma coisa esquisita, que Gralheta não compreendeu muito bem. Disse assim:

— É bem isso. Não é o fato de morrer que deixa a gente aborrecido. É que, quando a gente morre, a gente nunca nasceu.

O padre Gonçalves estava presente e ergueu o nariz, como fazia toda vez que farejava no ar um debate religioso, e aquele parecia promissor, suculento e temperado. Nesses casos, ficava feito um cão que tinha apanhado a carne da caça. Por precaução, assumiu ar teológico. Mas Rock não deu prosseguimento à sua idéia. Abaixou-se, tirou da bota uma pistola e colocou o cano, como quem não quer nada, na boca; fez isso mesmo, passando a língua pelo buraco, acariciando a coronha.

Na manhã seguinte, ainda no escuro, toda a tripulação se reuniu no passadiço frontal porque o Sol ia se erguer daquele lado. Dom Gonçalves se apresentou. Tinha improvisado uma espécie de batina com a ajuda de Glória. Durante a noite, Gralheta tinha montado um altar. O Sol surgia como um obus. Dom Gonçalves nunca tinha celebrado uma missa com tantos bacamartes a sua frente, mas a tripulação era simpática, calorosa. Rock, seu braço direito, o cozinheiro com o narigão enfiado nas bochechas, e uma quinzena de marujos ajoelharam-se. Os quilombolas ficaram acorrentados no calado deles.

Os primeiros minutos transcorreram sem rebuliço, mas o bando de Rock, o Brasileiro, desprovido de missas havia meses, não conseguiu medir sua exaltação, e a exaltação, a bordo de um navio qualquer, toma formas extremas. Formas ruidosas também, porque os homens de Rock vinham todos de lugares ruins do Ocidente e os cantos que se erguiam na proa eram todos misturados, um bricabraque, uma feijoada. Ali se encontrava de tudo: restos de música selecionada nas igrejas da Galícia, nas da Lorena ou da Sicília e nos bordéis de Anvers ou nas prisões de Southampton, com salmos de Lutero no meio, e tudo isso se sobrepunha, disputando espaço, produzindo ruídos que davam vontade de tapar as orelhas.

Até a ascensão, tudo correu bem. A tripulação estava animada, mas bem obediente. Foi somente quando dom Gonçalves desvelou a pátena que os marujos não puderam mais se conter. Começaram a berrar aclamações, palavrões. Insultavam o inferno, os diabos, os marinheiros do rei e os salafrários dos soldados e os juízes e aquele tal de Pilatos que tinha crucificado o Salvador, aquele lá... Dom Gonçalves dava pulinhos, com o capelo na mão, lançando olhares cheios de medo para todos os lados, mas não se pára uma missa no meio.

O cura tremia. Ergueu a hóstia. Os marujos se soltaram. Saber que o Senhor Cristo rondava o barquinho deles levou seu entusiasmo ao ápice. Rock desembainhou a pistola. Ouviu-se um tiro e todos os bacamartes dentro do navio responderam. O padre se atrapalhava nas respostas, de modo que a ascensão durou mais do que o necessário e a tripulação descarregou toda a artilharia.

Algumas salvas continuavam explodindo. Depois de uma pausa, ouviu-se uma última explosão e um berro de congelar a espinha. Dom Gonçalves se virou, com os braços ainda abertos, a pátena na mão, um pouco inclinado. Viu uma mancha de sangue em cima do tombadilho e, em cima da mancha, um marujo se contorcendo, apertando a mão sobre o ombro todo vermelho. Rock deu ao padre a ordem de continuar.

Dom Gonçalves respondeu:

— Mas...

Rock o repreendeu:

— Não se preocupe, padre. Você cuida da sua função, eu cuido da minha. Aquele fulano ali ergueu a cabeça durante a ascensão. Eu o conheço bem. Estava tentando ver Deus, e não é preciso ver Deus. Ah, mas isso ia ser fácil demais! Vamos, pode continuar...

— Mas...

— Da próxima vez, vai ser na cabeça, padre. Se a gente não mata esses sujeitos de vez em quando, eles nem sabem mais que estão vivos!

27

DOIS QUILOMBOLAS morreram de febre e Rock disse:
— Por que é que deveríamos nos incomodar? Temos um padre a bordo, é preciso utilizá-lo, não é mesmo? Reparo nele o dia inteiro, em dom Gonçalves, ele se aborrece, cochila na rede. Reza um pouco a missa, mas isso não lhe basta. É preciso dar ocupação ao homem! Ele vai dar a absolvição a estes sujeitos. Deve ter um montão de absolvições na reserva, esse velho...

Os marujos tiraram do calado dois fardos compridos, enrolados em tela e os lançaram por cima da amurada. Rock se pavoneou todo. Disse que já tinham aberto dois lugares no calado para os de São Luís e, no dia seguinte, um outro quilombola morto foi jogado ao mar e isso totalizava três lugares e Rock chupava o cano de sua pistola. Enfiava a língua pelo buraco.

Os funerais serviram de oportunidade para conhecer alguns quilombolas e conversar com eles. Aquela gente dava pena. Tinha sobrado muito pouco para eles. Antes de subir no barco de Rock, tinham experimentado tudo que é horror. Desde o início da fuga, três anos antes, quando escaparam juntos do engenho de açúcar, e se encontraram ao sul de Fortaleza, entre um deserto e mais outro, tudo tinha dado errado. Tinham tentado organizar um quilombo em um lugar tão esquecido pelos homens que nem mesmo o bom Deus devia conhecer. Acreditaram que tinham encontrado o local a um dia de caminhada de Caruaru, mas lhes faltava habilidade e o acampamento de cana e de pedregulhos que montaram não merecia o belo nome de quilombo, mas sim o de absolutamente nada. Viveram ali três anos.

Não havia nada para comer, também, e por isso se fartavam de imundícies. Uma capivara era uma festa, um tatu ainda mais, ou um formigueiro ou mesmo um cachorro amarelado que uivava no meio da noite. No resto do tempo, comiam lagartos, ratos, pássaros doentes, capim e raízes. Às vezes, enfiavam terra na boca e ficavam chupando.

Viviam como animais cavadores, igual às toupeiras que assavam nos dias de fartura e um deles fizera uma paródia do Evangelho. Tinha dito: "Assai-vos uns aos outros", e até mesmo esse imbecil, no dia seguinte, disse que eles só escapariam se comessem nacos dos companheiros, mas cuidado, eles estavam prejudicados!

Na época, quando os negros tinham fugido, os soldados do governo do Recife tinham organizado algumas batidas depois que os senhores de engenho mandaram avisar sobre a fuga, mas não conseguiram detê-los porque os quilombolas tinham a mesma cor das pedras. Como é que poderiam tê-los avistado? E além do mais, estavam quase mortos.

Certa noite no terceiro ano, uma mulher de mente simplória e que sempre estava em busca de terra boa de mascar, não aqueles blocos de argila que chegavam a sufocar, terra boa de verdade, ficou intrigada com uma pedrinha em forma de fruta, em forma de noz. Partiu-a usando duas pedras grandes e lá de dentro jorraram dezenas de faíscas brilhantes.

A mulher tão simplória achou que tinha encontrado uma refeição de rei. Como era mesquinha, evitou contar aos outros e ficou toda contente. Durante toda a noite, pôde ficar mascando sua descoberta. Quase de manhã, seus gritos acordaram todo mundo e ela acabou confessando. Depois de alguns dias atrozes, sucumbiu. Seu segredo repousava em seus excrementos e os quilombolas remexeram nas fezes. Tiraram dali uma quinzena de fragmentos. A partir daquele dia, todo mundo no quilombo começou a procurar pedras brilhantes. Depois de quatro meses, tinham constituído um tesouro, ainda que modesto, e quando o nariz dos soldados do Recife despontou no horizonte, os fugitivos saíram correndo, e foi assim que se esconderam em uma clareira, perto de Vitória, com suas pedras.

Alguns dias depois, um barco aportou naquela enseada e, quando os negros perceberam que era o barco de Rock, o Brasileiro, lançaram-se sobre ele. Precisaram convencer o pirata. Não havia pedras suficientes e elas não brilhavam tanto assim. Rock tinha enfiado a língua no cano da pistola. Tinha dito que com aquelas pedras só poderia conduzir os quilombolas até o meio do oceano e, lá, seria obrigado a jogar todos aqueles negros ao fundo do mar!

Naquele instante, inflou o peito, quase engolindo uma de suas echarpes de carbúnculo, e se virou todo vaidoso para seus ajudantes.

— Mas, no meio do mar, como é que vocês acham que vou poder descarregar essa gentalha? Como é que um barco pode deitar âncora no meio do mar oceano? Nem que fosse uma "âncora de misericórdia", não seria comprida o bastante para encostar no fundo! A misericórdia não é tão comprida assim!

Os quilombolas não conseguiram encontrar nada para dizer. Ficaram sem falar durante muito tempo. Então, avançaram-se todos na direção do capitão Rock, todos, as mulheres, as crianças e os homens, e os bebês, todos, com a cabeça abaixada, com os olhos.

Mais tarde, Rock explicou que tinha achado que estavam todos mortos e até ajuntou, para livrar a cara, que essa gente era um monte de mentirosos em quem não se podia confiar porque ainda não estavam bem mortos. Estavam a caminho da morte, mas ainda não tinham se entregado.

No entanto, o esforço de se pavonear e fanfarronar de Rock foi em vão, naquele dia ele não estava todo pimpão porque, até aquela data, tinha enfrentado marinheiros ingleses e marinheiros franceses, canhões às centenas e sabres de abordagem e nada, jamais, tinha feito com que cedesse, mas também nunca tinha se deparado com gente agonizante. Foi por isso que não insistiu. Fez os quilombolas embarcarem em seu navio e voltou a proa para São Luís, onde devia recolher um outro grupo de pessoas que fugiam do Grão-Pará, eram maranhenses, tinha prometido a Fêmur Grande, foi isso que os quilombolas relataram ao padre Gonçalves e a De Styjl, no dia em que o cura benzeu os corpos dos negros mortos no calado, depois da absolvição.

    O tempo tinha refrescado. Quando se chegava ao meio do oceano, dava para respirar. A escuna avançava sob um chuvisco tão fino que mal dava para perceber. Parecia um véu. Os ventos a arrastavam por sobre o mar e o mar ia mudando de cor aos poucos. Depois o céu ficou todo escuro. De manhã, uma chuva pesada envolvia o barco.

    Todo mundo saiu correndo para o abrigo do calado, menos Rock e seu bando, que estavam bem sequinhos no castelo de popa, excetuando também os marujos que pulavam de um travessão ao outro para arriar as velas. A da frente e a do meio tinham se soltado e se debatiam em volta do mastro. O barco corria a toda velocidade, e por sorte ia na direção certa: o vento vinha do oeste. Era um vento decidido: tinha assumido o comando do navio. Era como uma manzorra bruta que conduzia os exilados em linha reta, na direção da África.

    Os fugitivos do quilombo ficaram contentes quando os maranhenses precisaram se refugiar na galeria por causa da tempestade. Serviu de distração, e aquilo não era glória nenhuma depois de cinco meses de confinamento e de diarréia. Arrumaram lugar, mal ou bem, para o reverendo Gonçalves e Melquior Gralheta. As mulheres cuidaram de Glória, mas ninguém sabia o que fazer com De Styjl e Nawaz. Um grandalhão os mediu de cima a baixo. Tinha os ombros largos, o rosto quadrado e uma massa de cabelos escuros, como um capacete, e disse que De Styjl nada mais tinha a fazer se não esperar a morte de mais um quilombola para arrumar um ninho para si. O gordo De Styjl fechou o punho, mas Melquior

Gralheta segurou-o pelo pulso, sem nem virar a cabeça em sua direção, e fez com que se ajoelhasse.

Era preciso gritar para ser escutado. Colocavam as mãos em forma de concha na frente da boca. As pessoas conversavam como se estivessem separadas por léguas, apesar de estarem umas apertadas contra as outras. Fazia-se necessário tapar o nariz, devido ao mijo e aos excrementos, mas os quilombolas diziam: "E o pior é que vocês nem sentiram o cheiro quando faz calor, quando não tem vento. Meu Deus!".

Os quilombolas estavam acabados. Não conseguiam mais lutar. Os corações bravios estavam extenuados. Os corações bravios tinham lutado demais. Tinham feito tudo que podiam. Com exceção do grandalhão com cabeleira compacta, obedeciam com docilidade aos do Maranhão, por causa do padre que fazia preces cada vez que uma onda batia contra o casco, mas também por causa de Gralheta, de sua tranqüilidade, e porque Gralheta era forte como um touro, ou melhor, como um cervo, ele corria muito rápido e tinha o apelido de Bala.

Ficaram sabendo que os dois outros sujeitos do Maranhão sabiam ler e escrever e que conheciam os mapas e a geografia, os planisférios e os portulanos, os rios, as montanhas, as estradas e, além disso, aquele tal de Nawaz, o historiador, tinha vivido na África — não naquela na direção da qual navegavam, uma outra, aquela do deserto com os mouros mas, enfim, era uma África, e se aquele sujeito tinha visto a África, isso significava que era possível ir até lá e, se era possível ir até lá, significava que a África não era uma embromação.

Os quilombolas se apertavam ao redor do historiador, tinham olhos exaltados que reviravam para eles mesmos, como bolhas, eram um pouco olhos de crocodilo. Nawaz se fazia de orgulhoso e de competente. Falava do rio Níger, das manadas de gazelas que, avistadas de longe, pareciam um turbilhão de areia, e não manadas de animais, manadas de areia, e falava dos campos de sorgo e de milhete, e que tinha um burrico que andava em roda para puxar água do poço.

Faziam perguntas a respeito das mulheres. Ele estendia as mãos para a frente, com a palma para cima, e fazia uma cara ofendida. "As mulheres? O que vocês querem que eu diga? As mulheres são mulheres!", e isso desencadeava risadas, sobretudo risadas femininas, e Nawaz dizia: "Vocês vão ver só!".

A tempestade caiu durante a noite, e durante o dia seguinte, e durante os dias que se seguiram, e durante toda a semana. Acompanhava o barco de pertinho. Tinha começado a cair unicamente para afogar os fugitivos do quilombo e aqueles de São Luís. Era como uma onça que tinha agarrado um macaco barrigudo e que o sacudia na mandíbula para desmembrá-lo e para pulverizar os ossinhos do pescoço e acabar com ele. Em todo o céu, e em toda a terra, não havia mais nada além de chuva e borrasca.

Depois de dez ou onze dias de tumulto, o vento caiu como uma pedra e como uma gaivota morta. Parou. Tinha esquecido de repente que era um vento, que soprava, era a hora do crepúsculo e, além do mais, não havia crepúsculo porque a noite tinha cortado o Sol, como se tivesse dado um golpe de machado, um Sol cortado. Ainda dava para ouvir os gemidos na mastreação. Depois, o céu ficou em silêncio.

De manhã, o mais velho dos quilombolas, aquele que parecia ter a função de chefe porque nunca tinha sido acorrentado, subiu a escada a muito custo com suas patas de inseto. Passou a cabeça pela escotilha e desapareceu. Um pouco depois os pés, seguidos das pernas, e depois todo o resto, voltaram a descer ao calado, mas Gralheta precisou ajudar e o velho reuniu um pouco de força e brandiu o punho no ar. Aquilo queria dizer que os maranhenses podiam voltar para o passadiço.

O barco avançava relutante. Não conseguia manter a rota. Tinha de virar de um lado para o outro o tempo todo, devido a uma nova brisa, uma brisa um pouco amalucada que o empurrava às vezes em direção ao nascente, outras vezes em direção ao lado errado do mar. As manobras com os trapos das velas não eram simples, mas o mar cheirava bem. Os pássaros seguiam o barco como cachorros latindo atrás de carroças — com certeza vinham da África. Dom Gonçalves celebrava montes de missas, fazia orações, tomava a confissão de todo mundo, perdoava, confortava, brincava e fez um chapéu para si com restos de cordame.

Não saía do lado de Gralheta. Dizia a ele que sua memória já não andava mais muito boa. Enfim, era a impressão que ele tinha, mas não era fácil saber, porque era muito difícil, uma lembrança. Em certos momentos, ela corria a plenos pulmões, lembrava-se de tudo, mas aquilo não durava, logo batia em retirada.

Além disso, como é que o padre podia comparar sua memória atual com a antiga já que, precisamente, ele lembrava cada vez menos de sua memória antiga, de quando ela era jovem e vigorosa, quando era como um carneirinho no prado? Já chegava, ao diabo com a memória! Quando ela se perde, a gente já nem consegue mais se lembrar de como ela era antes. Tinha dito aquilo com um quê de cerimônia, unindo as mãos porque, para intimidar o desespero, ele apelava ao auxílio de qualquer esquisitice, fazia das tripas coração.

Embaixo de seu chapéu de cânhamo, apoiado em um bote ou na rede, um tanto gorducho, barbudo e rosado e branco, ele se fazia de corajoso mas estava mentindo. Fingia que, no fundo, aquilo de estar se degradando daquela maneira não o incomodava tanto assim. Até chegava a achar que era uma coisa boa não ter mais lembranças, porque as lembranças são detritos, amontoam-se, tomam lugar e não valem absolutamente nada. Tanto que, ao morrer, seria melhor deixar para trás uma casa sem mobília, seria menos triste. Não haveria necessidade de se despedir e de fechar as portas e as janelas. Um trabalho a menos! E, de todo modo, quando se morre, ninguém leva consigo suas lembranças. Deixa-se tudo na fronteira.

Que bom, meu Senhor, que não se pode contrabandeá-las, as lembranças, porque já era bastante aborrecido estar morto! Se além de tudo ainda fosse preciso ter lembranças! Era assim que ele se consolava a respeito de sua decrepitude, e quando Gralheta reclamava, ele dizia:

— É, é mesmo, Bala, o besta não é morrer. Pode acreditar na minha experiência. Morrer não é nada. Conheço um montão de imbecis que morreram. E se viraram muito bem. Nenhum deles perdeu o passo. Não! Além do mais, se necessário for, chamamos uma capona e pronto, está mortinho!

E então se enchia de tristeza:

— Não, o que me deixa preocupado, Melquior, é o que vai acontecer com vocês, com vocês, vocês todos, o doutor De Styjl e Glória, e os quilombolas e até mesmo o muçulmano, aquele tal de Nawaz, e até os piratas, e até esse Rock, principalmente porque ele não vale nada, esse sujeito. Ah, coitados! Vocês estão perdidos. Vocês estão condenados, se eu não me lembrar nem mais da Bíblia, nem de São Paulo e da Virgem, e de Enoque, o Etíope, você sabe, aquele dos anjos, aquele do arcanjo Uriel, e se eu não souber mais as matinas e as *kyrie eleison*, por exemplo, como é que vocês vão fazer?

Colocou a mão sobre o braço de Gralheta e apertou com a maior força possível, porque sua mão tremia, mas, velho como era, ela tremia o tempo todo e aquilo não queria dizer nada.

— E todos vocês. Na África, não é mesmo? Enfim, a África? A África?

Inalou uma pitada de tabaco, assoprou, passou a mão embaixo do nariz, observou os traços escuros sobre a manga e, como sentisse que os olhos estavam cheios de lágrimas, afastou a mão de Gralheta e disse, sem olhar para o grande sujeito, o grande Gralheta, com voz trêmula, mais ou menos como se fica quando se acorda no meio da noite:

— Tive uma idéia, Gralheta. E se eu guardasse as minhas coisas em um lugar seguro, com você, o que acha? Você acha que tudo bem?

Gralheta caçoou do padre. Não tinha lugar seguro nenhum. E o cura, ele não tinha nada. Então? Dom Gonçalves era como todos os padres do Brasil, uma calça, um casaco e um chapéu, assim são os padres, tamancos, uma calça, mas em que estado, tamancões de madeira, ponto final, só isso. Os padres do Grão-Pará só tinham a roupa do corpo.

— Bala! Bala! Você é uma pessoa gentil. Você caçoa de mim, mas não estou dando uma de burro. Falei de guardar minhas coisas. Não falei das minhas calças! Disse que quero guardar as coisas que eu sei.

Bala respondeu muito grave, porque o velho tinha se apoiado na amurada e inclinava o corpo para fora, na direção do mar, e, com seu chapelão grotesco, sua gola de barba bem branca, seu rosto rosado, inchado, queimado, parecia um coitado.

— O que o senhor está dizendo exatamente, meu padre?

— Estou dizendo que vou contar as coisas para você e, se por azar elas fugirem, essas coisas, se por azar eu não me lembrar mais delas, vão estar bem arrumadinhas na sua cabeça. Compreenda: é igual colocar um pedaço de toucinho, ou então uma vasilha de azeite em um armário. Compreende?

— O senhor acha mesmo?

— E como é que você acha que eu aprendi tudo isso? Tudo isso, o Senhor Jesus Cristo, e os querubins, e os tronos e as dominações, e os pseudo-Denis e esse tal de Enoque, o Etíope, e o arcanjo Uriel, e Francisco de Assis e Ezequiel e *Dominus vobiscum*, e aquele lá, o Amalacita, como você acha que foi, ah, e Elias, bom, como é que eu aprendi tudo isso, Bala? E as barracas do profeta Elias, que idéia essa de armar barracas, mas enfim, foi idéia dele, não é mesmo, e ele fez cessar a chuva durante três anos no país do Deus maldoso... a gente logo vê que aquele lá era um caboclo, esse tal de Elias. Barracas, pense só nisso! E ele era profeta, não era? E o asno de Balaão, e as bebidas que queimam sozinhas... isso é alguma coisa!

Gralheta disse:

— É, isso é mesmo alguma coisa, meu padre.

E o padre Gonçalves recomeçou, bem apressado, com os olhos escuros de tanto cansaço, ou então de ansiedade — quem vai saber?

— É por isso que existem os curas, veja bem, Bala. Para que possamos lembrar de tudo isso: o arcanjo Uriel que é formidável, bem melhor do que Gabriel, você bem sabe disso, e Elias, e o asno de Balaão. Ah, e o Deus maldoso, você não se lembra? Era Baal, lembrei, estou dizendo que, quando eu era pequeno, eles, os curas, despejaram todas as histórias deles na minha cabeça, para o caso de perderem a memória. E eles perderam mesmo a memória, veja bem, porque já estão todos mortos, mas não faz mal nenhum porque eu as tenho, todas essas mercadorias que eles enfiaram na minha cabeça. É isso, meu caro, é por isso que, se você quiser, vou te contar tudo!

— Se o senhor quer assim, meu padre...

O que mais agradava ao padre Gonçalves era o nascimento do Senhor Jesus. Devotava à Virgem Maria um amor tão grande que tinha até remorso. Amava-a mais do que amava Cristo. Não, ele não a amava mais do que amava Cristo, mas tratava-se de uma mulher, afinal. Observava Gralheta. Os olhos dele eram tranqüilos, maliciosos, mas um pouco amarrotados, em seu largo rosto branco e enrugado. Passava os dedos pela barba redonda, ao contrário, na transversal, e contava sobre o nascimento do Salvador. Estava se repisando? Sim, ele se repisava, mas era um bom sinal porque, para repisar, era preciso se lembrar do que tinha sido esquecido, portanto, aquilo significava que a memória ainda estava de pé, mas não só isso: se ele se repisava, era de propósito, era para gravar no cérebro de Gralheta, com uma goiva, a única história que se desenrolou depois do início do mundo, mas ele também não podia aborrecer Gralheta.

Gralheta consentia. Estavam naquela embarcação havia dias. Já não contavam mais as semanas, nem os meses. Glória se fazia de mulher da capona, enfiava suas saionas e estava sempre ocupada com uma mulher, com um velho ou com um bebê, ou então com um marujo, e até mesmo com um quilombola quando era preciso, e o dia inteiro todo mundo forçava a vista procurando algum sinal de terra entre o céu e o mar, no fim do mar e no fim do céu, então, tinham todo o tempo do mundo.

E aquilo vinha mesmo a calhar! Gralheta adorava a história santa. Quando era garoto, em São Cristóvão do Sergipe, ia à igreja de São José de Cupertino, no Natal, com a tia Josefina, para ver as estátuas da vaca, do burro e as dos camponeses e as dos pescadores. Era por isso que ele não se cansava de ouvir contar a respeito daquele nascimento, aquilo fazia com que pensasse em Josefina, que o deixara muito triste quando morreu porque era pequenina como um arbusto...

Conhecia a história na ponta da língua, a noite de Belém, e Herodes, e o vento tão frio, com Maria no meio, e os astrólogos da Caldéia, sim, todos os missionários de Sergipe eram iguais a dom Gonçalves, todos eles se repetiam e portanto a repetição, como Bala notara, a repetição era uma especialidade dos curas, das igrejas, dizer sempre as mesmas coisas todo ano, e Natal, e Páscoa, e a Ascensão e a Assunção, sempre, faziam sempre as mesmas coisas, e quantas vezes a manjedoura de Belém tinha sido recontada, o nascimento de Jesus, apontou com o dedo as centenas de estrelas que embelezavam a noite e disse: "Quantas vezes?", e não sabia por que aquilo o fazia pensar nas estrelas, talvez porque aquilo tudo girava, as estações, as festividades, as missas, as estrelas, o céu, é isso mesmo, tudo sempre gira, tudo é redondo, é como o mar e não se pode nunca abandonar o redondo, como os barcos...

Dom Gonçalves assobiou e disse: "Tá... tá... tá...", para mostrar que as palavras de Gralheta não valiam lá muita coisa. E se aproximou do mulato corpulento. Colocou a mão em concha ao redor da orelha do mulato, para deixar bem claro que iria confiar-lhe um segredo, um segredo dos mais formidáveis.

— Venha aqui, Bala, vou te contar o nascimento do Cristo Branco. Você lembra? Tinha José e Maria chegando a Belém. Bom. Procuraram um lugar para a Virgem poder dar à luz. Lembra?

Gralheta lembrava. Dom Gonçalves prosseguiu:

— Não, você não lembra, não. Porque você não sabe. Você não sabe como foi que eles encontraram a manjedoura, porque é segredo!

— E como é que o senhor sabe esse segredo, dom Gonçalves?

— Um segredo, meu pequeno Bala, não é feito para que o saibamos. Justamente, Bala. Pense antes de falar, Bala, assim você diria menos tolices: se alguém sabe um segredo, ele deixa de ser secreto, certo?

— Mas então...

— Você está escutando, não é?

Gonçalves contou. José e Maria tinham acabado de chegar a Belém, os dois, com o burro e a trouxa deles e o barrigão da mulher. José bateu em todas as portas, mas as portas permaneceram fechadas e jogaram pedras em José, gritaram-lhe insultos. E mulher nenhuma foi ajudar Maria a dar à luz, e Maria estava cada vez pior.

José tomou coragem. Não era homem de recuar diante de dificuldades. Pegou a bravura com as duas mãos. Bateu na porta de um homem muito rico, que lhe fechou as persianas no nariz. Mas o homem rico tinha uma filha, Agêntese, coitada, ou então Agênese, talvez, que tinha vindo ao mundo sem braços nem pernas. E Agêntese ficou comovida porque os dois coitados... fazia um frio de rachar, coitada da Agênese. Suplicou a seu pai rico e conseguiu que Maria e José dormissem no estábulo.

Agêntese ficou contente, voltou para a cama. De manhã, ouviu gritos. Correu até o estábulo. Todas as parteiras se recusaram a ajudar. A pequena Agênese era a única presente para ajudar Maria. Com seus cotos, arrastando-se em cima do traseiro, abriu ao Menino Jesus o caminho da terra, e se virou melhor do que qualquer velha.

— Você não sabia disso, hein? — disse o padre Gonçalves.

— O senhor tem certeza?

— E eu lá sou homem de inventar, Bala? E ainda não acabou, Bala! O final da história é a melhor parte. Porque o bom Deus se tranqüilizou. Ele percebeu que, sem a moça dos cotos, todo seu plano cairia por terra e ele teria de cancelar tudo, você compreende, ele teria de cancelar todos os preparativos, os apóstolos, os discípulos e Pilatos e os carpinteiros responsáveis pela cruz, e os centuriões e a esponja de vinagre, tudo que eles iriam fazer, os centuriões, e a mulher hemorroíssa, e os peixes, o pão, imagine só, tudo isso indo por água abaixo.

— O senhor acredita mesmo, padre Gonçalves?

— Cale a boca, Bala. Ouça bem. Então, o bom Deus tomou simpatia pela pequena Agêntese, compreende? E a jovem percebeu que seus membros começaram a crescer. Depois de alguns dias, ela já tinha pernas e mãos, mãos muito bonitas. E veja você que o pai rico começou a blasfemar, ficou com inveja, o velho salafrário! E veja bem que pegou um facão e quis cortar fora as mãos da filha. Mas não conseguiu.

— Não conseguiu?

— Felizmente não conseguiu! — disse dom Gonçalves, e jogou a cabeça para trás, tirou o chapéu e fez um sinal-da-cruz sobre o mar.

Passaram-se mais alguns dias e deu para avistar a África. No começo, era como o Grão-Pará quando tinham se afastado da ilha de São Luís, uma fumaça, e depois viram uma névoa azul comprida apoiada sobre a água, ou mais exatamente um reflexo da água. Gralheta dizia: "A África, a África", mas não dava para saber se estava em cima ou em baixo do mar, a África, porque ela se refletia como um vitral e era brilhante por causa da noite. Na seqüência avistaram bananeiras e palmeiras, com rochedos brancos e cinzentos e muita terra roxa, cor de malva e amarela. Já estava na hora de chegar porque Rock, o Brasileiro, andava sempre nervoso. Mandou todo mundo descer ao calado, até os doentes e os velhos, até as mulheres que tinham ficado grávidas durante a viagem, com todos aqueles sujeitos lá no calado, obrigou todo mundo a ficar lá.

28

MORRIA GENTE E MAIS GENTE. Os maranhenses resistiam, mas os do quilombo iam esticando as canelas. Bala tentava em vão diminuir o passo, mas ainda assim se adiantava sempre aos outros, principalmente aos quilombolas. A coluna ia se desgastando. Os mais jovens ou os mais fortes levavam os velhos e as velhas. Os velhos e as velhas deixavam-se arrastar como sacos. Seus pés desenhavam rastros sobre a poeira, pareciam marcas de vassoura. Durante dois dias, a respiração do mar continuou audível.

Quando um dos infelizes tropeçava, todo o bando se largava e Bala, que voltava por causa do barulho, via pés e braços, tudo tremelicando pelo chão, na areia, nos pedregulhos, e no meio do capim amarelado e dos espinhos. E todo mundo resmungava. O sol era causticante, naquele momento o melhor era nem olhar para ele, um céu morto, uma pedra, assim era o céu.

À noite, fazia-se a triagem. Separavam-se aqueles que estavam mais vivos. Esqueciam-se os mais mortos. Rezava-se uma oração apressada. Os urubus se colocavam a postos. Avançavam com seus bicos nojentos, andando aos pares com suas grandes asas negras e imundas. De manhã, Bala dava a ordem para que a marcha se iniciasse, tinha o coração cheio de pena, mas as colinas tão belas e até mesmo cintilantes que margeavam o litoral eram perigosas, estavam infestadas de caçadores de negros, Rock, o Brasileiro, tinha avisado, e aquele lá conhecia bem tudo o que era sordidez. As mulheres eram corajosas. Berravam e sacudiam os parceiros, davam-lhe socos, puxavam-nos pelos cabelos, pareciam estar conduzindo uma vara de porcos ou um rebanho de cabras.

Os primeiros dias se passaram sob um céu pavoroso, amarelado e pavoroso. A coluna cruzou com uma caravana de pastores com cachorros e montes de carneiros e burros. Bala conseguiu trocar algumas pedras brilhantes da reserva dos quilombolas, que chamavam de pedras de excremento para fazer graça, mas aquilo já não tinha mais muita graça, por uma dezena de burros infelizmente proibitivos de tão pequenos, duas charretes, tecidos de cânhamo e de algodão, cestos de palha, piche, tochas e um jarro de argila. O local era agradável. Tinha um lago redondo e azul, mas que azul! E aglomerados de coqueiros em volta. À noite, o lago fazia um pouco de barulho.

O mais velho dos quilombolas, um dos que tinham retirado, no ano anterior, as pedras brilhantes dos dejetos da coitada da mulher louca, tinha sugerido que eles se estabelecessem naquele local. Construiriam cabanas com folhas de palmeira porque aquilo eles sabiam fazer, não havia muitas coisas que sabiam fazer, era melhor aproveitar. Bala se recusara e os quilombolas ficaram bravos. Disseram que Bala não entendia nada porque não tinha vivido na merda. Depois organizaram uma espécie de desfile de guerra, esfregando os facões.

Bala deu de ombros, porque o desfile causou bem pouco barulho. Mesmo assim, para acalmar os amotinados, consultou Nawaz que era historiador e conhecia a África, e Nawaz deu razão a Bala: estavam perto demais do litoral. Aquela região toda estava cheia de postos, com negreiros da Europa, que logo, logo lançariam sobre eles cachorros enormes e outros negros, mas os quilombolas não quiseram nem saber. Estavam cansados e não ia fazer mal se fossem capturados de novo, era melhor do que ser devorado pelos chacais e pelos cupins. Bala avançou na direção dos quilombolas, cortou uma arvorezinha com um golpe brusco de facão e disse:

— Quem quiser ficar, que fique. Para nós, amanhã de manhã, é pé na estrada.

Joachim de Styjl nunca tinha visto Bala naquele estado. No dia seguinte, ao amanhecer, passou um bando de nômades. Avisaram que havia negociantes portugueses por ali, eram uns sujeitos que trabalhavam para um mercador da França. Os quilombolas resmungaram. O sujeito grandalhão de cabelos compactos enfiou um dedo no nariz, em sinal de indiferença, mas, uma hora depois, os negreiros portugueses e seus soldados atacaram o acampamento improvisado que os quilombolas tinham instalado às margens do lago redondo. Os portugueses eram poucos, mas não estavam nem aí. Tinham mosquetes. Perceberam que os infelizes só tinham facões e que mal conseguiam ficar em pé.

Os portugueses tinham razão: o assunto logo se resolveu. Os quilombolas gritavam como pardais. Os portugueses os capturavam enquanto se contorciam de rir, derrubavam-nos com uma coronhada, parecia uma daquelas brincadeiras que as crianças fazem ao entardecer, em João Pessoa, embaixo das folhas de palmeira, e os prenderam todos com correntes para conduzi-los até o litoral de Mina, onde seriam empacotados e enviados para a América.

Naquele momento, Bala, De Styjl e Nawaz, que estavam descansando um pouco afastados, atrás de uma cortina de juncos, apareceram repentinamente, com as grandes armas que tinham trazido do rio Negro. Nawaz tinha até uma pistola de pederneira. Abriram fogo gritando insultos em português. Os negociantes ficaram paralisados por aquela gente que falava português e que atirava para todos os lados. Debandaram. O chefe foi atingido e sua cabeça virou um bloco de sangue.

Dessa vez, os quilombolas assentiram em abandonar o acampamento. A cara dos negreiros os tinha convencido de que era melhor se arrastar como vermes durante semanas, ressecar-se e vomitar carvão ou sílica ou sol e cagar farpas de pedras brilhantes até o fim dos tempos do que deparar com caras como aquelas.

É preciso dizer também que Gralheta se esmerou em aterrorizá-los. Explicou que os traficantes de escravos os empilhariam em um barco, em um destroço, que a viagem até o Brasil demoraria seis meses e que a metade deles morreria durante o trajeto. Iam ficar famintos e ter diarréia. Esvaziariam todas as tripas e adeus! E, depois, os sobreviventes que chegassem ao Recife ou a Vitória seriam conduzidos ao pelourinho, onde escravos os espancariam até sangrar. Em seguida, os que ainda estivessem respirando seriam postos à venda. Os braços e os olhos e os culhões e o sangue deles seriam postos à venda. Um feitor português daria petelecos nos dentes deles, apalparia os seios das mulheres, enfiaria a mão no traseiro das mulheres, e todos seriam mandados para algum latifúndio.

Em resumo, se um negreiro conseguisse pegá-los, iam retomar, depois de um ou de dois séculos, o caminho de sofrimento que os avós e os avós dos avós deles tinham percorrido, e dom Gonçalves ficou contente, porque afinal pôde meter o bedelho na conversa. Disse que seria como Jesus Cristo, que nunca mais tinha terminado, já fazia tantos anos, de subir o seu Gólgota e em seguida a cruz. "Isso mesmo", disse Bala.

Nawaz fez também a sua contribuição. Soltou várias frases feitas. Era aquilo, principalmente, que o repugnava, o vaivém, a monotonia e o fastídio, o desgaste das coisas, e a mesma imobilidade e a mesma dor, os mesmos engenhos, as mesmas plantações de cana-de-açúcar, a mesma morte e os mesmos macacos e os mesmos pássaros, e ele tinha condições de saber tudo aquilo, o doutor Nawaz, conhecedor de tudo que tinha acontecido desde o Dilúvio, havia seis vezes mil anos, e os mesmos cadáveres e os mesmos sepulcros, também com o remorso de saber que, dali a dez séculos e dali a vinte séculos, outras pernas de homens e outras pernas de mulheres se arrastariam por aqueles caminhos; só que, o doutor Nawaz, o magistrado da universidade de Coimbra, não enxergava diferença nenhuma entre um profeta e um historiador, entre aquele que prediz o que não aconteceu e o que não se vê e aquele que conta o que já foi e o que já se passou, posto que tudo é sempre igual, tendo em vista que o que não aconteceu já se danou, mas os quilombolas ficaram olhando para ele com cansaço porque continuavam cansados e, além do mais, o doutor Nawaz era um idiota.

"Muito bem, professor!", disse o doutor De Styjl em tom estridente, e piscou os olhos e bateu as mãos, ou melhor, bateu as patas, porque tinha mãos grandes, e Nawaz compreendeu que seu discurso tinha mesmo sido ridículo, e que ele era um embuste. Os quilombolas abriam os olhos incrédulos, sombrios, fatais e cheios de gracejos, mas Nawaz não queria ficar assim no prejuízo. Recomeçou sua lengalenga.

Disse que, em relação àquilo, não havia História nenhuma e que ele não sabia o que tinha ido fazer na África, ele, Nawaz, o historiógrafo que se consagrava à descrição dos tempos, e não à inexistência dos tempos, ele que se dedicava a conservar os anais do tempo que passa e não os do tempo que deixa de existir, não o tempo que se devora e se digere, era isso que dizia o doutor Nawaz, vociferando de vez em quando, não dava para compreender muito bem por quê, tomado de um furor que não se dirigia a ninguém em especial, era um furor generalizado, o historiador Nawaz, formado em Coimbra apesar de sua origem moura e de ser bisneto de um escravo da região do rio Níger que também se chamava Nawaz e que, em vez de ter sido expedido para a colônia do Brasil, um século antes, tinha sido retido em Lisboa devido a sua presteza e seu bom humor, encarregado de acompanhar a carruagem de uma princesa de Guimarães e de amar essa princesa e fazer-lhe filhos com seu esperma de negro, ou de árabe mais especificamente, do qual Nawaz com toda certeza descendia, e concluiu dizendo de novo: "Quero dizer o tempo que digere a si próprio, que é excremento de si mesmo...".

"Que seja", disse De Styjl, esboçando uma reverência e sorrindo com malícia, porque sabia que Nawaz mandaria mais uma das suas assim que tivesse a oportunidade e todos os quilombolas diriam em uníssono: "Que seja", e iam rir tanto que precisariam segurar a barriga.

Sempre que podia, Glória se aninhava em Gralheta. A pele do homem e da mulher era lisa, leite e mel, pele de Canaã, como ela dizia arfando, cheia de reflexos, e os pássaros faziam sua algazarra do anoitecer, e os macacos também, assim como os outros animais escondidos nos nacos de floresta que cortavam a savana em áreas espalhadas. À noite, os galhos das palmeiras e das figueiras de cinco ou de dez troncos se agitavam, porque os macacos estavam se divertindo.

Gralheta contou os dedos de Glória. Perguntou a ela se não sentia saudade do entreposto de dona Gertruda e dos grandes sofás puídos do salão. Glória estava lerda e pesada, cheia de odores de capim e de suor. Dizia que "sim", que não tinha parado de pensar em seu país, mas que não tinha abandonado seu país. O corpo de Gralheta era seu país, e seu próprio corpo, Glória, era o país de todos e, portanto era o país de Gralheta. Faziam amor. Gralheta não parava de enfiar o nariz no sovaco da moça, gostava muito mesmo daquilo. Divagava e se acalmava. Depois Glória vestia sua saia comprida e ia para o canto dos quilombolas. Várias mulheres esperavam filhos porque a viagem da América à África tinha sido mesmo muito longa, e durante todas aquelas semanas os quilombolas tinham ficado uns em cima dos outros, não dava para fazer de outro jeito, até um dentro do outro, mas não era culpa deles, nem conseguiam se enxergar porque o calado era escuro como carvão. Glória as ajudava. Colocava a mão em cima das barrigas. Quando uma mulher que era velha começava a morrer, Glória a ajudava com seus amuletos, seus rosários, suas cruzes, suas tristezas. Depois, os homens estendiam a mão na direção dela. Eles a acariciavam e às vezes também faziam amor com ela, e ela era tão sorridente e tão boa, Glória, ela era como um anjo.

A paisagem tinha mudado: nos primeiros dias, o Sol caía ligeiro no mar, como uma pedra, ligeiro. Ligeiro. Traços e pregas de cobre percorriam o azul com um rastro de seda mas, naquele momento, não havia mais mar e era sobre a terra de metal, como que enferrujada, por cima do muro escuro das florestas, ao longe, que o Sol vagava, e aquilo significava que estavam longe do Grão-Pará e longe do litoral de Mina, e longe de tudo, em resumo. Dava para ouvir os uivos das hienas e dos leões.

Avançavam às cegas. O doutor De Styjl estava encarregado de pilotar a expedição, mas logo De Styjl? Nawaz se agitava. Como diabos De Styjl poderia achar um vilarejo que ninguém sabia onde ficava, nem sabia como chamava?

Nawaz caçoava do gordo geógrafo que suava em bicas sob seu chapéu de couro: dizia que o doutor De Styjl estava no meio das trilhas e das pistas da África, percorrendo todos aqueles caminhos com seus pés tortos, como que emaranhados em cordas, nos cabos dos mercadores, e o doutor Nawaz peidava de tanto rir.

De Styjl erguia os olhos para o céu. Nawaz cuspia, amaldiçoava a algazarra dos pássaros, dos papagaios e das águias, esfregava os olhos e procurava se concentrar. Fingia exaspero. Dizia que um vilarejo que não existe, aquele vilarejo da África que procuravam e no qual pretendiam se instalar, era bem pequenininho, porque um vilarejo que não existe é ainda menor do que um vilarejo que existe, certo, doutor De Styjl, e menor, *a fortiori*, do que um país ou até do que uma fronteira que não existe e, por conseqüência, é bem mais difícil de achar um vilarejo que não existe do que um país inteiro que não existe e que é até menor do que uma fronteira que não existe.

E o doutor De Styjl, aquele bravo rapaz De Styjl, ele não se aborrecia. Ao contrário, soltava um riso que se agitava em ondas em sua barriga avantajada, porque ficava pensando nos senhores de Coimbra com seus casacos de pele e seus chapeuzinhos com fitas de seda. Caros doutores de Coimbra! Não ficariam muito orgulhosos de seus dois ex-alunos se arrastando pelas cinzas da África. À noite, eles diriam, aqueles senhores de Coimbra, ajustando suas lunetas, naqueles crepúsculos tão delicados, os crepúsculos de gravura e de porcelana de Lisboa, diriam com a voz prejudicada, cheia de espinhas e de eczema, diriam: "Os negros são assim, meu caro colega... Nós os educamos... Os negros são assim!".

E é verdade que eles formavam, aqueles dois, uma dupla bem esquisita, até mesmo "um par de culhões", opinava Joachim De Styjl entre dois soluços de prazer: um geógrafo que guiava uma caravana a um local que não existia e um historiógrafo que redigia toda noite o relato dos acontecimentos da véspera, ou do ano anterior ou ainda do ano seguinte, já que a marcha deles — a menos que se faça de ponto de honra chamar aquilo de êxodo, apesar de ser pior do que uma evacuação e pior do que uma debandada —, já que sua evacuação, que seja, ou sua debandada, ou seu êxodo, à velocidade que caminhavam os burros e as charretes naquelas savanas da África, devia ser contado não em dias nem em meses, mas em anos e em séculos de séculos, assim seja, e De Styjl dizia que tinha visto em um livro, em Coimbra, justamente, havia muito tempo, um quadro de um pintor de Flandres e que o quadro se chamava *Os cegos conduzem os cegos*, fazia muito tempo mesmo.

Essas conversas faziam eco a si mesmas, um dia depois do outro, e os dias eram longos. E, no fim, como que observando um ritual, Joachim De Styjl interrogava o padre Gonçalves com o olhar. O padre aprovava com estrondo. Pedia licença para repetir o que já tinha dito tantas vezes, mas confirmava que um bom êxodo, um êxodo digno daquele nome, tem de durar anos e anos, quarenta anos em geral, essa era a medida. Se não, não havia necessidade nenhuma de se fazer um êxodo, era isso que o padre Gonçalves achava! Melhor então ficar em casa! E Glória, que estava no seu canto, comportada como uma cachorrinha, Glória aplaudia com as duas mãos porque essas coisas que dom Gonçalves dizia, ela já tinha explicado tudo aquilo a Bala, e Bala assentia com a cabeça e dava uma piscadela para a moça.

O comboio não avançava com rapidez. As mulheres de que Glória cuidara tiveram filhos e outras perceberam que a barriga tinha começado a crescer. Três mulheres morreram e vários homens caíram doentes. Glória tinha muito trabalho com sua saiona e fazia amor com quem pedia porque era benevolente e segurava pela mão as mulheres que esperavam bebês e também as que morriam, porque era benevolente. Quatro homens morreram e ela lhes segurou a mão, e também a mão dos meninos e das meninas porque era triste demais. O céu parecia um rasgo. Nuvens preenchiam aquele rasgo. Ao anoitecer, vinham chegando de todos os cantos ao mesmo tempo. Preenchiam o vazio, o abismo, como uma camada de reboco seco. Depois de oito dias, já não dava mais para ver o céu, e o doutor De Styjl perdeu seu último instrumento de orientação.

Um dia, a trupe percebeu que estava passando pelos rastros que seus burros, suas charretes e seus pés tinham imprimido na savana duas semanas antes, ou então no mês anterior, ou ainda pior, no ano anterior, tudo era possível àquela altura. Quando o aguaceiro desabou, a estepe virou um pântano, mas a coluna não parou porque era pior ficar encalhado na lama do que gritar com os burros e dar-lhes cacetadas na cabeça ou na articulação dos joelhos com bastões. As chuvas terminaram. No fundo dos vales formaram-se pradarias verdejantes, eram magníficas.

Dom Gonçalves agradeceu aos anjos. Não tinha suportado muito bem a estação das chuvas, porque suas rótulas e suas canelas estavam rígidas. Disse que estava feliz por estar feliz e que era uma coisa mesmo muito feliz de dizer, o fato de estar feliz. Mas o mais importante foi a grande decisão que anunciou: decidira substituir o bom De Styjl como guia da expedição. Gralheta ergueu as sobrancelhas e sacudiu a cabeça de maneira mecânica, como se faz com as crianças, mas dom Gonçalves não se deixou abater, parecia um esquilinho furioso, com as garras para fora, aquele padre Gonçalves, porque, entre os quatro maranhenses, e até entre os quilombolas, ele era o único que sabia de que vilarejo da África sua família vinha e, portanto, ele é que seria o guia, a partir daquele momento.

29

DOM GONÇALVES CONHECIA A ÁFRICA. Devia o privilégio a seu avô, Eduardo: durante toda a infância, quando morava em Imperatriz e depois em São Luís, seu avô Eduardo, que trabalhava como caldeireiro, falava ao pequeno Gonçalves da avó, que era aquela famosa Aminata N'Gdaye, e do vilarejo da África onde certa manhã, quando ela, aquela avó do avô Eduardo, a tal de Aminata, era uma menininha de sete, oito anos no máximo, e os bandidos do Sudão, ou de Angola, ou da Nigrita ou até do litoral de Mina, em todo caso, da Etiópia, tinham envolvido todos com suas grandes redes e os empurrado até o litoral onde um navio negreiro embarcou-os e foi jogar os sobreviventes, inclusive Aminata, quatro meses depois, na Bahia, isso aconteceu em outro século ou ainda antes disso. E dom Gonçalves se lembrava de que o avô Eduardo dizia que o vilarejo da avó Aminata se chamava Yamurrassê, era muito importante, Yamurrassê, durante toda a infância tinha repetido essa palavra, o pequeno Gonçalves, porque dizia a si mesmo que, se perdesse aquilo, ninguém jamais saberia o nome daquele vilarejo e naquele dia deu para ver que ele tinha mesmo razão.

O padre tinha certeza absoluta a respeito daquele nome. Naquele ponto, sua memória não falhara: infelizmente, esquecia-se de tudo que tinha acontecido na véspera, mas as antigas lembranças, essas tinham sido preservadas em bronze.

— Quanto mais eu volto aos meus primeiros anos, sabe, Bala, mais eu me lembro. Pode pensar assim: quanto mais me esqueço do fim, mais me lembro do princípio. E me lembro ainda melhor daquilo que aconteceu antes de mim — desse vilarejo de Yamurrassê, e até do Senhor Jesus Cristo, de tudo isso eu me lembro muito bem... Vou lhe dizer uma coisa: vejo coisas que aconteceram quando eu tinha dois anos.

— Dois anos, padre Gonçalves?

— Dois anos, Melquior! E a coisa continua. Quanto mais memórias eu perco, mais lugar abre. Sabe, quando eu tiver perdido toda a memória, acho que vou conseguir me lembrar do dia em que nasci, isso, acabarei revendo tudo que enxerguei ao meu redor quando abri os olhos ao sair do ventre. Sabe o quê, Bala? É mais ou menos como se a gente estivesse limpando um vidro cheio de sujeirinha de mosca, e depois que a gente tira tudo, bom, naquele instante dá para ver toda a paisagem que existe atrás do vidro e quando eu falo sujeirinha de mosca você entende o que eu quero dizer, não?

Mais uma vez, assumiu um ar conspiratório e disse:

— Um dia, meu bom Bala, ouça bem o que vou dizer, um dia eu vou me lembrar da minha morte. Enfim, acredito que sim. Shhh!

E cruzou os lábios com o indicador.

De Styjl continuava rodeando o padre e Melquior. Meteu-se na conversa à primeira pausa. Estava escutando com todo o respeito, mas fazia objeção: de que adiantava saber o nome de um vilarejo? Havia vilarejos espalhados por todo canto e a África era grande como o mar e não se sabia se esse vilarejo de Yamurrassê ficava na savana ou na selva, se era do lado do levante ou se ficava para as bandas do setentrião, se ainda existia ou se tinha sido soterrado pela areia.

Dom Gonçalves demonstrou obstinação. Ele se lembrava de que o avô Eduardo dizia que havia antílopes e touros selvagens, montes de macacos na floresta e que a terra era cinzenta, com leitos de rio secos e outros cheios d'água, montanhas, florestas, sol; em resumo, exatamente o que estavam vendo, será que isso não queria dizer que estavam perto do objetivo? Seria impossível não deparar com Yamurrassê, mas Melquior Gralheta disse:

— Veja bem, meu padre. Ao contrário! Ele está em todos os lugares ao mesmo tempo, esse vilarejo da pequena Aminata, a selva, o deserto, a poeira, a lama, os macacos, os leitos de rio secos e os cheios d'água, mas tudo é igual em todo lugar. O senhor também disse que tinha Sol, depois noite, que tinha Lua, não disse?

— Justamente, Bala, foi isso mesmo que eu disse. O avô Eduardo me falava tudo isso. Então, percebe...

— Mas ouça até o final, meu padre: quer dizer que ele está em todo lugar, o vilarejo de Aminata, meu padre. Está em todo lugar. Em todo lugar e em lugar nenhum, é a mesma coisa, não é mesmo?

E dom Gonçalves aplaudiu com as duas mãos, tombando a cabeça para trás, morrendo de prazer, e disse:

— Você tem razão, Bala, vai ser impossível não deparar com ele...

Gralheta voltava à carga. Dizia que, além do mais, não sabiam nem mesmo fazer perguntas às pessoas com que cruzavam, já que nem os maranhenses nem os quilombolas falavam as línguas da África, principalmente agora que tinham deixado o litoral havia meses e que se encontravam bem no meio do território. Era preciso esperar que os bebês que tinham sido concebidos durante a travessia, aqueles que Glória tinha colocado no mundo, ficassem grandes o bastante para aprender a língua dos negros da África, ia demorar pelo menos uns bons cinco anos e, de qualquer modo, não ia dar para ficar se arrastando durante cinco anos, até encontrarem o vilarejo da pequena trisavó do padre Gonçalves, da pequena Aminata N'Gdaye, mas dom Gonçalves apertou os olhos, cheio de vaidade, porque ele já esperava por essa objeção e tinha uma resposta pronta.

E eis qual foi a resposta do cura: quando era pequeno, a avó dele, mulher do avô Eduardo, o escravo, o caldeireiro da imperatriz, cantava sempre canções da sua avó, aquela tal de Aminata N'Gdaye, precisamente aquela que tinha sido capturada pelos caçadores de negros quando tinha seis ou oito anos, ela cantava, e dom Gonçalves se lembrava muito bem das canções. Não. Ele não se lembrava das canções. Ele se lembrava das melodias. As palavras tinham sido sopradas aos quatro ventos, mas as melodias estavam intactas, as melodias estavam todas intocadas e dom Gonçalves tinha dito uma palavra que Bala nem mesmo conhecia, uma palavra que ele sem dúvida tinha recolhido de seu breviário ou até da Bíblia. Tinha dito que a melodia era "indelével". Bala respondeu: "Nossa!", e o padre Gonçalves explicou-lhe pacientemente: "Indelével, Bala, quer dizer alguma coisa que não se apaga".

Então, aquilo já bastava a dom Gonçalves, aquela melodia. Bastava esticar as orelhas cada vez que cruzavam com um bando de pastores, ou de aldeões ou de mulheres no rio e, quando o padre ouvisse a melodia, aquilo queria dizer que o vilarejo de Yamurrassê não estava longe. E quem é que vai saber?, ele perguntava. Quem é que vai saber? Talvez encontremos em Yamurrassê um velho cuja avó da avó tenha conhecido a avó do avô Eduardo, a pequena Aminata. Seria engraçado. Seria como se todas aquelas pessoas, toda aquela barafunda de trisavôs e de trisavós, aquela marmelada de cabeças e de pernas e de barrigas de avós, de sobrancelhas e de corações e de intestinos de tios-avós ou de tias-avós, seria como se toda aquela gente estendesse as mãos e tentasse se tocar com a ponta dos dedos. Resumiu. Concluiu com autoridade!

— O principal é encontrar Yamurrassê, e depois não vai mais haver problema, vamos saber que estamos em Yamurrassê.

Os meses se empilhavam uns em cima dos outros e dom Gonçalves cantarolava a melodia de sua pequena trisavó, a pequena Aminata, com sua voz quase quebrada de cura velho, cada vez que atravessavam um vilarejo, cada vez que cruzavam com caçadores, ou então mercadores, cada vez mais raros, é verdade, à medida que iam se afastando do litoral, ou vagabundos, perdidos, abandonados.

As pessoas olhavam para ele de canto de olho. Apoiavam-se em seus cajados ou em seus burros e encaravam o padre. Alguns levavam um dedo à têmpora, fazendo o gesto de apertar um parafuso na cabeça, como se faz com os simplórios. O problema é que entendiam cada vez menos as outras pessoas, agora que estavam no fundo do território, longe do mar. Mas conseguiam se comunicar por meio de gestos ou de caretas e também fazendo desenhos com um pau no chão, que era de terra amarelada, menos na margem dos rios rebaixados, onde era escura, com tufos de alfa ou de capim rígido, uma região que se assemelhava a um trapo.

Os aldeões nunca respondiam, nunca davam continuidade à canção que o velho cura balbuciava tremelicante na frente deles. Às vezes, começavam a bater uns nos outros com bastões ou com chicotes de cânhamo e davam a entender que o lugar era perigoso e que o bando devia sair dali o mais rápido possível, porque os negreiros tinham agentes espalhados por todos os lados e Bala dava o sinal da partida.

Atravessaram vales e escalaram paredões e se lançaram ao emaranhado de falésias e de gargantas cinzentas de onde saltavam lebres e chacais, e nunca ousavam descansar. Tinham aprendido a montar armadilhas e se alimentavam bem melhor do que no quilombo de Vitória. Pegavam perdizes, abetardas, cobras e até antílopes e se fartavam com frutos deliciosos, bananas, figos e frutas que jamais tinham visto.

Às vezes, caminhavam dois dias sem ver o menor dos vilarejos e, depois de alguns meses, talvez até no ano seguinte, o sol se velou mais uma vez, quando a estação das chuvas voltou. Recomeçaram a se perder e a voltar na direção do mar, achando que iam para o interior, e o doutor Abdullah Nawaz caçoou, como fazia todo ano na mesma época, do senso de orientação do geógrafo e lhe disse, todo pedante: "A gente precisava era de um Dédalo", mas grunhia aquilo por entre os dentes porque sabia que ninguém, nem mesmo dom Gonçalves, nem mesmo o gordo De Styjl e menos ainda Gralheta, ninguém conhecia aquele tal de Dédalo porque eles, aqueles lá, só conheciam o que estava na Bíblia e as rezas, um bando de ignorantes, mas Nawaz dizia, mesmo assim, "Dédalo", e o nome soava como uma moeda de ouro e ele achava aquilo agradável. Dom Gonçalves não desanimava. Sempre que cruzavam um grupo de caçadores, ou de mulheres, ou uma caravana, ele cantarolava sua melodia, a melodia da pequena trisavó Aminata N'Gdaye. Os camponeses achavam que ele, com suas calças lamentáveis e seu chapéu de cânhamo, era um daqueles loucos que percorriam as estradas e a resposta era sempre a mesma. Coçavam os longos cabelos secos, pretos e imundos, e abriam as mãos como sinal de que não estavam entendendo nada. O nome Yamurrassê não lhes dizia absolutamente nada e a melodia da pequena Aminata não lhes dizia absolutamente nada e dom Gonçalves continuava a tremer.

Uma vez, passados uns bons meses e até umas boas estações de chuva, o padre falou em português, por distração, e ficou surpreso por não ser compreendido. Observou os camponeses cheio de dó, incrédulo e um pouco escandalizado porque, como disse, não deviam estar muito longe do Maranhão, principalmente da cidade de São Luís, ou pelo menos de Alcântara ou de Belém, depois de tantos meses e tantos anos de caminhada, e com todas as mulheres que tinham morrido e todos os bebês que tinham vindo ao mundo e que já corriam sobre as perninhas tortas.

O padre tinha pressa de retornar à sua igreja de São José do Desterro e de ir visitar dona Gertruda e as moças, no entreposto da beira do mar, mas não faria nada com as moças porque sempre tinha respeitado seu juramento de padre, principalmente agora que estava todo decrépito, mas antes também.

Ele iria observá-las, à noite, as moças, observar as costas e os lábios delas, ia ser uma boa variação ao cheiro de incenso, e os seios delas, e quando se deu conta de sua gafe, deu um tapão na própria cabeça, estrangulou uma risada bem comprida na mão, sempre fazia isso, como se estivesse estrangulando um passarinho, e disse que, de todo modo, tudo era tão parecido, Yamurrassê e o Grão-Pará, tinham as mesmas pedras enrugadas a perder de vista, com aglomerados de palmeiras, ou então de árvores e de plantas espinhentas, vales onde poças d'água se estagnavam, cheias de peixes exaustos e bem afastadas umas das outras, algum poço ao redor do qual as pessoas se aglomeravam. Então, ninguém ia fazer um drama porque ele tinha confundido os dois países, se é que dava para chamar aquilo de país! Principalmente porque, se os nomes fossem os mesmos, se ninguém tivesse tido a idéia incompreensível e até irresponsável de atribuir-lhes nomes diferentes, muito bem, dizia dom Gonçalves abrindo olhos cheios de encantamento, abrindo olhos de pastor de Belém, seriam os dois o mesmo país, o Grão-Pará e Yamurrassê, e pronto.

Outras vezes, ele se mostrava temeroso. Tinha medo de ser pego de surpresa e não ter tempo de despejar tudo que sabia no cérebro corajoso de Gralheta. Então, mandava tudo em dobro. A cada noite, apesar das seis horas de marcha sobre as patas, seis horas porque os burros eram tão magros que só dava para montá-los uma ou duas horas por dia, não mais que isso, conversava com Gralheta. Ensinava-lhe os gestos da missa, as palavras dos ofícios principais, o desenrolar das vésperas e os caminhos da cruz, as festas do calendário litúrgico.

Era difícil contornar suas dificuldades. Tinha pavor de misturar as datas, mas dava de ombros e dizia: "Pfft... Bala... pfft...". Porque, afinal, em um vilarejo tão perdido quanto aquele de Yamurrassê, se pelo menos fosse possível confiar nas lembranças da avó do avô Eduardo, a pequena Aminata, qual era o problema de celebrar a Paixão na época de Natal, por exemplo, ou se fizessem a Virgem Maria subir aos céus na data errada? Deus, segundo o padre, não dava a mínima importância às datas, porque o tempo, o tempo... principalmente na África, o tempo... E o velhinho fazia um barulho com os lábios. Em certas noites, ia ainda mais longe. Explicava que Deus não existia no tempo. Deus existia na eternidade. Às vezes, quando Deus tinha tempo, saía do tempo, por exemplo, quando foi a Canaã, dava uma voltinha no tempo, mas no fundo não fazia a mínima diferença e era raro para ele ter tempo de sair do tempo, era isso que ele, dom Gonçalves, achava engraçado, e repetia três vezes, quatro vezes: "Ele não tem tempo de sair do tempo".

Gralheta era um bom aluno. A história santa de dom Gonçalves distraía bem mais do que a do pequeno seminário em São Cristóvão. O cura tinha suas passagens preferidas: adorava São José e falava dele como se fala de um amigo que era carpinteiro.

O que incomodava dom Gonçalves era Judas. Tinha refletido a respeito daquelas esquisitices que monsenhor Timóteo do Sacramento tinha contado, certa vez, um dia em que tinha perdido as estribeiras, nos subterrâneos de São Luís, quando começou a insultar o Iscariotes. Dom Gonçalves tinha pensado em tudo aquilo a bordo do barco de Rock, o Brasileiro, e dissera a si mesmo que monsenhor Timóteo jamais tinha demonstrado tanto ódio de Judas porque Judas, na verdade, era o mais corajoso, o mais íntegro de todo o bando, e o mais obediente, principalmente porque tinha se oferecido a assumir o papel de traidor, era por sua culpa que todo o trabalho de Jesus iria por água abaixo, isso mesmo, sem a menina Agêntese, a menina Agênese, aquela que não tinha braços nem pernas, ou então sem Judas Iscariotes, Deus estaria bem complicado. Talvez não tivesse nem conseguido morrer. E Gonçalves confiou a Gralheta que, em suas missas, desde que monsenhor Timóteo do Sacramento difamara o cadáver do Iscariotes, ele sempre reservava, em segredo, um lugar especial para Judas.

Tinha puxado Gralheta para baixo de uma árvore enorme com casca amarelada e galhos curtos, como cotos, e fez-lhe uma confissão: "Sabe o que foi que percebi, Gralheta? Que Judas é Jesus". "Judas? Jesus!", respondeu Gralheta, e Gonçalves disse: "Shhh... Nenhuma palavra... Fica entre nós... Segredo!".

A turma de quilombolas se renovava. Glória ajudou diversos velhos a morrer, algumas mulheres também. Já nem tinha mais necessidade de colocar seu vestido de mulher da capona, de tanto que tinha engordado. Sua silhueta estava linda. Ajudava outras mulheres a colocar bebês no mundo. Os burros minúsculos que tinham comprado havia tanto tempo da caravana de nômades eram bem úteis. Colocavam os recém-nascidos nas sacas de cânhamo na lateral dos animais e os maiores, que já tinham cinco anos, seis anos, montavam no lombo da condução.

Quando homens ou mulheres acabavam morrendo em seus braços, Glória ia falar com Gralheta. Pegava-o pela mão, sem dizer nada, colocava a cabeça de Gralheta entre seus grandes seios, ficava imóvel, dessa maneira, seus seios eram quentes, durante muito tempo, chorando.

Continuavam perdidos. Os vilarejos eram cada vez mais raros. Era como se fossem desaparecendo à medida que os dias passavam, à medida que os dias e os meses e os anos passavam. Às vezes achavam que estavam chegando a um pequeno vilarejo, mas só havia casas abandonadas, nas quais repousavam, meio enterrados pela areia, pelos detritos, cadáveres e até esqueletos, dependia da antiguidade da morte, como se um desastre tivesse passado por lá, por exemplo um tornado ou uma onda de fome ou um cólera, ou então um conquistador com seus cavalos e seus selvagens, que tinha quebrado tudo e matado tudo, antes de morrer por sua vez, um meio século mais tarde, não dava para saber nem mesmo onde, e ele já estaria bem longe, o conquistador! Foi Joachim de Styjl quem disse: "Ele já estaria bem longe, o conquistador!", e fez um gesto com a mão, como se estivesse espantando um inseto.

Nos vilarejos, algumas choupanas tinham ficado de pé, um pouco degradadas, mas cintilantes, lisas, brancas e vazias, suaves, sedosas, como ossadas; outras vezes não tinha sobrado nada, só um calombo na terra, além de arbustos e touceiras de espinhos. Dom Gonçalves inspecionava tudo. Lembrava das coisas que a avó tinha lhe dito quando ainda não tinha nem dois anos, em Imperatriz, quando não sabia nem falar, e eram coisas que a mãe da avó dele tinha aprendido com a pequena Aminata quando Aminata já estava bem velha e tinha se transformado, parecia, em um nadica de nada. Havia dias, quando Gonçalves estava bem animado, em que conseguia voltar até seu primeiro ano, até seus seis meses.

Certa noite, fazendo uma pausa em um desses vilarejos em ruínas, e aquele lá estava quase arrasado, riu tanto de uma daquelas brigas sempiternas entre De Styjl e Nawaz, entre os dois doutores, como dizia com todo respeito — ou com toda malícia, como saber, quando se tratava daquele velho padre tão peculiar? —, é, ele riu tanto que conseguiu se lembrar de que a avó do avô Eduardo, a pequena Aminata, quando foi pega no laço dos negreiros, quando tinha sete ou oito anos, estava justamente brincando com o irmão na beira de um poço. Era tão magrinha que conseguiu se desvencilhar da corda que a apertava e se refugiou com o irmão em um silo de mandioca disfarçado atrás do poço. Durante várias horas, deitados no silo, permaneceram imóveis, o menininho e a menininha, em um outro século. Um lagarto verde e amarelo os observava. Ela nunca mais tinha se esquecido daquele lagarto. Falava dele depois de já estar com muita idade, mas dom Gonçalves revirou os escombros do pequeno vilarejo em vão, nada ali lembrava o poço nem o silo e ele não viu nem mesmo um lagarto.

Às vezes, quando a estação das chuvas chegava ao fim, passavam por vilarejos que já tinham atravessado antes das chuvas e dom Gonçalves se lembrava de um outro momento da vida de Jesus Cristo. Aquilo tinha se passado durante os três anos em que Jesus tinha ficado bem estranho, quando os apóstolos o perderam de vista, quando bateu em retirada, e voltaram a encontrá-lo completamente sozinho e extremamente triste, sentado embaixo de uma árvore, sem fazer absolutamente nada, observando ou conversando com uma mulher de vida boa ou de vida má, porque para ele, para o doce Jesus, não fazia diferença, e ele tinha razão porque todas as vidas, quase todas, são vidas boas.

E, um dia, Simão Pedro o viu à margem de um lago, sem dúvida o lago de Tiberíade, porque o Cristo adorava aquele lago, não se sabe muito bem por quê, discutindo com um homem alto como uma palmeira, um homem pálido. O sujeito carregava na mão um caramujo complicado, cuja carapaça apresentava desenhos entrelaçados, espirais e volutas, como todos os caramujos. O homem desafiava Cristo a fazer uma linha de pesca penetrar naquele caramujo e fazê-la sair por um buraquinho que tinha feito no alto da concha. Era impossível porque lá dentro, no interior do caramujo, havia tantas galerias entrecruzadas e escondidas, um pouco parecidas com os subterrâneos de São Luís, tantas bifurcações e entremeios, que a linha jamais encontraria seu caminho.

— E você sabe como o Senhor Jesus resolveu a questão?

Bala disse que não sabia. No seminário do Sergipe, certamente tinha chovido no dia em que o mestre contara aquela história, e por isso dom Gonçalves explicou.

— Veja bem, disse. O doce Jesus pegou uma formiga. Existem muitas formigas na Galiléia. Prendeu a linha de pesca ao ventre da formiga, no lugar mais estreito para não escorregar, e fez a formiga entrar no caracol. E esperou. Demorou um tempão, porque a formiga ia se virando como podia no meio daquelas galerias todas. Aquilo era verdade, o Evangelho dizia que era sim, e o homem tão grande e tão pálido com seu sorriso irônico, um sorriso superior, caçoando do coitado de Jesus, mas afinal enxerga-se uma agitação na beirada do buraquinho que Jesus tinha feito no caramujo, eram as patas da formiga e seus olhos e a linha de pesca que puxava atrás de si. E sabe o que foi que ele fez, o homem pálido? Desapareceu que nem um covarde, meu velho, e Simão Pedro se jogou de joelhos aos pés de Jesus e inclinou a cabeça até o chão. Dom Gonçalves disse a Gralheta: "Você entendeu por quê, não é mesmo?". E Gralheta respondeu que não tinha entendido muito bem, não, principalmente a parte do sujeito alto e pálido, Gralheta se perguntava se seria o Diabo ou então Deus. Dom Gonçalves disse que aquilo não tinha importância, que a história não se tratava daquilo, e deu de ombros.

Já fazia um bom tempo que não sabiam onde estavam. Tinham visto tempestades de areia e tempestades de chuva, céus argilosos e céus afogueados, manhãs estúpidas e outras afetuosas, azuis, leves, irônicas até, e se perguntavam, quando voltavam a passar por caminhos que já tinham percorrido, se o tempo não tinha levado um peteleco, ele também, e tinha começado a fugir ao contrário, igual ao rio Negro e o rio Madeira e, às vezes, no final das estações chuvosas, as noites ficavam tão quentes que todos se acariciavam quando era possível e a pele brilhava de um suor que a umedecia e o ventre das mulheres ficava molhado, queimava, e, em outras estações, as noites eram frias, quando atravessavam um platô, uma montanha, e então eles se empilhavam uns sobre os outros, e se acariciavam sem cessar, até o amanhecer, porque tinham medo de estar mortos.

Melquior estava cansado, tinha emagrecido, mas dizia a Glória que ela era a mulher mais gentil de todas. O doutor De Styjl se fazia de importante. Era tranqüilo, aquele doutor De Styjl. Observava o sol porque era cosmógrafo, e se fazia de importante, mas ninguém lhe dava mais pelota. Sorte dele ser um sujeito corajoso de que todo mundo gostava porque, sem aquilo, seria odiado.

Dom Gonçalves tinha confeccionado para si um chapéu novo, aquele do barco tinha se acabado havia muito tempo, um chapéu de trepadeiras, e o doutor Nawaz lhe dizia que, por causa daquele chapéu, que era tão grande quanto uma sombrinha, ele se parecia sozinho com uma procissão de Corpus Christi, principalmente porque tinham tido a oportunidade, no ano anterior, de poder comprar com as pedras brilhantes dois burros novos, de tamanho respeitável.

Dom Gonçalves tinha se apropriado do burro novo com entusiasmo. Disse que aquele burro o lembrava Belém, o nascimento de Jesus, e perguntou a Gralheta quem era a menina Agêntese. Lembrava-se bem de que a Bíblia falava daquela menina Agêntese e que ela tinha um papel importante no nascimento de Cristo, mas era uma maluquice. Gralheta ficou desconcertado, como sempre ficava quando via um naco da memória de Gonçalves ir embora, mas explicou que a menina Agêntese não tinha braços nem pernas e que tinha ajudado o Cristo a nascer e então o padre se lembrou da história toda, achou que era a mais linda do mundo e disse que tinha feito mesmo muito bem de confiá-la a Gralheta porque, sem aquilo, muito bem, a menina estaria perdida, já bastava não ter braços nem pernas, seria impossível encontrá-la, como Yamarrussê, ou Yamurrassê, mas que diferença fazia um *a* ou um *u*?

Entre os quilombolas, havia doentes e mortos. As paisagens iam se transformando. Dava para sentir que a savana ou até a estepe e o deserto não estavam muito longe. "Para o lado do setentrião", dizia o cosmógrafo, a quem ninguém mais escutava. Além disso, do outro lado, para a direita, na direção do meridião, havia florestas enormes, obscuras, úmidas, podres — dava para sentir o bafo.

Todos se acalmaram. Atravessaram pequenos vilarejos, acampamentos. Quem morava neles ficava feliz. Pareciam não ter mais medo dos negreiros nem dos chefes africanos ávidos por encontrar ouro. Era possível então fazer uma pausa e, um dia, pararam em um lugar bastante agradável, às margens de uma floresta aberta porém verdejante, e naquele instante não chovia.

Entre os limites da floresta e o início das falésias que dominavam uma planície toda irregular — e, além da planície, ficava o oceano Atlântico —, notaram os vestígios quase imperceptíveis de uma antiga aglomeração. Nos dias que se seguiram, limparam as ruínas das porquices que as cobriam havia anos, mas não foi um vilarejo que apareceu, e sim o traçado de um vilarejo, sombras, vestígios de sombras, e Bala decidiu que iam parar por ali, já que fazia tanto tempo que caminhavam.

30

DOM GONÇALVES APRONTOU DAS SUAS. Parecia uma criança. A construção de um vilarejo o agradava, ele se deliciava com tudo. Não lhe faltavam idéias. Dava ordens incompatíveis e ninguém o ouvia. Nem Melquior Gralheta lhe dava atenção, mas o cura não estava nem aí. Suas pernas pioravam a olhos vistos, os pés se arrastavam no chão e a cabeça, era um dia "sim" e outro dia "não". Os quilombolas gostavam muito dele, principalmente o sujeito alto de cabelos ressecados e espessos que quase estrangulara o doutor De Styjl, muito tempo antes, no barco de Rock, o Brasileiro, no calado. Aquele homem se chamava Eleazar. Seus camaradas o apelidaram de Absalão, era sempre a Bíblia e, além do mais, Eleazar era irmão de Judas, não do Iscariotes, de Judas o Macabeu, aquele que batia de frente o tempo todo com os Selêucidas, era o que dom Gonçalves explicara a Absalão, e Absalão inchou o peito, e os Selêucidas, muito bem, eram exatamente os inimigos de Absalão, que questão mais engraçada, dizia o padre.

Para o cura, o quilombola corpulento era como um cachorro ou uma amante. Tinha sido instituído guarda-costas de dom Gonçalves. O cura puxava-lhe os cabelos volumosos e reclamava:

— Não, Eleazar, eu não preciso de guarda-costas nenhum. Preciso mais é de um guarda-alma. As costas, eu as guardo muito bem sozinho. Elas não vão a lugar nenhum, no estado em que se encontram! Por acaso você as está vendo sair correndo por aí? Eu pego de volta em um segundo, se elas resolverem fugir... Mas a alma, Eleazar, a alma, a gente se distrai um minuto e pronto, ela já deu no pé.

— Meu padre!

E Eleazar estalava os dedos de suas mãos terríveis. Dom Gonçalves ficava olhando para as mãos dele.

— Eu preferia que você fosse meu anjo da guarda, Eleazar. Com punhos como os seus, o Diabo vai se acalmar, você não acha?

— Eu não tenho lá muita cara de anjo, meu padre.

— Ah, isso é verdade... Mas os anjos, sabe como é, eles têm tudo que é tipo de cara.

O negro imenso ficava olhando para o velhinho. Seus olhos eram obscuros, cheios de ternura. Pegava Gonçalves com os dois braços, igual a um pacote ou igual a um sarcófago, e um dia Gonçalves disse "igual a um finado", "igual a uma estela", e também "igual a um padrão real", falava aquilo de brincadeira. Eleazar transportava o velhinho de um canto a outro do acampamento e o ajeitava aqui ou ali, embaixo de uma sombra, na claridade líquida de uma trilha de bambus ou então ao abrigo de uma cobertura improvisada, mas sempre perto da grande cruz que tinham confeccionado logo nos primeiros dias com galhos grossos de figueira.

Embelezaram o lugar com muita pressa. Montaram cabanas, cabanas feitas de folhas de palmeira embaixo das quais foram instaladas redes. Confeccionaram abrigos com folhagens e com barro seco. No processo de se livrar das imundícies do vilarejo antigo, depararam com um poço cheio de areia. Foi uma bênção.

O cura tinha dito que havia um poço em Yamurrassê, a pequena Aminata falava sempre de um poço. Não havia dúvidas: estavam exatamente em Yamurrassê, mas o mais triste era que os nômades que passavam de tempos em tempos nunca reconheciam a melodia de Aminata que Gonçalves cantarolava nas orelhas deles e Gonçalves tinha medo de esquecer a melodia da pequenina trisavó, já tinha esquecido tanta coisa, e daí tudo estaria perdido, estariam encrencados, mas Absalão achava que a melodia das avós é uma coisa que fica para sempre, mesmo depois de morrer.

Os quilombolas limparam o poço e Absalão deixou-se escorregar por ele com a ajuda de um cipó. Chegando ao fundo do buraco, berrou que a água lhe batia nos joelhos e remexeu os pés para que todos escutassem os respingos. Gritou uma segunda vez: "A água é límpida, dá para beber!", e fez um ruído de deglutição, que ficou mais alto à medida que ele foi subindo pela chaminé e todo mundo aclamou sua cabeleira quando ele voltou à superfície.

Abdullah Nawaz ficou insistindo para que construíssem uma parede na borda do poço. Gralheta achou que era perda de tempo. Afinal, não estavam no Nordeste do Brasil! Ali não faltava água. Durante o inverno, caíam-lhe na cabeça quatro ou cinco dilúvios. E, para a estação seca, havia, naquela imensa planície irregular que se estendia aos pés da falésia, um rio, uma pradaria, nascentes, pântanos, mas dom Gonçalves ficou indignado. Chiava tal qual um gato:

— Bala, Bala, afinal, você quer que este seja o vilarejo de Aminata, não quer? Se quiser, então precisa ter um poço, sem ele, não vai ter jeito, Bala. Você compreende, afinal, Aminata sempre falou do poço...

Nawaz lançou-se ao auxílio de dom Gonçalves, mas usou argumentos bem diferentes. Com sua voz estridente, estridente como a de um tucano se afogando em um pântano, como dizia o companheiro De Styjl, ele explicou:

— Não basta ter nascentes e chuvas. Para se fazer um vilarejo, também são necessários poços. O reverendo tem razão. Vocês já viram algum vilarejo sem poço, já viram? Eu sou historiador e falo com conhecimento de causa: jamais, estão ouvindo bem, jamais existiu um vilarejo sem poço. Então, Gralheta, se você quiser estar em Yamurrassê, não bastam as casas. Precisa de um poço.

Gralheta era fácil de convencer: "Bom, bom...".

No terceiro mês, parece, do segundo ou do terceiro ano, resolveram empreender uma nova obra: fazia-se urgente a substituição, antes da estação das tempestades, dos abrigos feitos de folhas, de palmeira e outras, por construções mais robustas. Gralheta tinha reparado em uma pedreira a dez minutos de caminhada. Os quilombolas iam buscar as pedras com os burricos. Depois de um mês, já havia um amontoado de pedregulhos no meio do acampamento. Dom Gonçalves não cabia em si de tanta alegria. Tentou subir no monte, mas seus sapatos esgarçaram. Tropeçou e caiu para trás. Absalão se jogou em cima dele, recolheu-o, tateou-o todo, certificou-se de que estava inteiro e o colocou em cima do amontoado de pedregulhos. O padre se apoiou na bengala e fez um discurso.

— Olhem bem para isto! Vejam só o vilarejo de Yamurrassê aqui, estas pedras. Ele está aqui dentro. Está enrodilhado aqui no meio de todos estes pedregulhos, capturado! Nosso amigo Nawaz vai dizer que ele está um pouco amassado para um vilarejo, e eu respondo: Paciência! Paciência! É como uma crisálida, que primeiro parece miserável e feia, mas prestem atenção, porque quando ela se desdobra, de lá sai uma borboleta. Estão entendendo? Vamos fazer a mesma coisa com essas pedras. Vamos desdobrar nosso vilarejo!

Bateu o pé em cima de uma pedra maior, como um caçador postado em cima de uma onça morta ou de um daqueles botos cor-de-rosa que nadam pelos rios do Grão-Pará. Nawaz e De Styjl aclamaram o padre.

As obras começaram pela capela. Edificaram uma choupana bastante esquisita, porque lhes faltava um arquiteto e cada trabalhador tinha suas próprias idéias. Quando a construção de madeira se projetou a partir do chão, ficaram surpresos. Era torta demais: quatro ou cinco salas deformadas, batizadas de naves, transeptos ou absides e até deambulatórios — enfiadas umas nas outras, com partes soltas devido à inabilidade ou à exuberância de um quilombola, com buracos no lugar das janelas e um telhado de bambus, por cima do qual suspenderam, por falta de coisa melhor, as enormes caçarolas de cobre que uma mulher tinha surrupiado, no ano anterior, de um bando de caçadores. A capela de Yamurrassê, ou então de Yamarrussê, parecia uma anã. Nawaz dizia que ela tinha sido feita com várias igrejinhas embaralhadas umas nas outras, e que Deus não conseguiu separar. Dizia aquilo só para não ficar calado.

No fundo, Nawaz bem que estava orgulhoso da capela e todo mundo a achava curiosa. Aquilo ninguém podia negar. Dom Gonçalves consagrou-a muitas vezes. Acordava antes de o sol nascer. Absalão o colocava dentro da igreja e ele começava, na mesma hora, a consagrá-la. Recolhia-se por um instante e dizia: "Vamos lá, mais uma vez!". E Absalão perguntava: "Mas será que...", e Gonçalves respondia: "Precaução nunca é demais. Melhor consagrar demais do que de menos". Celebrava vésperas, matinas, missas, paixões de Cristo e ações de graça, tudo que podia. Ia atrás dos quilombolas e dos maranhenses para dar-lhes a comunhão. Percorria todo o repertório, com os cantos, os *Te Deum*, os *Dies irae*, os *Magnificat*. Tinha para todos os gostos.

No entanto, dom Gonçalves estava temeroso porque, para uma grande nave, aquela era bem pequena. Ficava resmungando: a capela inteira caberia com folga dentro da sacristia da igreja do Desterro, na rua da Palma, em São Luís. E, no final do ofício, quando tinha de estender os braços e dizer *Ite missa est*, tocava nas paredes com as mãos. Considerava o fato deplorável, mas se esforçava para transformar aquilo em divertimento: "E se eu não conseguir dizer *Ite missa est*, a missa nunca mais vai acabar, hein... Vocês vão ficar bem felizes! Uma missa que não termina nunca mais, uma missa que nem... que nem não sei o quê...".

Vivia cheio de temores — ou pelo menos fingia preocupação — em relação ao bom Deus: não apenas estavam no fim do mundo, no meio da região dos pagãos, como também sua igreja era toda retorcida. Gralheta ficava se perguntando se a cabeça do velhinho funcionava bem. Em certos momentos, o padre achava que estava na Ilha Grande, a dois passos de São Luís, ou então nas ilhas de Coroa Grande, ou então no Boqueirão, no continente, ou em Alcântara, e avistava através da savana que se estendia aos pés da falésia o mastro e a bandeira negra de Rock, o Brasileiro. Outras vezes, achava que monsenhor Timóteo do Sacramento o enfiaria nos subterrâneos porque ele tinha olhado um pouco, não muito, para os seios de Glória. Como dizia De Styjl, uma borrasca se abatia dentro da cabeça dele.

Felizmente, o velhinho mudava de mania e voltava para a África. Mas, quando isso acontecia, uma outra inquietude o atormentava. O exame aprofundado não adiantava de nada, nenhuma prova garantia que as ruínas onde tinham se instalado eram mesmo as do vilarejo de Yamurrassê, de onde tinha vindo a avó de seu avô Eduardo, a pequena Aminata N'Gyaye ou N'Dyaye que ele tinha formado, tão leve, tão espectral que já tinha se transformado, como na origem, em geradora e em mãe, não apenas de sua própria linhagem como também de todos os africanos em exílio, um exílio provisório, é verdade, já que o grande retorno à África tinha começado, mas um exílio que se estendia por alguns séculos, o que não era pouca coisa.

Reconfortavam-no. Estavam mesmo em Yamurrassê. Ele resmungava. Insistiam. Ele não acreditava em mais nada. A voz ficava embargada. Nawaz tentou aplicar um truque. Sugeriu ao doutor De Styjl que desenrolasse os mapas do Grão-Pará e lhes riscasse com um outro, da África, como faziam os escribas da Idade Média em Coimbra, recordou-se o historiador, cheio de pedantismo. Quando faltavam pergaminhos, os escribas raspavam um texto velho qualquer e, em cima do pergaminho limpo e polido com furor, caligrafavam um novo texto, e chamavam aquilo de palimpsesto. Por que não fazer a mesma coisa com a geografia? Quando cansamos de um país, que dá vontade de suprimir, é só lavar o planisfério, raspá-lo, desenhar um país novo e pronto, já estamos em um outro país. Nawaz se orgulhava muito de sua idéia, de sua malícia: De Styjl só precisaria trocar os nomes. O que o impedia de raspar a palavra Amazônia e substituí-la por Níger ou então Senegal? Dom Gonçalves nem desconfiaria.

De Styjl não gostou nada daquilo. Perguntou se Nawaz dizia aquele tipo de desfaçatez só para irritar toda a companhia, por desleixo, por pânico, porque, afinal, eles estavam bem perdidos, não é verdade, meu velho Nawaz? Ou então, será que Nawaz tinha tanta compaixão assim por dom Gonçalves que era capaz de ficar escutando todas aquelas baboseiras sem nem estremecer? Mas o doutor De Styjl lembrou a seu antigo condiscípulo de Coimbra que a ciência e a compaixão não andam juntas, e Nawaz assobiou e disse, distraído: "A gente bem que devia ter feito isso com o finado. Escreveríamos no planisfério 'Nascente do Rio Negro' no lugar onde estávamos, e colocaríamos a fronteira, você não acha?". De Styjl ergueu os olhos para o céu e Nawaz prosseguiu, com a boca transbordando de ironia:

— Pense bem, Joachim. Podíamos fazer a mesma coisa com a História. Rasparíamos todas as obras que contam as nódoas do passado, a história de Portugal, de Bizâncio, do Grão-Pará, rasparíamos a escravatura, as guerras, as fogueiras de Torquemada, as cruzadas, enfim, tudo, e no lugar contaríamos uma outra história, que não é verdade, meu velho...

O geógrafo ficou bravo. Ficou danado da vida: havia limite para o sarcasmo e a brincadeira. Que ninguém contasse com o doutor Joachim de Styjl para tocar nos planos do "Grande Arquiteto"! Modificar o curso de um rio em um mapa, aquilo era o mesmo que proferir uma blasfêmia. Era o mesmo que rasgar a obra do Eterno, ponto final, sem discussão, disparou De Styjl, todo vermelho. O velho cura, que tinha terminado de dormir, aprovou a atitude do geógrafo:

— Nawaz, disse, Joachim de Styjl tem razão. Você sabe o que foi que santo Agostinho disse?

— Sei sim.

— Não, não sabe nada, seu convencido! Santo Agostinho disse: "Se conseguirdes fazer dois paralelos se cruzarem, então Deus não existirá". Portanto, preste atenção, Nawaz: não se faça de idiota. Não venha mexer com a geografia! A não ser que queira matar Deus! E daí que não é Yamurrassê? Para mim tanto faz... Eu sou mais devoto a Deus do que a Yamurrassê.

Nawaz não respondeu. Estava preocupado. Virou-se de supetão para Joachim de Styjl:

— Do que é que você está falando, Joachim? É você mesmo que está falando do "Grande Arquiteto"? Será que estou sonhando? É você que não está querendo profanar o Eterno? Estou sonhando, Joachim, estou sonhando... E Voltaire, Joachim?

O geógrafo lançou um olhar assustado ao seu redor. Pegou Nawaz pelo pescoço e o jogou longe. As bochechas avantajadas tremiam.

— Mas compreenda, por fim, Nawaz! Nem sabemos onde estamos! Então, meu Deus, mesmo assim...

— O que é meu Deus, mesmo assim?

— Nada. Você não entende mesmo... Um país sem estradas nem caminhos, sem fronteiras, é... é um país sem nada... Ah, e além disso, bom. Creio que acredito em Deus...

— Você quer dizer que um país sem geografia, é...

— É, é isso mesmo que eu quero dizer, Nawaz. Exatamente. É precisamente por isso que o mapa real, o mapa de verdade, não pode ser visto por ninguém, jamais, jamais. E, talvez, eu não sei, porque não sou historiador, pessoalmente, mas talvez a História...

— Compreendo, Joachim, sim, compreendo muito bem...

Nos dias que se seguiram, dom Gonçalves demonstrou ainda mais disposição. Entre os ofícios, passeava com Absalão no vilarejo. Cada pedra, cada tufo de alfa lhe trazia lembranças. Estava sereno porque o vilarejo que se erguia da terra correspondia aos relatos de Aminata, a avó ínfima que tinha sido congelada desde a idade dos seis anos, no dia em que os negreiros tinham-na pego. Claro, depois de ter sido vendida na Bahia, ela tinha vivido mais oitenta anos, mas, aos olhos de seu trineto, ela continuava com seis anos e nunca tinha se transformado em uma jovem, brilhante e radiante, nem na velha senhora morta, mais ou menos como os escaravelhos verdes e dourados que se encontram presos por um filete escorrido de resina, no rio Tocantins ou no rio Tapajós, e era por isso que os relatos da pequena Aminata tinham permanecido brilhantes, do mesmo modo que eram brilhantes os contos, as lendas e as ladainhas que o avô de dom Gonçalves, o velho Eduardo, tinha recolhido da boca um pouco arroxeada de seu próprio bisavô e que na seqüência tinha repassado às orelhas do pequeno Gonçalves, em Imperatriz e depois em São Domingos do Maranhão, sempre fazendo estalar o chicote no traseiro das mulas cujas orelhas iam balançando pelas plantações de cana, depois no cais de São Luís, ao anoitecer, enquanto esperavam a volta dos barcos de pesca e o sol ia esmaecendo e os peixes pulavam à sombra e cintilavam por um instante, que nem chegava a ser um instante, era um cintilar entre dois instantes.

À noite, quando chegava a hora do descanso, os pedreiros improvisados, os trabalhadores braçais, os carpinteiros, o cosmógrafo, Melquior Gralheta, o historiógrafo e as mulheres quilombolas, todo mundo, enfim, se reunia ao redor de uma perna de cabrito defumada de acordo com uma receita excelente que Rock, o Brasileiro, tinha trazido consigo da Ilha da Tartaruga, onde ele tinha sido pirata muito tempo antes.

Dom Gonçalves chupava um pedaço de osso e depois apresentava sua colheita do dia, as lembranças que tinha recuperado do abismo, como quem puxava um balde na ponta de uma corda, as lembranças adormecidas havia dois séculos e que, naquele dia, tinham sido despertadas pela forma de uma caixa, pelo desenho de um tapume, mais ou menos como se a voz de uma menininha morta de repente tivesse retomado seu discurso, depois de dois séculos muda, e tivesse recomeçado a sair da boca putrefata.

Aquele período foi bom mas durou apenas uma estação: depois das chuvas e depois das secas, e depois dos odores, e como uma boa parte do vilarejo tinha sido reerguida — uma dezena de construções de pedra e de argila, a igreja que tinha sido aumentada, a pedido de dom Gonçalves, um grande galpão comunitário nas proximidades do poço —, constataram que a animação do cura estava se esvaindo.

 Tudo era difícil para o velhinho. Até mesmo seus deveres de padre o aborreciam. Delegava os sermões de domingo a Melquior Gralheta. Isso não era novidade. Já em São Luís, Gralheta pregava, mas ali em Yamurrassê, dom Gonçalves ia mais longe. Adjurava a Gralheta que celebrasse os ofícios. Afinal, não era verdade que Gralheta tinha sido seminarista, ou pelo menos varredor do seminário no Sergipe?

 Gralheta reclamava. O padre resmungava. Sua saúde definhava. Um dia ele desapareceria, e o que seria do Cristo? A igreja de Yamurrassê era a primeira igreja de toda a África e nem por isso precisava ser também a última, não é mesmo? Dom Gonçalves estava mesmo aflito. Andava a esmo entre os tapumes de bambu, principalmente no fim do dia, antes de escurecer, porque a noite era escura e esponjosa, era cheia de tristezas, e o mundo era solitário, e o velho cura tinha cara de alguém que esconde um segredo.

 Confiou esse segredo, mas apenas aos maranhenses, com medo de afligir os quilombolas, cuja alma é frágil e quebradiça. O segredo era bem simples: dom Gonçalves reuniu Bala, Nawaz e De Styjl certo dia, no final do inverno. O céu estava imenso e inflado, vermelho a não mais poder. O padre retirou o *pince-nez*. Olhou para as palmeiras e as figueiras, aquela árvore enorme com casca de pele de elefante e as cabanas entre as quais saltavam galinhas magras e quatro cabras. Os burros rodavam em volta do poço. Amarrados com cordinhas de ráfia, pedaços de carne e couro de animais secavam, mas dom Gonçalves não enxergava quase nada e seus olhos estavam pálidos. Abriu seu sorriso.

 — Bala, você acha que eu sou mais imbecil do que eu sou na verdade? Eu sei, eu sei... É uma gentileza, trata-se de uma "mentira piedosa", como dizem os curas, mas os curas, ah, eu conheço bem os curas, são todos iguais...

 — O que é que o senhor quer dizer, meu padre?

— Quero dizer o seguinte: você não acredita, de jeito nenhum, que eu caí na armadilha? Você não acha que eu acredito na conversa-fiada de vocês, e Yamurrassê para cá e Yamurrassê para lá! Eu finjo, Bala, eu não queria aborrecer vocês...

Ouviu-se uma risada infantil.

— E sabe o que é mais engraçado, em tudo isso? Vocês não param de falar de Yamurrassê para eu achar que estamos em Yamurrassê. Mas imagine só: eu também falava o tempo todo de Yamurrassê, e quer saber por quê? Porque eu queria fazer vocês acreditarem que estávamos em Yamurrassê. Também era uma mentira piedosa. E você sabe, Bala, quando duas mentiras piedosas coincidem, é uma coisa bem bonita!

Falava sem raiva nem amargura, em tom de brincadeira, mas sua voz era um soluço. Ele queria enxergar as coisas de frente. Um pouco de coragem, diabos! Nada, absolutamente nada, atesta que este vilarejo foi o da pequena Aminata.

— Você percebe, Bala! Toda essa história, a guerra dos subterrâneos, o processo das formigas, o enforcamento de Bequimão-Muleta, aquela sujeirada do rio Negro, a estela do rei de Portugal, o erro crasso do cosmógrafo, o Brasil no lugar do Peru e o Peru no lugar do Brasil, o barco de Rock, e na seqüência caminhamos durante anos, durante meses. E caminhamos. E nem sabemos onde estamos, como é que se pode caminhar sem saber aonde se está indo, se não se sabe onde se está, se não se sabe nem mesmo aonde se chegou?

— Aquilo não deu muito certo mesmo — disse Bala. — Mas nós nos saímos bem, não foi?

— Aquilo deu mesmo muito certo, é isso que você quer dizer! Nós envelhecemos, e isto é o principal! O principal trabalho do homem é envelhecer, não é? É morrer, não é? E, por isso, não há nada a dizer: estava observando você outro dia, Bala, até você, Bala, você é de ferro, mas, bom, assim como todo mundo, você também entra em declínio... seus cabelos, você ainda os tem, mas já não é mais a mesma coisa, não dá para comparar os seus cabelos com os do Absalão... e, depois, as suas bochechas, veja, os seus olhos. Você agora vai me dizer que corre tão rápido quanto antes?

— Ninguém corre tão rápido quanto antes, dom Gonçalves.

— Bravo! Muito bem colocado! E todos os quilombolas que morreram, os velhos, os homens, as mulheres. Você está bem arranjado com a Glória: quantas vezes ela teve de colocar a saia de mulher da capona, a Glória, porque algum sujeito estava partindo e ela precisava ajudar... Quantas vezes?

Olhou para a própria mão, dura e branca, e prosseguiu à meia-voz, para si mesmo:

— Sabe o que é que eu acho, Bala? A Glória, sabe, quando ela cuida de alguém que quer morrer, ela coloca a saiona. Mas, bom, quando ela fica com um homem, é o contrário, ela tira toda a roupa, mas no fim é a mesma coisa, é assim, é assim...

O padre disse isso e soltou uma risada idiota, uma risada de hiena, de gaivota, e avaliou que as coisas estavam indo na direção certa. As pessoas morriam, era natural, em todos os êxodos, e para substituí-las as mulheres logo colocavam a mão na massa, desde o calado do navio, depois na estrada, ao longo das trilhas costeiras, na savana e no deserto, e de novo na savana, e até mesmo naquele momento, na região daquelas belas colinas, nas cabanas de bambu e de folhas de palmeira, toda noite, a sarabanda, e o amor por todos os lados, aquilo alegrava o coração de dom Gonçalves porque a noite se parecia com um gemido ou um farfalhar ou um grunhido, pareciam gatos e cachorros e pombos, mas era o barulho das mulheres, elas ficavam loucas, elas faziam aquilo de todo coração, ficavam possuídas.

— Muito bem, dizia o padre.

Sim, estava tudo muito bem, porque já tinham visto esqueletos e cadáveres demais no caminho até Yamurrassê, se pelo menos fosse Yamurrassê, carcaças de camelos ou de antílopes, tão lisas e brilhantes, de modo que, em certos anoiteceres, quando o sol ficava branco, como um osso ele também, branco e parecido com uma pintura, um sol de cal ou de terra morta, um sol de osso, uma carcaça de sol, limpa pelo bico dos corvos e dos urubus, dava para achar que o mundo tinha acabado e até perecido, que era igual às carcaças de camelo e de sol, mas quando as mulheres gritavam e gozavam, no escuro, nas redes ou embaixo das árvores, e o acampamento se enchia com o cheiro das mulheres, então tudo ia recomeçar e aquilo nunca terminaria, e a floresta era mágica e maravilhosa, as macacas e os bugios gritavam para fazer macaquinhos, e já tinham sido produzidas para tomar o lugar dos mortos umas vinte crianças que já estavam, naquela ocasião, com idade de caçar, e era bom mesmo, porque os quilombolas estavam começando a abandonar o vilarejo para levar suas angústias para outros cantos. E o velho padre, o velho anjo, dizia também que estava chateado por morrer pois nunca tinha conhecido uma mulher e todo mundo lhe dizia que as mulheres eram muito boas.

Dom Gonçalves se exaltava. O mais lindo era que as crianças tinham aprendido as línguas africanas de tanto brincar com os filhos dos nômades, aqueles que vinham de outras colinas, tinham aprendido aquelas línguas improváveis que os quilombolas, e até mesmo os maranhenses, e até mesmo ele, dom Gonçalves, ignoravam, porque eram mais burros do que estelas, mais do que antes, antes, na época do início, eles as falavam, as línguas de antigamente, as verdadeiras línguas, aquelas das quais todo o resto tinha saído. O terreno estava prontinho. Era só esperar até que todo mundo esquecesse a outra língua, a língua que falavam no Grão-Pará e em Belém e em São Paulo e em São Luís, ou melhor, quando o último deles que falava português morresse, e então, como previa Gonçalves, no mesmo dia da morte do último conhecedor do português, teriam retornado ao país, pronto, o êxodo estaria completo, e estariam no ventre de Deus e no ventre da vida! Os dois séculos de exílio se fechariam sobre si mesmos, Gonçalves poderia anunciar, eles nunca teriam existido! Os séculos que desapareçam! E então, no meio disso tudo, vocês queriam que eu acreditasse que Yamurrassê...

— Dom Gonçalves — disse Gralheta, cheio de dedicação —, mas o senhor sempre diz que estamos em Yamurrassê!

O padre ficou em silêncio. Tinha dormido sentado, com as pernas abertas, as costas apoiadas na palmeira grande. Uma mulher se aproximou e agitou um leque de folhas de palmeira na frente do rosto dele. Glória colocou-lhe o chapéu de cânhamo na cabeça e se aninhou nos braços de Gralheta. Depois de uma ou duas horas, dom Gonçalves abriu os olhos e, quando reconheceu Gralheta abraçado a Glória, bem pertinho dele, esticou a mão e tocou o cotovelo do mulato, meio que para verificar se ele estava mesmo lá. Deu uma olhada em volta, na capela, no poço... Pigarreou:

— Vejamos...

Assoprou a ponta dos dedos e ergueu a cabeça. Ficava colocando e tirando o *pince-nez*. Adormeceu com o semblante de um beato.

31

EM SEGUIDA, O TEMPO PASSOU. A estação das chuvas estava bem longe. Agora só havia sol, cinzas e brasas, arbustos espinhentos, e os ventos tinham cessado. Glória e Bala se levantavam muito cedo. Viviam loucos por uma fresca. Iam até o final do vilarejo, até a borda da falésia, sobre o vazio. De lá, avistavam toda a parte baixa da região. Avistavam cem léguas de terra roxa, cinzenta, amarelada, cem léguas de caos, com tufos de florestas, montículos que se pareciam um pouco com montes de toupeiras, e o mar ficava a algumas semanas de caminhada, a anos de caminhada, e onde estava o mar?

Nas laterais da baixada, uma trilha de animais serpenteava pelo meio dos espinhos. Ela se estendia com certeza até o fundo, até o sopé da escarpa, por entre os montes pelados ou cheios de folhagens que inchavam a planície, mas não dava para enxergar, ou estava muito longe ou era da mesma cor da paisagem.

Um dia, Glória apontou com a mão um turbilhão de poeira. Colocou o punho na frente da boca, depois deu um soluço, porque já estava imaginando o pior, ladrões, infiéis ou soldados, mas Bala, porque agora ela lhe chamava mais de Bala do que de Melquior, Bala a acalmou, e disse:

. — Não é nada, Glória. Isso acontece quando faz muito calor. Às vezes, os golpes de vento criam redemoinhos, só isso, igual a um tornadinho.

Glória sacudiu a cabeça. O turbilhão avançava. Não dava para ver direito, tinha uma bola de calor, mas a bola avançava, e então Bala falou em nômades. Glória chegou mais perto do mulato. Sua voz estava bem apagadinha.

— E se forem franceses que capturam negros?

Passou a mão bem rápido sobre o rosto. Gemeu:

— Ah, espero que não comece tudo de novo, meu Deus, esses animais imundos... Mas por que eles continuam querendo capturar os negros?

— Do que é que você está falando? — disse Bala. — Os que capturam negros andam em tropa. Mas esses aí, eles não são numerosos. Devem ser no máximo quatro ou cinco, aqui é o fim do mundo.

— Mas o que é que eles estão fazendo aqui?

— Com certeza são mercadores. Está vendo aquela colina, lá longe, aquela lá, do lado do mar, que parece um macaco sentado em cima da bunda, está vendo? Muito bem, o doutor De Styjl me disse que atrás dela tem um rio, a dez dias de caminhada, e disse que naquele rio tem uma cidade grande que se chama Limê, logo antes do deserto, antes do país dos mouros. Limê foi o que De Styjl viu nos mapas. E viu também que Limê é um mercado que serve toda a África. Então, se for isso mesmo, esse pessoal aí deve ser um bando de mercadores de Limê.

— E se forem mercadores de negros de Limê?

— São mercadores de cabras, de porcos, de cobre, de milhete, de centeio de Limê.

— E por que é que eles estão vindo para cá, esses mercadores? O que é que eles podem querer comprar? Aqui não tem nada.

— Estou dizendo que sim, Glória. São mercadores. Ah, e aliás, você está me irritando! Vou dizer a verdade para você. Sabe o que eles querem comprar? Querem comprar você, Glória!

Ele a envolveu com aquele sorriso imprevisivelmente bom e ingênuo, quase irreal, que chamavam de "sorriso de Bala", e Glória tremeu de alegria, tremeu da cabeça aos pés, e Glória nunca conseguia retribuir tanta bondade.

— E eu — prosseguiu Bala —, eu, se eles quiserem te comprar, vai ser uma bênção, eu vendo... O que é que você acha?

— Você não vai me vender, né?

— E por que não, Glória?

— Porque eu não quero.

— Ah é, você não quer, é, Glorinha? Mas que pena, porque eu, eu quero te vender.

— Eu não quero!

— Você me ama ou não ama, Glória? Você bem que podia fazer isso por mim, não é mesmo?

— Você não teria coragem de me vender!

— Estou dizendo que ia ficar bem feliz de te vender. Escute bem o que eu estou dizendo, por favor. Você bem que podia pensar um pouco nos outros. Você me ama, não ama?

— De qualquer jeito, você não ia poder fazer isso, Bala, porque essa história de mercador, esse grande mercado de Limê ou de sei lá o quê, foi o doutor Joachim que contou. E o Joaquim, ele é bom em geografia, é um doutor, mas ele erra toda vez. Não conseguiu nem achar o Peru, não vai achar uma cidade, principalmente uma cidade que se chama Limê, francamente! Então, a cidade grande dele, esse rio, o mercado, os mercadores...

— Você que sabe — disse Melquior em tom benevolente. — Bom. Mas é verdade. O De Styjl, ele se engana como ninguém. Então, melhor assim! Porque daí eu não vou poder te vender. Eu ia ficar bem incomodado de te vender. Veja bem, é uma coisa muito prática um geógrafo que fala besteiras. Não tem mercador nenhum. Você escapou, minha linda. Não vou poder te vender.

Mas não adiantou Glória dar de ombros e abraçar Bala e fazer o capim enroscar em seus cabelos, estava com medo demais. Voltaram para a cabana e Gralheta a acariciou. O cheiro dela estava forte. Ele lhe disse e ela ficou orgulhosa. Ele a desejava tanto, era inacreditável.

Ela disse que não tinha mais vinte anos, mas Bala colocou a mão na boca dela e Glória a mordiscou, igual a cachorrinhos quando se divertem. Ela era formidável. Era gorda e lustrosa. O corpo dela tinha cheiro de mulher, principalmente os seios e as axilas, uma infecção, nas axilas ela era divina, Glória, e seus olhos davam vontade de amar todo mundo. A prova: os homens a seguiam por todo lugar, até os animais iam atrás dela.

— Os animais não, você exagera, Bala, só diz isso para me agradar.

Gralheta respondeu:

— Mas sim, os animais, justamente. Eu reparei... Quando você vai à fonte para encher os jarros, no início da noite, o lugar vira um tumulto! A gente ouve grunhidos, são os chacais, as hienas, os jaguares e sabe o quê, Glória, até as borboletas, as joaninhas, até as pererecas, todas ficam loucas, e fazem a maior algazarra...

— Até as joaninhas fazem tumulto, Bala?

— Fazem sim, juro, claro que são grunhidos de joaninha, bem pequenininhos, tão pequenininhos que ninguém consegue escutar. Só mesmo as outras joaninhas conseguem escutar grunhidos tão pequenininhos assim. E, ainda assim, as joaninhas velhas não conseguem... só as jovens...

— Você tem certeza, Bala, as joaninhas jovens? Bala, Bala! Você fica dizendo essas coisas porque quer fazer amor comigo, Bala... seu peralta, seu travesso, igual a santo Antônio de Pádua, Bala, seu peralta, seu travesso, devolve aqui o que não é seu...

E como Glória era uma moça desprovida de vaidade, e uma moça que amava todo o mundo e todas as árvores, todos os pássaros, disse:

— Os homens, é verdade. Eles grunhem. Mas é porque eu gosto deles. Sabe, para os homens, não importa que mulher é, qualquer uma serve! E para falar a verdade, eles bem que têm razão: as mulheres e os homens, as coisas são assim, Bala.

Gralheta pegou os seios de Glória nas mãos e repetiu: "As coisas são assim", e os seios de Glória eram de matar, e Glória deixou a cabeça cair para trás, tinha vontade de fazer amor o tempo todo, mas não era culpa dela, o tempo todo.

— O que é que eu posso fazer? Eu sou assim. As coisas são assim. Cada um com seus problemas.

Saíram da cabana. O sol da manhã estava no céu, ainda encoberto, ia lançando cores por todos os lados. Tinha pintado o mundo de amarelo e de azul. Estendera um véu sobre toda a pradaria e até os tufos de alfa meio ressecados, a perder de vista, nas profundezas da baixada, esforçando-se para brilhar, mas na metade do dia a canção seria outra, tudo se apagaria. As nuvens se agitavam, bem lá no alto, nuvens desfiadas, finas, virando-se lentamente, como esplendores, sobre o vilarejo, e o vilarejo e toda a terra iam sumindo ao contrário.

Gralheta e Glória retornaram ao mirante. Alguns quilombolas os seguiram e o negro Absalão juntou-se a eles um pouco depois, com dom Gonçalves, que estava alerta naquele dia porque tinha dormido bem e disse: "Dormi como um elefante".

O turbilhão de poeira tinha avançado. Espremia-se entre as colinas cobertas por bosques da planície, no fundo da interminável concha oval que separava Yamurrassê da savana, e além ficava o oceano, mas a pelo menos alguns meses de caminhada. Glória ficou achando que tinha visto gente no meio do turbilhão de poeira amarelada e ficou com medo. Avistou uma sombrinha, ou um guarda-chuva, alguma coisa redonda e vermelha. Não eram nômades, nem mercadores. E por acaso nômades tinham sombrinhas vermelhas? Faça-me o favor!

No meio da tarde, perderam-nos de vista. O gordo De Styjl, que tinha se juntado aos curiosos, não se surpreendeu com o desaparecimento. Explicou de modo amável que o bando de saqueadores tinha se apertado entre duas colinas para alcançar um vale. Ele conhecia bem aquele vale, tinha visto em seus mapas, era o vale de Our Mehdi Solyeman, que ficava a uma semana sobre lombo de mula e que levava em direção ao Egito e à Índia. Aliás, um dos reis magos que tinham ido até Belém tinha passado por aquele vale, seja Gaspar ou então Melquior ou quem sabe Baltazar.

O doutor De Styjl ia fornecendo aqueles detalhes com a voz cansada, apagada, a voz de quem sabe demais, mas os guarda-chuvas, as sombrinhas reapareceram, depois de uma hora, e portanto aquele pessoal não tinha partido na direção do vale por onde os Reis Magos tinham passado, mas o doutor De Styjl não se acanhou, ah não, precisava bem mais do que aquilo para derrotá-lo, aquele lá, aquele velho safado, gordo e não muito corajoso — porque, já fazia algum tempo, tinha se tornado um velho.

E observou, mas sem a menor aura, porque não era do tipo de se vangloriar, que já tinha previsto tudo aquilo. Os sujeitos tinham tomado um atalho, igual ao astrólogo Baltazar, justamente, ele logo se recordou, era exatamente o Baltazar, agora ele se lembrava, o astrólogo que tinha atravessado o vale de Our Mehdi Solyeman para chegar a Belém. Acariciou sua barriga de geógrafo com um gesto delicado, como se estivesse usando um colete de seda, e concluiu que o mundo era grande demais.

O turbilhão de poeira amarelada se elevava sem pressa ao longo das encostas, descrevendo um círculo cada vez maior ao redor da baixada em que uma das bordas era ocupada por Yamurrassê ou então Yamarrussê. O turbilhão tinha feito uma volta quase completa, em vez de subir em linha reta, acompanhando as ravinas, como faziam os nômades e os guerreiros de passagem. O que comprovava que aquele pessoal não conhecia a região.

Àquela altura já dava para ver com precisão os guarda-chuvas que erguiam por sobre a cabeça, a menos que aqueles guarda-chuvas estivessem presos às celas, mas aí aquelas pessoas seriam gente rica ou importante, por exemplo chefes de tribos, príncipes, reis, e estariam montados sobre dromedários ou búfalos, ou elefantes ou rinocerontes, girafas, como os astrólogos de Belém, como os reis do Benin e da Angola, nada de burricos, teriam liteiras, um cortejo de soldados, de escravos, de mulheres e de abanadores, e sinos.

Desapareceram por causa da noite. Não adiantava nada esticar a orelha, o silêncio tinha se abatido sobre a floresta. Os desconhecidos com certeza tinham parado para dormir, mas Glória continuou falando dos negreiros e os quilombolas entraram em pânico. As mulheres começaram a gritar com todas as forças. Se caíssem de novo em uma rede, iriam morrer. Dom Gonçalves também ficou com medo, mas teve uma idéia: disse que até os negreiros tinham temor ao bom Deus, principalmente porque são todos portugueses e franceses, e resolveu ir para a capela.

Glória pulou no pescoço do velho cura, era uma boa idéia aquela de se apoiar no Cristo e todas as mulheres correram para a igreja. Dom Gonçalves tinha exigido um pouco de solenidade. Iria celebrar uma missa. Deus escuta melhor as orações à noite do que durante o dia. E distribuiria a eucaristia.

Aquilo vinha bem a calhar: Nawaz tinha acabado de terminar a reforma da capela. Tinha construído um palácio mais lindo, segundo ele, do que os palácios da Arábia feliz ou do grande Mogol. Alguns meses antes, um ferreiro ambulante da Barbárida tinha trocado um carrilhão de cinco sinos, um ostensório, candelabros e vasilhas, panelas de cobre e utensílios pelas últimas pedras preciosas dos quilombolas. A nave tinha sido aumentada e os quilombolas montaram uma porta.

Desde então, as mulheres quilombolas se dedicavam totalmente a polir os cobres e os ouros antes de exibi-los, com a pátena e um enorme missal coberto de veludo verde, sobre o altar, sobre aquela prancha linda, comprida e clara que chamavam de altar e, naquela noite, fuçaram dentro de uma caixa e tiraram de lá uma toalha de linho, branca e com cheiro de sílica, de flores. Elas a ajeitaram em cima do altar e o altar ficou parecendo um espelho por causa das velas. A noite, nos fundos da igreja, era vasta.

Cinco minutos depois, dom Gonçalves chegou com o negro Absalão. Fez um sinal-da-cruz de admiração e aplaudiu. Estava todo animado e resolveu celebrar, depois que a missa tinha sido dita, um *Te Deum*. Foi esperteza da parte dele: se aquele pessoal, aqueles sujeitos da baixada fossem mercadores negreiros, ficariam tão espantados com tantas luzes, e principalmente com aquele *Te Deum* no meio da floresta, que sairiam correndo como grosseirões. Gralheta aprovou. Colocou-se ao lado do padre para assisti-lo em caso de falhas.

O cura estava radiante, que ofício mais esplêndido, e sua cabeça funcionava perfeitamente! Fragmentou a hóstia por cima da pátena. Os fiéis caíram de joelhos no chão. Mas, bem quando o padre levava o cálice aos lábios, ouviram-se batidas na porta. Três golpes bem distintos, bem espaçados. Dom Gonçalves ficou olhando fixamente para a porta. Daria para ter ouvido uma borboleta batendo as asas. As mulheres quilombolas se jogaram no chão. Ouviram-se outros golpes, mais violentos e bem enérgicos: três golpes, uma pausa depois de cada um. Absalão lançou um olhar para o padre. Dom Gonçalves enfiou os dedos na barba. Absalão atravessou os poucos metros das fileiras de bancos e abriu a porta.

Avistaram-se homens. Estavam ofuscados pela luz dos candelabros. Lembravam antas ou porcos-espinhos, na floresta, quando são cegados pelas tochas dos caçadores. As mãos estavam espalmadas em cima do rosto e, quando as afastaram, deu para ver os olhos inchados, redondos, duros como pedregulhos do leito de um rio e cintilantes, mas era por causa de todas as cintilâncias dos candelabros e da toalha do altar. No fundo da igreja, uma menininha gritou e aquilo desencadeou um tumulto. As mulheres entoaram um cântico. Um quilombola subiu no campanário e botou o carrilhão para tocar.

Naquele instante, os recém-chegados se mexeram todos juntos, como se contassem com um único mecanismo de movimento para o bando todo que a confusão tinha posto em atividade. Deram alguns passos para entrar na igreja, mas pararam de repente, sem ultrapassar o portal. Pareciam ter visto alguma coisa, a seus pés, que ninguém mais enxergava, algo como um buraco.

O homem que vinha à frente era um Branco. Era alto e sombrio. Tinha o rosto lívido, a cabeça calva, alta e estreita, até pontuda, grandes bochechas molengas, como se o crânio tivesse escorrido para dentro delas, e com uma barba medíocre, grisalha, que crescia para todos os lados, como a que cresce nos cadáveres, e olhos selvagens. Dava para distinguir quatro ou cinco cabeças atrás dele.

O grande Gralheta se colocou na frente de dom Gonçalves para protegê-lo. Fez um sinal-da-cruz, como se fosse uma visão. Quando pousou as mãos no bastão comprido que separava o altar principal do coro, percebeu que as mãos não lhe obedeciam muito bem e ficou com tanto medo que achou que o homem pálido era a vingança de Deus, porque o sujeito estava totalmente sem fôlego e não dava para entender como conseguia ficar em pé e Bala achou que era o fantasma, o espectro de Deus, e que tinha vindo para castigar os homens.

Dom Gonçalves fez cara de corajoso. Pediu uma toalha para enxugar a borda do cálice. E enxugou-o conscienciosamente, fazendo barulhinhos com a garganta. Depois, continuou a missa. Não tinha mais medo nenhum ou, mais exatamente, tinha a disposição de um homem que aguarda um golpe de punhal no coração e não está nem aí. Os estrangeiros não penetrariam em um lugar sagrado. Estavam mortos. Eram mortos aglomerados no portal. Na nave central, os fiéis piscavam os olhos ou se enrolavam sobre o próprio corpo em suas preces.

Quando dom Gonçalves pronunciou o *Ite missa est*, os estrangeiros deram no pé. Fugiram. Sem proferir nenhuma palavra, mas causando muita algazarra. E foram embora de um jeito bem curioso. Em vez de darem meia-volta e sair, foram andando para trás, desajeitados, erguendo os pés, como cavalos que são obrigados a recuar a golpes de bastão no focinho. Os quilombolas se aglomeraram na porta. Estavam cheios de sangue-frio, até de um pouco de arrogância. O recuo dos estrangeiros tinha sido uma sorte. Os quilombolas faziam expressões ameaçadoras e seguravam nas mãos facas, machetes, bastões, mas eles também não ultrapassaram o portal. A noite estava cheia de ecos e de barulhos, cheia de destroços de barulhos. Os tamancos dos intrusos faziam estalar o tapete de capim, as folhas. Contaram quatro ou cinco animais, e ouviram o uivo do vento e os insetos, mas os estrangeiros não foram muito longe porque, no dia seguinte, bem cedo, já estavam de volta ao vilarejo.

32

ESTAVAM LÁ, no dia seguinte eles estavam lá, o homem branco, de rosto comprido e cansado, e os cafres, os quatro cafres ou os quatro bantos, com suas caras e seus ombros. Tinham parado bem no meio da esplanada, entre a cobertura de folhas de palmeira, a alameda de bambus e o poço que o doutor Nawaz tinha restaurado alguns meses antes com a ajuda dos quilombolas, e, por conseguinte, bem no lugar onde a avó do avô do reverendo Gonçalves, a jovem Aminata N'Gdaye, tinha passado tanto medo no dia em que os negreiros a agarraram, daquela vez, quando ela tinha seis anos, ou sete anos, e um século tinha se passado, dois ou três séculos, e eles tinham acabado ali, aqueles cinco sujeitos, com suas sacolas e suas sombras, como se tivessem saído não da floresta, mas de uma dobra da luz ou, melhor, como se tivessem sempre estado lá, dissimulados ou então diluídos na brancura incansável do amanhecer.

Os quatro negros usavam camisas nada limpas. Estavam agachados sobre os calcanhares. As coxas grossas se apertavam dentro dos calções marrons ou pretos. Falavam entre si com voz rápida, como que alterada, sempre brincando com facas que esfregavam umas contra as outras. Seus olhos repousavam no chefe, no sujeito de olhos inchados que estava largado em cima de um burro, como se seu corpo grande tivesse acabado de ser jogado em cima do animal e por sorte tivesse caído com os pés um de cada lado do lombo do asno, e ele cutucava um crucifixo de ouro. Às vezes, soltava a cruz e cutucava o pescoço do burro, e acariciava o rosário que trazia enrolado no pulso. Parecia que tinha sido pego no laço, mais precisamente no rosário, ou que alguém lhe tinha passado algemas em volta das mãos, como se fazia com os escravos, uma daquelas argolas grossas de aço com uma corrente ainda mais grossa, e por que não em volta dos pés, para prendê-lo e impedir que fugisse.

Seus sapatos eram trapos. Encostavam no chão. Tinha prendido o manto escuro na calça escura. Dava para ver pêlos brancos pela abertura da camisa. Protegia-se do sol com um chapéu de ráfia e também com a sombrinha que um dos cafres segurava na mão por cima de sua cabeça. Seu rosto era triste e enjoado, com caretas e náuseas. Ele cuspia. Colocava a mão no peito e tossia, cuspia. Tinha muita paciência. Esperava que as horas se passassem, que elas fossem embora dali.

Era uma gravura violeta, cortada a faca com um arremate de cabelos compridos, amarelos e cinzentos, e espalhados em tufos, ao acaso, em volta da tonsura. Manuseava o terço. Seus dedos eram magros. Melquior Gralheta disse que se tratava de um jesuíta, porque os jesuítas têm os dedos magros, amarelados e sujos, com exceção do padre Antônio Vieira que era gordo como um boi, com tez escarlate e olhos injetados, mas um boi enérgico e provocante, e que tinha sido expulso do Maranhão, de São Luís mais especificamente, pelos colonizadores e pelo governador do Grão-Pará, já fazia muitos anos, já que estava morto e nem se sabia quando foi que ele tinha morrido, e o nome daquele governador canalha, quem é que ia se lembrar? Glória disse que os dedos do sujeito alto alourado provavelmente não tinham parado de contar os grãos de âmbar durante a noite e que ele tinha cara de quem estava rezando em sonho, não era como ela.

Naquele instante, o negro Absalão chegou correndo. Informou que o cura Gonçalves tinha recebido um alerta perigoso, na noite anterior, depois do alvoroço na capela. Contou, tropeçando nas palavras: na véspera, dom Gonçalves, assim que Absalão o depositara na cabana, depois da igreja, enrolou-se em sua rede como se nada houvesse acontecido, começou até a fazer barulhinhos de engolir e caiu no sono, mas depois de uma hora acordou apavorado. Chamou Absalão e explicou que estava preocupado e claramente inquieto, eis aqui o que ele explicou a Absalão, porque não se lembrava mais de que era um cura, e isso o havia inquietado quando os negros e o sujeito alto tinham batido na porta da igreja. E, no entanto, ele se lembrava bem das coisas. Por exemplo, ele se lembrava que, em São Luís, toda noite, as lamparinas das cabanas faziam buracos de ouro na colina, grutas de ouro no grande bloco de carvão, mas não se lembrava de que era cura. Não adiantava de nada coçar a cabeça, fazer perguntas a si mesmo, gemer, forçar-se a lembrar, não havia nada a fazer, ele não conseguia. Não sabia como sair daquela. Além do mais, tinha começado a acreditar que era Melquior Gralheta, o que considerava um absurdo, já que não era Melquior Gralheta! Perigo, um grande perigo! Absalão o tinha acalmado, dissera que aquilo não era possível porque Melquior Gralheta corria tão rápido quanto uma onça, ao passo que ele, dom Gonçalves, coitado, sofria de gota e às vezes até era preciso carregá-lo no colo para que ele pudesse se locomover, mas dom Gonçalves assumira um ar maroto e voltara a dormir.

De manhã, a crise tinha passado. Logo que acordara, dom Gonçalves tinha anunciado a Absalão que estava muito alerta e que se lembrava de que era cura. Que sorte!

Glória ficou escutando Absalão, ela gostava tanto do reverendo... Disse: "Meu Deus!". Amarrou o vestido e foi correndo até a cabana de dom Gonçalves. O velho pegou-a pela mão, como se fosse uma brincadeira. Sua cabeça tinha voltado para o lugar, as pernas também funcionavam, e aquilo lhe dava prazer. Disse que estava alegre como um querubim ou então como um coelhinho, e ficou satisfeito com sua malícia, ao mesmo tempo em que fazia um sinal-da-cruz. Glória deu um abraço nele.

Ele deu conselhos a Glória. Fez um biquinho com a boca e se divertiu com a mulher. Aconselhou-a a não mimar Gralheta porque, se isso acontecesse, ele, dom Gonçalves, logo teria nas mãos uma nova desordem. Seu cérebro retrocedeu mais uma vez. Voltou a se confundir com Melquior Gralheta. E, como se podia presumir que Melquior Gralheta era o único do vilarejo, o único da África inteira, capaz de celebrar uma missa — em todo caso até o ofertório, depois ele se perdia um pouco — e de se fazer de pregador, seria portanto obrigado a tomar o lugar do padre Gonçalves. Em resumo: o mulato não teria mais o direito de fazer amor com Glória porque os padres fazem voto de castidade, trata-se da famosa querela do nicolaísmo — a famosa guerra dos subterrâneos.

Glória fez um gesto com a mão como se estivesse jogando por cima do ombro as angústias de dom Gonçalves. Ela não se preocupava muito com aquilo. Os padres, no Grão-Pará, faziam muito amor com as mulheres, e era exatamente por isso que dom Timóteo do Sacramento, durante a guerra dos subterrâneos, tinha excomungado todo mundo, o ouvidor-mor Mateus, o governador do Estado e o rei de Portugal, e será que ele também não tinha aproveitado para excomungar o papa? E Deus, já que estava por ali mesmo? Aquele Timóteo! Ele não era um sujeito maldoso. Ah, não! Era um homem corajoso. Tinha um cérebro assim. Glória colocava os dois braços em arco por cima da cabeça. Sim, Timóteo tinha excomungado até o céu, mas só o céu azul, não o cinzento! Portanto, se Melquior Gralheta achava que podia tomar o lugar de um padre, muito bem, ela, Glória, também ia achar que podia tomar o lugar da mulher de um padre e pronto, não é mesmo, dom Gonçalves?

Dom Gonçalves, aquele velho simpático, alegre e meio morto, se contorcia de rir como um garoto. Glória se inflava toda: Melquior Gralheta era como os outros, nunca conseguiria viver longe da barriga das mulheres. É a lei: a barriga dos homens e o ventre das mulheres são loucos, vivem correndo um atrás do outro, às vezes se enlaçam e pronto, é o prazer! Essa era uma das idéias preferidas de Glória, e ela sempre que possível voltava a ela.

Dom Gonçalves disse: "É mesmo", e depois: "Vamos lá!". Saiu trotando todo animado até a praça, no meio do vilarejo, com sua batina branca um pouco cinzenta mas bem mais limpa que a do jesuíta. "Os jesuítas são imundos", ele dizia, recuperando o fôlego. Uma das mãos agarrava a bengala torta e a outra se apoiava sobre o ombro de Glória, bem em cima dos seios, bem em cima do lugar em que a pele dos seios é uma seda e às vezes a gente acha que está rasgando, mas não dava para ficar naquela fornalha, e o velho padre disse a Absalão, que os seguira, que fosse chamar o jesuíta e os cafres ou os bantos com sua tropa de burros e mandasse que fossem na direção da capela.

Os viajantes chegaram. O reverendo Gonçalves puxou o jesuíta de lado. Estava animadíssimo. As visitas faziam falta por ali. Os padres faziam falta por ali e um deles tinha aparecido, era uma descoberta, uma iguaria, aquele padre, por ali só passava um a cada século.

— Às vezes não passa nenhum, disse o homem louro e grisalho com ar preocupado.

Ele tinha dito aquilo, mas ninguém tinha entendido por que falava em uma língua esquisita, e o padre Gonçalves tinha separado as duas mãos e erguido as sobrancelhas para mostrar que não tinha compreendido.

— O senhor não é italiano? — disse o jesuíta na língua italiana. — Francês? Espanhol? Português?

— Brasileiro!

— Que beleza! Eu fui coadjutor do bispo Guimarães, três meses...

Prosseguiu em um português atravessado e agradável, um pouco anasalado. Disse:

— Ontem à noite, meu padre, eu não estava muito bem. Padre...

— Padre Gonçalves.

— Bom, eu sou da ordem de Francisco de Assis.

— O senhor não é jesuíta?

— Um jesuíta? E o que mais? O senhor sabe o que são os jesuítas? São camaleões, nada de bom. Se visitam os chineses, logo estão adorando Confúcio e fazem trancinhas no pescoço, pft... Eu sou franciscano. Foram os franciscanos que evangelizaram o México, são heróis, santos, mártires. Eu sou o irmão Tomaso, como o "boi da Sicília", São Tomás, o senhor vê, mas não tenho nada de bovino, tenho mais cara de cabrito, não? Onde estávamos mesmo? Ah, sim, na noite passada, é verdade, na noite passada eu fiquei com medo, mas o senhor conhece o ditado "pecado evitado...".

— Que trancinhas no pescoço? — disse o padre Gonçalves.

— Foi por isso que eu nem ousei entrar na sua capela. O senhor compreende, meu padre, uma igreja, assim, uma igreja completa, que se encontra assim de repente, no meio da noite, como se alguém a tivesse perdido na floresta, e ainda mais com todos os adereços, cura, sinos, incenso, em um lugar destes... Uma igreja em um local onde não há igreja, é uma coisa... Não dá para acreditar... Certo?

— Mas claro que sim — disse dom Gonçalves energicamente —, não se preocupe, irmão Tomaso. Justamente, é um lugar onde existe uma igreja... Prova disso, o senhor mesmo disse, foi sim, irmão Tomaso! O senhor disse: "Uma igreja em um lugar onde não há igreja". Portanto, o senhor reconhece que há de fato uma igreja...

— Mas uma igreja que não existe. Mesmo assim, é algo aborrecido, reverendo.

— Mas se ela não existisse, então por que estaríamos falando dela, senhor?

— Espere... Espere... Não estamos aqui para brincadeiras. Nada de mal-entendidos, e nada de subterfúgios, e não manipule os fatos, eu lhe suplico, meu padre! Eu lhe peço um instante. O senhor vai compreender. Já volto.

O monge saiu da igreja e foi vasculhar a carga do burro. Voltou com papéis rabiscados com desenhos, esquemas, escritos. Estendeu sobre o chão da capela um mapa bem grosseiro, mas legível.

— Está vendo, dom Gonçalves, ali está a Barbárida, e ali fica Serra Leoa, correto? O Benin, o golfo de São Tomás, Tomaso, tanto faz, e aqui, muito bem, aqui estamos entre a costa de Mina e o fundo do Congo. Estamos aqui, exatamente aqui...

O dedo do franciscano bateu sobre a folha e se imobilizou no meio de uma grande mancha branca.

— Nós estamos aqui, padre Gonçalves, precisamente. E o que é que temos aqui? Muito bem, meu padre: observe, observe o mapa! Não há nada! Aqui só há vazio! Quer dizer: não tem nada! *Terra incognita*, como se diz. Era isso que eu queria lhe mostrar. Nada! Nadinha de nada! Observe só isso, senhor cura: um buraco, um branco, senhor, nada, isto é, se é que eu ouso pensar em uma coisa destas, mas em todo caso tenho a ousadia de dizer, é o... nada, aqui. E bem no meio deste nada, o que eu vejo? Uma igreja! Ah, o senhor pode acreditar, é um prazer, meu padre!

Abaixou a cabeça na direção do chão, deixou transcorrer um silêncio bem penoso, ergueu a cabeça e seus olhos estavam esbugalhados.

— Caro Gonçalves — disse cheio de cerimônia —, sinto muito em dizer-lhe: o senhor não está aqui. Com os diabos se o senhor está aqui!

— Eu não estou aqui?

O monge observou o velho cura. Não estava bravo de maneira alguma. Estava cheio de compaixão, mas o velho cura fez o que pôde para se curvar. Estava intrigado porque sempre tinha achado que os franciscanos andavam descalços, como os carmos, mas aquele ali usava chinelas esfarrapadas, pedaços de corda. Ao erguer os olhos, percebeu que o homem não era mais o mesmo: no instante anterior, era um trapo, dobrava-se sobre si mesmo, tinha dificuldade para falar, e de repente tinha se reconstituído e se solidificado, o mesmo rosto lívido, mas a cabeça voltada para o céu, o nariz comprido, pontudo e os olhos de cólera, olhos de um dia de cólera. Dom Gonçalves se justificou:

— O senhor está enganado, irmão Tomaso. Nós estamos aqui. Venha, toque aqui na minha mão. Pronto. Afinal de contas, São Tomás é o seu patrono, muito bem, ele tocou. E então? Eu estou aqui ou não estou aqui? Toque!

Piscou o olho direito, era sua maneira de informá-lo de que estava fazendo uma piada e que não precisava se acanhar, mas o monge não tinha humor leve.

— Por que o senhor finge, dom Gonçalves, o senhor simula que está aqui? Aqui? Por que não *hic et nunc*, no ponto em que nos encontramos? Perdoe-me, reverendo, mas acabo de lhe mostrar a prova. Observe o mapa-múndi, dom Gonçalves! Eu lhe suplico. Ajude-me, então, em vez de se contorcer. Veja bem: não há nada aqui, no mapa, só vazio... só vazio. Nem mesmo um rio, nem mesmo uma montanha. Nada. Nada...

— Bom, bom. Não há nada. Eu acredito no senhor... E então, irmão Tomaso? Mantenha o sangue-frio. Não há nada além de branco. Muito bem. Branco. E depois? O que isto quer dizer?

O monge ergueu a cabeça, com lentidão curiosa, como se tivesse medo de cair, mas seus olhos estavam úmidos. Tinha unido as mãos, em posição de súplica.

— Dom Gonçalves... Ajude-me, até o fim dos fins! Por que é que o senhor nega as evidências?

— De todo modo, eu estou mais bem colocado, irmão Tomaso, para saber se existo ou não existo! Não é?

O outro nem ouvia. Prosseguia com sua idéia.

— O senhor parece estar aqui, isto sim, mas o que é que isto quer dizer, essa história de parecer? Com o diabo se o senhor está aqui, mas ao diabo também se o senhor não está aqui: é isto o mais difícil. Ah! Ah! Não existe melhor maneira de colocar as coisas. O diabo... Observe o mapa! E não se trata de um mapa qualquer! É um mapa do Vaticano, elaborado pela cúria, senhor cura! Estes círculos, aqui, com uma cruz em cima, são todos os locais de culto da África dos negros. Foram levantados pelo serviço da nunciatura em Roma. E o senhor sabe quem desenhou este mapa? Os cosmógrafos do Vaticano, que cometem poucos erros! E acredite em mim, se deixaram o local em branco, é porque tinham lá suas razões. O senhor não vai me dizer que os comissários da cúria cometeram um erro, vai? E a sua capela... O senhor vê alguma capela neste mapa? Nada de capela!

— E eu, por acaso eu estou marcado na capela da nunciatura? — disse Gonçalves, bem-humorado.

— O senhor? — diz o monge, e tinha o rosto espantado. — Eu é que não sei. Espere um pouco. Não fique bravo, meu padre. Deixe-me ver... O senhor? Não. O senhor não está, não... O senhor percebe!

Dom Gonçalves chegou mais perto e bateu com a ponta dos dedos no peito do franciscano, duas ou três batidinhas bem leves, como se estivesse batendo em uma porta.

— Então, irmão Tomaso, o mapa diz: não há nada. E o senhor, irmão Tomaso? O senhor não está aqui? O senhor também é um *monachus incognitus?*

O padre italiano tentou sorrir e depois se apoiou contra a parede de bambus. Disse: "Meu Deus! Como o senhor pode fazer isto comigo?". E logo perdeu sua disposição. Falou com uma voz frágil e que escorria, escorria. Estava caminhando no mato fazia muito tempo. Tinha atravessado países que eram sepulcros, tinha cruzado a grande necrópole que se chama África. Os vilarejos não passavam de ossadas, embranquecidos, esmigalhados, vértebras e clavículas que tinham abandonado o cemitério para dar uma voltinha muito tempo atrás, para tomar um pouco de ar, nossa, e os moradores, também eram ossadas, as pessoas eram esbranquiçadas, ossadas de negros, é verdade, mas esfareladas e brancas, também tinham saído do cemitério, para fazer um pouco de exercício, exercício de osso, naturalmente, e voltariam para seu cemitério... era tal o périplo que fizera o irmão Tomaso, da ordem de Francisco, e teria sido preciso matar pai e mãe, as catacumbas, e até matar uma irmã e um tio e uma tia-avó e um bisavô para fazê-lo. Aquilo não era uma viagem, era uma calamidade, uma geena, como diz a Bíblia... o anjo Gamael e Lilith tinham sido jogados na Geena porque Lilith sempre queria subir por cima de Gamael quando eles fornicavam, e Lilith, que chamavam de Meridiana, aquilo não podia ser esquecido... principalmente em um país tão quente onde sempre é meio-dia, e o papa Silvestre II, Gerbert d'Aurillac na verdade...

Bruscamente, o franciscano pareceu surpreso, passou a mão na frente do rosto, como se quisesse expulsar as inconveniências que tinha acabado de proferir. Mas também era preciso compreender! Fazia três meses que ele se arrastava por aquele mapa, no cu do mundo, no mapa do cu do mundo, naquele lugar nenhum e naqueles ossuários, com burricos e bantos que não compreendiam nada de nada, que eram parvos completos, como todos os bantos e todos os burricos, aliás, é tudo a mesma coisa, os negros e os burricos, e não eram só os bantos, os burros, tinha também os amuletos e as estolas e as velas e os mosquitos e as cobras e os mapas, os mapas da cúria. E depois de caminhar o dia inteiro, com todo aquele sol, ele acabava acreditando que os mosquitos e as cobras eram ornamentos sagrados, alçados ao mesmo patamar dos açoites e dos crucifixos e dos piolhos, e dos breviários, todo santo-esfarrapado, e ele tinha pego dez febres, e terças e quartas e quintãs e octãs, todo tipo de febre que existia, e se dom Gonçalves estivesse precisando de uma febre, às ordens! Tinha o intestino cheio de sangue, o padre Tomaso, o intestino igual a um chouriço, repleto de sangue. À noite, ficava se perguntando se não estava morto às escondidas, se não estava já dando início a seu purgatório.

Tinha suportado. O que o sustentara tinham sido seus irmãos da religião, os franciscanos dos séculos idos, os franciscanos idos, poder-se-ia dizer, os heróis insuperáveis, ou, melhor ainda, fatídicos, os guerreiros, os santos, os mártires do Cristo Jesus, o irmão Ludovico e o irmão Marcius e os outros, e o irmão Atanásio, aqueles gloriosos, aqueles príncipes, aqueles querubins e aqueles serafins, que tinham feito o levantamento do México e que tinham levado Nosso Senhor Jesus Cristo para todos os lugares, em cima de suas mulas, com suas capselas e seu rosto rachado, as bochechas afundadas nos dentes e o nariz beliscado pela morte, parecia que aquelas cabeças tinham sido confeccionadas e pintadas de qualquer jeito, como se fossem de madeira, para ser penduradas daquele jeito mesmo nas paredes das igrejas de Guadalajara e do México e assim o Vaticano economizaria no pintor... foi o que disse o monge, e tinha os olhos inteiramente brancos, de cólera ou de desespero.

Fez uma confissão a dom Gonçalves: em suas depressões, quando se sentia órfão de Deus, quando sua boca se enchia de luto, de sangue, de trevas, ele tinha pensado neles, naquelas figuras de monges mexicanos, como se observa no meio da noite um luar adormecido, uma chama de vela ou até um verme brilhante, como se tenta acreditar que continua existindo alguma vida na morte.

Cuspiu e pigarreou com muito cuidado: tinha trinta anos, não mais, mas não é verdade que parecia ter sessenta? E tudo aquilo por causa daqueles imbecis daqueles monges mexicanos, daqueles heróis estúpidos, os irmãos Ludovico e Marcius, e o irmão Celas e o irmão Francisco, por causa daqueles pústulas de monges franciscanos que os selvagens do México tinham cortado em pedacinhos e mesmo assim eles tinham continuado a caminhar, aqueles cretinos daqueles padres. Sim, os pedaços de franciscanos que tinham sobrado tinham continuado a caminhar, isso mesmo! E tinham agradecido a Deus com aquilo que restava de seu rosto, com as mãos unidas que os índios tinham acabado de cortar e que tinham recolhido do chão para ainda poder fazer o sinal-da-cruz enquanto os pagãos lhes arrancavam as orelhas, porque os pagãos têm muita iniciativa! E os irmãos foram obrigados a colar as orelhas à cabeça pouco a pouco, mas os selvagens aproveitavam para cortar-lhes o nariz, não dava para escapar. E, no fim, meio enlouquecidos, benziam seus assassinos com os cotos que os homicidas tinham jogado para cima e que os monges tinham recolhido em um arbusto, era isso que o irmão Tomaso tinha a dizer.

Tomaso se calou. Lançou olhares incrédulos ao redor de si. Enxugou o suor que brilhava no pescoço e na cabeleira loura. Caminhou até uma abertura da capela e cantarolou. Uma folha de palmeira se agitava na frente de seu nariz. Pediu perdão por suas blasfêmias: tinha acabado de finalizar sua missão, na manhã anterior tinha achado que terminara sua missão e foi então que deparou com aquele vilarejo. Isso mesmo, ontem de manhã tinha arrumado todas as suas tralhas para voltar à Itália com seus cafres e seus burricos. Tinha tomado a direção do oeste baseado em sua bússola e começara sua retirada da região em direção ao litoral, na direção do ocidente, quer dizer, na direção da Itália. Já tinha visto na cabeça a fragata que os esperava em Ouidá, no golfo do Benin, no reino de Dahomê, que iria transportá-lo para as pradarias da Úmbria onde havia muitos riachos, muitas pequenas pontes, quantos campanários se desejasse, e sua mãe que tinha idade e sem dúvida já tinha morrido, e, naquela estação, tudo fica cheio de ranúnculos, e à noite, quando os carneiros descem das pastagens, balem e fedem, e vêm cobertos de moscas, aquilo é mesmo uma bênção. Muito bem, foi exatamente naquele instante, quando ele buscava o caminho para voltar à Úmbria, que deparou com aquela capela. E ajuntou, à meia-voz: "Senhor! Se eu me pusesse a recolher o esterco, os burros não mais fariam...".

Esboçou um sorriso de desculpas e logo retomou seu discurso:

— O senhor precisa concordar, padre Gonçalves, este lugar aqui nem tem nome, e aquilo que o senhor chama de sua capela também não tem, não tem nome... e um troço que não tem nome, o senhor não venha me dizer que existe! *Credo quia intellegum*, pode acreditar, não é por acaso que uma coisa não tem nome... É porque há uma enguia em cima da pedra... o Gênesis, dom Gonçalves, o senhor se lembra das Escrituras: "E ele lhes deu nome..."

— Irmão Tomaso, informo-lhe que tem nome sim. E se chama Yamurrassê.

— Yamurrassê? E o que mais, meu padre? Observe o mapa: *Terra incognita*! E então, por acaso alguma *terra incognita* tem nome? Ah, ah, ah, essa é mesmo muito boa! Eu sou teólogo, meu padre! E me ensinaram no seminário o seguinte: uma *terra in-cog-*

ni-ta não tem nome! *Ergo*: o que não tem nome não existe, não posso fazer nada pelo senhor, meu padre... sinto muito.

Irmão Tomaso completou dizendo que estava com raiva de si mesmo: qual mosca o havia picado, ontem de manhã, para ele resolver subir naquele promontório quando tinha percebido, do fundo da baixada, uma poeira avermelhada e queimada que vinha do oeste, do Sahel, uma cruz de bambu por cima da floresta? Qual mosca, ou então qual aranha? Era melhor ter fingido que não tinha visto nada. Dá para fazer de conta que a gente não viu nada, não é verdade? Será que basta não ter visto nada? Foi o oráculo que disse! E quem é que poderia tê-lo denunciado? Não os bantos, seria um absurdo se um banto denunciasse um cristão com seus lábios grossos! Devia ter virado a rédea de seus burros, sem ver nada nem tomar conhecimento de nada, pé na estrada... até a Úmbria. E a Roma!

Infelizmente, ele tinha olhos de lince, era sua cruz! Olhos de idiota! Olhos que enxergavam até o fim do mundo, principalmente as capelas e as igrejas, não deixavam passar nenhuma! Foi assim que ele tinha reparado no telhado da capela de dom Gonçalves, na véspera, sobre o promontório, embaixo das palmeiras. Invejava a felicidade dos cegos e, em certo sentido, abençoava o céu que o fazia envelhecer a toda velocidade, que lhe produzia um rosto de velho apesar de ele mal ter saído do seminário de Bolonha.

Só tinha uma vontade. Queria virar logo um padre velho. Os padres velhos são presbitas. É por isso que ficam empilhados nos presbiterados e que as mãos deles tremem quando procuram a capsela e a pátena, não enxergam mais quase nada, os caros velhos padres. Sortudos!

Suplicou a dom Gonçalves que o compreendesse: tinha descoberto aquela igreja completa, com candelabros e toalhas de altar, com cajados, capselas. Uma igreja inexistente, uma *ecclesia incognita*, porém faiscante, porém cintilante, em estado de marcha e inerte, uma igreja defunta, como o tempo que tinha passado desta para melhor antes de o tempo começar, uma igreja que não estava no mundo, e que só estava à espera de uma ordem de Deus para começar a funcionar, exatamente como o relógio ressoante do papa Silvestre II que não passava de um necromante sujo, diga-se de passagem: todas as engrenagens estão no lugar, basta um peteleco para que o relógio faça seu tiquetaque e que o tempo comece e que ele passe e dure até o fim do mundo. E o peteleco, bom, tinha sido ele, o irmão Tomaso, porque ele era protonotário da Congregação das missões da África.

Pegou a capsela com um gesto rápido e a ergueu na direção do teto.

— Aí está, padre Gonçalves — disse em tom cortês, imperceptivelmente pedante —, foi por isso que eu fui colocado no mundo. Para ser um peteleco. Não é exatamente uma glória, não é mesmo? Um peteleco... Estudei em Bolonha, depois em Roma, sete anos de estudo e como é que sou nomeado pela cúria, logo em seguida? Sou nomeado um peteleco, meu padre!

Tudo se esclareceu: Deus tinha colocado suas coisas naquele canto fazia muito tempo, desde sempre, e era ele, Tomaso, que a Providência tinha designado para dar o empurrão inicial à capela, porque um pêndulo e uma capela eram muito parecidos — é, mas será que tinha sido a Providência ou o Diabo, porque, afinal, quem podia garantir que aquela igreja não se erguia nas propriedades do Senhor Quebra-Esqueleto? O franciscano se interrompeu e olhou para o velho cura de viés, com expressão irritada.

— Enfim, foi isso que eu pensei ontem, quando deparei com a sua missa, senhor cura, mas era de noite, e à noite, os diabos pululam, o senhor sabia? À noite, eles uivam. Hoje de manhã, ao primeiro raio de sol, eles fugiram como covardes, eu vi, arrotavam de tanto medo, arrotos gigantescos, senhor cura... ah, uma orquestra! Hoje de manhã, um bombardeio de arrotos. Veja, se eu não tivesse tanta vontade de chorar, acho que poderia rir um pouco... todos aqueles arrotos... todos aqueles diabos!

Dom Gonçalves se aproximou. Colocou a mão na testa do protonotário, disse que ela queimava, mas irmão Tomaso afastou a cabeça. Mostrou-se confiante. Estava sempre com febre, os pulmões, mas agüentava o tranco. Não era uma ave, nada disso! Tinha o bom Deus no bolso. Era como aqueles queridos monges mexicanos, os heróis e os cavaleiros, os prodigiosos, os mártires franciscanos. Teve oito ou dez febres, tinha sido picado por mil mosquitos, mas não desistiria. Iria até o fim.

— Dom Gonçalves — disse erguendo o punho fracamente, com ar ameaçador —, dom Gonçalves, eu pertenço à Santa Congregação dos rituais de Nossa Santa Mãe a Igreja. O Santo Padre me confiou uma missão exaltante. Ele me encarregou de visitar e marcar e controlar todos os locais de culto cristão, entre a Nigrita e Angola. O senhor sabe que nossa Santa Mãe é atacada pelo mal. O senhor se lembra do urro de São Jerônimo, na Palestina, quando os bárbaros de Alarico entraram em Roma: "Ela está morta, a Cidade das Cidades...". O senhor se lembra?

— Ela está morta, sim, ela está morta...

— Muito bem! E hoje, os bárbaros se levantam, dom Gonçalves, os cismáticos e os reformados, os arianos na China, os pelagianos, os maniqueístas, os zoroatristas, os nestorianos, os sectários de Mani, os heresiarcas e o que virá em seguida? Os adeptos de Mitra, os maçons, os quietistas, os jansenistas, os feiticeiros... e os... os Voltaire. Ah, a lista nunca termina.

Ajoelhou-se na frente do altar. Encolheu-se. Dobrou parte por parte os braços e depois as pernas e todos os segmentos de seu corpo comprido e estreito, seria até possível dizer de seu corpo putrefato, e cheio de estalos fracos, tal qual um dromedário do deserto quando se agacha.

— Descanse um pouco, irmão Tomaso.

— E o senhor acha que ele descansa, o sujeito das trevas, o camarada? Ele se disfarça, é pior do que um camaleão, é um jesuíta, os jesuítas, e eu, eu me formei em Roma, eu conheço todos os truques dele, todas as artimanhas. Portanto, o senhor compreende, dom Gonçalves...

Dom Gonçalves não compreendia.

— Sim, senhor cura, o senhor compreende — disse dolorosamente o irmão Tomaso —, sim, o senhor compreende que precisa responder ao meu questionário. Vou constituir hoje mesmo o tribunal dos Rituais e das Congregações. O senhor deve comparecer perante Nós. Eu sou seu juiz, dom Gonçalves, o tribunal da cúria me honrou com este dever abominável e minha mão não tremerá, pode acreditar. Tenho uma tarefa, meu padre, eu persigo o Diabo.

— Eu não sou o Diabo.

— É possível ser um prisioneiro do Diabo, um escravo do Diabo, como os negros são escravos dos senhores de engenho lá, na América, nos latifúndios...

— Eu não sou nem um renegado, nem um diabólico, nem um relapso — disse dom Gonçalves.

O monge soltou uma risada de tristeza assustadora.

— Dom Gonçalves, escute o que eu vou lhe dizer: se o senhor fosse um renegado, ou um relapso, ou mesmo um criminoso, ou assassino, o senhor acha que saberia? Não é o senhor que vai decidir, de todo modo, se o senhor é ou não é o Diabo.

— O senhor está dizendo que se eu fosse o Diabo eu não saberia?

— Com efeito, senhor cura! Com efeito! Como é que o senhor poderia saber, se o Diabo não teria lhe dito? As artimanhas do Mal são intermináveis. O Diabo é traiçoeiro como um diabo! Ele é pérfido. Ele consegue se disfarçar como quiser, de qualquer coisa. O senhor sabe o que eu acho? Santa Cecília ou então São Bernardo, ou São Bonifácio, ou até São Denis, a quem nada se perdoa, muito bem, pode ser que, sem saber, tenham sido soldados do Diabo! Nenhuma palavra! Infelizes! Eles amavam a Deus, é verdade, faziam o bem, viviam o martírio, com a cabeça cortada sobre uma bandeja, os intestinos abertos, muito bem! E se não passassem de bonecos, de marionetes? E se Satã tivesse feito com que eles mexessem os braços e os lábios, e até o coração, do interior, puxando cordões? Ah... Ah... Cordões!

O monge se inclinou para se colocar à altura do velho padre. Puxou a cabeça de dom Gonçalves em sua direção. Afetuosamente, colocou-a sobre o peito, acariciou a cabeça careca, e até um pouco a barba, durante um momento demorado.

— E o Cristo, dom Gonçalves... E se o Cristo... Ah, não! Tenha piedade, senhor!

Ele tremia. Levantara os olhos implorantes na direção do teto de folhas de palmeira por onde passava um vento insignificante. Disse que o carrilhão, na noite anterior, tocava músicas curiosas, agora ele se lembrava, e o profeta Elias tinha falado de um "vento de fim de século". Fazia gestos espasmódicos e desorganizados, como se buscasse um gesto sem saber qual. Terminou por encontrar a mão de dom Gonçalves.

— Pense, dom Gonçalves, meu caro padre, pense na besta, pense na coisa inominável, sem nome! Imagine que esta igreja, que parece pertencer a Deus, e que acredita lhe pertencer, imagine que ela seja um monumento do Diabo! E se o senhor não souber? E se o senhor for um diabólico!

— Se eu for um diabólico?

— Nenhuma palavra, meu padre! Sua Santidade me destinou uma tarefa: erradicar o mal! E o senhor sabe muito bem de quem o papa recebe suas ordens superiores. O papa é o vigário de Deus, se estou bem certo. Ou será que ele me contou absurdos? O senhor daria as costas ao Eterno, senhor cura?

— Não — disse dom Gonçalves.

Tomaso se aprumou, com uma mão sobre os rins, e caminhou com muita dificuldade, mancando um pouco, até a janela que se abria sobre a planície, lá embaixo, sobre as terras roxas, sobre os grandes montes de toupeiras e o capim. Falou. Deixou o corpo tombar em cima de um banco de madeira e se sentou de qualquer jeito.

— Estamos em um beco sem saída, dom Gonçalves. Agora que eu encontrei sua capela, sou obrigado a controlar o senhor. Obrigado... Ontem eu ainda podia ter dado um jeito, ter fugido, mas hoje de manhã, pense bem... O senhor conhece o rio Alfeu, que corre sempre para a nascente? Tagarelice, o rio Alfeu.. Desculpe. Devo aplicar-lhe um exame teológico bem rigoroso. Sou o tribunal da Santa Doutrina. O senhor compreende, espero, que possa ser um juiz implacável, senhor cura. Este é o preço da aprovação de Deus. Não tenha medo: eu peço aos céus que suas respostas sejam corretas, mas, se for preciso, eu serei severo. Honra ao Senhor! Sim, uma resposta errada e, meu Deus, prefiro nem pensar! Será que eu posso repousar alguns momentos, meu padre?

Glória preparou um leito para ele e lhe trouxe um cozido de mandioca em uma grande folha de figueira. Fechou os olhos. O colchão de palha era feito de casca de árvore seca. Um dos cafres se aproximou e agitou um abanador de plumas bem perto de seu rosto, ele estava precisando.

O dia passou rápido como um rato. O franciscano dormiu a manhã inteira e passou a tarde acampado à borda da falésia, bebericando infusões de ervas que o maior de seus cafres lhe servia com devoção. Não dizia nada. Observava. À noite, voltou à capela, na hora da apólise. O *Te Deum* da véspera tinha esvaziado as reservas de velas de Yamarrussê, mas os cafres do irmão Tomaso conheciam a floresta como se eles mesmos a tivessem semeado, foi o que disse o franciscano a Melquior Gralheta e riu brevemente. Os cafres fizeram entalhes com machadinha no tronco de uma árvore. Escorreu uma seiva amarelada.

Bala viu que se assemelhava a óleo de andiroba, e, apesar de ser pegajosa, tinha o mesmo cheiro inebriante. O óleo de andiroba era muito prático: pegava fogo e curava dor de barriga.

As mulheres quilombolas encheram de andiroba as tigelas de argila nas quais tinham colocado mechas. Grelharam ervas balsâmicas. Na véspera, tinham consumido todo o incenso.

O irmão Tomaso anunciou que a *disputatio* seria adiada até o pôr-do-sol. Como o doutor Nawaz resmungasse, o monge remexeu no rosário e disse, com ar meio aborrecido, meio patético, que os anjos gostavam do escuro, os anjos caídos ou os outros. Nas noites escuras, eles se deliciavam. Detestavam o sol. Abriam as asas depois que o sol ia embora. Saíam de seus esconderijos. De manhã, fugiam na ponta dos pés, aos primeiros raios de sol, de braços dados, e voltavam no crepúsculo. O franciscano comentou em tom exaltado, que assumia de vez em quando, e dava medo:

— Eles, os anjos, são assim: a chama das velas os atrai. Daqui a pouco eles vão estar em volta das lamparinas e vai ser brincadeira de criança capturá-los, examiná-los, separá-los, enumerá-los como pintinhos, ah, nada mal! Pintinhos! Assim, saberemos que tipo de anjo freqüenta a sua capela, a sua... Yamurrassê, se pertencem ao Diabo ou ao bom Deus, não é mesmo, meu caro senhor cura dom Gonçalves?

Dom Gonçalves tinha franzido o cenho. Ele gostava bastante de brincar, de caçoar. Em matéria de impertinência ele não era o último, mas o sacrilégio também não era seu forte. Aquele franciscano o deixava desconcertado. Quando não estava se lamentando, quando não estava com a mão comprida e desossada sobre o peito para ver se o coração ainda batia, tinha de ficar dizendo coisas impuras, porcarias. Dom Gonçalves começou a fazer um sinal-da-cruz. O irmão Tomaso fez um gesto com o polegar, por trás das costas, sem dúvida um exorcismo de convento, com expressão rebelde.

Nada no monge lembrava a depressão da manhã. Claro que ele continuava nervoso e seus olhos azuis continuavam lacrimosos, mas parecia à vontade. Em vez de ficar se lamuriando a cada passo, como na véspera, ele se felicitava por ter desenterrado Yamurrassê. Deus lhe tinha dado um presente. Deus lhe tinha dado a chance de empreender, nas profundezas da África, um daqueles colóquios que mantêm unidos, como ele dizia com freqüência, os declínios e as glórias da Santa Igreja, as acreções e os cenotáfios, de maneira semelhante a um fio de ouro que une as pérolas de um colar, obrigado meu Deus!

Em seguida, o irmão Tomaso teve um arroubo de modéstia. Não queria se fazer de importante. Não pretendia mais formar um concílio, nem mesmo um sínodo nem um consistório, naquela longitude. Não era um Padre da Igreja. Nesta vida, pelo menos, o Padre da Igreja já tinha ficado para trás. "Mas enfim", disse, "ensaiando um passo de dança, uma boa pequena *disputatio*, de vez em quando, faz bem, pense em Sorbonne, pense em Sevilha, em Salamanca, em Oxford. O senhor já pensou nisso?"

— Estou pensando — disse dom Gonçalves.

— E em Averroès, o senhor não pensa, então?

— Mas claro que sim! Averroès, veja bem! É bem possível pensar em Sorbonne e em Averroès ao mesmo tempo...

O italiano deu uma de arrogante. Tinha pressentido que dom Gonçalves não era um teólogo de primeira linha e despejou toda sua ciência. Falou de Abelardo, do cânone Fulbert e da montanha de Santa Genoveva, de São Bernardo e de Clairvaux, de Buridan, de Ário e de Siger, de Pedro Lombardo que chamavam de "comilão", do Cabeça Grande e do concílio de Basel, do concílio de Constância e daquele de Trento. O velho cura aprovou.

— Não tema nada, dom Gonçalves, disse o franciscano, não estou negligenciando o mestre Alberto.

O padre Gonçalves não temia em absoluto que se negligenciasse o mestre Alberto. Disse isso com muita gentileza e advertiu o monge de que tinha se esquecido do nome de alguns teólogos e a data de dois ou três concílios, já fazia tempo, tinham ocorrido tantos concílios, em toda a cristandade, e todos aqueles cardeais, todos aqueles papas, um formigueiro, e, além do mais, o seminário do Grão-Pará era menos sapiente do que os de Roma ou de Lisboa.

— Não exageremos nada — disse padre Tomaso —, o padre Anchieta não passa de uma pena de galo.

O cura obstinou-se. Era uma besta velha, um ignorante, uma mula, e confessou que estava com medo do processo que o franciscano instituiria, previa sua condenação e foi por isso que tomou a dianteira: não tinha nem certeza se estava entendendo as interrogações que poderiam estimular um "verdadeiro atleta do dogma, como o irmão Tomaso". Já tinha tido dificuldade para interpretar aquela história de pena de galo do padre Anchieta. O que era aquilo? Aquela pena de galo?

Tomaso sorriu. Assoprou por cima dos dedos. Deus assopraria no cérebro do padre Gonçalves e, se estivesse obstruído, aquele cérebro, Deus o desentupiria como a um clarim, é a fórmula que está na Bíblia. O essencial era que Satã não assoprasse do outro lado do clarim nesse meio-tempo porque, com sua maldade, sopraria com a mesma força que o bom Deus, e isso entupiria o clarim!

O franciscano soltou uma risada fina e insípida quando pensou nos dois inimigos, Satã e Deus, um de cada lado do mesmo clarim, cada um soprando em uma direção, mas logo se recompôs. Suplicou ao cura que perdoasse sua brincadeira de criança — o cansaço, a ansiedade, a negligência... porque era preciso reconhecer que Deus não dizia muita coisa, naquele lugar, nem mesmo à noite, Deus... Sim, o padre Gonçalves precisava perdoar algumas puerilidades.

Dom Gonçalves explicou que aquilo vinha bem a calhar: dom Gonçalves adorava perdoar. Preservava em seus cofres milhares e milhares de perdões. Um perdão a mais ou a menos, disse com jovialidade, e benzeu o franciscano.

O monge retomou seu discurso infantilóide, disse que a *disputatio* de Yamurrassê, porque foi sob este título que apresentaria o *verbatim* à nunciatura do Vaticano e seria sob este nome que ela singraria em direção à posteridade, deveria obedecer aos protocolos da cúria romana, no que dizia respeito às formas canônicas e em fidelidade às Constituições de Gregório, o Grande.

Um dos bantos assumiria o papel de escriba. Anotaria cada pergunta e cada resposta. Aquilo não era nenhum mistério. Bastava dominar algumas fórmulas como *sed contra* ou *igitur*. O maior dos bantos, aquele que tinha cabeça de leão e traseiro de baobá, disse Tomaso com sua risadinha melancólica, se encarregaria do assunto porque tinha nascido em uma missão dos Oratorianos, em São Luís do Senegal, e tinha aprendido um pouco de latim sem querer.

Por sua vez, o historiógrafo Nawaz faria o registro em nome do reverendo padre Gonçalves, de maneira que as duas partes pudessem se exprimir de forma eqüitativa e para que a Santa Sé pudesse conservar duas visões da controvérsia em seus arquivos.

— Eu já visitei esses arquivos — disse o irmão Tomaso. — É um mundo. É um mar: um documento que entra lá dentro, lá fica para toda a eternidade. Impressionante.

— Não é possível consultá-los?

— Claro que é possível. Vamos lá, senhor doutor Nawaz, senhor doutor Abdullah Al-Nawaz, nada de má vontade, esqueça um pouco Meca e Medina, esqueça Saladino e a Guerra Santa, eu lhe suplico! O que quero dizer é o seguinte: experimente encontrar um maço de papel no meio de um milhão de maços. Demoraria um século. Quando o encontrasse, já estaria morto há muito tempo. Não adiantaria de nada.

— E então? — disse Gralheta.

— E então o quê? Qual é o *objectio*? Não compreendo.

O exame podia ter início. O irmão Tomaso convidou dom Gonçalves a celebrar o ofício do dia. Seria a primeira prova do exame de aprovação, e não a mais fútil. Assim, o protonotário do Vaticano teria uma idéia dos cultos celebrados normalmente em Yamurrassê, julgaria sua conveniência, sua ortodoxia.

O ofício começou. Irmão Tomaso acompanhava com atenção. Às vezes, ficava surpreso. Não via a colocação tradicional do Evangelho, do ofertório, da consagração. Além disso, os quilombolas cantavam a plenos pulmões, era cansativo, dançavam com todo o furor, davam coques uns na cabeça dos outros e se faziam acompanhar de instrumentos muito estridentes, mas o protonotário soube se conter. Ficou pensando na torre de Babel.

Terminado o ofício, todos se sentaram, o monge de Roma e o cura de São Luís, sobre cadeiras de bambu, na frente da mesa do altar, os outros em esteiras ou até no chão. O exame podia começar. Os primeiros obstáculos foram ultrapassados sem percalços. O padre Gonçalves e o irmão Tomaso descobriram que concordavam a respeito da virgindade de Maria, o que lhes agradava muito, e sobre a Ressurreição dos mortos.

A Trindade ofereceu mais resistência porque o velho cura Gonçalves teve a idéia de se lançar em uma dissertação a respeito da natureza do Cristo. No início, funcionou bem. Ele prescrevia a separação irremediável das Três Pessoas da Divindade, mas não se tratava de uma sinecura e, à medida que ia falando, ia perdendo o fio da meada, as Três Pessoas se aproximavam, se confundiam umas com as outras, a ponto de, no fim, serem apenas uma Pessoa. O padre Gonçalves balbuciou: "Mas que coisa! Só nos faltava mesmo isto!". Estava bem infeliz. Tinha medo de ter versado sobre a heresia sem querer, por inadvertência, por burrice. Um herege! Que vergonha! Os olhos bondosos de Gonçalves pulavam de um lado para o outro. Esforçava-se para desfazer a confusão entre as Três Pessoas, mas aquilo era como um monte de cordinhas embaraçadas: quanto mais se tentava soltar, mais nós se formavam.

Depois de uns quinze minutos, estava liquidado. Falava de olhos fechados. Era como se um outro qualquer estivesse se exprimindo com sua voz. Acabou enfiando todos os dedos na barba, e solicitou a indulgência da Congregação dos Rituais, ou então da cúria romana, enfim, congregação ou cúria, pouco lhe importava, desde que o perdoassem! Irmão Tomaso inclinou a cabeça. Sua expressão era indecifrável.

Dava para perceber a decepção do velho padre: tinha dado início àquele debate sobre a natureza do Cristo de modo valente e alegre, aquela era uma de suas especialidades, mas depois tudo degringolou. Ele tinha chegado, por causa de um silogismo mal conduzido, à conclusão de que o Filho e o Pai eram não somente consubstanciais, mas idênticos e até uma só Pessoa. Tinha perdido o rumo, estava bem claro, mas em que momento? Desistira de tentar responder. Teve vontade de mudar de direção, mas, como diria no dia seguinte a Absalão, "um silogismo, Absalão, quando um deles lhe cai no nariz, pode acreditar, faz um barulhão...!", e Absalão consentiu, mas Absalão sempre concordava com o cura.

Dom Gonçalves teve de beber o fel até a última gota.

— *Ergo* — disse —, o Filho é seu próprio Pai!

Um silêncio amedrontador se seguiu. Padre Gonçalves refletia sobre a frase que acabara de dizer com perplexidade. Como é que tinha chegado até ali? Tentou retraçar o trajeto para determinar o momento em que tinha tomado uma bifurcação errônea mas já era tarde demais. Tinha sono de lobo. Até os discípulos de Jesus de vez em quando tiravam uma soneca, até mesmo no Gólgota, mas aquele não era o momento adequado.

O franciscano estava petrificado. Dom Gonçalves, em sua angústia, estava com cara de peixe, do tipo daqueles peixes grandes e redondos que os pescadores despejavam de manhã no cais de São Luís, bem embaixo do entreposto de dona Gertruda, e durante alguns instantes aqueles peixes iam morrendo e todas as luzes do céu incidiam sobre suas escamas e logo se apagavam. O franciscano contemplava dom Gonçalves, o franciscano de lábios magros, implacáveis, ressecados, com os olhos apertados para examinar melhor aquele cura minúsculo.

Melquior Gralheta ficou com medo. Avançou na direção dos dois eclesiásticos. Com um gesto lânguido, o franciscano o deteve:

— Calma aí, senhor Bala, calma aí... Estou aqui conversando com o cura de... de onde, mesmo? Como dizer, o cura das *terrae incognitae*, e porque não do "deus desconhecido", Mestre Eckart, o Reno. Hildegarde de Bingen... não? Ah, o que seria melhor, senhor cura? Que eu me mate de tanta cólera ou de tanto rir? Em resumo, se acompanharmos seu raciocínio, senhor cura, o Filho é o Pai. O Filho é seu Pai. Mas é claro, é claro. Veja bem! Diga-me uma coisa, senhor cura: e os Pais da Igreja, como São Agostinho, São Jerônimo, São Tomás, será que eles não são por acaso filhos deles mesmos, para ser justo?

— O que eu quero dizer, Irmão Tomaso...

— Claro, claro! É isso mesmo. É perfeito. O Filho é seu Pai. Mas será que daí devemos induzir que o Pai é seu Filho, seria esta a *questio*? Esclareçam nossos caminhos, senhores escolásticos do Grão-Pará! Com uma tocha de andiroba, se for preciso! Sem brincadeiras, dom Gonçalves: será que eu devo concluir, senhor cura, que o senhor é monofisista?

O franciscano falava com voz melada. Com regularidade exasperante, jogava o busto para trás, e apoiava a cabeça no ombro de um dos bantos, revirando os olhos como se estivesse na iminência de sofrer uma crise de vertigem. O banto passava-lhe um lenço úmido na boca e Gralheta viu que a boca estava cheia de pequenas feridas purulentas. Em seguida, com o mesmo lenço avermelhado em alguns pontos, o banto enxugava as gotas de suor da testa do franciscano.

33

MAIS OU MENOS NO MEIO DA NOITE, as coisas foram por água abaixo. O protonotário da cúria romana reparou em um ícone de madeira, pendurado em cima do altar e pintado de vermelho e amarelo. Quis saber qual era sua origem. Dom Gonçalves ficou contente.

— Ah, o senhor reparou, irmão Tomaso, nós temos um artista de verdade entre os nossos quilombolas.

— Sem dúvida, e o que é isto?

— Mas, irmão Tomaso, é Uriel!

— Uriel?

— Quer dizer, é o arcanjo Uriel.

— O arcanjo Uriel? E o que é que ele segura na mão, esse "arcanjo", como o senhor diz?

— Irmão Tomaso, Uriel é um arcanjo militar. Ele ataca as legiões de Satã. Está vendo, ali é o capacete dele, aqui, é o arcabuz...

Irmão Tomaso se virou para trás e percorreu com o olhar cada cantinho da igreja. Quando terminou sua inspeção, inclinou-se na direção de dom Gonçalves, quase encostando nele. Um dos bantos também se aproximou do cura. Estralava os dedos das mãos. O cura ficou com medo.

— Meu padre — disse Tomaso, sem agressividade nem desdém, com a voz cheia de cansaço —, meu padre, estou de olho no senhor. Tive muita paciência durante a missa. Aliás, até gostei dos cânticos, bem singulares, reconheço, e também daqueles coques que o seu pessoal dá um na cabeça do outro, mas enfim, *o tempora, o mores*, bem, aqueles gongos durante a ascensão, é uma coisa diferente, é novidade. A missa por aqui é bem animada! E o senhor compreende, até mesmo esses vestígios de anticalcedonismo, o Filho é seu próprio Pai, e o Pai é seu filho, muito bem, muito bem... o senhor é um tantinho monofisista, mas isso se cura, não é mesmo?! Ah! ah! ah! O senhor só precisa fazer uma emenda honorável e, o senhor sabe, há coisa pior, todos aqueles nestorianos, e na China e no Sri Lanka, eu já contei ao senhor que participei de uma missão no Sri Lanka, nas Índias, lá venta o tempo todo, no Sri Lanka, então achei que seria um ato cristão fechar os olhos. O senhor tem consciência, presumo, de que eu me mostrei tolerante?

— De fato, reconheço seu esforço.

— Muito bem... Muito bem... Tolerante, sim, mas por outro lado, ou melhor, *Sed contra*... no que diz respeito ao seu arcanjo Uriel, meu padre, digo não. Não, não e não! Ouso até ir mais longe e digo: Alto lá!

— Uriel? Alto lá?

— Perceba, dom Gonçalves, eu tinha esperança de que nós nos saíssemos de maneira honrosa da nossa *disputatio*, com alguns arranhões, uma ou outra coisa, e pedidos de perdão. Um bom arrependimento, afinal de contas, nunca fez mal a ninguém... mas o senhor não acha que foi um pouco longe demais, padre? Que negócio é esse de arcanjo Uriel?

— O arcanjo Uriel? Mas é... é o arcanjo Uriel!

Irmão Tomaso colocou uma mão na altura dos olhos, uma vertigem. O grande banto passou o lenço úmido na boca dele e secou-lhe as bochechas. O franciscano estava pálido. Havia manchas escuras no lenço do banto. Quando ele percebeu aquilo, lançou olhares assassinos na direção de dom Gonçalves. O franciscano deu tapinhas leves em seu bedel para acalmá-lo. Depois apontou a orelha e fez sinal para que o velho cura se aproximasse.

— Sinto muito — cochichou ele —, de precisar dizer isso ao senhor, dom Gonçalves, mas o arcanjo Uriel, pfft... É isso aí, Uriel, pfft.. é o arcanjo Pfft...

— Mas em Belém, em São Luís, em Ouro Preto...

— Em Belém! Em São Luís! Vá dizer isso ao nosso Santo Padre! Devo estar confundindo a sua memória.

— Mas, irmão Tomaso, a minha memória é muito boa, muito boa...

— O senhor tem uma linda memória. Quando lhe convém! *Ergo*, o senhor não pode ter se esquecido de todas as famílias de querubins, de serafins, de anjos e de arcanjos, estou dizendo mesmo todas, senhor Gonçalves, e as Nações e as Dominações, tudo procede da única e santa profecia de Enoque, não Enoque filho de Caim, e ao mesmo tempo filho de Jared, enfim, o pai de Matusalém, não, o outro, aquele do livro de Enoque, o livro etíope de Enoque, um século, dois séculos depois de Cristo.

— Enoque, sim, Enoque, ah sim, agora que o senhor me diz. Enoque, o filho de sei lá quem, sim, sim, aquele da Etiópia.

— E o que ele diz a respeito de Uriel, o profeta Enoque? Justamente, não diz nada, Enoque! Nem uma palavra. Um profeta de boca fechada não é nada bom, quando eles não abrem a boca, porque eles adoram falar, os profetas, já reparei nisso... Portanto, aquele silêncio quer dizer alguma coisa. Quer dizer o seguinte: Uriel, um desconhecido! O profeta Enoque cita três arcanjos, um, dois, três, e esses arcanjos se chamam Rafael, Miguel e Gabriel. Ponto final, reverendo!

O cura perguntava a si mesmo:

— Enoque não cita Uriel? O senhor tem certeza, irmão Tomaso? Mas então, então... será que fomos enganados? Será que nós o invocamos, Uriel, à toa? Será que rezamos para um arcanjo que não existe? Enfim, não é possível! Veja bem, irmão Tomaso: se rezamos a um arcanjo, é porque ele existe, não é? Não vamos rezar para o que não existe ou então... isso tem alguma lógica? O que é isso! Acho que estou ficando louco.

— E o senhor não acredita quando eu lhe digo que nada existe por aqui — disse irmão Tomaso em tom enfadonho.

— Faço objeção...

— Não, dom Gonçalves, o senhor não faz objeção nenhuma! Eu é que falo. E resumo: o senhor celebra seus ofícios em uma região que não existe, que nem existe nos mapas. O senhor se prosterna perante um arcanjo que o profeta Enoque não conhece... Em uma igreja *incognita*, em um vilarejo *incognitus*, um vilarejo sem nome... Até onde iremos, senhor?

— Até onde iremos, irmão Tomaso? Mas eu é que não sei, até onde nós vamos, o que o senhor quer que eu diga? Como é que eu posso saber até onde iremos? Eu lhe suplico, Tomaso... tenha pelo menos um pouco de piedade!

Dom Gonçalves respirava ruidosamente. Estava estupefato. Um pouco de vento entrava pelas aberturas da capela, mas era um vento fraco e morno. O velho buscou apoio. Procurou principalmente Melquior, o mais robusto, o mais sábio dos maranhenses. Jogou um braço para frente, como se estivesse dando um pequeno soco no azar. Uma mulher chorou. A *disputatio* estava mudando de estilo. Tomava os ares de um combate, de um combate de vida ou morte. O protonotário tinha demonstrado longa resignação mas, no momento, tinha partido ao ataque e sua primeira salva, também enunciada com aquela voz neutra, baixa e quase póstuma, como descreveu o doutor De Styjl, que ficou muito contente de ter dito aquelas palavras, "uma voz póstuma", tanto que as repetia a torto e a direito, havia causado estragos. Dom Gonçalves deixou-se cair sobre a cadeira.

O franciscano tinha retomado toda sua altura, com a ajuda de dois cafres que logo se colocaram em posição adequada para sustentá-lo, com os braços ligeiramente afastados, como se estivessem preparados para amapará-lo caso tombasse. Irmão Tomaso equilibrava-se alternando um pé depois o outro. Tinha machucado o calcanhar, naquela savana, tinha pisado em cima de uma daquelas plantas com espinhos compridos, e a ferida tinha infeccionado, a gangrena, e, além do mais, estava com tosse. Pediu ao terceiro banto que agitasse seu leque de plumas. E se deixou cair nos braços dos dois outros negros, com os olhos revirados, brancos. Seu corpo se dobrava em dois. Os negros o erguiam. Ele tombava.

Parecia aquelas santas pintadas de trás do altar-mor, na igreja do Desterro, que mostram aquele ar perplexo enquanto os romanos enrolam seus intestinos em uma bobina com a ajuda de um pequeno sarilho, apesar de estarem lívidas, quase amarelas, e apesar de uma delas, uma das santas, observar passivamente seus dois seios cortados em cima de uma bandeja.

O cura Gonçalves ficou à espera do golpe de misericórdia. Tinha certeza de que o irmão Tomaso iria pronunciar que a capela e todo o vilarejo de Yamurrassê, e por que não o próprio dom Gonçalves, eram provenientes de Lúcifer, e não do Cristo. O franciscano, irritado como parecia estar, seria mesmo capaz de fugir para Roma e revelar ao Vaticano que o padre Gonçalves não existia, e, neste caso, se ele não existia, Gonçalves... no que é que a gente se transforma quando não existe?

Dava para escutar o ruído dos mosquitinhos que chiavam nas chamas de andiroba. A noite era um pântano. Dom Gonçalves tinha saliva grudada no queixo. Irmão Tomaso cutucava um candelabro com a ponta dos dedos dos pés, trazia um sorriso no rosto, um sorriso que foi colocado ali, por falta de outros lábios, diria mais tarde o doutor De Styjl, que explicou: "Meu Deus, se eu fosse um sorriso, eu escolheria outros lábios, há sorrisos que não têm sorte, hein? Sorrisos que, se diria, mataram pai e mãe, hein?", e, de repente, o padre Gonçalves deu um tapa na própria testa.

— Nós somos uns idiotas, irmão Tomaso. Perdão. Não! Sou eu o idiota, não o senhor. É isso que eu quero dizer, nada além disso, não me compreenda mal. O que eu quis dizer foi o seguinte: "Como eu sou idiota, irmão Tomaso!".

— Sim.

— Escute, irmão Tomaso, se não estou enganado, esse profeta Enoque viveu no tempo de Matusalém, certo?

— Não. Eu já disse ao senhor que esse Enoque é o outro, aquele que viveu um século depois de Jesus, mas não compreendo o quê...

— Mas como não, como não, irmão Tomaso? Isso muda tudo! Tudo ficou claro. O que isso quer dizer? Naquela época, pense bem, Cristóvão Colombo ainda não tinha encontrado a América, certo? E eis o meu *objectio*: como é que o senhor quer que Enoque tenha ouvido falar de Uriel, irmão Tomaso, se a América ainda não existia?

— Colombo, mais o que é que Colombo tem a ver com isso?

— Voltemos à história, irmão Tomaso! Uriel é um arcanjo das regiões do Brasil e da Bolívia, não é um arcanjo da Galiléia, o senhor compreende? Portanto, Enoque não pode mesmo ter visto o arcanjo Uriel!

Irmão Tomaso abanou a mão. E disse: "Tsk... tsk... tsk...". Procurava um caminho, mas estava abalado. Disse que, de qualquer jeito, Enoque era um profeta, e os profetas enxergam.

— Aliás, eles existem para isso, senhor cura, insistiu com crueldade. Se não, por que Deus os teria feito? Não?

— Mas... depende. Por exemplo, os pequenos profetas não enxergam assim tão longe, irmão Tomaso, e Enoque...

— Ora veja, senhor cura: Enoque não é um pequeno profeta! *Ergo*, ele saberia que a região do Brasil seria descoberta. *Ergo*, saberia igualmente que existia, na Bolívia e no Grão-Pará, um arcanjo à espera da chegada de Colombo, seu famoso Uriel... *Ergo*, Enoque teria juntado à sua lista de arcanjos esse tal de Uriel, ainda que o colocasse em uma lista de espera... Uma lista de espera! Gozado. Ah! A gente faz o que pode!

Padre Gonçalves resmungou. Dava pulinhos sobre a cadeira. Disse: "*Sed contra...!*", mas não prosseguiu. O irmão Tomaso repetiu, com curiosidade glacial: "*Sed contra*, senhor cura?". Dom Gonçalves disse mais uma vez: "*Sed contra*", e fechou a cara.

Melquior Gralheta não agüentou o naufrágio de seu cura. Afastou, quase com brutalidade, um dos cafres e se projetou para cima do velho padre. Disse-lhe algumas palavras à orelha. Dom Gonçalves ergueu o nariz na direção do mulato alto. Soltou uma risada, um riso abafado de galinha selvagem, e voltou-se para o franciscano.

— Irmão Tomaso — disse —, meu vigário fez uma boa observação: por que o profeta Enoque falaria a seu povo de Uriel, tendo visto que seu povo não sabia que um dia viria a existir a região do Brasil?

— Eu lhe suplico, padre Gonçalves. Uma *disputatio* é uma *disputatio*.

O cura Gonçalves deu uma piscadela para Bala antes de fixar seus olhos nos do protonotário do Vaticano.

— E Jesus Cristo, irmão Tomaso? Ele por acaso falou da região do Brasil, Jesus Cristo? Ele falou de Colombo, o Cristo Branco? E, no entanto, ele, Jesus, sabia, não é mesmo? Enquanto profeta, Jesus Cristo não é pequeno profeta nenhum! E no entanto ele sabia e não soltou nenhuma palavra! Por quê? Mas, em nome de Deus, porque os galileus não conheciam a América! O senhor sabe o que dizia o padre Anchieta? O padre Anchieta dizia o seguinte: "Deus desvela a verdade, as verdades, mas só na medida em que os fiéis são capazes de compreendê-la".

Irmão Tomaso ficou ofendido.

— Perfeito, dom Gonçalves. Se compreendo bem esse seu padre Anchieta, um profeta só deve anunciar as coisas que todo mundo já sabe... profeta das coisas passadas? Muito bem, meu padre! Hoje à noite vimos mesmo de tudo!

O cura assoou o nariz ruidosamente. Os quilombolas o rodearam. Faziam um pouco de barulho. Pareciam felinos. Esperavam que seu cura desse o golpe de morte naquele italiano pretensioso e, se fosse necessário, eles o despedaçariam, o homem vindo de Roma, e até dos grandes bantos os quilombolas não tinham o menor medo, já tinham visto coisa pior, mas dom Gonçalves estava de bom humor, não tinha vontade nenhuma de humilhar o emissário de Roma. Queria ajudá-lo a sair do buraco.

Irmão Tomaso continuava na defensiva. Que mundo era aquele! Sua missão era verificar a ortodoxia daquele pessoal, daqueles negros do Brasil, e era logo aquele cura velho de São Luís, aquele sujeito ignaro, com seu rosto queimado, que se gabava de controlar o saber do legado do papa! Que coisa: o juiz se transformava em réu! A Bíblia fala disso, o juiz e o réu, parecia-lhe... Tomaso mordeu os lábios, que estavam frouxos.

— Bom... Bom..., disse com toda suavidade, admito. E quantas asas tem o seu arcanjo Uriel?

— Tem quatro asas.

— Que pena, dom Gonçalves. São os anjos que têm quatro asas. Estou falando de arcanjos, já que o seu Uriel é mesmo um arcanjo, não é? E o profeta Enoque é categórico: os arcanjos têm três pares de asas, o que soma seis asas. E o senhor sabe por que eles, os arcanjos, têm seis asas? Os dois primeiros pares servem para voar. Muito bem. Mas e o terceiro par? Tudo isto será adicionado às minutas do processo. Responda: para que serve o terceiro par?

— Para pousar sobre a Terra?

O monge virou a cabeça de uma vez só. Lançou um olhar estupefato sobre Glória.

— De maneira nenhuma, dom Gonçalves: o terceiro par esconde os pés dos arcanjos. E o que é que significam esses pés, os pés que precisam ficar escondidos embaixo das asas?

Virou-se na direção de Glória e esticou o indicador para ela.

— Veja só, dom Gonçalves, os pés! Os pés, são esta mulher. Os pés querem dizer o seguinte: o concílio de Nicéia determinou! Os pés são a mulher, a mulher impura. A palavra "pé" deve ser compreendida de maneira "figurada". Ela é usada no lugar de uma outra palavra. Por que outra palavra? Vou lhe dizer. O pé não passa dos órgãos da geração! Os pés são a mulher!

O franciscano fez o sinal-da-cruz, com lentidão de arrepiar, juntou as mãos.

— O pé é o sexo. E eu logo compreendi, dom Gonçalves, quando os vi, que a noite, aquela mulher, a noite, o que é aquilo, uma mulher, a noite, que mulher, uma acumulação de entranhas, doce piedade... Vísceras e subterrâneos, intestinos, tocas e noite, ah, mulher, ah, escuridão...

O velho Gonçalves deu um passo para o lado. Estava fora de si.

— O que é que o senhor está dizendo, irmão Tomaso! A noite? A noite? Jamais, nunca mesmo, esta mulher, a noite. De dia, ainda por cima. Sobre a cruz, eu juro... Na minha vida inteira, irmão Tomaso, na minha vida inteira, nunca toquei o corpo de uma mulher!

— E quem está dizendo o contrário? — perguntou com ferocidade o italiano. — Veja bem, Gonçalves, não estou falando de você, estou falando do outro, o mulato alto, como o senhor o chama? Bala? Melquior Gralheta, apelidado de Bala, é isso?

— É isso.

— É isso — cochicha o monge, convidando um de seus bedéis a abaná-lo —, é isso. Somente eu, Gonçalves, eu não o chamo de Melquior, nem de Gralheta, nem mesmo de Bala. Eu o chamo assim: "seu vigário"! Percebe?

— Sim, é o meu vigário.

— Por que eu digo "vigário"? O vigário é o núncio, o tenente, é aquele que assume o papel de outro. O suplente. O *vicarius*. Está correto? O seu vigário? O seu procurador?

— Enfim, ele cumpre a função de vigário sim.

— Portanto, o senhor assente! O senhor assente que vocês dois partilham a tarefa, o *vicarius* e o senhor. O senhor, dom Gonçalves, o senhor diz a missa e ele, aquele que se chama Melquior Gralheta, seu "procurador", fornica.

Vira-se com brutalidade para outro banto, o alto que se debruçava em cima da escrita.

— É muito importante, escreva isso, você aí! Escreva tudo isso.

E, voltando ao cura:

— Eis aqui o meu veredicto: declaro que vocês dois são uma só pessoa, o senhor, dom Gonçalves, e você, Melquior Gralheta, Gralheta que chamam de Bala, chamado também de vigário. E que vocês partilham a devoção e o sacrilégio. Vocês cortam a coisa em duas partes iguais: a parte de vocês que adora Deus é o senhor, meu padre, e a parte de vocês que fornica é Melquior. Pronto! Vocês são dois sujeitos enfiados em um só. Um só em duas pessoas! O senhor fala de Satã, senhor cura: muito bem, Satã é assim, ele não é um, nem dois. Nós o chamamos de "diabo" — e em diabo, há a palavra *dia*, há dois. O senhor já ouviu falar do monismo? Satã é um e é dois. Ele é legião, Satã, os porcos...

Observava Glória, os seios de Glória, os ombros, os grandes olhos de vaca, a pele, o suor, a pele, o esplendor. Apoiou-se contra o banto.

— Eu lhe garanto — disse com uma voz incrivelmente vulgar e meio rude —, concordo que é o mulato, é o seu *vicarius*, que fica com o melhor pedaço, com a cópula. A mulher... linda mulher... gorda, as gordas!

O silêncio se instalou. Padre Gonçalves tinha colocado uma mão no nariz, o nariz de um derrotado. Teve a idéia de se ajoelhar na frente do enviado do Vaticano para pedir-lhe perdão, e aquele velho em ruínas e cândido, com seus ossos e suas orelhas, e seu grande rosto perdido, era repugnante vê-lo daquela maneira, com os olhos azuis assim tão azuis. Perdeu tempo por causa dos joelhos e Glória conseguiu imitar seu gesto. Jogou-se aos pés do irmão Tomaso. O monge recuou. Levantou a mão direita e cobriu-se com sua estola.

— Calma, mulher, afaste-se...

Tinha enfiado a cabeça na estola, como se fosse um enorme curativo. As imprecações que lançava saíam de uma boca sem rosto. O torpor de sua voz, a ausência de cólera, era uma agonia.

— Azar o seu — disse. — Corra para o abismo, mulher! Não posso fazer nada por você. Não posso fazer tudo sozinho! Não agüento mais ficar salvando os outros. Tenho tísica, tusso, há sangue por todo lado, observe o meu nariz, as feridas, aqui, e eu ainda tenho de salvar os outros! O Maranhão! Agora vou ter de salvar as putas do Maranhão. Ah, faça-me o favor! Eu sou o tribunal do Vaticano, eu sou o protonotário do Santo Ofício. Sou um arquivo, eis o que sou. Cada palavra que proferimos aqui, cada palavra vai durar mil anos, dez mil anos, nos subterrâneos de Roma. Apenas isto: minha obrigação é verificar se esta capela é de Deus... Se este vilarejo existe... As prostitutas, ah não! Portanto, minha filha, eu a amaldiçôo.

Glória fungou. Estava estatelada no chão. Tomaso curvou seu corpo alto por cima dela e lhe deu a ordem de se levantar.

— E agora que eu já a amaldiçoei, minha filha, vou benzê-la!

Com o polegar, traçou o sinal-da-cruz na testa de Glória. Em seguida, dobrou duas vezes os joelhos, como os marinheiros fazem quando pegam um forte vento, mas estava enfraquecido e passou um braço sobre os ombros brilhantes do banto que segurava o abanador vermelho. Naquele instante, o doutor Nawaz, que tinha assistido à cena mudo, interpelou o franciscano. Perguntou se deveria considerar a maldição de Glória, ou então sua bênção.

— É preciso escolher — respondeu com a voz cheia de cólera. — Um ou outro. Ou se amaldiçoa ou se benze, Tomaso.

— É um e é outro, meu amigo! O senhor anota primeiro a maldição, a bênção em seguida.

Baliu, depois soltou um relincho, ou melhor, um zurro, um grito de burro ou de asno, não de cavalo.

— Atenção, doutor Nawaz — disse —, o todo se trata de não mudar a ordem. Foi bem o que eu disse: o senhor anota primeiro a maldição, a bênção em seguida. Talvez isso apague a maldição... É preciso experimentar de tudo. Pode funcionar. Nunca se sabe....

Bateu com a mão aberta na testa de Glória.

— Preste muita atenção, doutor Nawaz. Se o senhor colocar a bênção antes da maldição, então, a coitada da moça... ela vai para o fogo! E o tridente, ainda por cima! De que serve, uma vida eterna... Antes... Depois... não cometa um deslize... O ferro em brasa, lembre-se...

Quando, na seqüência, ele se voltou para o velho padre, tinha no rosto uma expressão farsesca ao extremo, dissimulada.

— Mãos à obra!

Todos os capítulos da história santa desfilaram. O padre Gonçalves lutava com todas as forças, mas irmão Tomaso era um duelista de primeira e, depois de duas horas de controvérsia, raios de luz branca começaram a penetrar pelas aberturas da capela, com um pouco de vento encanado, com odores de árvores e de cipós, verdes, crocantes, deliciosos até.

O cura Gonçalves baixou a guarda. Estava exausto. Tinha bebido muito álcool. A memória fazia das suas. Misturava as datas. Confundia o Sexagésimo com a Ascensão, nada menos! Tinha perdido rezas, principalmente as dos mortos, e achou que ia conseguir se safar explicando que não gostava nada da morte, mas Tomaso teve um acesso de tosse.

— E eu então? — disse. — Eu teria razões para odiar a morte, o senhor não acha? Estou vendo que o senhor está todo confuso, dom Gonçalves, o senhor não está aqui. Eu compreendo, eu compreendo, na sua idade, mas eu preciso cumprir meu dever. Continuarei o exame teológico com o *vicarius*, com o doutor Melquior Gralheta. Sim, *sim*, trata-se de um processo... É preciso dar cabo dele, o ferro em brasa, como se diz em Roma, evacuar toda a ulceração. E o fedor? O que é que vocês fazem com o fedor? Esvaziar tudo, até a última gota. Eu sou um arquivo. Agora somos nós dois, doutor Gralheta!

34

MELQUIOR GRALHETA CONSULTOU dom Gonçalves com o olhar. O velho deu de ombros. Gralheta resmungou e se sentou perto do franciscano, na cadeira de bambu, à direita do altar. Não dava mais para enxergar as chamas de andiroba, estava claro demais e a manhã era um rio. O negro Absalão tinha tomado dom Gonçalves nos braços e o levara ao assento que Gralheta acabara de abandonar, no fundo da capela. O garrafão de álcool de palmeira circulou e a controvérsia foi retomada. Algumas questões fáceis foram levantadas e chegou-se ao nascimento do Senhor Jesus.

O mulato ficou contente. Ele adorava aquele episódio desde que o cura Gonçalves, cuja cabeça funcionava muito bem na época, tinha-lhe revelado a verdade a respeito do nascimento divino, com a menina sem braços e sem pernas na manjedoura de Belém, a menina Agêntese, Gralheta se lembrava até do nome dela, que tinha ajudado Maria e José com seus cotos a abrir ao Menino Jesus as portas da vida!

Gralheta começou. Falou da noite fria, em Belém, e do abandono de José e Maria. Indignou-se com o fato de todas as portas dos ricos permanecerem fechadas quando o casal mendicante se apresentava.

O mulato alto estava fora de si. Gritava tanto que não percebeu quando dom Gonçalves, no fundo da nave, colocou-se em pé e começou a se agitar muito, fazendo-lhe sinais para que se calasse.

No fim, como Bala prosseguia, o padre chutou o banco para trás e percorreu o corredor central com a ajuda de Absalão. Estava recurvado, corcunda, como se tivesse apanhado. Quando chegou ao lugar onde Melquior Gralheta estava, apoiou-se com as duas mãos na mesa do altar. Sua voz, tão sufocada normalmente, fez muito barulho. Atacou Gralheta, quer dizer, seu próprio vigário, seu amigo.

Perguntou onde foi que ele tinha aprendido tamanhas besteiras: que romance era aquele? Uma moça sem braços, sem pernas, e o que mais? Será que ela pelo menos tinha cabeça, aquela moça? E sobrancelhas? E a Virgem Maria... E São José... Não, mas que coisa... Quem tinha sido o imbecil que contara aquela história a Gralheta? Uma moça sem braços nem pernas... E aquele nome? Agêntese?

— Mas de onde foi que você tirou esse nome? A menina Agênese! Por que não Gênese, mas que absurdo, ou então a menina Provérbios ou então a menina Deuteronômio?

No final, o padre Gonçalves acabou se acalmando. Gralheta se inclinou na direção dele, deixou passar um tempinho antes de responder com o tom mais respeitoso possível:

— Reverendo, o senhor não se lembra? Foi o senhor, reverendo! Na sua igreja, lá em São Luís, ou nos subterrâneos, já não sei mais, ou no barco de Rock, o Brasileiro, mas enfim, não faz mal. Em todo caso, foi o senhor, dom Gonçalves, que me contou a história do nascimento de Nosso Senhor, da menina Agênese! Eu não sou louco!

O cura respondeu ao mulato alto com voz firme, muito distinta e separando bem as sílabas, mais ou menos como se fala com os lunáticos, com a gente que tem o cérebro morto nos vilarejos do sertão:

— Não faz mal, Bala... Não se preocupe. Agora vamos descansar, meu velho Melquior, não vamos ficar apreensivos. Foi a noite, a cachaça, você bebeu um pouco demais, creio. Você vai ver. Amanhã, vamos ter recobrado a memória, e não vai mais existir essa tal de Agênese, não tema, hein, isso acontece com todo mundo, hein, Melquior Gralheta?

— Meu padre — disse o mulato —, o senhor não se lembra? O senhor me disse, eu me lembro que o senhor disse: "Isso quer dizer que o bom Deus ama os mendigos, os indigentes e os idiotas acima dos ricos e dos príncipes...". Foi o senhor quem disse. O senhor disse assim: "Mas preste atenção! Também existem príncipes bons...".

O padre apertou as pálpebras com a ponta dos dedos. Rolou os polegares por cima dos globos oculares. Colocou um dedo na testa, e desenhou um pequeno círculo, para dar a entender que o vigário Melquior Gralheta não estava muito bem da cabeça ou que, pelo menos, sua memória estava mal. Depois se aproximou do irmão Tomaso. Suplicou, em tom de confidência, para que ele demonstrasse indulgência extrema. Disse que o exílio, longe do Grão-Pará, que se podia até chamar de êxodo, aquela viagem a bordo do barco de Rock, o Brasileiro, a solidão, tudo aquilo tinha conduzido Melquior Gralheta a cometer extravagâncias, a confundir suas memórias, mas ele, o padre Gonçalves, confiava em seu vigário: Melquior Gralheta era um verdadeiro cristão, um homem modesto, devotado, e dom Gonçalves concluiu com voz firme:

— Irmão Tomaso, dê provas de sua indulgência. Eu me coloco como garantia de Melquior Gralheta. Melquior é um Justo. É um homem piedoso, mas o cérebro dele saiu para tomar a fresca, esta é a verdade, irmão Tomaso. Diga a ele que terá o seu perdão, o perdão da Santa Igreja. É preciso salvá-lo...

O monge italiano tinha assistido ao longo discurso sem pronunciar uma única palavra. Virava a cabeça para um, depois para o outro, uma cabeça de passarinho, agora que estava claro dava para perceber, um passarinho, era isso, mas que passarinho? Existem tantos passarinhos...

De repente, o monge tomou a palavra, em tom de compaixão, mas se dirigiu ao cura Gonçalves, não a Melquior Gralheta.

— Dom Gonçalves — disse —, tem uma coisa que eu sei, reverendo...

Parou, abriu e fechou a boca duas vezes. Em seguida, olhou fixamente para o grande crucifixo de madeira, atrás do altar, e depois para a efígie do arcanjo Uriel. Voltou a contar o número de asas do arcanjo. O banto pegou a toalha do cálice, inclinou-se, esticou-a para ele. O franciscano secou a testa. Ficou olhando para o cura. Estava com o jeito de um homem que se prepara para pegar uma barra de ferro em brasa na mão.

— A menina Agênese, reverendo Gonçalves. Preciso dizer-lhe, reverendo, que a menina Agênese, muito bem, compreenda, sinto-me triste por entristecê-lo, senhor cura, mas o seu vigário, o doutor Melquior Gralheta, sou um soldado do Vaticano, pode-se dizer, o receptáculo e até o tabernáculo da doutrina, e o que quero dizer... porque o doutor Melquior Gralheta... Eis aqui o que eu sei, dom Gonçalves... com o diabo se eu lá sei muita coisa, mas se eu chegasse a dizer, eu saberia, é o oráculo, é o oráculo...

O cura esperava o veredicto do protonotário em posição orgulhosa. Estalou os dedos embaixo do nariz de Melquior.

— Escute bem, Bala, escute o que irmão Tomaso vai dizer, ele não lhe quer mal, o irmão Tomaso, escute, ele sabe das coisas, ele é protonotário...

— Sim, disse por fim o franciscano, sim, protonotário, e veja bem: perdoe-me, dom Gonçalves, eu me dedico à verdade. E a verdade, temo eu, a verdade, veja bem, a menina sem braços e sem pernas, sim, está correto, dom Gonçalves, em nome do Senhor!

— Irmão Tomaso — gritou o velho padre —, o senhor está blasfemando...

— Senhor! Senhor! Eu lhe suplico, reverendo! Escute a voz abafada daquilo que já se passou, dom Gonçalves. Entregue-se à verdade! Foi exatamente uma menina mutilada, sem braços, sem pernas, que tirou o Salvador das entranhas de Maria. E eu aprovo o seu vigário, reverendo! Também para mim aquele momento, aquela cidade de Belém na frieza de Natal, no gelo dos corações...

congelados, e a menina sem braços que segura em seus braços ausentes o destino de Deus, sim, senhor Gonçalves, é o ápice do mistério divino. O coração se fecha. Ah! Pronto, acabou.

— Irmão Tomaso!

— Nenhuma palavra, senhor cura. Eu já disse: pronto, acabou. Um mistério, não brinque jamais com os mistérios, meu padre... um mistério se quebra por causa de um nada. Atenção! Não há nada entre o verdadeiro e o falso. Pronto, acabou. Pode acreditar, dom Gonçalves, o seu bedel, o seu Melquior Gralheta não inventou nada, confirmo em nome da Congregação dos cultos e dos rituais. E lhe concedo minha graça. Ele se enganou um pouco a respeito do nome da menina: ela não se chama Agênese, mas simplesmente Onêstase ou Anástase, mas que importância tem... o nome...

— Como, disse o cura, o nome, irmão Tomaso, então o nome não é nada?

O monge teve um tremelique, como se tivesse acordado de sobressalto. Estava sem fôlego.

— Eu sei, eu sei. "Do Verbo se fez carne." São coisas que dizemos, falamos essas coisas, bobagens e besteiras, uma bela coleção de asneiras, que as digam, mas enfim, o Verbo... Deus não tem nome... e Deus existe mesmo assim. IHWH, isso por acaso é algum nome? Sem nenhuma vogal... Deus é impronunciável... *Deus incognitus*, como dizem os teólogos. E este vilarejo é o contrário: ele tem nome, ele se chama Yamurrassê, e no entanto não existe, ah, a prova por absurdo sou eu mesmo, o absurdo, meu padre... Sim, é o avesso de Deus, na medida em que Deus, espere, espere meu padre...

Dom Gonçalves estava estupefato.

— O senhor se dá conta, irmão Tomaso, do que o senhor está fazendo?

— O que é que eu estou fazendo, meu padre? Estou dizendo a verdade.

— O senhor acha que está dizendo a verdade, irmão Tomaso. Se seguirmos o seu raciocínio, estaríamos dizendo que a narrativa de Belém no Evangelho está errada!

O franciscano colocou uma mão simpática no ombro do velho padre.

— O que eu estou dizendo, senhor cura, é bem mais simples do que isto. Estou dizendo que os Evangelhos têm o dever, a necessidade e a missão de disfarçar a verdade. Foram escritos para isso. Porque a verdade também é impronunciável, tão impronunciável quanto o nome do Eterno. IHWH, eis a verdade! Ela brilha com tanto fulgor, a verdade, que se fosse dita nenhuma vida subsistiria sobre a terra. Tudo, absolutamente tudo, seria pulverizado pela verdade, o senhor compreende? O sol, *sol invictus*, o dia seguinte do equinócio, o Salvador.... eis o cenário de Deus, e observe esta região, areias e ossadas, veja bem! Pulverizado. Pedaços de carvão. Nem mesmo brasas. Lembranças de brasas. Todas as palavras, meu padre, são tanto palavras quanto mentiras!

O cura se acomodou sobre o primeiro degrau do altar. Ficou de frente para o monge.

— Eu não estou nem aí para as suas histórias, senhor protonotário — gritou com voz rouca —, não estou nem aí. Responda. Faço-lhe uma pergunta: o papa reconhece os Evangelhos, não é mesmo?

Irmão Tomaso tomou um gole de aguardente e soltou a gola da batina. Estava no fim de suas forças, exausto e se contorcendo em cima da cadeira. O segundo banto, o menor, menos preto, de pele quase cinzenta, aproximou-se. Recomeçou a estralar os dedos enquanto observava o cura. O franciscano lhe fez um sinal para que não se mexesse.

— Os Evangelhos, dom Gonçalves, vamos falar deles, dos Evangelhos! Compreenda quem for capaz, reverendo: até Deus é a máscara de Deus, Deus é... é a pista falsa de Deus.

Por um instante, parecia que ele iria cair para trás e quebrar todos os ossos, que ficaria como um animal ruim no abatedouro. Um dos bantos o segurou e fez com que ficasse na cadeira. A cabeça vacilava, sem expressão. "Uma cabeça vazia", diria Nawaz mais tarde, "vazia, como um frasco vazio."

— É por isso — pronunciou o franciscano com dificuldade —, meu caro dom Gonçalves, que eu estou tão cansado. Não é o caminho. Não são os espinhos nos pés. Não é nem mesmo o vale de Ezequiel nem esses arbustos no deserto. Bobagens! Puerilidades! Não. É isso! Todas essas máscaras! Refleti muito a respeito disso tudo, nestas Áfricas. Saber que Deus é a máscara de Deus, o senhor acha que isso é uma coisa agradável? Saber que é porque ele não existe, Deus, que ele existe! Ah, isso é mesmo uma descoberta! O que se pode fazer com uma frase dessas? Estou exausto. Acabado! A-ca-ba-do! Mas também há recompensas. Vou dizer uma coisa, senhor cura, algo que ninguém tem o direito de dizer. Uma coisa proibida. A abominação... e o... e o esplendor...

Assumiu ar rebelde e traçou uma cruz sobre a boca com o polegar. E quando os maranhenses falaram da cena, mais tarde, depois da partida do protonotário, alguns juraram que ele tinha dado uma piscadela de conivência para o crucifixo.

— É o maior segredo — disse. — Quem o revela perece. Mas aqui? Em Yamurrassê? Faço-lhes aqui uma pergunta: de que adiantaria se esforçar para manter o silêncio, tendo visto que Yamurrassê nem está no mapa-múndi do Vaticano! Seria gozado! Portanto, posso muito bem soltá-lo, o segredo. É como se eu o contasse ao vento, à areia, não? Ninguém jamais o ouvirá porque ninguém jamais tomará conhecimento deste lugar, vocês todos, curas e quilombolas e prostitutas, todos, vocês nunca mais verão ninguém, nunca mais, nunca mais... Minhas palavras aqui, na floresta, para sempre, para sempre, como as pedras, para sempre.

Irmão Tomaso mexia os lábios. Falava em voz baixa e cada vez mais baixa. Todos se debruçavam sobre sua cabeça tombada.

— Escute — pronunciou, tropeçando nos termos —, escute! Dizemos sempre que Deus precisa de nós. E Deus quer que o amemos, que o busquemos, que o descubramos. Que invenção é esta? É o inverso: Deus deixou pistas falsas por todos os lados, justamente para impedir que encontrássemos a verdade. É esse o negócio de Deus, seu *doxa*! O papa é uma pista falsa, e o senhor, dom Gonçalves, e eu e Gralheta, e até esta mulher aqui, a impudica, tudo, e as montanhas, as girafas, todos, nós somos pistas falsas. Eu sou uma mentira! Nada é verdade, saiba. Tudo é mentira. E o senhor sabe por que Deus quis a mentira?

Hesitou. Procurava outro argumento.

— O senhor tem um geógrafo de Portugal com o senhor, tem o doutor De Styjl. Eu ficaria surpreso se ele tivesse falado ao senhor a respeito dos *mapas reais*, os mapas que representam exatamente, realmente, uma região, e ninguém, o senhor está me ouvindo bem, senhor cura, ninguém, nem mesmo o rei, nem mesmo o Santo Padre, tem o direito de consultar o *mapa real*... É possível consultar os outros mapas, os mapas aproximativos, o quanto quisermos, eles bastam para que nos orientemos, os mapas falsos, os mapas aproximativos. Mas o mapa de verdade, não! Não temos este direito. Não! O mapa de verdade! Não!

— Mas — disse Gonçalves cheio de medo —, o senhor mesmo acabou de dizer que o padre Vieira não era uma pena de galo. Então, de todo modo...

— Eu declaro, aqui e agora — disse solenemente irmão Tomaso —, que é tudo a mesma coisa a Deus e o mapa real, é tudo igual. Ninguém tem permissão de sair de sua noite, Deus, ninguém! E o senhor sabe, Gonçalves, se o senhor permite que eu o chame de Gonçalves, se ele escolheu a mentira interminável, é porque, em sua compaixão, queria dar aos homens uma prova de sua existência. Está claro, não está? É esta a única prova da existência de Deus. Deus o primeiro motor? Não me faça rir. Estudei um pouco de teologia. A verdadeira prova de Deus é esta, é o dédalo, é a perturbação, porque... porque o mapa real... Será que me faço suficientemente claro?

Estava esbaforido, parecia que ia desmaiar, e se ele morresse ali, seria um horror, tal qual um meliante, o que fariam com aquele cavalheiro alto? Felizmente, ele voltou a se ajeitar sobre a cadeira. Pareceu consolidar-se.

— Porque — retomou seu discurso —, se Deus se esconde, isso acontece porque ele existe, não é? Ah, *logica*! Ah, *bella, bella, la senhora scolastica*! É esta a *questio*: como é que uma coisa que não existe poderia se esconder? Portanto, se alguém se esconde, é porque existe! Pronto. O senhor conhece, por acaso, alguma mentira que caminha sozinha, uma mentira sem o seu mentiroso? É isto: a existência de Deus, a prova da existência de Deus é que ele não existe. Um documento que não pode ser consultado! É aí que está a dificuldade, é aí que as idéias entram em conflito, ah, este barulho na cabeça, não, ou estou sonhando, ou então estou sofrendo de vertigem. E a contra-prova: se Deus não existisse, não teria necessidade de se esconder para ter certeza de que não o encontraríamos. Está claro?

Passados alguns instantes, o monge parecia ter se recuperado. Falava em tom relaxado, simples, sem pressa nem ardor, sem impaciência, da maneira como se reza um terço. Estava juntinho do cafre que o amparava de vez em quando. Enxugava os lábios com leves pancadinhas e observava o lenço manchado sorrindo, um sorriso alegre, de beato.

O cura Gonçalves se virou. Estava largado na frente do altar. Disse a si mesmo que estava em perdição e aquilo o fez pensar em uma outra palavra de que ele gostava, a palavra "adormecimento", e no ponto em que se encontravam, não iria se privar dela e a pronunciou duas ou três vezes. O negro Absalão deu um passo na direção dele, mas Glória foi mais esperta. Pegou o cura pelo cotovelo e empurrou-o alguns metros na direção da porta. Ele se virou. Esticou o braço para Melquior Gralheta. Agitou a mão. E gritou:

— Aquela menina sem braços e sem pernas, ela se chamava Onêstase? Foi mesmo este o nome que o irmão Tomaso disse, Onêstase?

— Onêstase, isso mesmo.

— Então, Melquior, se ela existiu, é uma coisa bastante extraordinária, Melquior. Melhor assim, não é mesmo, se ela existiu?

Abriu a cortina de folhas de palmeira. Ficou lá parado alguns segundos, em pé no sol. Disse, em tom preocupado: "Isso não me aborrece, sabe, Melquior. Não faz mal estar errado, desde que não se prejudique os outros...". Glória fez com que ele retomasse a marcha. Absalão os acompanhou. Partiram, de braços dados, como anjos, disse rindo, como diabos, e soltou uma segunda risada, estavam indo na direção da cabana e Absalão se juntou a eles.

O cura acordou um pouco depois do meio do dia e pediu a Absalão que o levasse até a capela para falar com Melquior Gralheta ou então com o irmão Tomaso, porque queria resolver aquela história de Onêstase, porque na verdade ela se chamava Agênese, ele colocava a mão no fogo, aliás, conhecia bem seu Evangelho de Mateus, e a história da Menekine, não queria cansar o franciscano que parecia estar no fim de suas forças, coitado, mas ela se chamava mesmo Agênese! Ah, e além do mais, o nome tanto faz, disse o velho cura colocando os pés em marcha da forma como podia, para a direita e para a esquerda, com seus grandes sapatos de casca de árvore e couro, o essencial era que o irmão Tomaso e aquele tratante do Bala reconhecessem seu erro, que reconhecessem que o Senhor Cristo tinha vindo ao mundo graças a uma menina sem braços e sem pernas, era tão magnífico... O padre resmungava, mas não desistia. Absalão devia se dar conta: será que Absalão confiava nele? E Absalão respondeu que sim, ele adorava dom Gonçalves, e colocou o braço com paixão sobre os ombros do velho e o velho começou a soluçar.

Já tinha passado do meio do dia. O sol estava pesado e dom Gonçalves precisou colocar seu grande chapéu sobre a testa. Na frente da capela, os burros esperavam. Dois bantos arreavam as selas. Não falavam nada. O único barulho que se ouvia era o tilintar do equipamento de montaria, dos cabrestos, dos freios. Irmão Tomaso apareceu na porta da capela.

O franciscano ficou contente e surpreso de ver o padre Gonçalves. Abriu os braços como que para recebê-lo, ele, o irmão Tomaso, em sua própria igreja, como se eles não se vissem havia anos, e Gonçalves, ele iria para a Itália, mas aquilo era um falso alarme, porque Tomaso estava fechando sua bagagem.

Tomaso suplicou ao cura que demonstrasse indulgência. Na noite anterior, tinha tomado consciência a respeito de seus limites, estava em ruínas, para não dizer esmigalhado, para não dizer acabado. Cada dia contava, principalmente levando em conta os esforços que ele precisaria empreender no mato, nas savanas de Serra Leoa para chegar ao porto de Ouidah. A mãe dele iria a seu encontro no caminho, ela era como ele, não muito sólida, em pé no meio da pradaria, com articulações grossas, e nada corpulenta, magra e sempre de preto, o que a deixava ainda mais magra, com toda aquela poeira daquela estação, mas ele queria beijá-la pelo menos mais uma vez.

— O senhor vai agüentar, irmão Tomaso? — disse o cura.

— O senhor não acha que isso é esquisito, minha mãe está longe, tão longe, às vezes tenho vontade de chorar de tão longe que ela está, mas no entanto ela está no mesmo minuto que eu, nós dois, no mesmo minuto... como se estivéssemos em uma mesma bolha, fechados no mesmo minuto.

Os dois bantos pegaram o franciscano. Formaram uma espécie de cadeira com os braços e o carregaram até seu burro. A caravana partiu. Todos os moradores de Yamurrassê, Melquior Gralheta, Nawaz e Glória, o doutor De Styjl, os quilombolas, as mulheres dos quilombolas, enfim, os quilombolas que tinham sobrado, porque muitos deles tinham ido embora, nos últimos meses, e também o cura Gonçalves no braço do negro Absalão, todo mundo estava lá e todo mundo retorcia as mãos, e todo mundo abraçava o franciscano, como as pessoas que não vão mais se ver se abraçam, e como quando começam a pensar que a vida é insustentável porque não vão mais ver as pessoas que amam. O irmão Tomaso estava cheio de lágrimas. Distribuía bênçãos. Abraçou Glória e tomou-a pelos ombros.

Dom Gonçalves perguntou a irmão Tomaso se ainda tinha permissão para celebrar a missa, para comungar sob os dois elementos, para receber as confissões, porque se dava conta de que não tinha respondido muito bem ao exame teológico da véspera, e irmão Tomaso pareceu surpreso.

— E que importância tem isso, dom Gonçalves?

— Mas eu sempre disse a missa, já estou tão habituado a dizer a missa... Se eu não puder mais celebrá-la, Meu Deus, o que será de mim?

— Não, o que estou dizendo é o seguinte: que diferença faria se o senhor estivesse proibido, o senhor continuaria dizendo a missa.

— Mas e a *disputatio*?

— Sim, sim — disse o franciscano —, eu lembro. Lembro até muito bem. Não se amargure. A *disputatio*? Ela já se perdeu não sei onde, no século dos séculos, provavelmente... Foi ontem. E aquela jovem ali, Glória, aquela jovem, ela é tão boa, e tudo isso, foi ontem. E ontem já acabou, não? O senhor por acaso já viu um ontem? Isso não existe, um ontem. Se o senhor encontrar um ontem, o senhor o leva para mim, combinado?

Soltou uma risada, uma risada de nada. Os burros formavam um grupo compacto. Tinham medo de se perder e, além do mais, os bantos os guiavam sem dar mostras de que o faziam, com gritos murmurados. A tropa de burros chegou ao final do vilarejo. O capim estava seco, os burros comiam cardos, saciavam-se. Irmão Tomaso disse: "Vamos!". A caravana deu início à longa descida em direção ao fundo da baixada.

O vilarejo inteiro estava no mirante. Dava para ver o guarda-chuva vermelho sob os lentiscos e às vezes não dava para enxergar mais nada, nas passagens cheias de folhagens ou então entre dois rochedos, depois os burros e seus cavaleiros reapareciam, e como continuava quente e úmido de matar, e como um dos bantos segurava o guarda-chuva na ponta do braço sobre a cabeça do franciscano, lá embaixo, no fundo, o irmão Tomaso parecia um príncipe ou um rei, mas ele se equilibrava muito mal sobre a sela, inclinava-se para a frente e tinha aparência ressequida, e no meio da tarde, aquela espécie de caravana com seus burricos tinha chegado ao fundo da baixada. A luz estava sem vida e ofuscada. Àquela distância, o guarda-chuva e os burros, e os homens em cima dos burros e também a dezena de quilombolas que tinha resolvido partir na direção de Serra Leoa com o franciscano, de modo que o vilarejo estava bastante despovoado naquele momento, toda aquela gente se fundia. Havia uma vasta nuvem branca. O sol refletia por cima, como em um espelho. Os homens e os animais pareciam pequenos. No final, já não sobrava quase nada. Viram-nos encolher e se dissolver porque o céu parecia de ouro.

35

O DOUTOR NAWAZ e o doutor De Styjl partiram algumas semanas depois, quando as chuvas estavam voltando. Alguns quilombolas os acompanharam. De Styjl os tinha deixado com água na boca. Tinha prometido levá-los ao país dos astrólogos. Bastava seguir o vale de Our Mehdi Solyeman, que conduzia à Índia e a Belém. Era o caminho que Gaspar ou Baltazar ou Melquior tinha tomado quando o Cristo nasceu.

Em Yamurrassê, a luz escureceu. A chuva lavava a floresta. Não era nenhuma glória. A chuva fazia a poeira cair. Trazia alegria, mas exagerava porque nunca mais parava e, depois de quinze dias, o vilarejo se transformou em um pântano.

Dom Gonçalves sentia-se alegre, mas entristecia toda vez que pensava no irmão Tomaso. Preocupava-se muito com ele. Um homem tão novo e já tão desgastado! Era capaz de morrer mesmo antes de subir no barco e então nunca mais reveria a Itália, nem a mãe, e nem as vacas nem os carneiros dela, nas pradarias da Úmbria.

Melquior Gralheta organizou a batalha contra a chuva e contra a lama. Os quilombolas que não quiseram ir embora com Nawaz e Styjl, mais ou menos uma dezena deles, enchiam potes de terra e de cascalho, tiravam do caminho pedras grandes e troncos de árvores arrancados pelo dilúvio, erguiam barragens. Assim, conseguiram afastar um pouco as águas, mas viviam em uma esponja. Havia montes de insetos, de vermes, de centopéias, de animaizinhos, de diarréias, de febres e, claro, todo mundo tossia.

Dom Gonçalves ficou doente. Era um dia como qualquer outro dia, mas ele ficou doente. Absalão foi buscar Melquior e Melquior foi ao encontro do cura com toda rapidez, em sua cabana, porque apesar de os anos lhe terem ajuntado peso, ele continuava correndo igual a uma onça, uma onça manca, como ele dizia, uma onça coxa, e ele gostava muito do cura Gonçalves.

Pegou a mão do padre e apertou entre seus grandes dedos. Fez isso várias vezes. Gonçalves perguntou-lhe por que ficava dizendo "olá" o tempo todo, e se aprumou sobre seu colchão de capim: "A menos que você esteja me dizendo adeus, velho camarada. Com você a gente nunca sabe, hein? Ah, e aliás, você tem razão, olá ou adeus, ah, no final das contas... entrar, sair...". Em seguida, disse que não tinha problema, mas tinha problema sim.

Continuavam a erguer barragens. O vilarejo estava úmido demais. Os vermes subiam pelas paredes e pelas poças de água estagnada. Formavam-se bolhas. Elas explodiam e soltavam um fedor horrível. Os quilombolas também começaram a tossir, igual ao velho cura, e os burros tossiam, e vários negros também, e no fim todo mundo tossia, mas Gralheta conhecia uma planta da floresta contra a tosse dos burros. O banto, aquele que tinha coxas grossas, tinha-lhe mostrado aquela planta, e os burros pararam de tossir, mas o cura continuou tossindo e disse: "Está vendo Bala, foi bem como eu te disse, eu não sou burro".

Depois de uma semana e três ou quatro febres, dom Gonçalves estava exausto. Continuava muito fraquinho, e Glória, certa noite, colocou seu vestido de mulher da capona, o vestido comprido que ela usava em São Luís, para poder descer aos subterrâneos do monsenhor Timóteo do Sacramento e para ajudar com as agonias de algumas mulheres, de alguns homens, de um monge. Tinha voltado a utilizar seu vestido de mulher da capona no navio, naquele calado, com aqueles coitados todos, e ainda na África, com os bebês, com os mortos. Na noite da grande controvérsia com o irmão Tomaso, viu o momento em que se fazia necessário colocar de novo a saia, mas o franciscano tinha abandonado o vilarejo antes de morrer.

Glória tinha engordado, estava bonita e gordurenta, Melquior gostava muito da palavra "gordurenta", e os quilombolas também diziam gordurenta, e cheirosa. A barriga e os seios dela estavam tão grandes àquela altura que ela precisou remendar o vestido de capona quando tomou a decisão de visitar o cura, antes de encher as pregas com sachês de ervas, com amuletos, com rosários e crucifixos, e com todo seu pequeno arsenal do bom Deus e ficou magnífica. Absalão lhe deu a última das pedras brilhantes que os quilombolas tinham encontrado havia tanto tempo, na serra de Caruaru, e Glória a prendeu embaixo da saia porque precisava de toda a sorte possível ao seu lado.

Quando ela vestiu sua saia comprida, Bala reclamou. Ele desaprovava. Os dois discutiram. Ficaram bem aborrecidos, porque nunca tinham batido boca até aquele dia, e não faziam a menor idéia de como deveriam proceder. Melquior começou. Disse que Gonçalves era esperto e compreenderia muito rápido o significado do vestido comprido, do vestido comprido da morte, mas Glória manteve sua posição porque tinha sido colocada na terra para amar, somente para amar, e não podia deixar o padre sozinho naqueles dias ruins.

Como ela era bastante hábil, saiu-se muito bem. Esforçou-se para não preocupar o padre Gonçalves. Foi fazendo com que ele se acostumasse aos poucos, como quem não quer nada. Um dia ia visitá-lo com as roupas do dia-a-dia, depois, em vez disso, aparecia com a saia comprida, no dia seguinte repetia a saia, como se fosse brincadeira, e dom Gonçalves ficava tão contente de ver a mulher que não reparava em nada. Tudo o interessava: uma vez era a África, outra, Belém do Pará, ou o forte de Manaus no cruzamento do Amazonas e do rio Negro, ele também gostava muito do rio

Xingu, era seu rio preferido, e ele ficava se perguntando como é que De Styjl podia saber o nome do rio que atravessava Belém.

Melquior escutava com muito interesse tudo que Glória lhe relatava. Achava que qualquer palavra de dom Gonçalves, por mais insignificante que fosse, deveria ser guardada e merecia ser copiada em um daqueles pergaminhos antigos que às vezes são encontrados no fundo das sacristias ou das bibliotecas dos seminários do Grão-Pará. Dizia que, naquele momento, nas florestas completamente escuras onde o cura procurava seu caminho, era preciso prestar atenção em tudo que ele falava, porque ele se encontrava bem perto da região onde tudo se sabe.

— No fundo — Gralheta disse a Glória —, certa noite quando estavam no mirante, em pé, os dois, bem juntinhos, embaixo de uma cobertura de galhos e de palha, com uma cortina de chuva azul em volta do corpo, na frente da baixada infinita que dava para distinguir no meio da neblina, no fundo — ele disse à mulher —, Gonçalves está certo. O verdadeiro exílio é estar... é estar... eu não sei.

Glória concordou porque não estava nem aí e queria voltar à cabana. Sentia-se fraca. Mas não se deixava levar. Estava ávida como uma capivara, era o que dizia, como uma raposa ou uma lebre das mais loucas, ou como um chimpanzé fêmea, que também é louca, enfim, como um animal que quer sempre outro animal e Gralheta também estava ávido. É preciso dizer que o cheiro dela era muito forte, bem mais forte do que nos subterrâneos de São Luís, e mais forte do que durante a longa caminhada do mar a Yamurrassê, e até mais forte do que durante os primeiros meses ou os primeiros anos do exílio. Gralheta respirava o cheiro dela. Ficava intoxicado como um melro que se fartou de juníperos, principalmente quando ela deixava cair o vestido de capona porque estava gorda, gorda. Bala sentia calafrios. Enfiava a cara em qualquer lugar, entre os seios, embaixo das axilas da mulher, nos dedos dela, nas costas dela, acariciava a mulher com o nariz e a testa, parecia uma anta, e Glória dizia que adorava aquele calorão e aquela chuva quente, porque o cheiro dela ficava terrível, e Bala dizia que sim, e que o cheiro dela estava terrível, e grunhia.

Dom Gonçalves já não falava muito. Fechava os olhos mas provavelmente escutava tudo o que Glória dizia porque suas pálpebras se mexiam, a menos que ele estivesse escutando o tombar ruidoso e regular dos pingos de chuva. A febre o consumia. Estava ficando bem pequenininho, como a tia de Melquior Gralheta, como Josefina, que no fim se transformou em uma migalha. Chamava Glória. Apertava-lhe a mão, e as mãos do homem e da mulher tremiam. Não dizia mais Glória. Dizia Glorinha.

A mulher passava boa parte dos dias com dom Gonçalves, e também boa parte das noites. Esfregava a barriga do padre com o cotovelo ao mesmo tempo que rezava o terço, porque era assim que as matronas da capona procediam em Salvador e em Ilhéus para ajudar as pessoas que têm necessidade de morrer e não conseguem muito bem.

Dom Gonçalves agarrava a blusa de Glorinha. Tentava puxar a blusa, porque gostaria bastante de ver os seios dela. Glória deixava. Mas seria tão fácil impedir que ele fizesse aquilo, coitado. Tinha as forças de um franguinho, a força de uma pena de frango para ser mais exato, mas quando ele puxava a estola, explicava para ela que nunca havia estado com uma mulher nua e que teria gostado bastante se fosse como o Êxodo, aquelas histórias, de que não são os mesmos que partem e os mesmos que entram na terra prometida, mas por que ele estava dizendo aquilo a respeito dos seios de Glória, que questão mais estranha, era o que ele se perguntava. Dizia também que não tinha medo de morrer porque a cabeça dele estava em algazarra, nem sabia mais quem é que ia morrer, mas todo mundo sempre lhe dissera que as mulheres eram formidáveis e, se ele fosse embora sem ver isso, seria uma tolice! Mesmo!

Então, ela ficou com vontade de lhe dar aquela pequena satisfação, "para levar na viagem", como ele dizia, "para levar na viagem!". Ela o ajudava deixando a blusa deslizar e, assim, ele podia repousar a cabeça sobre o peito dela. Ele a cheirava, fazia um estoque da violência do cheiro das mulheres. E logo queria arrancar a saia, puxava a cintura, mas não sabia como fazer, falava que era um fracasso em relação às mulheres e ria, e Glória o ajudava e ele fazia uma coisa qualquer que se parecia um pouco com amor, não dava para saber muito bem o que ele estava fazendo ali, e aquilo o fazia rir no meio da barba arrepiada que crescia para todos os lados já fazia algum tempo. E dizia que pelo menos ia ter visto uma mulher nua, era por isso que ria tanto. Tinha esperado tempo demais. Por pouco, teria terminado todo o seu serviço sem ver nenhuma mulher, mas no último instante tudo tinha dado certo. Glória disse a Melquior que, naqueles momentos, dom Gonçalves parecia um anjo. Gralheta ficava contente porque venerava o velho cura retrógrado, mas perguntou a Glória se ela não se incomodava de fazer o papel de animal que o cura ficava cheirando, que o cura tentava acariciar, e Glória não compreendeu. Deu uma bronca em Melquior. Era triste o cura estar morrendo e ela adocicava seus últimos momentos como podia. Não era muita coisa, mas era melhor do que nada. Além do mais, era sua especialidade. Tinha dedicado a vida ao amor, tinha utilizado o corpo para dar prazer aos homens e também para guiá-los nas trilhas de cabra da morte, com sua saiona e seus rosários, para erguê-los até a passagem e, do outro lado da passagem, havia paisagens muito vastas, ela sempre tinha feito aquilo, por qualquer homem, bastava que ele lhe batesse à porta e ela dizia "sim", e pronto. Ela amava dom Gonçalves e Gonçalves seria muito gentil em morrer. Então? Então Gralheta disse que ela era uma santa porque só vivia para amar e era a ternura de todas as coisas, mas ela não queria ser santa nenhuma, não estava nem aí, era vigorosa, pronto, e se além disso ainda fosse santa, muito bem, ia ser bom, já tinha aproveitado muito porque adorava tudo aquilo e também gostava muito dos santos, e de Deus. Dom Gonçalves continuava precisando dela. Tirava sonecas sobre o peito ou sobre a barriga dela. Glória disse: "Dom Gonçalves, dom Gonçalves", e ele abriu um pouco os olhos e morreu.

Enterraram o padre a dois passos da cobertura sob a qual a avó de seu avô, a pequena Aminata, tinha sentido tanto medo no passado, quando tinha seis ou sete anos. Depois do funeral, Glória saiu com as três mulheres quilombolas porque precisava entoar o canto dos mortos. Melquior sabia que não tinha permissão para escutar porque os homens não podem ouvir, e saiu caminhando pela floresta, sob a chuva, com Absalão e os últimos quilombolas e os cachorros saltitantes.

Glória e as três mulheres foram até o mirante. A baixada era grande. As quatro mulheres ficaram em pé, à beira da falésia, à beira do precipício, eretas e gloriosas, todas as quatro, e completamente desesperadas. A voz de Glória era violenta e alcançava o final da planície, ia até o lugar em que a planície ficava invisível. Cantou. Foi um canto de despedida, aquele que se chama *Excellencia*, e em algumas regiões dizem o canto *Incellencia*, mas é a mesma coisa porque é o canto que recebe um homem ou uma mulher no país da morte, e o canto convida o morto a entrar e diz: "Entre, Excelência", porque os homens e as mulheres, quando morrem, são todos Excelências, todos nobres, e todos príncipes, até os pobres e os desprezíveis, até os embusteiros, até os maldosos, as putas e até os reis e os bispos e os soberanos pontífices e os bêbados e os canalhas, todos, "Entre, Excelência!", era isso que lhes diziam, e é o segredo das mulheres, os segredos que os homens nem conseguiriam compreender, e isso porque jamais, desde o início das coisas, nunca uma mulher tinha rompido o pacto, e azar dos homens se são grandes e desajeitados, precisariam esperar para entrar no extenso país perdido para conhecer "o" segredo. Glória entoou pela segunda vez o canto *Excellencia*, para ter certeza de que o velho cura tinha empurrado o portão e, como já estava lá mesmo, cantou ainda pela terceira vez, mas não por Gonçalves. Cantou para o pequeno militar que tinha morrido durante a missão dos confins e de quem ninguém jamais escutara a voz. Ela nunca o tinha visto, claro, já que não tinha estado no rio Negro, mas Gralheta tinha lhe falado várias vezes a respeito do sujeito e uma vez tinha até fungado ao pensar nele, e a voz de Glória chegava até a outra ponta da planície, e quando parou de cantar estava em prantos.

Alguns dias depois, o bando reuniu tudo que pudesse ter alguma serventia, porque o caminho seria longo, principalmente porque não sabiam para onde iam. Encheram os cestos que Melquior e o negro Absalão e os quilombolas ajeitaram sobre o lombo dos burros, que eram bem pequenos, colocaram o pé na estrada, e adeus!

Este livro, composto na fonte Fairfield
e paginado por Alves e Miranda Editorial,
foi impresso em pólen soft 80g na Imprensa da Fé.
São Paulo, Brasil, no outono de 2005.